大河역사소설 고국

5권

韓雀 정착

金夷吾 지음

좋은땅

제5권 목차

1부 반도 사로국의 탄생

1. 대무신제와 요동십성

〈동부여〉가 멸망한 후 3년쯤 지난 AD 54년경 고구려는 마침내 최리의 〈낙랑국樂浪國〉(남옥저)에 대한 2차 원정을 감행한 끝에, 낙랑국을 멸망시키고 죽령군으로 편입시키는 데 성공했다. 이로써 후한에 속한 〈낙랑군〉과 그 서북쪽의 〈현도군〉을 제외하고는 요수遼水 동쪽의 요동 일대를 고구려가 완전히 장악하게 되었다. 대무신제는 정복군주로서의 모습을 유감없이 발휘하면서 특히 고구려의 동부 강역을 대폭 확장시킴으로써, 태왕 즉위 때 품었을 그의 포부와 목표가 이때 대부분 달성된 것이나 다름없었다.

이제 고구려는 동으로 난하(압록)를 넘어 한반도 북단의 동옥저, 북으로 송화강 일대에 이르기까지 실로 엄청난 강역을 차지하게 되었다. 이는 후한 요동의 2郡을 제외하고, 발해만의 중부 이북과 현 요하遼河(랴오허)의 좌우 전체를 차지하는 광대한 것으로 추모대제가 고구려를 건국한 이래 백 년도 지나지 않아 달성한 쾌거였다. 그런 와중에도 대무신제는 점차 안정되어 가는 後漢은 물론, 북쪽 선비鮮卑의 침입에 대비할 것을 대신들에게 주문했고, 그러자 이들이 여러 안을 내놓았다.

"태왕폐하, 아래로 漢의 2군을 방어하고 위로는 선비를 막아낼 성곽을 축조해 나라의 방어 능력을 높이시옵소서!"

"참으로 좋은 생각이십니다! 그러나 나라의 강역이 넓어진 만큼, 임시방편으로 일부 성곽만을 축조하기보다는 부담이 되더라도, 이참에 요동 지역 전체를 방어한다는 개념으로 대규모 역사를 도모하심이 어떨지요?"

듣고 있던 대무신제가 신하들의 방안에 반색하며 논의에 뛰어들었다.

"그것도 괜찮은 생각이다! 발해만을 끼고 있는 조선하의 하류부터 시작해서 북쪽으로 그 상류에 이르기까지 전략거점을 찾아내서 성들이 이어지게 쌓는 것이 좋을 듯하다!"

이는 진시황의 장성처럼 긴 산성을 끝없이 이어 쌓는 것이 아니라, 주요 거점에 띄엄띄엄 독립된 산성들을 쌓는 것을 말하는 것이었다. 고구려는 산악지대가 많다 보니, 성을 튼튼히 쌓고 식량과 무기를 비축해 놓은 다음, 유사시 백성들 모두가 성안으로 들어가 적이 물러날 때까지 농성전을 펼치는 것을 주요 전략으로 삼았기 때문이었다. 결국 고구려 조정은 요수 및 조선하 일대에 집중적으로 10개의 城을 축조하는 대역사를 시작하기로 했다.

마침내 AD 55년경, 개마盖馬, 하성河城, 구리丘利, 고현高顯, 남구南口, 자몽紫蒙, 구려句麗, 거란車蘭, 하양河陽, 서안평西安平에 10개의 고구려성이 축조되었으니, 이른바 〈요동십성遼東十城〉이었다. 이로써 비로소 고구려의 서남쪽 경계가 완성되었고 이것이야말로 대무신제의 위대한 업적이 아닐 수 없었다. 변경을 잇는 성곽 중심의 농성 전략은 이후 외침이 있을 때마다, 효율적인 고구려의 방어 전략으로 두고두고 그 힘을 발휘했다.

당시 후한의 조정에서 이렇다 할 움직임을 보이지 않은 것으로 미루어, 말년에 이르게 된 광무제의 역할에 한계가 있었던 것으로 보였다. 실제로 대무신제와 평생의 숙적이었던 광무제 유수는 이듬해에 63세의 나이로 파란만장한 삶을 마감했다. 그의 사후로는 〈후한〉 조정에서도 멀리 떨어진 요동에 더 이상 간여하지 못한 듯했다. 모처럼 어렵게 찾아온 동북의 평화는 이후 중원이 삼국三國의 시대로 접어들면서 재차 분열되기까지 대략 백 년을 지속했다.

이처럼 고구려가 건국 이래 3대 약 백 년 만에 마침내 안정적인 왕조를 이루기까지는 거대제국 〈후한〉 조정에 결코 굴하지 않고 강력하게 맞서 싸웠던 대무신제를 포함해, 그 시대 조상들의 불굴의 의지와 피땀 어린 노고가 있었기 때문이었다. 다만 이 당시만 해도 십성의 위치는 대체로 요수遼水 동편에 해당하는 것이 틀림없었다. 그럼에도 구태여 〈요서십성〉이라고 기록한 것은, 훨씬 후대에 요수의 명칭이 동쪽으로 옮겨지면서 난하 또는 현 요하를 요수로 인식하던 이후의 그릇된 기록 때문이었을 것이다.

그러나 얻는 것이 있으면 잃는 것도 있는 법이었다. 〈요동십성〉의 구축은 과거 동족이나 다름없던 선비와의 적대 관계를 돌이킬 수 없는 것으로 몰아가고 말았다. 서북의 여러 성들이 선비와의 경계 선상에 겹치면서 선비와 더욱 멀어지는 결과를 초래했기 때문이었다. 어쩌면 당시 고구려인들은 과거 흉노가 그랬듯이, 종주국을 배반하고 한번 떠난 속민屬民은 다시는 돌아오지 않는다는 것을 예견했는지도 모를 일이었다. 흉노에게서 받은 충격과 상처가 그만큼 크고 깊었던 것이었고, 안타깝게도 이러한 우려는 후일 〈5호 16국〉 시대를 거치면서 사실로 입증되고 말았다.

〈요동십성〉을 쌓아 서쪽 변경의 방어를 튼튼히 다진 대무신제는 이 듬해가 되자, 이번에는 방향을 반대인 동쪽으로 돌려 〈동옥저〉 정벌에 나섰다. 낙랑의 잔여 세력들이 동쪽의 현 요하遼河(랴오허)를 넘어 멀리 달아나, 그들과 친연성이 높은 동옥저와 함께 고구려에 저항한 것이었다. 대무신제가 명을 내렸다.

"장군 어비신菸卑神을 보내 이번에 옥저沃沮를 완전히 정복하게 하라!"

이제 동북의 최강 고구려군을 당할 나라는 없었다. 고구려군의 공략에 소국에 불과한 동옥저는 힘없이 무너져 내렸다. 대무신제는 그 땅을 고구려의 새로운 〈해서군海西郡〉으로 편입시켰고, 특별히 낙랑의 무리들은 환아桓阿 지역으로 옮겨 살게 했는데, 오늘날 요녕성의 환인桓仁 자치구 일대로 보였다. 이로써 고구려는 마침내 그 동쪽 국경선이 창해(동해)에 이르고, 그 남쪽 아래로는 한반도 청천강까지 이르게 되었다.

그 무렵 AD 40년을 전후해 동북아시아에서는 고구려와 후한 두 강대국이 충돌하는 과정에서 그사이에 끼어 있던 조선의 열국들이 날벼락을 맞고 말았다. 그야말로 고래 싸움에 새우등이 터진 격이었으나, 이때 피해를 본 소국들이 하나, 둘씩 한반도로 이주하는 전혀 새로운 전기를 맞게 되었다. 대표적으로 〈서나벌〉에 이어 〈백제〉가 한반도로 들어온 것은 물론, 〈가야국〉의 김수로와 〈사로국〉의 석탈해(작태자)가 그러했다. 그 밖에도 〈동예東濊〉나 〈동옥저〉처럼 고구려에 내쫓긴 古부여와 낙랑 계열의 여러 부족들도 현 요하를 건너고 요동반도를 거쳐 한반도의 함경도와 평안도 등지로 속속 이주해 들어왔다.

이러한 한반도 이주 열기rush는 자연스럽게 고구려 조정의 한반도에 대한 관심을 크게 증폭시켰을 것이다. 대무신제가 어비신을 보내 동옥저를 평정하고, 내친김에 청천강 일대까지 강역을 넓히게 한 이유가 여기에 있었을 것이다. 장군 어비신의 원정을 계기로, 대무신제 때에 이르러 비로소 고구려가 한반도 영내 깊숙이 진출하기 시작했던 것이다.

서나벌과 백제 등의 한반도 이주 사실이 확인되자, 고구려는 대륙 출신들이 상대적으로 낙후된 반도를 머지않아 장악하게 될 것을 염려했을 것이다. 고구려는 이때 그동안 문제가 되었던 동옥저를 손보는 김에, 가능한 반도 안쪽 깊숙한 곳까지 강역으로 삼겠다는 정교한 전략을 마련했고, 그것이 어비신의 〈한반도 원정〉을 통해 구체적으로 실현된 것이었다.

당시 도미노처럼 일어났던 한반도 이주 열기는 그동안 평화롭게 살던 반도의 토착민들과 선주민들에게, 분명히 커다란 혼란과 분쟁의 고통을 가져다주었을 것이다. 그러나 아시아 대륙의 동단에 위치한 그 무렵의 한반도는 대륙의 나라들에 비해 상대적으로 낙후되어 있었으므로, 보다 선진화된 문명을 지닌 대륙 출신들의 반도 이주는 한(조선)반도에 또 다른 축복이었다.

흥미로운 점은 그보다 수천 년 전에 중원에 앞서서 농경기술을 터득했던 배달(韓)족들이 적봉 일대와 산동 일대의 중원대륙을 향해 떠나면서, 대륙 문명의 발달을 크게 촉발시켰다는 점이었다. 그러나 이제는 반대로 그들의 후예들이 다시금 한반도로 되돌아오는U-turn 정반대의 상황이 펼쳐지고 말았으니, 그렇게 역사는 돌고 돌면서 진화하는 모양이었다.

그런데 AD 60년 겨울이 되자, 〈낙랑국〉 정벌을 주도했던 왕자 호동이 칼에 엎어져 자결하는 비극이 일어났다. 그 시작은 오후烏后가 자신의 아들 해우解憂를 정윤으로 앉히려는 욕심에서 비롯된 것이었다. 그러나 뜻밖에도 그 결말은 낙랑공주의 죽음 이후 삶을 비관해 오던 호동이 스스로 생을 포기해 버리면서 비극적으로 끝나고 말았다. 호동을 아꼈던 대무신제가 이때 적지 않은 충격을 받았는지, 이후 수년간 대내외적으로 이렇다 할 행적을 보이지 못했다.

이듬해엔 좌보였던 송보松宝의 처 을포乙浦가 아들인 두지豆智를 낳았는데, 당시의 관행에 따라 그 자식을 대무신제의 아들로 바치려 했다. 고구려 황실에서는 일찍부터 공경公卿들이 자신의 처를 임금에게 바치는 관습이 있었는데, 이는 북방민족들 사이에서 군신 간에 의리와 충성을 다지기 위해 광범위하게 행해지던 독특한 관행이자 문화였다. 송보의 처 또한 대무신제의 승은承恩을 입었기에 그 아들을 황실에 바치려한 것이었으나, 뜻밖에도 이때 태왕이 이를 고사해 주위를 놀라게 했다.

이런 북방민족의 관습이 이점보다는 폐해가 더 많다는 지적이 오랫동안 제기되어 왔기 때문이었다. 특히 당시 중원에서 널리 성행하던 유교의 관점에서 이는 건전한 미풍양속을 해치는 야만적인 문화라며, 비난의 대상이 되었던 것이다. 시조 추모대제는 나라의 기틀을 잡기 위해 군신 간의 정략혼인을 적극 활용했다. 그의 말년에 충신 한소漢素가 죽자 추모제가 한소의 처 대방난大房暖을 후궁으로 거두고, 나중에는 제3황후로 올려 주었다. 그러자 유학자였던 그녀의 부친 대방량大房良이 도리에 어긋난다며 이를 극구 반대하는 소동을 벌인 일까지 있었다.

심지어 후대의 고려高麗와 조선朝鮮시대에 와서는 유학에 기초한 성리학性理學이 크게 유행하면서, 이러한 조상들의 구습舊習을 부끄러이 여긴 나머지, 일부 사가史家들이 조상의 역사를 기록할 때 그 대상에서 제외시키는 만행을 저지르기도 했다. 대무신제가 이때 공경들이 왕에게 처를 바치는 오랜 폐단을 과감하게 금지했으니, 분명 그는 여러 면에서 현군賢君임이 틀림없었다.

AD 64년 10월, 그런 대무신제가 재위 47년 만에 서도西都에서 찬란했던 생을 마감했다. 춘추 61세였으며, 아들인 해우가 아니라 황태제(아우)인 해읍주解邑朱에게 태왕의 자리를 물려주라는 유명을 남겼다. 호동왕자를 죽음에 이르게 했던 오후烏后에게 황태후로서의 영예를 결코 넘겨주려 하지 않은 듯했다. 백성들이 이 위대한 태왕의 죽음을 애도하며, 〈대수림원大獸林原〉에 장사 지냈다. 고구려인들은 그의 시호로 무신武神을 택한 것도 모자라 그 앞에 위대하다는 뜻의 大great를 덧붙여 추앙했으니, 전 세계를 통틀어 이처럼 영예로운 왕명이나 시호를 가진 군주도 흔치 않았을 것이다. 그가 바로 위대한 전쟁의 신, 대무신제大武神帝였다.

유리명제의 뒤를 이어 고구려 3대 태왕에 올랐던 대무신제는 의지가 굳세고 포부가 큰 군주였다. 단군조선의 맥을 잇는 〈동부여〉를 공략해 결국 멸망시킴으로써 고구려를 동북의 단일 강호로 우뚝 서게 했고, 〈울암전쟁〉의 승리에 이은 개마 정벌로 요동의 북쪽 일대를 장악하면서 중원의 대국인 〈후한〉에 대해 군사적 우위를 과시했다.

또한 개마국 등 선비계열의 소국들을 고구려에 편입시킨 것은 물론, 〈요동십성〉을 쌓아 후한과 선비의 침공에 대비한 것도 매우 두드러진 업적이었다. 그는 또 낙랑국과 동옥저를 정벌함으로써 동쪽 대흥안령에서 한반도 동해에 이르기까지 고구려의 강역을 크게 넓혔는데, 이는 사실상 단군조선의 옛 고토와 상당 부분 중첩되는 것으로, 고대 북방 韓민족 강역의 표본을 재차 확인시켜 준 것이나 다름없었다. 대무신제는 그야말로 평생에 걸쳐 부지런히 고구려의 강역을 다지는 데 헌신한 군주였던 셈이다.

대무신제는 그의 시호가 말해 주듯 역대 고구려의 군주 중에서도 시조인 동명성제를 제외하고는 가장 많은 전쟁을 치른 군주였다. 고대 중국 漢나라 황제들의 전통은 창업자인 고조 유방을 제외하고는 하나같이 전장의 뒤에 늘 물러서 있는 것이었다. 이에 반해 북방민족의 영웅들은 언제나 전투의 선두에서 용감하게 전쟁을 진두지휘하는 솔선을 보여왔다. 고두막한이 그랬고, 훈족의 영웅 묵돌에서 추모대제에 이르기까지 한결같았다. 대무신제는 추모대제만큼이나 늘 전장에 직접 참가해 정복군주로서의 기개를 드높이 날렸으며, 이는 고구려 황실의 전통으로 굳게 자리 잡았다.

또 이때 이르러 비로소 고구려가 강력한 중앙집권제의 이행을 시작했다는 점도 주목되는 부분이었다. 그 과정에서 낙랑국을 비롯해 이를 거부하던 수많은 열국과의 전쟁이 불가피했지만, 그는 부국강병을 위한

다는 굳은 의지로 이를 관철시켰다. 물론 그 정도가 중원의 나라에 비할 수준은 아니었지만, 이는 태생적으로 산악지대가 많아 부족 간의 독립성이 강할 수밖에 없는 북방 기마민족의 특성 때문이었을 것이다.

다만 말년에 오후의 과욕으로 아끼던 호동태자를 잃긴 했으나, 대무신제는 틀림없이 스스로에게 엄격했음은 물론, 주변 인물들을 공정하게 대한 것으로 보였다. 덕분에 그는 제 수명을 다하고, 태왕의 제위를 후대에 온전히 전할 수 있었다. 대무신제는 모든 면에서 두루 완벽을 기했던 성군聖君인 셈이었다. 추모대제가 고구려를 건국한 이래 백 년 만에 고구려가 동북 최강의 반열에 오르게 되니, 후세 사람들이 〈동명東明〉, 〈광명光明〉, 〈대무大武〉 3代에 걸친 공덕을 높이 산 나머지 이를 기록으로 전했고 《삼대경三代鏡》이라 불렀다. 이후 고구려 사람들이 이를 정치의 근본인 《정경政經》으로 삼아 금과옥조처럼 여기니, 능히 7백 년 왕조를 이어 갈 수 있었던 힘이 바로 여기서 비롯되었다고 할 만했다.

한편, 대무신제의 유언에 따라 고구려의 4대 태왕에 오른 사람은 그의 친아우인 해읍주였으니 광명대제와 송태후의 막내아들이었다. 당초 대무신제는 호동이 죽고 난 뒤, 오후가 낳은 아들 해우解憂를 정윤으로 삼았다. 호동보다 8살 정도 아래였던 해우는 용모가 준수한 데다 무예가 출중해 기마와 활쏘기에 능했고, 말솜씨도 좋아 부황의 비위를 잘 맞추거나 우스갯소리도 잘했다. 이런 그를 대무신제가 귀여워해 마침내 정윤(동궁)에 오를 수 있었다.

그런데 이후로 해우는 멀쩡한 외모에 반해 성격이 포악하고 어질지 못하다고 소문이 자자해서, 대무신제의 신뢰를 잃고 정윤으로서의 자질을 의심받는 지경에 이르고 말았다. 정윤에 올라 뜻을 이루고 나자 여색을 밝히면서 후궁들과 방탕하게 놀아나고, 종종 잔인한 행동까지 일삼

앗던 것이다. 이런 행태 때문에 심지어 그를 동궁에 올리고자 호동을 죽음에 이르게 했던 오후마저도 자기 아들을 불신할 정도였으니, 대무신제 말년에는 이 문제가 황실의 가장 커다란 고심거리가 아닐 수 없었다.

그에 반해 대무신제의 아우 해읍주는 성품도 너그럽고 관대한 데다 현명한 사람들을 좋아해 그들과 교우를 넓히고 친분이 두터웠다. 또한 대무신제가 동부여를 정벌하고자 출정했을 때는, 아우인 해읍주가 도성을 지키는 일에 충실했기에 그 공과 능력을 널리 인정받고 있었다. 급기야 신하들이 죽음을 목전에 둔 대무신제에게 해우의 즉위를 반대하며, 중국 은나라 3대왕 태종의 '태갑고사太甲故事'를 들먹였다.

"태왕폐하, 은나라 태갑(태종)은 왕에 즉위한 뒤부터 법을 어기고 포악무도한 데다 방탕하게 굴다가 재상 이윤伊尹에 의해 쫓겨났습니다. 그 후 3년이 지난 뒤에야 태갑이 자신의 잘못을 뉘우치고 반성하니, 이윤이 다시 그를 맞이해 복위시켰고, 이것이 바로 태갑고사입니다. 지금 태자가 문제가 많은 만큼, 고사를 적용하는 것이 마땅할 줄 압니다. 통촉해 주소서!"

이에 대무신제가 태갑고사를 이행하겠다는 용단을 내렸고, 당시 23살의 정윤인 해우가 개과천선改過遷善하기를 기다려 전위傳位하라며, 이를 유언으로 남기고 말았다. 이렇게 해서 동생이자 해우의 숙부인 해읍주가 대신 황위를 물려받게 된 것이었다. 이때 대무신제는 황실의 안정을 위해 자신의 황후인 오후를 아우인 해읍주에게 넘겨 황후로 삼을 것을 요구했다. 이처럼 정권을 이어받는 이가 선황의 정처를 자신의 황후로 삼는 것은 북방민족의 오랜 관행으로, 시조인 동명성제도 비슷한 방식을 택했던 것이다.

그런 관행이 아니더라도 대무신제는 자칫 해우가 황위에 오르지 못한 것을 빌미로, 장차 오황후의 친정 세력이 불만을 품고 일을 그르칠 것에 대비해 이런 조치를 취한 것으로 보였다. 그게 아니라면 언젠가 해우를 황위에 올리기 위해서는 막강한 황후의 지위가 필요하다며, 오후가 대무신제를 설득했을 가능성도 있었다.

이와 같은 형사취수제兄死娶嫂制 또한 유학을 신봉하던 중원에서는 이미 극구 배격하던 풍습이었으나, 모계 혈통을 중시하던 북방민족에게는 오래도록 이어진 전통이기도 했다. 아무튼 해읍주가 민중閔中대제가 되어 오후를 황후로 삼고 해우를 태자로 삼아, 서도의 난대에서 즉위식을 거행했다. 군신들이 연호를 바꾸자고 간하였다.

"태왕폐하, 새로이 연호를 바꾸셔야 하옵니다!"

그러나 민중제가 이를 완강하게 고사했다.

"아니, 그럴 필요 없소이다! 아직 내게 그럴 만한 덕이 없기 때문이오……"

이로 미루어 이미 나이가 든 민중제는 처음부터 자신이 황위를 오래 유지하리라는 기대를 갖지 않은 듯했다. 그렇게 태왕의 자리에 오른 민중제는 곧바로 백성들의 화합을 염원하는 의미에서 대규모의 사면을 단행했다. AD 64년 겨울의 일이었다.

이듬해 봄이 되자, 민중제는 서도에서 군신들에게 커다란 잔치를 베풀었다. 5월에는 동부 지역에 큰비가 내려 홍수가 발생하자, 태왕이 황후와 함께 이재민들의 안부를 묻고 구휼에 나서기도 했다. 이후 오烏황후의 형제들이 대거 요직에 올라 오빠인 오불烏茀은 우보에, 동생인 오희烏希는 중외대부中畏大夫가 되었고, 그외에 마경麻勁을 태보로, 송보松宝를 좌보로 삼았다. 바야흐로 황후인 오씨 일가의 세상이었다.

민중제 4년째인 AD 67년, 태왕이 오후와 함께 민중원閔中原으로 사냥을 나갔다가, 오후의 조부이자 개국공신인 오이烏伊의 사당에 들러 제사를 지냈다. 여름에 그곳에서 다시 사냥을 하다가 거대한 석굴石窟을 발견하게 되었는데, 태왕이 오후에게 말했다.

"내가 죽거든 반드시 이곳에 장사 지내 주시오!"

"너무 조악하고 헐었는데, 과연 괜찮겠습니까?"

오황후가 의아하다며 이유를 묻자 태왕이 대수롭지 않게 말했다.

"동명께서는 갈대 지붕에 끝도 다듬지 않으셨고, 송양왕(비류왕)도 썩은 나무로 궁을 지었다지 않소? 내가 어찌 죽은 몸으로 호사를 누리겠소. 당신도 죽으면 나를 따라 이곳으로 왔으면 하오!"

그러자 오황후가 웃으며 답했다.

"여필종부라 하지 않습니까? 폐하께서 말씀이 없으셔도 소첩이 당연히 알아서 따를 것입니다. 호호호!"

그 무렵 해우태자가 재사, 무골, 묵거 삼현신三賢神의 옛터에서 노닐고는, 이어 웅심산熊心山에 있다는 성모고택聖母古宅을 찾았는데 그곳을 〈모본원慕本原〉이라 이름 짓게 했다. 가을이 되니 동해에 사는 고루의 손자 고주리高朱利가 오황후에게 고래의 눈알을 바쳐 왔다. 그런데 이것이 밤이 되면 빛을 내면서, 마치 촛불을 켠 것처럼 주위를 환하게 비추었다. 마침 오황후가 열悅공주를 낳아 그 효과를 톡톡히 보자, 태왕이 이때다 싶었는지 오후에게 말했다.

"해우가 개과하여 우리 부부에게 효도를 하는 듯하니, 이제 임금의 자리를 물려줘도 좋을 듯싶소. 이제 나는 당신과 함께 선仙이나 닦고 다녔으면 싶은데, 어떻소?"

그러자 오황후가 달갑지 않은 듯 답했다.

"해우는 제 속으로 낳긴 했어도 아직도 그 속을 전혀 알 수 없는 자식입니다. 소첩이 사내자식 하나를 더 낳을 때까지 기다렸다가 그 아이에게 물려주셔도 늦지는 않을 것입니다……"

"허허, 당신도 이미 나이가 많은데, 어찌 오래도록 아이만 낳을 수 있겠소?"

민중제가 껄껄 웃으며 말했으나, 오황후는 여전히 정윤인 해우를 철저하게 불신하고 있었다. 안타깝게도 민중제가 이듬해 5월, 해우를 태왕의 자리에 올리라는 명을 남기고, 동도東都에서 삶을 마감했다. 민중제가 죽음을 예감했던지, 살아서 친형인 대무신제의 유명을 받들어 해우에게 양위하려 했다. 그러나, 오후가 이를 극구 말리는 바람에 전전긍긍하면서 밤마다 잠을 이루지 못하다가 죽었다고 했다. 짧은 재위 5년 동안 이렇다 할 행적을 남기지 못한 채 춘추 62세로 사라져 갔다.

AD 68년 5월, 대무신제의 아들 해우가 드디어 동도 신궁에서 5대 태왕에 즉위했는데, 연호를 〈모본慕本〉이라 했다. 이때 신하들이 선제(민중대제)의 능을 새로이 조성하려고 하자 오후가 이를 말렸다.

"나는 이미 선제께서 양위하겠다는 것을 말려 지아비의 뜻을 어긴 바가 있소. 이제 새로이 선제의 능을 만든다면 지아비의 뜻을 또다시 어기는 것이 될 것이오. 나 역시 죽으면 응당 이곳으로 올 것이오. 부디 후세 사람들이 선제의 검소한 덕을 알게 하고, 장차 황후가 될 사람들도 지아비의 뜻을 어기지 않게 하시오."

"태후마마, 망극하옵니다!"

신하들이 모두 오후 앞에 엎드려 절했다. 모본제는 민중제가 원했던 대로 석굴에 모시고 장사 지냈는데, 동굴 안에 시신을 놓는 것으로 드물게 풍장風葬을 한 것으로 보였다. 이는 북방 유목민족의 장례 문화로 당시 옥저에서 이런 풍습이 유행했다. 사심 없이 자연 그대로 돌아가고자 하는 민중제의 생각 역시 삶을 바라보는 고구려인들의 철학과 당시의 시대상을 반영한 것이었다.

모본제가 태왕에 등극할 때 오황후가 해우에게 이른 말이 있었다.

"선제께서 너를 보위에 올리려 하셨지만, 내 너를 믿을 수 없어 이를 말렸었다. 너는 두 아버님(대무신제와 민중제)의 뜻을 받들어 천자가 갖추어야 할 덕을 잃지 말아야 할 것이다!"

이에 모본제는 예, 예, 하면서 그저 성의 없는 답변으로 대신했다. 그해 여름, 선제를 석굴에 장사 지내자마자, 모본제가 신하들에게 일갈했다.

"숙부(민중제)께서는 짐이 세상일을 알 만큼 안다 여기시고 전위하려 하셨소. 그런데 두세 명의 간악한 신하들이 모후의 명을 핑계 삼아 그를 막았으니, 대체 모후께서 어찌 짐을 헐뜯었겠느냐 말이오? 이 모든 일은 바로 태보가 잘못했기 때문이오!"

모본제는 즉시 자신의 장인이자 태보였던 마경을 파직해 서인으로 내치고, 송보와 을상 또한 면직시켜 쫓아 버렸다. 대신 외숙인 오희를 좌보에 올리고, 우진羽眞을 우보로 삼아 군국의 대사를 맡도록 했다. 또한 모친인 오烏황후를 태후로 올리고, 태자비로 있던 마비麻妃를 폐하는 대신 우진의 딸을 새로이 맞아들여 황후의 자리에 앉게 했다. 그리고는 신하들에게 말했다.

"마경은 제 딸을 내게 처로 보내 놓고는 나를 오래도록 괴롭혀 왔다. 이제야 그를 폐하니 속이 다 후련하구나!"

이 말을 들은 오태후가 한탄하며 모본제를 나무랐다.

"네가 개과천선했다더니 지금 하는 짓을 보니 옛날과 다를 게 없구나. 네 아버님(대무신제)의 혼령이 있다면 반드시 민중을 다시 세울 것이다!"

가을이 되자 모본제가 자신의 후사를 일찌감치 정하기로 했는데, 이미 폐위되어 내쫓긴 마비 소생의 아들 익翊을 정윤으로 삼았다. 문제는 그때 익의 나이가 겨우 11살이라, 익이 출궁된 어미를 찾고 울부짖으며 음식을 거부하기까지 했다는 점이었다. 이를 안 오태후가 모본제를 꾸짖었다.

"네가 자식을 죽일 셈이더냐?"

결국 모본제가 마비를 다시 궁으로 불러들이고는 달래며 말했다.

"모든 게 당신의 아비(마경)가 잘못을 뉘우치게 하려던 것일 뿐이었소!"

"……."

그 말에 마비가 아무 말도 하지 못했다. 그 무렵에 우보 우진이 익을 치켜세우고, 우羽황후 또한 마비가 현명한 여인이라며 누차 간하게 되자, 모본제가 어린 아들 익을 위로하고 서둘러 태자로 삼았던 것이다. 또한 마씨를 다시 후비로 복위시켜 주고, 태자인 익을 우황후의 아들로 삼게 했다.

그보다 1년 전인 민중제 시절에 〈갈사부여〉에 내란이 일어나 혼란스러웠다. 민중제가 조카이자 갈사후의 아들인 재사와 마락麻樂 등에게 명을 내렸다.

"지금 즉시 달가達賈, 목탁穆卓, 두로杜魯 등을 인솔하고 갈사부여로 가서 내란을 진압하도록 하라!"

그 후 1년 만에 내란이 수습되었는데, 이때 재사가 왕문의 딸인 호화와의 결혼을 허락해 달라고 청했다. 민중제가 죽기 직전 이를 허락했는데, 재사再思는 모본제의 서제庶弟로 대무신제의 후비이자 갈사부여왕 산해山解의 딸인 갈사후曷思后(해소의 손녀)가 낳은 아들이었다. 호화芦花는 대소의 딸인 고야가 동부여 태사 왕문王文과의 사이에서 낳은 딸이었다. 이때부터 재사는 호화와 결혼한 이후에 고구려로 돌아오지 않은 채 모친인 갈사후를 모시고 아예 갈사궁에 눌러앉아 살고 있었다.

사실 재사는 갈사후가 대무신제가 아닌 다른 이한테서 낳은 아들(별자別子)이었는데, 포형胞兄(동모형제)인 호동好童의 죽음을 애석하게 생각하고 있었다. 재사는 총명하고 똑똑한 데다 사람들과 어울리기를 좋아했고, 선서仙書를 많이 읽어 의약에 통달했다. 또 용병에 능하고 언변이 좋았음에도, 늘 아무것도 모르는 척 묵묵하게 지냈는데, 이복형이자 정윤인 해우를 의식한 행동이었다. 민중제가 서거했을 때 신하들 가운데서 태자인 해우 대신에 재사를 세우려는 움직임이 있었으나 그가 고사했다.

"적자嫡子가 엄연하게 따로 있는 상황에서 서자庶子가 감히 감당할 수 있는 일이 아니니 공연한 생각들일랑 하지 마시오!"

재사는 이후에도 좌보 오불이 귀환을 권유했으나 말을 듣지 않고 끝내 고구려로 돌아오지 않았다. 동부여 혈통으로 이복형인 모본제의 난폭한 성격을 누구보다 잘 알기에 일부러 피한 것이 틀림없었다. 모본제가 재사의 그런 성품을 높이 사서 선왕仙王에 봉해 주었다.

그런데 어려서 일찍부터 여색을 탐하고 포악한 구석이 있던 모본제가 태왕에 오르자 서서히 본색을 드러내기 시작했다. 즉위 이듬해 정월이 되자 그가 서둘러 명을 내렸다.

"태왕으로서 후궁을 더 늘려야 한다고 본다. 종실과 공경들의 딸 중에서 후궁을 뽑도록 할 것이다."

모본제가 이때 귀족 출신으로 7명의 여인을 후궁으로 들였는데, 그것으로도 성에 차지 않았는지 민간에서도 70명의 미녀를 뽑아 7개의 궁에 나누어 살게 하면서 본격적으로 황음荒淫을 일삼았다. 뿐만 아니라 3

넌째인 AD 70년에는 창수에 신궁을 짓게 했는데, 사치가 극에 달했다. 태왕은 날마다 종실 친척의 부인들까지 불러 모아 술을 마시고, 무차별적으로 음탕한 짓을 즐기는 것으로 세월을 보냈다.

모본제의 성性에 대한 집착은 날로 가중되어 나중에는 도착 증세로까지 더욱 악화되었다. 결국에는 남성인 내사內使(내시)들을 침실로 끌어들이고, 걸핏하면 이들을 인간 깔개나 다름없는 석인席人 취급을 했는데, 간혹 움찔거리기라도 하면 심하게 매질을 해서 죽이는 일이 다반사였다. 또 나라 안의 미소년들을 선발하여 입궁시킨 다음 침신沈臣이나 석인으로 쓰고, 이에 순순히 따르지 않으면 활로 쏘아 죽이거나 커다란 상해를 가했다.

이러한 모본제의 병적인 포악성은 역대 처음 있었던 일로 아무도 말릴 수가 없었다. 호동의 딸로 재사의 여인이었던 위화葦花조차도 끝내 모본제가 거두었다. 하루는 후비 중 한 명인 오씨烏氏가 딸을 낳고 몸을 추스르기도 전이었는데, 자신이 아끼는 석인 두로杜魯를 시켜 강제로 통음을 시켰다. 몸이 상한 오후가 울면서 모본제를 원망하자 분노한 모본제가 주먹질을 해 대며 화풀이를 하는 바람에 오후가 그만 토혈을 하면서 사망하는 불상사가 발생했다.

이 꼴을 본 모친 오태후가 통곡을 하면서 한탄하자, 화가 치밀어 오른 모본제가 소리를 지르며 좌우에 명했다.

"이 노파가 내가 빨리 죽기만을 바라는구나! 당장 끌어내거라!"

늙은 노모 오태후가 울면서 질질 끌려가는 황망한 모습을 본 우羽황후가 놀래서 이를 말리려 들었다. 그러자 이번에는 그녀에게까지 날벼락이 떨어져 졸지에 폐위를 당하는 수모를 겪고 말았다. 차마 인간으로서 행할 수 없는 패륜적 행위가 계속 이어지자, 좌보 오희烏希와 우황후의 부친인 우진羽眞 마저 병을 핑계로 아예 입궁하지 않았다. 조정에 추상갈던 원로대신들이 모두 사라지니 모본제가 아끼던 두로 등이 발호하면서 권력을 마음대로 휘두르기 시작했고, 민심이 극도로 흉흉해지기 시작했다.

모본제 6년째 되던 AD 73년, 모본신궁慕本新宮이 완성되었으나, 그저 동도의 새로운 유희 장소로 전락했을 뿐이었다. 두로는 모본 출신으로 예쁘장한 얼굴에다 여자 노릇을 잘해 모본제가 일찍이 태자 시절부터 아끼던 자였다. 모본제가 태왕에 오르자 두로를 장군에 봉하더니, 부여 토벌에 공이 있다 하여 마침내 대형大兄의 작위를 주고는 중외대부에 제수했다.

모본제의 도착증은 여기서 멈추지 않고, 입에 담기도 어려운 관음증으로 변질되었다. 모본제 가까이에 있는 황후들까지 예외 없이 그 희생양이 되어야 했다. 우씨를 비롯해 오후, 마후 등 모두가 짐승 같은 모본제의 오물을 뒤집어쓰고 말았다. 심지어 태자 익의 모친이기도 한 마후는 두로의 딸까지 낳아야 했고, 궁 안에서는 두로를 이미 소제小帝라 부를 지경이었다.

그해 5월, 그믐날에 일식이 있었다. 두로가 니만尼滿이라는 여인과 궁안에서 그 짓거리를 하고 있었는데, 안타깝게도 그녀는 두 딸이 모본제의 인간 깔개로 고생하다가 모두 희생당하는 아픔을 겪은 터였다. 두로가 갑자기 긴 한숨을 내쉬더니 자조 섞인 푸념을 늘어놓았다.

"이제 곧 내 목숨도 오래가지 못할 것이오……"

뜬금없는 두로의 말에 니만이 핀잔을 주듯 말했다.

"소제가 뭣이 모자라서 그런 말씀을 하시오?"

그러자 두로가 한심하다는 듯 말했다.

"태왕이 내가 밑에서 꼼지락거리거나 흔들리면 불같이 화를 내며 죽이려 드니, 난들 어찌 배겨날 수 있겠소?"

그 말을 들은 니만이 정색을 하더니, 두로의 눈을 바로 마주보면서 말했다.

"누구든 내게 잘만 대해 준다면야 그는 나의 황제겠지만, 나를 박대한다면 응당 내 원수가 되는 법이지요……. 그 인간이 무도해 사람들 죽이기를 초개와 같이 하는데, 어째서 그 금수만도 못한 자를 없애고 스스로 보위에 오를 생각을 않는 것이오?"

"……."

니만이 독하게 내뱉는 말에 두로가 숨도 쉬지 못한 채 그녀를 빤히 바라볼 뿐이었다.

그렇게 반년이 지나 겨울이 다 되었는데 그사이에도 모본제는 수시로 두로가 밑에서 움찔거리는 것에 대해 역정을 내면서, 자꾸만 이것이 반복되는 날엔 정녕 용서치 않을 것이라고 꾸짖곤 했다. 그때마다 두로는 속마음으로 당장이라도 달려들어 태왕의 목을 따 버리겠다고 별렀으나, 단 한 번도 실행하지는 못했다. 그러던 11월 어느 날, 그날도 석인이 되어 모본제의 궁둥이 아래 깔려 엎드려 있던 두로가 약간 움찔했을 뿐인데, 태왕이 불같이 화를 내며 고성을 질러 댔다.

"네 이노옴! 내 그토록 타일렀건만 말귀를 못 알아듣고 또 움찔거리다니, 내 오늘은 네놈을 반드시 죽이고 말 것이니라!"

그리고는 곁에 세워 둔 활을 꺼내 들고, 두로를 겨냥했다. 그 순간 두로가 품속에 몰래 숨겨 두었던 보도寶刀를 꺼내 모본제에게 달려들어 칼질을 해 댔다. 순식간에 목을 잡고 쓰러진 모본제의 목에서 붉은 피가 솟구쳐 올랐다.

"커억, 커억! 네 이, 놈, 네가 어찌……"

모본제가 두 눈을 부릅뜨고 두로를 향해 손을 뻗으려다가 이내 숨을 거두고 말았다. 그 모습을 지켜보던 두로가 정신을 차리려 했지만 이내 후회막심이 되어 자신의 목을 찌르려 했다. 그러나 끝내 자결에 이르지는 못했다.

불안한 마음으로 방 안에서 한참을 서성이던 두로가 이윽고 밖으로 나와 찾아간 곳은 의외로 마후麻后의 침소였다. 이미 마후가 두로의 딸을 낳았던 인연으로 그동안 그녀에게 각별히 대해 준 모양이었다. 그가 부들부들 떨면서 마후에게 사실을 죄다 털어놓았다.

"내가 방금 태왕을 죽이고 말았소, 정말이오! 내게 활을 쏘려 하기에, 내가 먼저 칼로 목을 찔러 버렸단 말이오……"

이미 온갖 험한 일을 겪다 보니 단련이 되었는지 마후는 침착하게 굴면서, 오히려 두로를 안심시키고 위로했다. 마후는 극도로 혼란스러운 상황 속에서도 두로와 함께 당분간 모본제가 죽었다는 사실을 숨기기로 했는데, 이때 뜻밖의 야심 찬 생각을 제안했다.

"이왕 일이 이리된 바에야 소제가 나서서 아예 제위에 오르는 것이 어떠시겠소?"

"내가 말이오?"

두로가 눈이 둥그레져 되물었다. 맺힌 한이 넘치다 보면 사람들이 정녕 제정신일 수 없는 것인지, 마침내 두 사람은 이를 실행에 옮기기로 작정했다. 다음 날, 마후가 은밀하게 사람을 보내 피붙이인 마락을 불러 앞뒤로 있었던 사실을 말하고, 이 문제를 상의했다. 그러나 마락이 고개를 내저으며 즉답을 했다.

"지금 무슨 말씀을 하시는 게요? 비록 태왕이 무도해 시해되었다고는 하나, 태왕의 자리엔 당연히 종실의 사람을 채워야지 어찌 감히 두로 따위를 세운단 말입니까?"

밖에서 몰래 이 말을 듣고 있던 두로가 순간 모든 것이 어그러져 잘못될 것을 예감하고는, 그 자리에서 스스로 자신의 목에 칼을 대고 자진해 버렸다. 이제 막 동북아 최강의 대제국에 오른 고구려가 어이없는 엽기 태왕의 출현으로 잠시 뒷걸음질 치는 순간이었다.

얼마 후, 마경, 송보, 오희, 우진 등 조정의 원로대신들이 한자리에 모여 이 문제를 논의했다. 그 결과 대무신제의 아들 중에 재사再思가 가장 현명하다는 것이 중론이었다.

"그렇다면 서둘러 갈사궁으로 사람을 보내 재사태자를 모셔오도록 하십시다!"

그리하여 마락麻樂을 갈사부여의 궁으로 보내 재사에게 자초지종을 설명했지만, 뜻밖에도 재사는 고개를 내저었다.

"나는 아직 나이도 적고, 아는 것도 부족하니 태자 익을 세우는 것만 못할 것이오……"

어쩔 수 없이 마락이 조정에 돌아와 재사가 고사했다는 사실을 보고하니, 다들 난감해할 뿐이었다. 그 와중에 이 사실을 알아차린 마후가 자신의 아들인 익태자를 보위에 올리고 싶어, 부친인 마경麻勁에게 속마음을 털어놓았다. 그러자 마경이 펄쩍 뛰면서 말했다.

"황위에는 당연히 현명한 이가 앉아야 하는 법인데 어찌 감히 그런 말씀을 하십니까? 모본에게 그리 고초를 겪고도 아직도 이 모든 것이 실감이 나지 않으시는 겝니까?"

자신의 외손자가 태왕에 오를 수 있는 일이었음에도, 이를 거절한 것으로 미루어 마경은 실로 고구려에 더없이 충직한 자였다. 그는 그길로 송보松宝와 함께 다시금 갈사궁으로 직접 말을 몰았다. 그리고는 재사를 찾아 머리를 조아리고 보위에 오르길 청했다. 익태자의 외조부인 마경의 성의에 감동한 재사도 더는 고사만 할 수 없어 이를 수락했다. 재사가 마침내 고구려로 귀환해 동도의 신궁에서 고구려의 여섯 번째 태왕에 즉위했다.

이때 태보였던 마경이 병을 핑계로 자리를 고사했으므로, 재사가 송보를 태보에 임명하려 했으나, 그 역시 고사했다. 난감해진 재사가 말했다.

"나라의 최고 어른이신 두 노신이 모두 나를 이리도 피하려 한다면, 내가 어찌 보위에 설 수 있겠소?"

이 말을 들은 송보가 태보 자리를 수락하면서 조건을 하나 말했다.

"신이 태왕폐하께 감히 청할 말씀이 하나 있습니다. 아시다시피 마경은 나라의 주춧돌이 되어 충성을 다했는데도, 스스로 마후를 폐위시켜 모산茅山으로 내쫓는 바람에 부녀의 정에 금이 가고 말았습니다. 원컨대 폐하께옵서 바다와 같은 마음으로 마후를 맞아들이시고 후로 삼아 주시길 청하옵니다."

사실 고구려는 평범했던 민중제(5년 재위)에 이어 뜻하지 않은 엽기 대왕 모본제(6년 재위)의 출현으로 10년이 넘게 성장을 멈춘 상태였다. 따라서 하루속히 조정이 정상으로 회복되어야 함은 물론 이를 위해 조정 대신들의 화합이 절실한 때였다. 노련한 송보가 이를 위해 고심 끝에 내놓은 제안이었으므로 재사는 기꺼이 이를 받아들이기로 했다.

이로써 폐서인이 되어 모산으로 쫓겨나 있던 마씨와 모본제의 생모인 烏씨(오태후)가 다시 궁 안으로 돌아왔고, 각각 황후의 신분이었던 마麻씨와 우䍺씨를 일단 궁인으로 삼았다. 모본제는 모본원에 장지를 마련해 장사 지내 주었는데, 그때 그의 석인이었던 두로와 니만도 곁에 묻어 주었다. 니만은 두로가 모본에게 휘둘렀던 보도寶刀의 주인으로, 사실 그녀는 낙랑국왕 최리崔理의 딸이었다. 민중제와 모본제는 공교롭게도 그들이 묻힌 장지의 이름을 따 시호가 붙은 태왕이 되어야 했다. 재위 기간 중 이렇다 할 공적을 찾아볼 수 없었기 때문인 듯했다.

2. 13년 伯徐전쟁

AD 42년경을 즈음해 요동의 포구진한에 있던 〈서나벌〉이 고구려와 백제 연합군의 대대적인 공세에 끝내 괴멸된 것으로 보였다. 그러나 〈백제〉 또한 이후의 상황이 반드시 자신들이 원하는 대로 풀리지는 않았다. 中마한 지역에서 백제의 활약이 두드러지게 되었으나, 이것이 중원의 내란을 평정하고 다시금 요동에 눈을 돌리기 시작한 〈후한〉 조정을 크게 자극했던 것이다. 광무제의 눈에는 이 모든 것이 백제의 배후에 있는 〈고구려〉가 주도한 것으로 보였을 것이다.

마침 고구려의 속국인 〈낙랑국〉왕 최리가 은밀히 낙랑군에 사람을 보내 후한의 고구려 침공을 부추기는 한편, 장차 후한의 편에 서겠다는 제안을 해 왔다. 급기야 백제가 배후의 고구려와 함께 후한의 낙랑군을 위협하고 있다고 판단한 광무제가 새로운 결심을 하게 되었다.

"구려의 턱밑에서 마치 비수처럼 구려를 겨냥하고 있는 낙랑의 전략적 가치를 결코 포기할 수는 없다. 어떻게든 낙랑을 지켜 내고 말 것이다."

AD 44년 가을, 광무제가 산동의 수군水軍으로 하여금 전격적으로 바다를 건너 낙랑군을 지원하라는 명을 내렸다. 이어 낙랑의 군대와 함께 대대적으로 백제와 고구려 토벌에 나서게 했는데, 최종 목적지로 고구려의 도성 위나암(울암)을 직접 겨냥하게 했다. 그러나 이내 고구려의 거센 반격에 막혀 결국 패수의 지류인 살수 이남의 땅을 빼앗는 것으로 전쟁을 끝내고는 신속하게 철수하고 말았다. 흉노의 협공을 의식할 수밖에 없었던 것이다. 안타깝게도 이 과정에서 낙랑의 지척에 있던 〈백제〉가 날벼락을 맞은 것이 틀림없었다.

여러 정황으로 보아 이때 광무제의 목표는 반드시 고구려를 정복하는 데 두었다기보다는, 낙랑군을 절대 포기하지 않을 것이라는 후한 조정의 의지를 과시하기 위한 선제공격이자 경고를 날린 것으로 보였다. 워낙 속전속결로 치른 전쟁인 데다 새로이 확보한 땅도 그리 크지 않았기 때문이었다. 오히려 그 와중에 광무제의 원정군에 의해 크게 피해를 본 것은, 〈백제〉를 비롯해 옛 中마한(낙랑) 땅에 들어와 있던 몇몇 소국들이었던 것으로 보였다.

사실 그 무렵 백제의 中마한 진출 과정이나, 후한과 고구려의 충돌 등에 대해서는 기록 등의 부재로 자세한 내용이 알려지지는 않았다. 심각한 것은 그 시기를 전후하여 대륙 中마한에서의 백제나 서나벌에 대한 역사기록이 안개처럼 사라져 버렸다는 점이었다. 그 대신 이후 수년에 걸쳐 고구려의 대무신제가 이 지역에서 광범위한 보복 전쟁에 나서게 되면서, 그의 활약상만이 두드러졌을 뿐이었다.

우선 고구려는 3년 뒤인 47년경, 후한과 내통하면서 광무제의 원정을 유도한 혐의가 있던 동쪽의 〈옥저〉(낙랑국)에 대한 공격에 나섰다. 낙랑왕 최리가 이때 북옥저 땅을 빼앗긴 채로 남옥저로 달아나기 바빴다. 고구려는 다시 2년 뒤인 AD 49년에는 서북쪽 후방 개마의 잠지락을 공격해 대승을 참살한 데 이어, 상곡 및 태원에 이르는 〈요서 원정〉까지 감행했었다.

　이처럼 후한과 고구려 양강이 첨예하게 대립하며 충돌하던 그 시기에 야마한 지역에 터 잡고 있던 서나벌과 예맥, 백제 등의 역사가 소리 없이 증발해 버리고 말았다. 말 그대로 고래 싸움에 새우 등 터지는 격이 되어, 이들 부여계 소국들이 자국의 터전에서 내밀리고 사방으로 흩어진 것이 틀림없었다. 더욱 놀라운 것은 얼마 뒤 이들의 모습이 느닷없이 한반도에서 하나둘씩 다시 나타나기 시작했다는 점이었다.

　동북아의 너른 강역이 〈후한〉과 〈고구려〉 2강으로 좁혀지고 주변의 여러 소국들이 이들 대국에 내몰린 끝에 자국을 떠나 버리게 되자, 그 빈 땅을 놓고 새로운 다툼이 시작되었다. 바로 이런 시국에서 개마 잠지락부의 대승이 난을 일으킨 것도 서나벌 진출을 노린 것이었을 가능성이 충분했다. 이때부터 고구려는 마치 성난 황소의 모습처럼 주변을 하나씩 정리하면서 눈부신 활약을 보이기 시작했다. 그사이 오랜 숙적인 〈동부여〉와 〈남옥저〉를 차례대로 병합한 데 이어, 한반도의 동해까지 진출하는 데도 성공했던 것이다.

　당시 고구려는 주변의 소국을 합병한 다음에는 곧바로 郡으로 편입시키는 등, 태왕 중심의 중앙집권을 강화하던 때라, 모든 열국에 커다란 위협이 되고 있었다. 그 와중에 백제의 경쟁국이었던 서나벌이 먼저 한반도 이주를 결행한 것으로 보였는데, 이 사건이 백제 조정에도 적지 않은 충격을 준 것이 틀림없었다.

　바로 그 무렵에 고구려가 별안간 후한과 선비의 침공에 대비한다는 명분으로, 조선하를 따라 〈요동십성〉을 구축하겠다며 소란을 피웠다. 서남쪽의 후한도 문제였지만, 그 무렵 북쪽으로부터 선비족이 넘어오기 시작하면서 새로운 위협요인으로 부상한 것이 분명했다. 주목되는 것은 이들 10개 성이 구축된 많은 지역이 옛 번조선이자 中마한의 땅이었고, 바로 얼마 전까지 이 지역에 터 잡고 있었던 서나벌과 백제의 강역과 중첩된다는 점이었다.

정확한 기록이 없어 자세히는 알 수 없지만, 고구려 〈요동십성〉의 구축이야말로 바로 이들 서나벌과 백제 등이 떠난 새로운 강역을 확실하게 장악할 목적에서 비롯되었을 가능성이 컸다. 마침 그 무렵을 전후해 후한의 광무제 유수가 삶을 마감했는데, 말년에 노쇠해진 탓에 그 역시 요동을 돌아보지 못했을 것이고 이 또한 십성 구축과 무관하지 않았을 법했다. 유독 요동과 낙랑군에 집착했던 유수가 사라지자, 후한은 이후로 백 년이 지나도록 요동에 전혀 신경을 쓰지 못했다.

이런저런 배경 아래 그 무렵 아리阿利성모와 유리이사금이 다스리던 〈서나벌〉은 북경 북쪽의 포구진한을 포기한 채 한반도로 들어왔고, 온갖 우여곡절 끝에 일단은 경기 중북부 일원에 정착한 것으로 보였다. 말이 이주지 북경 일대의 요동에서 한반도 중심부까지는 수천 리里나 떨어진 장거리 이동이기에, 그 과정은 험난하기 그지없는 것이었을 것이다. 구체적으로 어떤 과정을 거쳐 처음 어디에 정착했는지는 알 수 없었다. 다만, 그 와중에도 어쨌든 현지에 대한 정보를 입수해야 했을 것이고, 그렇게 1차 목적지가 정해지고 나서 정착을 시도했을 것이다.

우선은 왕실 가족이나 군신들과 같은 핵심 세력들이 뱃길을 이용해 반도의 정착지로 먼저 들어오고, 이들을 추종하는 세력이나 백성들은 형편이 되는 대로 각자 뱃길이나 육로를 통해 시차를 두고 합류하는 과정을 택해야 했을 것이다. 그러나 한반도 전역에는 토착 원주민을 포함해, 오래전부터 대륙 여기저기서 흘러들어온 이주 세력들이 이미 곳곳에 소국의 형태로 터 잡고 있었다. 따라서 그들 선주先主 세력과의 자리다툼을 피하는 일이 가장 큰 관건이었을 것이다. 게다가 무사히 이주에 성공했다고는 해도, 왕실에 합류한 백성들의 규모가 극소수에 불과했을 것이고, 작태자 일행처럼 이탈하는 세력이 속출했을 것이다. 그러니 한반도 이주 그 자체는 곧 모든 것을 새로 시작하고, 나라를 새로 건국하는 것과 다를 바 없는 고단한 여정이었을 것이다.

이러한 위기 속에서도 이들의 피나는 노력이 이어지는 가운데 10여 년의 세월이 흐르다 보니, 한반도 내에서 서나벌의 입지가 점차 나아지고 있었다. 그 과정에서 특히 나로㝹老가 왕실을 대표하는 원로 지도자로서의 역할을 무난히 수행한 끝에 높은 명성을 쌓게 되었고, 따르는 무리도 많아졌다. 그 역시 남해차차웅의 사위였으나, 동시에 나로는 알영부인과 박혁거세의 아들로 분명히 박朴씨 혈통을 가진 자로서, 자신의 부모가 장인인 남해차차웅의 손에 잔인하게 살해된 사실을 결코 잊지 않고 있었다. 그런 나로였지만, 그는 자신의 속마음을 감춘 채 남해차차웅의 뒤를 이은 유리이사금에게도 변함없이 충성했다.

유리이사금과 나로는 비슷한 연배로 이제 모두 칠십이 넘은 고령이었는데, 공교롭게도 그 무렵 두 사람이 모두 노환으로 병석에 눕게 되었다. 한반도로 이주하기까지의 과정에서 겪어야 했던 갖은 고난과 심리적 압박stress을 고령의 심신이 더 이상 견뎌내지 못한 것이었다. 서나벌 조정에서는 조심스레 유리이사금의 새로운 후계 문제를 거론하기 시작했다.

물론 유리이사금의 태자가 있었지만, 여왕의 전통이 강하게 남아있던 서나벌국이라 아리성모가 새로이 후계자인 여왕을 지명해야 한다고 주장하는 이도 많았다. 병석에 있던 나로에게 이 사실이 전해지자 나로가 아들인 사벌沙伐을 은밀히 불러 말했다.

"나는 서나벌 조정의 원로로서 남해에 이어 그 아들인 지금의 유리에게도 충성하며 오랜 세월을 버텨왔다. 그러나 그들 백제계가 역성혁명으로 내 부모를 잔인하게 살해하고, 박씨 정권을 찬탈한 사실을 한시도 잊은 적이 없었다. 그래서 겉으로는 태연한 척했지만, 속으로는 언제나 두려움에 치를 떨던 그 순간들을 생각하고, 항상 복수를 꿈꾸며 살아왔다. 그럼에도 내가 이렇게 병석에 눕게 되어 천추의 한이 되게 생긴 터에, 지금 조정이 어수선하다는 말을 들으니 이는 틀림없이 하늘이 내린 기회라 생각되는구나……"

나로의 심상치 않은 고백에 사벌이 바짝 긴장하며 귀를 기울였다.

"나는 이제 수명이 다하여 곧 죽을 몸이다. 그러나 내가 죽기 전에 반드시 박씨 정권을 되찾지 못한다면, 죽어 이승에 간다 한들 내 어찌 부모님의 얼굴을 대할 수 있겠느냐? 그러니 너는 혁거세의 자손으로서 이 기회에 나를 대신해 반드시 박씨 정권을 되찾아 와야 할 것이다! 우리 서나벌은 대륙의 진한을 떠나오면서 너무 많은 것을 잃어버렸다. 유리왕은 기반이 흔들린 지 오래고, 나처럼 와병 중이니 이런 기회가 없을 것이다. 너는 두려워 말고 일어나, 백제계 서나벌 정권을 뒤집어 버리거라!"

그리고는 힘없고 가늘어진 손으로 아들인 사벌의 손을 꼭 쥐는 것이었다. 그간 나로의 뒤를 이어 국정을 돌보기에 바빴던 사벌로서는 뒤늦은 부친의 뼈에 사무친 고백을 듣고서 차마 이를 뿌리칠 수 없었다. 게다가 사벌 역시 당시의 혼란한 상황을 누군가 나서서 빠르게 정리해야 한다고 느끼던 터라 깊은 고민에 싸이지 않을 수 없었다.

사벌이 이런저런 궁리 끝에 마침내 모반을 일으키기로 마음먹었다. 이후 거사 계획을 철저하게 준비한 다음, 어느 날 그가 조심스레 측근들을 불러 모았다.

"조정의 돌아가는 상황이 심각하다. 문제는 유리이사금의 뒤를 누가 잇는다 하더라도 지금의 왕족들은 모두들 하나같이 나약해 나라를 새롭게 일으켜 낼지 의문스러울 뿐이다."

그러자 이구동성으로 불만이 터져 나왔다.

"그렇습니다. 지금의 왕족들은 마치 옛 포구진한 시절과 다름이 없는 듯, 아래 사람들을 부리려고만 하지, 누구든 앞장서서 궂은일을 해내려는 사람이 드뭅니다. 이래 가지고서는 조만간 이웃 나라에 병합되는 날이 머지않았을 것입니다."

이에 사벌이 조심스레 운을 떼웠다.

"다들 알다시피 나는 박씨 혈통 혁거세의 자손이다. 이제야 말이지만, 내 부친(나로)과 나는 50여 년 전, 남해차차웅이 내 조부모이신 알영성모와 혁거세를 무자비하게 처단하고, 박씨 정권을 찬탈한 것을 한시도 잊은 적이 없다! 무엇보다 그대들도 말했다시피 지금의 서나벌 왕실은 너무도 유약해 나라의 미래가 어둡기 그지없다. 해서 그대들이 나를 따라와 준다면, 이참에 백제 해解씨계 왕조를 뒤엎고 박朴씨 정권을 되찾아 원래 서나벌의 모습 그대로 돌려놓고 싶다⋯⋯. 이것이 지금 병석에 누워 있는 부친과 나의 간절한 소망이다!"

"⋯⋯."

그 말을 들은 사벌의 측근들이 크게 놀라고 긴장하여 서로의 표정을 확인할 뿐이었다. 그러나 이어진 사벌의 진심 어린 설득과 유리이사금의 통치에 실망한 나머지, 모두가 반란에 동참하기로 맹약했다. 그들은 철저하게 비밀을 지키면서 계획한 대로의 거사 준비를 착실하게 밟아 나갔다.

유리이사금 33년째 되던 AD 56년경, 마침내 사벌이 병석에 누워 있는 유리이사금에 대해 반기를 들고, 난을 일으켰다. 이렇다 할 낌새를 채지 못한 유리 왕조는 용의주도한 사벌의 공격에 맥없이 무너져 버렸다. 朴씨 정권을 되찾는 데 성공한 사벌이 병석의 부친인 나로를 찾아가 거사 성공 소식을 고하니, 나로는 눈물을 흘리며 기뻐했다.

"오오, 잘했도다! 반백 년 뼈에 사무친 한을 네가 풀어주다니 정말 잘했구나, 고맙구나! 나는 이제 죽어도 여한이 없다. 이제야 저승에 가서 부모님을 뵐 면목이 서게 되었다……"

그리고는 사벌에게 주저 말고 임금의 자리에 오르라고 말했다.

"그 자리는 원래 우리 박씨들의 자리였으니, 당연히 네가 임금이 되어야 한다. 나는 너를 믿는다. 부디 나라를 잘 다스리거라!"

그리하여 마침내 오십 대의 사벌이 새로운 이사금의 자리에 오르게 되었다. 과연 얼마 후 나로는 세상을 떠나고 말았다. 그때까지 사벌은 병석에 있던 유리이사금의 수명이 얼마 남지 않았다고 판단해 위해를 가하지 않았는데, 그의 예상대로 유리 역시 이듬해 화병으로 사망했다.

유리이사금은 선대로부터 물려받은 서나벌국을 끝내 지켜 내지 못하고, 대륙을 떠나 한반도로의 망명길을 택해야 했던 비운의 임금이었다. 그렇게 모든 기반을 잃고 반도에서조차 제대로 정착하지 못하더니, 말년에 박씨 가문에 왕권마저 도로 내주는 수모를 겪고 말았다. 그의 죽음과 함께 서나벌국의 창업 이래 朴씨와 백제계 해解씨 왕조의 싸움이 50년 만에 비로소 끝나게 되었고, 서나벌은 이제 다시 원래대로 朴씨계 혈통이 이어 가게 되었다.

한반도 서나벌에서 역성혁명을 통해 박씨 사벌왕이 정권을 되찾고, 새로운 역사를 시작하던 그 무렵을 전후해, 요동의 中마한(낙랑) 지역에서는 또 다른 변화가 진행되고 있었다. AD 42년경, 고구려의 지원 아래 서나벌을 밀어내고 이 지역으로 들어갔던 〈백제〉는, 그러나 그 2년 뒤에 후한의 광무제가 벌인 3차 〈요동 원정〉으로 결국 그 땅에서 쫓겨나는 신세가 되고 말았다. 후한이 이때 살수 이남을 차지하게 되었는데, 그 속에는 백제가 고구려에 양보했던 엄표와 한남 땅은 물론 백제의 도성인 험독한성 일대까지 포함되어 있었다.

사실상 백제가 이때 후한의 원정군에게 초토화된 것이 틀림없었던 것이다. 이후로 전쟁의 후유증에 시달리던 고구려 역시 딱히 백제를 돌보거나 협조하려고 적극 나서지 못한 듯했다. 필시 다루왕과 그 일행이 낙랑군의 북쪽 고산지대로 피해 들어갔으나, 좁은 산악 지역에 서나벌과 예맥(말갈) 일파, 선비와 오환에 이어, 새로이 일어나는 초기의 서부여(비리) 세력까지 뒤엉켜 자리다툼을 벌여야 하는 최악의 상황에 직면했을 가능성이 컸다.

피난살이에 시달리며 어느 한곳에 정착하지 못하고 이리저리 헤매던 중에 어느 날 측근들이 다루왕에게 간했다.

"어라하, 우리와 다투던 진한 사람들이 이곳 대륙을 떠나 한반도로 떠나질 않았습니까? 왕실과 귀족들은 이미 배를 타고 떠난 지 오래고, 여타 그 아래 충성하던 이들과 일반 백성들까지 끼리끼리 모여 혹은 바닷길로, 혹은 육로를 통해 반도를 향하는 모습이 곳곳에서 목격되었다고 합니다."

"그 말은 우리도 한반도로 떠나자는 말이 아닌가?"

사실 한반도행은 다루왕이 한성을 떠나기 전부터 나온 이야기로, 새삼스러운 것도 아니었다. 다만, 그것이 백제의 몰락을 인정하는 것이 되는 데다, 한반도에서의 성공을 보장할 수 없는 것이었기에 서로 논하지 못했을 뿐이었다. 그러나 지긋지긋한 피난살이에 지칠 대로 지치다 보니, 군신들 모두가 더는 두려워할 것도 없다고 느끼던 때였다. 그날 이후로 이들도 서나벌처럼 한반도 이주를 본격적으로 논하기 시작했다.

마침 그 무렵인 48년 3월이 되자 다루왕에게 또 하나 슬픈 소식이 올라왔다.

"어라하, 좌보께서 세상을 떠나셨습니다……"

이때 좌보는 약 20년 전 말갈을 저지해 냈던 〈마수성전투〉의 맹장 흘우屹于를 말하는 것으로, 다루왕이 그동안 가장 크게 의지하던 인물이었다. 당시 궁중의 큰 괴목이 말라 죽었다는 기록으로 보아 흘우가 전사했을 가능성이 커 보였는데, 이때 백제왕실이 커다란 위기를 맞이한 것이 틀림없었다. 이미 심리적으로 크게 흔들리고 있던 다루왕이 그런 흘우의 죽음을 계기로 중차대한 결단을 내렸으니, 그것이 바로 한반도 이주였던 것이다.

결국 백제伯濟 세력 또한 그 무렵의 어느 시기에, 대륙을 떠나 한반도 이주를 감행한 것이 틀림없었다. 이들의 이주 과정 또한 자세히 알 수는 없지만, 대략 옛 中마한이나 서나벌 세력이 이주해 온 것과 비슷한 과정을 거쳐야 했을 것이다. 다만, 지금도 황해안 인천仁川 지역을 미추홀이라 부르는 것으로 미루어, 다루왕과 백제의 지도부가 한강의 너른 하구를 경유해 오늘날 서울의 강북 지역으로 들어온 것으로 보였다.

필시 이는 대륙의 요동에서 해안을 따라 반도로 들어오는 주된 경로였을 것이고, 서나벌 역시 북쪽의 고구려를 피해 비슷한 길을 택한 것이 틀림없었다. 그 결과 반도로 들어온 백제가 공교롭게도 서나벌과 멀지 않은 지역에 동서로 이웃하고 말았다. 백제의 다루왕 또한 선대 온조대왕이 이룩했던 모든 것을 버리고 대륙을 떠나온 만큼, 한반도 백제 역시 새로운 나라를 건국하는 것과 같은 고생을 감내해야 했을 것이다. 또 물설고 낯선 땅에서의 망명정부의 신세가 되어 떠돌이 난민처럼 지내야 했을 것이니, 아마도 서나벌이 처음 겪었던 고난의 길을 그대로 답습하기 바빴을 것이다.

그 무렵 반도의 중부 아래로는 대략 마한馬韓, 진한辰韓, 변한弁韓이라는 소위 三韓의 세력이 형성되어 있었는데, 이것이 대륙에 있었던 삼한관경三韓管境과 비슷한 모양새라 해서 〈南삼한〉이라고도 불렸다. 그러나 이들 왕조의 왕력과 역사 등이 전해지지 않다 보니, 그 실체와 자세한 내용은 알 길이 없었다. 다만 그 가운데 중서부 지역의 〈마한〉이 맹주의 지위에 올라 있었는데, 그 왕을 특별히 辰王이라 부르며 예우하고 있었다. 마한은 반도의 중서부 전라 지역의 너른 곡창지대에 터를 잡고 있었는데, 기씨조선이 위만에게 망했을 때부터 그 일파가 들어와 당시 반도를 장악하고 있던 평안도 지역의 〈진국辰國〉을 밀어내고 세운 나라라는 등 여러 설이 분분했다.

그러나 〈위씨조선〉 멸망 후 요동의 옛 번조선 지역에 새로 들어온 나라도 〈마한馬韓〉(中마한)이라 불렸으므로, 바로 이 요동과 한반도 양쪽에 존재했던 두 개의 마한이 서로 모종의 연관성이 있었을 가능성이 매우 농후했다. 아마도 AD 9년경 요동 지역의 中마한 왕조가 〈십제〉의 온조왕에게 축출당했을 때, 그들 세력 또한 한반도 마한으로 이주해 기존의 세력과 힘을 합쳤을 수도 있었다. 이들이 원래의 기箕씨 성을 버리고 다 같이 韓씨 성을 썼다는 것도 공통된 특징이었다. 그럼에도 불구하고 후일 이들 마한 세력이 끝내는 백제에 병합되다 보니 그 역사기록도 함께 사라져 버리고 말았다. 그 바람에 불행히도 이들 두 마한馬韓 즉, 요동의 〈中마한〉과 〈한반도마한〉의 성립이나 소멸 과정을 제대로 알 수 없는 지경에 처하고 말았다.

눈길을 끄는 것은 당시 서나벌의 뒤를 이어 반도로 들어온 〈백제伯

濟〉가 한강 북부 지역에 자리 잡다 보니, 한강을 사이에 두고 그 아래 경기 북부 지역의 〈서나벌〉과 반도에서조차 또다시 이웃하게 되었다는 점이었다. 대륙에서 일어났던 이들 두 나라가 모두 반도의 중북부로 들어오게 된 데는, AD 56년경 있었던 고구려 장군 어비신의 〈동옥저 원정〉과도 커다란 관련이 있어 보였다. 대무신제의 명을 받은 어비신이 이때 한반도로 달아난 낙랑 세력, 즉 동옥저 축출에 나섰던 것이다. 당시 어비신의 고구려군이 청천강 유역에까지 도달해 해서군海西郡을 설치하고는 주위에 명령을 하달했다.

"해서군 설치로 동옥저 축출이라는 이번 원정의 목적이 대부분 달성되었다. 마지막으로 낙랑의 남은 무리들을 모아 환아에서 살게 해야 하니, 이들을 이주시키는 일까지 마무리할 수 있도록 노력을 경주해 달라!"

낙랑의 잔류 세력을 오늘날 압록강 북쪽의 환인桓仁으로 추정되는 환아桓阿로 집단이주시켜 살게 하려는 계획은, 어비신이 출정 전부터 부여받은 과제로 보였다. 아울러 이 무렵에 비로소 반도의 북쪽 땅 대부분이 고구려의 강역으로 편입된 것이 틀림없었다. 어비신의 〈동옥저(낙랑) 원정〉은 요동의 고구려가 이때부터 한반도 강역 깊숙이까지 진출해 거점을 확보하는 계기가 되었으니, 역사적으로 매우 중요한 의미를 지닌 것이었다.

그 바람에 공교롭게도 서나벌과 백제는 얼마 전까지도 대륙의 요동에서 中마한의 땅을 두고 서로 다툰 사이였음에도, 한반도로 이주해서까지 그 질긴 악연을 지속해야 하는 딱한 처지가 되고 말았다. 사실 한반도는 국토의 6, 7할이 산악지대라 농사지을 평야가 드문 데다, 그나마도 대부분 한강 이남의 서쪽에 위치해 있었다. 한반도 중서부 지역은 한강이나 임진강 등의 거대한 강이 황해로 흘러드는 데다 너른 평야가 펼쳐져 있어, 모두가 군침을 흘리는 각축장이 될 수밖에 없었던 것이다.

반도에서 아직 튼튼히 뿌리를 내리지 못한 서나벌과 백제는 선주 세력이나 다름없는 동옥저(낙랑 일파), 동예(말갈 일파) 등에 시달리는 외에 자기들끼리도 다투는 것은 물론, 남쪽 반도의 마한 등과도 밀고 당기면서 치열한 강역 싸움을 벌여야 했을 것이다. 그러다 어느 순간 서나벌이 한강 일대를 백제에게 내주고 남쪽으로 밀리던 끝에 충북 일대까지 내려와 있었는데, 백제 또한 이들을 따라 한강의 남쪽까지 내려오는 형국이 전개되고 말았다.

그러던 AD 55년경 말갈이 백제의 북쪽 변경을 쳐들어온 일이 있었다. 이때의 말갈은 古부여(예족, 숙신)족의 일파가 일찍부터 한반도 북동부로 옮겨와 형성된 세력인 동예東濊로 추정되는데, 이들은 고구려를 피해 함경도와 강원 동부를 장악한 채 그 동남쪽 주변을 부지런히 오르내린 것으로 보였다. 말갈의 침공에 크게 놀란 다루왕은 이듬해인 56년, 서둘러 이들 세력을 경계하기 위한 조치에 적극적으로 나섰다.

"말갈은 참으로 질긴 족속이다. 대륙에서도 우리를 괴롭히더니 이곳에서조차 피할 길이 없구나. 지난해 말갈의 매서운 공세에 시달린 만큼 그들을 막을 비상한 대책이 필요하다. 그러니 서둘러 우곡성牛谷城을 다시 쌓도록 하라!"

그렇게 백제가 성을 쌓고 말갈의 공격에 적극 대비한 끝에 수년의 세월이 흘렀다. 그러던 AD 61년경이 되자, 이 지역에 뜻밖의 사건이 벌어졌다. 마한의 장수였던 맹소孟召라는 자가 복암성覆巖城(충북영동)을 느닷없이 서나벌에 바치고, 부하들과 함께 망명해 온 것이었다. 마한왕이 이 사건으로 크게 분노했지만, 마한만의 힘으로 대륙 출신의 서나벌국을 당할 수 있을지 가늠할 수 없었다. 마한왕의 대신 중 하나가 안을 내었다.

"대왕, 좋은 방법이 있습니다. 서나벌을 치는 데 같은 대륙 출신인 북쪽의 백제를 끌어들이면 어떻겠습니까?"

"무어라, 백제를? 백제는 예전엔 우리의 속국이었으나, 그 시조인 온조왕이 우리를 배신한 이래 서로 왕래가 없었거늘 가당키나 한 일이겠느냐?"

마한왕이 미심쩍다는 듯 되물었다.

"백제는 요동의 온조왕 시절과는 달리 그 기세가 前王 때만 못하다고 합니다. 하오니 전하께서 다시 상국의 입장에서 백제를 시험해 볼 좋은 기회인 듯합니다. 그들로 하여금 서나벌로부터 복암성을 빼앗게 하되, 성공한다면 복암성을 그대로 백제에 넘겨주겠노라 약속을 하는 것입니다. 만일 거부한다면, 여전히 우리에게 반감을 갖고 있음을 드러내는 것이고, 수락을 택한다면 이는 곧 백제와 서나벌의 전쟁을 의미할 테니 우리는 그 결과에 따라 나중의 선택을 하면 되는 일이 아니겠습니까?"

그제야 마한왕이 무릎을 치며 껄껄 웃었다.

"오, 그거 참 묘수로다! 요동에서 흘러온 백제와 서나벌끼리 서로 싸우게 한다……. 우리는 나중에 지친 쪽을 공격하면 되겠구나, 하하하!"

그리하여 마한왕의 사신이 백제의 다루왕을 찾아 조건을 제시하고, 서나벌 공략을 주문했다. 백제 조정에서도 이 문제를 놓고 왈가왈부하는 등 시끄러워졌다.

"어라하! 마한이 예전처럼 우리의 상국도 아닌 마당에 공연히 삼자가 끼어들 일은 아닌 듯합니다. 자칫하면 커다란 전쟁에 휘말릴 수 있으니 그냥 무시해 버리셔야 합니다!"

그러나 다른 견해를 가진 이들도 있었다.

"지금 우리 백제와 서나벌, 마한의 3국이 마치 대륙의 요동 시절로 되돌아간 것처럼 국경을 맞대고 서로 팽팽하게 대치하는 국면입니다. 마한이 그동안 반도에서 다시 강성해진 만큼, 대립하기보다는 그들이 다시 손을 내밀었을 때 서로 협조해 상대적으로 나약한 서나벌을 공략할 필요가 있습니다. 게다가 서나벌은 얼마 전 내란으로 박씨 왕조로 교체되어 아직은 어수선할 것입니다. 마한과의 연맹임을 핑계 삼아 서나벌을 공략할 좋은 명분을 얻을 수 있으니, 서나벌이 더 크기 전에 그 기세를 꺾어 놓을 이유가 충분합니다!"

"그렇습니다. 마한왕이 뜻밖에 사신을 보내온 것도 오랫동안 소원했던 우리와의 관계를 시험해 보려는 의도가 있음이 분명합니다. 소극적인 자세를 취하기보다는 백제와 어라하의 강력한 의지를 세상에 드러낼 필요가 있습니다!"

다루왕은 격론 끝에 결국 서나벌에 마한왕의 요구를 전달하기로 뜻을 모으고, 사신을 보냈다. 백제의 사신이 서나벌의 사벌왕을 만나 당당하게 요구했다.

"복암성은 원래 마한의 것이고, 그 성을 귀국에 바친 맹소 또한 여전히 마한왕의 장수임이 틀림없습니다. 그러니 임금께서 서둘러 맹소와 함께 복암성을 마한에 돌려주는 것이 좋을 듯합니다. 그렇지 않을 경우, 귀국은 마한과 백제 연합군과의 전쟁에 직면하게 될 것입니다!"

서나벌의 사벌왕은 마한이 아닌 백제의 사신이 갑자기 나타난 것도 그렇고, 황당한 요구를 이어 가는 데 대해 크게 화를 내며 단호하게 거절했다.

"이것은 마한과 우리 서나벌 간의 문제다. 그대의 나라 백제가 나설 일이 아니란 말이다! 너희 왕은 어찌하여 이 땅의 반도까지 따라와 대륙에서처럼 또다시 우리에게 감히 간섭하려 드는 것이냐?"

그러자 분개한 사벌왕의 대신들이 여기저기서 외쳤다.

"저자의 주둥아리를 틀어막을 수 있게 목을 벨 것을 허락해 주옵소서!"

한바탕 소동이 벌어진 끝에 험악한 상황을 사벌왕이 진정시키고 나서야, 백제의 사신은 겨우 목숨을 부지한 채 귀국할 수 있었다. 분명 서나벌은 이제 포구진한의 서나벌이 아니었고, 사벌왕 또한 유약했던 유리이사금과 달리 결단력과 강단이 넘쳐 보였다. 결국 이 일을 계기로 〈백제〉와 〈서나벌〉 사이에 극도의 긴장 국면이 고조되었다.

AD 63년, 마침내 백제의 다루왕이 병력을 동원해 서나벌을 공략하기로 했다. 백제군은 이때 하남 위례성에서 제법 멀리 떨어진 낭자곡성 娘子谷城(충북청주)까지 내려가 성을 공격했다. 그러나 서나벌의 저항이 만만치 않아 낭자곡성이 쉽사리 떨어지지 않았다. 그러자 백제군이 방향을 바꿔 이번에는 그 아래쪽으로 진격해 서나벌이 차지하고 있던 와산성蛙山城(충북보은)과 구양성狗壤城(충북옥천)까지 거칠게 공세를 펼쳤다.

그러나 생각과 달리 서나벌의 군사력 또한 결코 만만한 것이 아니어서 서로 간에 성을 뺏고 빼앗기는 전투가 되풀이되었다. 결국 백제와 서나벌 두 나라가 요동의 中마한을 두고 다툰 데 이어, 또다시 한반도에서 사활을 건 전쟁에 몰입하고 말았다. 먼저 AD 64년에는 백제가 와산성과 구양성을 재차 공격해 모두 빼앗았으나, 이내 구양성을 서나벌에게 도로 내주고 말았다. 그 해에 〈고구려〉에서는 강성하던 대무신제가 사망했으나, 그의 죽음조차 이제는 멀리 떨어진 한반도에 별다른 영향을 끼치지 못했다. 2년 뒤인 66년에는 서나벌이 다시 백제를 공격해서 와산성까지 빼앗고 말았다.

이처럼 이웃한 백제와의 싸움이 잦아지다 보니 서나벌에서도 끊임없이 군대를 동원하는 것뿐만 아니라, 전쟁을 피해 달아나는 백성들의 이탈을 막아야 할 근본적인 대책이 절실해졌다. 십 년 전에 혁명을 통해 해씨들로부터 정권을 되찾은 사벌왕이었기에 주변을 단속하고 왕권을 강화해, 지방을 더욱 효율적으로 통제할 필요를 느꼈던 것이다. AD 67년경, 사벌왕이 지방의 행정조직을 새롭게 개편했다.

"도성과 6部의 외곽에 있는 지방의 행정조직으로 이제부터 州와 郡을 새로 두고, 나누어 다스리도록 할 것이다!"

사벌왕은 이어 자신의 왕족들인 박씨 귀척들을 주주州主와 군주郡主로 내려보내 다스리게 했고, 그 결과 중앙의 통제력을 크게 강화할 수 있었다. 또한 순정順貞을 발탁해 이벌찬에 임명하고 나라의 정사를 두루 맡기면서 내치에 안정을 꾀했다.

이러한 사벌왕의 노력에도 불구하고 그 후로도 백제의 침공은 계속 이어졌다. AD 75년에는 서나벌이 다시 와산성을 백제에 빼앗겼으나, 이듬해 끝내 백제로부터 다시 되찾아오는 데 성공했다. 그 와중에 애당초 다루왕과 사벌왕이 예상했던 것과는 달리, 양측에서 뺏고 빼앗기는 치열한 전쟁이 무려 13년 동안이나 지루하게 이어지고 말았다. 결국에는 마한의 지원을 받는 백제의 집요한 공격을 서나벌이 막아 내는 데 성공하면서, 서나벌의 존재감이 크게 뚜렷해질 수 있었다.

그러나 오랜 전쟁을 통해 양측 모두 많은 사상자를 내고 말았다. 그 과정에 한쪽이 상대방의 처자식을 유린하면, 다른 한쪽이 그 대가로 적병을 구덩이에 생매장시키는 등 잔인한 살육과 보복이 반복되면서 쌍방 간에 씻을 수 없는 깊은 상처와 원한을 남기게 되었고, 심각한 전쟁의 후유증에 시달려야 했다.

그런 와중에 AD 75년경, 서나벌의 사벌왕沙伐王이 고령의 나이에 전쟁에 대한 압박감이 가중되어서인지 먼저 세상을 뜨고 말았다. 그는 부친인 나로의 뜻에 따라 백제계 유리이사금을 끌어내리고 다시금 박씨들의 왕통을 되찾은 인물이었다. 이어 10년이 넘도록 마한이 후원하는 백제의 끈질긴 공격을 막아 내고 서나벌을 지켜 내는 데 성공한 것이야말로 그의 빛나는 업적이었다. 사람들은 그를 낙동강 모래밭이 내려다보이는 고소부리古所夫里(경북상주) 언덕 위에 묻고 장사 지냈다.

사벌왕의 숙적으로 승패 없는 전쟁을 주도했던 백제의 다루왕多婁王 또한 2년 뒤인 AD 77년경 75세의 나이로 사망했다. 도량이 넓고 후덕한 데다 위엄을 지녔다고 했다. 사벌과 다루 두 사람의 군주들은 비슷한 나이에 숙명의 적이 되어 무려 13년이나 한 치의 양보도 없는 전쟁을 치러야 했다.

이들은 대륙에서 떨어져 나온 망명정부의 성공적인 정착을 위해, 저마다 사활을 걸고 최선을 다해야 했는데, 결국 앞서거니 뒤서거니 하면서 세상을 뜨고 말았다. 백제와 서나벌 간의 사실상 승자 없는 이 〈13년 전쟁〉은 고대 1세기를 통틀어 한반도에서 벌어졌던 가장 큰 규모로, 오래도록 지속된 전쟁이 되고 말았다.

그러나 이 두 나라의 질긴 악연은 어찌 보면 이제 시작에 불과한 것으로, 이후에도 끊임없이 대립과 반목을 거듭하게 되었다. 상대적으로 마한은 반도의 곡창지대인 전라 일원을 지배하고 있어서, 여전히 이들 두 나라보다는 우위를 유지하고 있었다. 서나벌은 마한의 속국은 아니었으나, 한반도의 주도권을 쥐기에는 역부족이라 이후에도 마한과 백제의 연합에 조금씩 밀리면서 남동진을 지속할 수밖에 없었다.

3. 반도 사로와 계림의 만남

그렇게 연산의 서나벌이 반도의 중부 지역에서 힘겹게 정착해 가고 있을 무렵, 반도의 동남단 경주 인근의 시림始林에는 북방에서 이주해 온 또 다른 세력이 정착해 있었다. 그들은 북방 훈족(흉노) 계열 사람들로 강력한 철제무기를 만드는 기술과 함께 특히 뛰어난 금속 세공술을 지닌 것으로 알려졌으며, 김씨金氏 성을 가진 사람들이라고 했다. 이들이 바로 사십 년 전 후한의 등장으로 왕망의 신新나라가 망하면서, 함께 몰락해야 했던 투후秺侯 김일제金日磾의 후손들이었다.

漢나라 무제 시대에 김일제의 부친은 흉노 이치사선우 아래 제천금인祭天金人을 모시던 휴도왕이었다. 그 뒤 무제가 김일제를 거두어 곁에 둔 이래, 일제를 포함한 그의 후손들은 대를 이어 가면서 漢나라 7명의 황제를 받들며 충성해 왔고, 왕망王莽의 〈新〉에 이르기까지 장안의 내로라하는 호족 가문으로서의 명성을 쌓았다.

일제의 4대 손인 김당金當은 바로 2백 년 漢나라를 무너뜨리고 신나라를 세운 왕망의 생모 南씨부인의 친아들로, 사실 그는 왕망의 포제胞弟(이부異父동모제)였다. 그러나 왕망이 과도한 개혁정치로 15년 만에 스스로 망해 버리자, 왕망의 최측근이었던 김씨 일족들도 일제히 난을 피해 산동과 요동의 여기저기로 숨어들어야 했다. 이후 그 일부가 요동의 낙랑을 거쳐 다시금 한반도로 스며들었던 것이다.

특히 김일제는 손아래 김윤金倫이라는 유일한 남동생을 두었는데, 바로 김윤의 후손들이 먼저 한반도 남해로 들어와 철의 나라로 유명한 〈변진구야국〉을 접수하는 데 성공했다. 그리고 이를 주도했던 인물이 김시金諟, 즉 〈가야〉의 시조로 알려진 김수로왕으로 추정되는 인물이었다. 반면 김일제의 직계, 즉 김당의 자손들은 이들보다는 조금 늦게 요동을 떠난 것으로 보이는데, 그들은 한반도 남단을 돌아 동남쪽인 경주 인근에 자리 잡았고, 그들을 이끄는 자는 김알지金閼知로 알려진 인물이었다.

사실 알지의 무리가 작태자인 탈해왕보다도 더 먼저 경주로 이주했음에도, 처음부터 나라를 세우지 못하다 보니, 그다지 두각을 나타낸 것은 아닌 듯했다. 오히려 그들보다 나중에 이주해 온 추모대제의 아들인 작鵲태자(탈해)가 선주 세력인 호공瓠公과 손을 잡고 먼저 〈사로국〉(계림)을 세운 셈이었다. 이처럼 초창기부터 구야국을 빼앗고 당당하게 나라를 차지한 수로 세력의 성공에 비하면, 알지 세력의 출발은 그렇게 화려한 편은 아니었던 셈이다.

그런데 흉노 출신 김일제 가문에는 그들만의 독특한 가풍이란 것이 있었다. 그것은 그들 자신이 변방 오랑캐의 후손이었던 만큼, 주류인 漢족 출신 귀족들 앞에서 항상 겸손하고, 타인 앞에서조차 절대 자신들을 내세우지 않는 것이었다. 대신 성실과 인내로 균형을 잃지 않고, 세상을 잘 살아 버텨 내는 것을 중요시했다. 알지 역시 조급하게 굴기보다는 겸손하고 성실하게 주변 사람들을 대하다 보니 많은 사람들로부터 신뢰를 얻게 되었고, 어느덧 누구나 인정하는 지역의 지도자로 성장해 있었다.

그 무렵, 사로국의 대보大輔 호공은 나라 안팎으로 종횡무진으로 활약하면서 부지런하게 국정을 손수 챙겼다. 무엇보다 고령의 탈해왕이 이제는 활동이 둔화된 탓에 사실상 나라의 대소사를 호공에게 맡기다시피 했다. 그런 호공이었기에 당시 시림 일대 알지 세력의 명성이 자자하다는 것을 일찍부터 알고 있었다. 정치적으로 이런저런 세력들을 보듬고 끌고 가야 하는 호공으로서는 당연히 알지 세력이 관심사일 수밖에 없어 어느 날인가 알지를 불러 만나 보기로 했다. 알지가 먼저 호공에게 정중하게 인사를 했다.

"김알지라 합니다, 대보를 뵙습니다!"

"그대에 대해서 많은 말들을 들었기에 한번 만나고자 이렇게 초대했소. 듣자니 그대의 일가가 중원의 漢나라 장안에서 제일가던 명문가 출신이라고도 하고, 또 원래 북방 흉노족의 후손들이라는 소문도 들리더이다. 무엇이 사실이든지 간에 아무튼 그대들이 쇳덩이와 특히 금을 다루는 기술이 빼어나, 그것으로 많은 돈과 사람들을 모으고 있다고 들었소이다."

그러자 알지가 더욱 고개를 숙이며 겸손하게 답했다.

"부끄럽기 그지없는 소문입니다. 쇠를 다루는 남다른 기술이 있어 그것으로 장사를 하다 보니 약간의 돈이 모였고, 그러다 보니 집 안팎을 드나들며 일하는 사람들이 제법 많이 늘어났을 뿐이지요……"

호공은 우선 알지의 겸손함이 마음에 들었다. 이후 알지와 많은 대화를 나눈 끝에 실제로 그들 金씨 가문이 중원 대국의 수도 장안을 호령하던 최고 수준의 명가名家였다는 사실을 확인할 수 있었다. 호공이 종전과 달리 알지를 한껏 치켜세우는 말을 했다.

"오늘 그대를 만나 보길 참으로 잘한 것 같소. 그대의 김씨 일가가 소유한 대륙에서의 경험과 지식이야말로 사로국 안에서도 찾아보기 힘든 소중한 자산임을 깨닫게 되었소. 알다시피 우리 탈해임금은 그대와 같은 대륙 출신으로 고구려의 시조 동명제의 아들이자, 우리 사로국의 전신이나 다름없는 요동 서나벌국의 대보를 역임한 현인이시오. 앞으로 사로를 키우는 데 그대가 앞장서서 큰 힘이 되어 주길 바라오. 같이하십시다!"

그러자 알지가 머리를 숙여 정중히 답했다.

"과찬의 말씀이십니다. 그러나 미력하지만 대보께서 불러만 주신다면, 최선을 다해 돕도록 할 것입니다."

이후 호공이 이들을 중용해 나라의 인재로 쓰고자 곧바로 탈해왕에게 천거하니, 같은 북방 고구려 출신인 탈해왕도 이들의 등용을 크게 반겼다. 과연 김씨 가문의 사람들이 이내 여러 곳에서 두각을 나타내면서, 김알지 일족도 이제 서서히 사로국 권력의 중심부로 진입하게 되었다. 사로국이 생긴 후 10년쯤 뒤인 AD 65년경으로 추정되는 일들이었고, 이때 국호를 〈계림鷄林〉으로 바꾸었다. 그 무렵 고구려에서는 대무신제가 죽었고, 한반도 중부에서는 서나벌과 백제가 와산성과 구양성을 놓고 피 말리는 전쟁을 벌이던 때였다.

당시 〈계림〉의 남쪽으로는 울주, 언양 일대에 〈우시산국于尸山國〉이 있었고, 동래, 양산 일대에 〈거칠산국居柒山國〉이라는 소국들이 있었다. 이들 나라가 계림의 변경을 어지럽힌다는 보고에 조정에서는 거도居道라는 장수를 변관邊官으로 내보내 방어에 임하게 했다. 거도가 변방에 부임해 보니, 이들 두 소국의 병사들이 연합해 계림의 병사들을 상대로 대치하고 있었다. 그러던 어느 날 적의 진영이 소란스럽다는 보고에 거도가 뛰쳐나가 보니, 이들 소국의 병사들이 특이한 놀이를 하고 있었는데, 그것이 마치 전쟁이라도 펼치는 듯한 거친 기마騎馬 놀이임을 알게 되었다.

말을 잘 타는 아재비라는 뜻에서 '마숙馬叔'이라고 불리던 이 전쟁놀이는 매년 몇 회에 걸쳐 강가의 너른 들판 가득히 말들을 풀어놓으면서부터 시작되었다. 그런 다음에는 약속된 시간에 병사들이 일제히 신호에 맞춰 들판으로 뛰어들어 제각기 아무 말이나 잡아 올라타는 것이었다. 이후 목표지점까지 내달리는 마상馬上 시합이 펼쳐졌는데, 여러 규

칙을 적용해 다양한 방식으로도 진행할 수 있었다. 거칠고 박력 넘치는 남성미를 맘껏 겨룰 수 있는 이 마상시합은 사실상 병사들의 체력과 승마기술 연마를 위한 훈련에 다름 아닌 것이었다. 어느 날 멀리서 이를 확인한 거도가 의미심장한 미소를 지었다.

"흐음, 마숙이라……. 좋은 방법을 찾아낼 수가 있겠구나, 후후후!"

그 후로 계림의 병사들이 수시로 무리 지어 변경의 들판에 나타나더니, 이 두 나라 병사들이 즐기던 마숙놀이를 따라 하면서 즐기는 모습이 목격되었다. 그런데 시간이 지날수록 이들 계림 병사들의 마숙놀이 횟수가 더욱 잦게 되었고, 어느덧 두 나라 병사들이 이를 비꼬아 흉보는 지경이 될 정도였다.

"저길 보게나. 계림놈들이 또 말들을 풀어놓기 시작했구먼. 마숙놀이도 어쩌다 해야 재미가 있는 법이거늘, 시도 때도 없이 저리 자주 한다면 말들을 모느라 힘만 들지, 대체 무슨 재미가 있을까? 하여간 남 흉내나 내고, 참 속절없는 놈들일세, 하하하!"

거도가 몰래 사람을 보내 알아보니 마침내 이들 적국의 병사들이 계림군들이 흉내 내는 마숙놀이에 전혀 신경을 쓰지 않는다는 사실을 알게되었다. 어느 날 거도가 병사들에게 만반의 준비를 갖추게 한 다음, 평상시처럼 마숙놀이를 하는 시늉을 하게 했다. 그런 모습을 보고도 상대편에서는 아무런 반응을 보이지 않았다. 그때 전격적으로 대장기가 올라감과 동시에 공격을 알리는 나발 소리가 날카롭게 들판을 가로질렀다.

"공격이닷, 일제히 적진을 향해 돌진하라! 뿌우웅!"

계림군이 이내 말을 몰아 적진을 향해 질풍처럼 달려들어 병영을 한순간에 쓸어버리니, 미처 손쓸 겨를이 없던 적병들이 일방적으로 괴멸되고 말았다. 계림군은 곧장 두 나라의 도성을 향해 내달렸고, 이때 우시산국과 거칠산국 두 소국이 한꺼번에 무너지면서 계림에 병합되고 말았다. 계림이 남진을 하면서 주변의 소국들을 제압하고 강역을 넓혀 가고 있었던 것이다. 그 후 이 두 소국은 계림의 속군郡이 되었으나, 얼마 지나지 않아 탈해왕이 죽은 뒤로는 다시 부활해 한동안 존속하기도 했다.

백제와 서나벌의 〈13년 전쟁〉이 소강상태를 보이던 AD 73경, 두 나라와는 무관하게 반도의 동남단에서 점차 세력을 넓혀 가던 탈해의 〈계림〉은 이제 경주 북부와 서부 지역의 외곽은 물론, 남쪽의 울산 아래까지 진출해 있었다. 그런데 이 지역에는 반대로 아래쪽 부산에 터를 잡고 있으면서도 수시로 이곳까지 올라와 교역을 하거나, 때로는 약탈을 서슴지 않던 또 다른 세력이 자주 출몰했으니 바로 왜倭(濊)라고 불리던 세력이었다.

당시 날이 갈수록 영향력을 키워 나가던 倭는 어느덧 황산강(낙동강) 하구의 서쪽에 흩어져 있던 열 개의 가라 소국들과 교류하면서, 빠르게 성장해 있었다. 결국 계림군軍과 왜인 병사들이 이 지역에서 자주 조우하게 되면서 충돌하기 시작했다. 그러던 어느 날 금성(경주)의 계림 왕궁으로 급보가 날아들었다.

"속보요, 목출도에 왜인들이 수많은 배를 끌고 나타나 우리 군을 공격해 오고 있습니다!"

이때 목출도의 위치가 어디인지 정확히 알려지진 않았다. 다만 당시만 해도 해수면이 높다 보니 경주 동남쪽의 울산 전체가 내륙 깊숙이 온통 바다였다고 한다. 이로 미루어 대략 오늘날 태화강변의 고지대가 섬처럼 되어 수시로 배들이 드나들었고, 그 일대에 목출도木出島가 있었던 것으로 추정하기도 한다.

안타깝게도 그 무렵엔 왜인 출신으로 계림(사로국) 창업의 일등공신이었던 호공도 죽고 없어서, 이를 외교적으로 해결할 인물도 없었다. 별수 없이 호공 사후 그의 뒤를 이은 각간角干(총리 격) 우오羽烏가 손수 병력을 이끌고 출정해 왜인들에 맞서 전투를 벌였다. 그런데 사실 계림은 그때까지 이웃한 소국들을 말로써 설득하거나 무력시위로 병합하는 수준이었지, 정작 대규모의 전쟁을 치른 경험이 부족했다.

막상 전쟁이 벌어지니 강력한 해상 세력으로 성장한 왜인들의 전투력이 월등한 것이 드러나고 말았다. 사납게 달려드는 왜병들에 대항하던 계림의 군대가 얼마 견디지 못했고, 그 바람에 각간 우오가 〈목출도 전투〉에서 전사하는 불상사가 일어나고 말았다. 다행히 그쯤 해서 왜인들이 스스로 물러나는 바람에 전선이 북쪽으로 확장되지는 않았지만, 〈계림〉 건국 이래 최대의 위기가 닥친 셈이었다.

공교롭게도 탈해왕 역시 늙고 병들어 이런 사태를 제대로 수습하지 못했다. 그가 젊은 후계자에게 과감하게 왕위를 물려주지 못하고 미루는 사이에 계림이 서서히 쇠퇴의 길을 걷기 시작한 듯했다. 일설에는 계림의 시조인 탈해왕이 백 살이 다 된 AD 80년경 사망했다고도 한다. 문제는 석탈해의 백 년 장수와는 무관하게, 목출도 전투 이후의 계림이 크게 동요하면서 급속하게 쇠락해 버린 데 있었다.

그런데 그 무렵엔 반도의 중부까지 내려온 〈서나벌〉이나 탈해왕이 세운 〈계림〉(사로국) 모두 서로의 존재를 파악한 지 오래였을 것이다. 계림의 탈해왕이 연산 서나벌의 대보를 지낸 데다, 사실상 두 나라의 국호도 연산에서와 같은 사로(서나벌)국이었던 것이다. 비록 반도에서 제각각 독립된 나라였음에도 서나벌 왕실은 신하의 나라인 계림(사로)에 대해 상대적으로 상국과 같은 우월한 입장이었을 것이고, 따라서 이미 생전의 사벌왕 시절부터 계림과 서로 상당한 수준의 소통이 이루어진 것으로 보였다. 때마침 계림의 〈목출도전투〉 패배는 계림이 서북 쪽의 서나벌에 더욱 다가서는 계기를 제공한 것이 틀림없어 보였다.

그러던 AD 75년경 서나벌의 사벌왕이 죽고 나자, 그의 차남으로 보이는 파사왕婆娑王이 5대 이사금의 자리에 올랐다. 처음에는 대신들이 사벌왕의 장남인 일지日知를 옹립하려 했는데 일부 신하들이 반기를 들고 나섰다.

"비록 일지가 맏아들이긴 하나, 현명함이나 위엄에 있어서 파사를 따르지 못합니다. 그러니 파사가 마땅히 이사금의 자리를 이어야 합니다."

이로 미루어볼 때, 파사왕의 즉위 또한 결코 순탄하게 이루어진 것이 아니었다. 일지와 파사는 아버지가 다른 형제로 모친은 운제雲帝성모의 딸로 추정되는 아리阿利부인이었다. 따라서 두 사람을 미는 세력들 간의 알력이 이어지다가 끝내 차남인 파사왕이 즉위했으니, 파사가 사벌의 아들일 가능성이 높았다.

파사왕의 왕후는 아혜阿惠(혜후惠后)부인이었는데, 놀랍게도 그녀는 계림왕 탈해의 딸이라고 알려졌다. 아마도 사벌왕의 말년에 서나벌과 계림 간에 이미 잦은 인적 교류가 진행되었고, 왕실 가족끼리의 혼인까지 이루어졌음을 시사해 주는 내용이었다.

사실 계림왕 탈해는 협보를 따라 고구려의 유리명제를 떠나 예맥으로 스며들었던 작태자였다. 그는 이후 남해왕 시절 요동의 서나벌로 귀의하면서 최고 관직인 대보大輔에까지 오른 인물이었다. 그러다가 후한의 광무제가 낙랑군 유지를 위해 부쩍 요동에 신경을 쓰고, 수차례나 직접 고구려를 침공하던 AD 45년을 전후해, 서나벌에서 이탈해 따로 반도로 이주해 들어온 것이었다.

작태자는 반도 동남단의 경주에 〈사로국〉(계림)을 세우고 탈해왕이 되었지만, 〈서나벌〉이 고소부리(상주)까지 내려온 시점, 즉 사벌왕 때부터 서로의 존재를 확인한 이후로 양쪽이 급격하게 가까워진 듯했다. 공교롭게도 탈해왕과 사벌왕은 모두 죽은 해解씨 유리왕과 악연이라는 공통점을 지니고 있었다. 탈해왕은 유리왕과의 경쟁에서 밀려 임금에 오르지 못한 구원이 있었고, 박씨 후손인 사벌왕은 유리왕에 대항해 혁명을 일으키고 해씨 왕실을 무너뜨린 당사자였던 것이다. 게다가 두 나라는 한반도 이주 후 제각각 고립무원의 신세가 되어, 주변으로부터의 도전에 시달리던 터였다. 이런 상황에서 양국의 왕은 한반도에서 서로의 존재를 확인하는 순간부터 형제라도 만난 듯 빠르게 가까워졌을 가능성이 컸다.

양측의 최고지도부가 같은 서나벌 왕실의 귀족 출신인 데다, 무엇보다 탈해왕이 지나치게 고령이라 서나벌에 의지하려 했을 수도 있었다. 반대로 반도의 중부지방에서 탈출구를 찾던 파사왕 측에서 오히려 더욱 적극적으로 계림과의 정치적 연합을 시도했을 수도 있었으나, 자세한 것은 알 수 없었다. 다만, 계림이 동남쪽의 왜인들에게 〈목출도전투〉에서 패배한 이래로 양측의 정치적 연합이 빠른 속도로 진행된 것이 틀림없었다. 그 결과 우선적으로 왕실 귀족 상호 간의 혼인과 대신들의 교류부터 활발히 진행되었고, 그 일환으로 사벌왕 생전에 왕자인 파사가 탈해왕의 공주인 아혜와 혼인한 것으로 보였다.

그해 2월이 되자, 파사왕이 혜후와 함께 조상의 사당인 골문骨門에 제사 지내고, 새로운 왕의 즉위 사실을 주변에 널리 알리고자 성대한 잔치를 벌였다. 이어 시노市老를 최고관직인 이벌찬伊伐湌에 올리고 그의 부인인 아휴阿休를 품주稟主로 삼았는데, 시노는 죽은 유리이사금의 아우로 보이는 인물이었으니, 남해왕 해씨 가문과의 화합을 위한 포용책의 일환으로 보였다. 서나벌에서는 보통 이벌찬의 부인으로 하여금 재무와 출납 등을 담당하는 주요관직인 품주를 맡게 했는데, 권한 만큼이나 커다란 책임을 부여한 셈이었다.

이와 함께 김허루金許婁라는 인물을 군부의 핵심요직인 중외군사中外軍事에, 그의 처 아명阿明을 군모軍母로 삼았다. 허루는 계림 탈해왕의 신하 중 친親서나벌파를 대표하던 인물로 배후에서 파사왕의 즉위를 주도하는 데 중추적 역할을 한 것으로 보였다. 그런데 군모 또한 군대의 군수물자와 식량 등을 담당하는 주요 보직이었으니, 서나벌은 유독 여인들에게 나라의 돈줄인 재정財政을 맡기는 관습을 지닌 셈이었다. 고대국가 중에서도 서나벌이 여성 귀족들의 사회참여가 가장 활발하게 이루어진 나라임이 틀림없었던 것이다.

군모와 품주는 다시 그 위의 왕후 또는 성모聖母와 연결된 것으로 추정되는데, 성모는 사실상 여왕의 지위나 다름없었다. 제사장이라는 신성한 지위를 겸하는 성모는 서나벌의 시조 격인 파소부인 즉, 선도仙桃성모로부터 시작되었는데, 사실상 성모의 남편이 왕 또는 부군副君의 지위에서 성모를 보좌하는 모양새였다.

이처럼 여성의 혈통을 더욱 중시하는 제도는 고대 북방 또는 유목민족 특유의 모계사회 전통에서 비롯된 것으로, 가부장적인 남성 위주의 농경사회 문화와는 크게 대비되는 것이었다. 혼인에 있어서도 엄격한 일부일처一夫一妻의 개념이 희박해 남편이 곧잘 바뀌기도 했고, 중혼重婚이나 겹혼도 가능했다. 친인척 간에도 친부모 사이의 형제가 아니라면 가족 또는 친척 간의 근친혼도 허물없는 것으로 용인되었다.

또 아랫사람이 위 사람에게 자신의 처를 바치는 소위 '마복摩腹'의 관습도 빈번하게 행해졌는데, 이는 상하 또는 군신君臣 간에 최고 수준의 의리와 충성을 드러내는 순결한 동맹의식으로 인식되었다. 이 경우 위 사람은 그 아내를 아예 자신의 처로 삼는다든가 그 사이에서 생긴 자식, 즉 마복자摩腹子를 데려가기도 했는데, 모든 것을 위 사람의 결정에 맡기고 따르는 것이 아랫사람의 도리였다.

이런 혼인문화는 여성들의 인구생산 활동을 가장 중요한 덕목으로 여기던 문화에서 기인한 것으로, 전쟁 등에 의해 늘 남성들이 부족하거나 인구증가가 절실한 사회 환경에서 자연스레 생긴 것으로 보였다. 특히 원시 수렵 또는 유목민의 사회에서는 목숨을 걸 정도의 위험한 사냥이나 약탈을 위한 전투가 다반사였기에, 남성들의 수명이 상대적으로 훨씬 짧았을 것이다. 이러한 환경에서 먼저 남편을 잃고 과부 신세가 된 여인들이 넘쳐나기 마련이었기에, 부부의 정절보다는 종족의 유지와 번식을 위한 자식의 생산 자체를 더욱 중요시했고, 이것이 자연스럽게 모계 중심의 관습과 전통으로 진화한 듯했다.

후일 중원中原으로부터 유교儒敎가 널리 유입되면서 이런 북방민족 고유의 혼인과 마복의 관습에 대해 후진적 문화라는 가혹한 비판이 가해졌다. 주로 성性문화가 문란하다거나 아랫사람의 성을 착취한다는 이유에서였다. 일견 그런 측면도 없지 않았겠지만, 이런 해석은 고대사회의 다양한 문화적 특성과 배경을 고려하지 않은 성급한 판단으로 문화충돌을 야기하는 문제를 내포하고 있었다.

즉 오늘의 잣대로 과거를 피상적으로 바라본 끝에, 터무니없이 조상들의 역사와 문화를 부끄럽게 여긴다거나 폄훼하려는 시도 등이 그것이었다. 실제로 후대에 한반도를 기반으로 했던 〈고려〉와 〈조선〉은 대표적인 농경정착사회로 변모하게 되었기에, 같은 문화권에서 생긴 중원의 유교를 적극적으로 받아들였다. 특히 교조적 성리학性理學이 본격적으로 유입되면서 가부장家父長과 1부 1처에 기반을 둔 부녀자의 정절이 지나치게 강조된 탓에, 오히려 고대 조상들의 혼인문화를 부끄럽게 여기거나 심지어 그 역사에 대해서도 눈을 감으려는 경향마저 나타났다. 이런 편협한 시각이 오늘날 韓민족의 고대사 이해를 어렵게 만드는 커다란 원인 중 하나가 되기도 했으니, 역사는 그 시절의 눈높이로 돌아가 바라보려는 노력이 중요한 이유다.

더구나 서나벌의 경우는 반도 이주를 통해 대륙에서 들어온 소수의 지배그룹이 다수의 토착민들을 다스리던 사회였다. 그러다 보니 유달리 왕실 인사들이 자신들만의 순수혈통 유지에 집착한 나머지, 귀족들의 성씨姓氏를 철저하게 따지고 관리하는 〈골품骨品제도〉를 운영했다. 그렇게 모계 중심의 전통을 가장 늦게까지 유지한 사회가 되었지만, 그렇다고 이들이 문화적으로 낙후된 것은 결코 아니었다. 후일 반도를 통일한 세력은 오히려 이들 서나벌의 후예인 〈신라新羅〉였을 뿐 아니라, 중원대륙을 지배했던 수많은 북방계열의 왕조들도 비슷한 전통을 오래도록 유지했던 것이다.

그런데 파사왕이 즉위하던 첫해에 공교롭게도 나라에 큰 가뭄이 들어 많은 백성들이 굶주리게 되었다. 그러자 왕이 스스로 쓰임새를 줄여 검약하는 기풍을 솔선한 것은 물론, 3월에는 혜후와 함께 직접 도성 바깥의 州郡을 두루 돌아보았다. 이때 백성들의 비참한 생활상을 확인한 파사왕은 어려운 이들을 위로하고 돌아와 서둘러 명을 내렸다.

"사방에 굶주리는 백성들이 많으니 서둘러 창름倉廩(곡식창고)을 열어 가난한 이들을 구휼토록 하라. 아울러 옥에 갇혀 있는 죄수 중에서도 죽을죄를 지은 자가 아니면 모두 용서하고 전원 석방해 가사에 힘쓰도록 하라!"

이때 옥에서 풀려난 사람들 중에는 자신의 즉위를 방해하던 반대파 사람들도 포함되다 보니, 곧바로 왕의 너른 아량과 포용력을 칭송하고 따르는 신하들이 많아졌다. 그해 가을이 되어 사태가 수습되고 나자, 파사왕은 조정의 분위기 전환을 위해 또 다른 명을 내렸다.

"다들 양보하고 애써 준 덕분에 어려운 시기를 무난히 보낸 듯하다. 이제 조정의 분위기를 일신하는 뜻에서 백성들과 함께 대장을 행하고자 하는데, 특별히 일선주에서 이를 거행토록 하고자 하니, 준비토록 하라."

대장 또는 대장연大場宴이란, 말 그대로 나라에서 백성들을 모아 공개적으로 벌이는 커다란 잔치판으로, 왕과 귀족들까지 참가해 다 같이 가무를 즐기는 일종의 축제festival나 다름없었다. 서나벌 사회에서는 유독 〈대장〉과 함께 〈월가회〉 및 추석 때 열리는 〈한가위〉 등 다양한 축제가 행해졌다. 많은 사람들이 한꺼번에 모이는 이런 축제를 통해 저마다 고단한 삶을 위로하고, 남녀 간에 짝을 찾을 기회 등을 제공하곤 했던 것이다.

당시 파사왕이 서나벌의 도성인 고소부리(경북상주)가 아니라, 그 아래 일선주一善州(경북구미)에서 대장을 열게 한 것도, 다분히 동남쪽의 계림을 의식한 것으로 보였다. 이미 그해 여름에도 친서나벌파의 대표격인 이벌찬 김허루와 아세阿世의 결혼을 포사鮑祠에서 갖게 했는데, 이는 금성(경북경주)의 포석사로 추정되는 곳으로 불교사찰이 아닌 조상들을 모신 신성한 사당祠堂이었다. 아세는 품주인 아휴의 언니로 서나벌 출신이었음에도 구태여 계림의 도성인 금성까지 내려가 길한 일을 갖게 했으니, 허루는 필시 왕후인 혜후와 같은 계림 출신임이 분명했다. 서나벌과 계림 양국의 귀족들이 혼인으로 더욱 가까워지고 있었던 것이다.

그러던 그해 10월이 되자, 서쪽 변방으로부터 속보가 들어왔다.

"아뢰오, 갑자기 백제의 군사들이 변경을 치고 들어와 지금 와산성이 공격을 당하는 중이라 하옵니다!"

와산성蛙山城은 10년 전에도 백제군의 침공으로 성을 빼앗겼다가 되찾은 성이었는데, 아마도 서나벌의 왕위 교체기를 노리고 백제의 공세가 재개된 듯한 모습이었다. 양측에서 한바탕 전투가 벌어졌으나, 백제군의 기습을 막지 못한 서나벌이 끝내 와산성을 내주고 말았다. 서나벌 입장에서는 새로운 이사금의 즉위에 찬물을 끼얹은 것만큼이나 치욕적인 일임이 분명했다. 그러나 파사왕은 감정을 누른 채 절치부심하면서 장차 보복할 준비에 나설 것을 주문했다.

그런 와중에 11월에는 파사왕과 혜후가 허루의 딸인 사성史省과 함께 내력柰歷으로 들어가서 허루의 정처正妻인 산제山梯부인의 병을 간호했다. 내력은 명활산 고야촌이라고도 하니, 이는 금성의 동북방면이었다. 파사왕이 즉각적으로 백제와의 보복전에 나서지 않았던 이유는, 이런저런 일로 동남쪽의 계림 방문 일정이 사전에 계획되었기 때문으로 보였다. 당시 대신들은 물론 서나벌의 왕이 왕후를 동반한 채로 멀리 떨어진 계림의 도성까지 친히 방문한 것으로 보아, 파사왕 즉위를 전후해 이 방문이 사전에 약속된 것으로 보였다. 이는 파사왕이 백제로부터 와산성을 사수하는 것보다도, 두 나라의 정치적 연합을 더욱 우선시했다는 의미였다.

해가 바뀌어 이듬해인 76년 정월이 되었는데도, 파사왕 부부는 여전히 계림에 머물면서 내력에서 조회를 받았다. 파사왕이 이때 비로소 계림 출신 대신들 전원과 직접 대면할 기회를 가졌으니, 전년 연말에 계림을 방문한 주된 목적이 바로 여기에 있었던 것이다. 탈해왕의 참가 여부

등 자세한 것은 전해지지 않았으나, 이때 공식적으로 양국의 정치적 연합이 상당한 수준까지 성사된 것이 틀림없어 보였다. 필시 국호나 도성의 결정 등 양국의 정치통합에 대한 세부적 논의가 구체적으로 진행된 듯했다. 그해 3월이 되자 파사왕이 좌우에 명을 내렸다.

"앞으로는 골선들이 모여서 서로 교류하는 장소가 필요할 것이다. 따라서 남북으로 두 곳에 남도南桃와 북도北桃를 각각 설치하도록 하라!"

골선骨仙이란 고대 韓민족의 전통신앙인 선도仙道사상을 신봉하는 골문의 귀족들을 이르는 말이었다. 남북의 2도桃는 〈서나벌〉과 〈계림〉 양국의 귀족들이 자주 모여 얼굴을 익히고 서로 어울리는 일종의 사교 장소이자 여론 형성을 위한 수단으로써, 각각 두 나라의 도성인 고소부리(상주)와 금성(경주)에 둔 선도의 장場이 틀림없었다.

파사왕은 이어 허루를 이벌찬에, 아세를 품주로 삼는 인사를 단행했다. 아울러 월호月瓠를 서로군사西路軍事로 삼아 달문達門을 시집보내고, 알장謁長을 타산깢山성주로 삼아 삼월彡月을 시집가게 했다. 이 모든 조치 또한 서나벌과 계림 귀족들 간의 인적 동화同化를 위해 이루어진 혼인정책의 일환이었을 것이다. 파사왕은 이렇게 즉위 초기부터 민심을 수습하고 계림과의 통합이라는 대업을 위해 동분서주했으니, 그는 분명 부지런하고 노련한 군주임이 틀림없었다.

그해 9월이 되자, 파사왕이 군부에 지엄한 명을 내렸다.

"월호와 하석깢石은 군사를 이끌고 나가 와산성을 공격해 반드시 부여로부터 성을 되찾도록 하시오!"

당시 서나벌국에서는 백제를 일관되게 〈부여夫餘〉라 칭했는데, 대륙의 포구진한 시절부터 백제를 古부여 계통의 나라로 인식했기 때문이었다. 월호는 계림 호공瓠公의 아들로 추정되는 인물이었으므로, 이벌찬을 맡은 허루에 이어 전쟁을 수행하는 책임 장수의 보직에도 잇달아 계림 출신들을 중용한 셈이었다. 월호 등이 이끄는 서나벌군은 이후 백제군이 주둔하고 있던 와산성을 매섭게 공격한 끝에 결국 와산성을 탈환하는 데 성공했다.

"와아 와아, 드디어 성을 탈환했다!"

그런데 서나벌군이 이때 城 안을 지키던 백제군 포로 2백여 명을 가차 없이 살해함으로써, 백제군에 대한 무한한 증오심을 드러내고 말았다. 백제군이 그간 하석의 처와 딸을 취한 사건 때문에 그 분노가 극에 달했던 것이다. 다행히 그 후로는 백제와 서나벌 간의 전투가 한동안 사라지게 되었으니, 이때서야 숙적인 두 나라 간에 지루하게 이어져 오던 〈13년 전쟁〉이 비로소 종식된 셈이었다.

4. 파사왕의 사로국 통일

생전의 사벌왕이 다스리던 서나벌국은 한강의 중류 지역인 충북 내륙에 자리 잡고 있었으나, 〈마한-백제〉 연합군과의 싸움에 조금씩 밀리면서 추풍령 너머 황산강(낙동강)의 중상류 지역인 경북의 고소부리(사벌沙伐, 상주尙州) 일대까지 내려와 있었다. 그 무렵 한반도 남해안에서 출발한 가야의 여러 소국들은 점차 황산강을 따라 그 중상류까지 북상하면서 대구를 지나 경북 내륙에까지 진출했다. 특히 황산진黃山津이 있던 성주星州 지역에는 〈성산가야星山伽倻〉가 자리 잡고 있었는데, 이들이 북쪽에서 내려오는 서나벌국과 자연스럽게 충돌하기 시작했다.

그즈음의 서나벌은 한반도 내륙을 관통하면서 남해안으로 흘러내려 가는 황산강 뱃길에 지대한 관심을 갖고 있었다. 사실 서나벌이 한강 유역에서 밀려나 이곳으로 내려오기까지 북쪽 내륙의 길목에는 이미 말갈 (동예)과 백제 등 강력한 경쟁자가 뿌리내리고 있었고, 서쪽으로도 마한이 있던 터라 여태껏 터를 잡지 못한 상태였다.

그 와중에 남으로 흐르는 거대한 황산강 물줄기를 마주하게 되자, 군신들 간에 아예 시선을 남동쪽으로 돌려 바닷가로 진출하자는 대안이 크게 부상하고 있었다. 바로 그 황산강 뱃길을 이용하게 되면 남해 또는 남동쪽의 동해 바닷가 어디든지 수월하게 닿을 수 있기 때문이었다. 아울러 그 해답을 찾는 과정에서 어느 쪽이 먼저였는지는 몰라도, 남동쪽 〈계림〉과 함께 서로의 존재를 알게 된 것으로 보였다. 그 황산강 중류 어귀에 배를 대기에 좋은 너른 포구가 조성되어 있었는데, 바로 성산가야가 차지하고 있던 황산진이었다.

13년에 걸친 〈백서伯徐전쟁〉이 끝나고 난 이듬해 AD 77년 8월이 되자, 마침내 성산가야가 속국인 추화推火, 초팔草八의 병력까지 동원해 서나벌을 향해 북진해 왔다. 서나벌 조정에 파발이 뛰어들어 보고했다.

"아뢰오, 가야의 군사들이 변산卞山(가야산 추정)에 머물고 있는데, 지금 우리에게 양도良刀를 내달라 요구하고 있습니다."

당시 파사왕 즉위를 전후해 형인 일지신군日知神君을 강력하게 견제했던 대표적 인물로 대도大刀와 대수大樹란 인물들이 있었는데, 이들 모두는 왕의 장인인 갈문왕葛文王의 높은 지위에 있었다. 일지가 이들과 알력다툼을 벌인 끝에 73년경 대도를 죽게 했는데, 이 일로 조정 대신들의 신망을 크게 잃은 듯했다. 결국 아우인 파사가 왕위에 오르게 되자, 크게 실망한 일지가 뜻밖의 행보를 보였는데, 서나벌을 떠나 남쪽의 가야로 스며든 것이었다. 필시 경쟁 과정에서 자신이 저지른 여러 행적들이 도피의 원인이 된 것으로 보였다.

이런저런 일로 파사왕에게 앙심을 품은 일지신군은 성산가야의 왕을 설득해 서나벌을 치고, 장차 파사왕으로부터 왕위를 빼앗겠다는 계산을 하고 있었다. 아마도 자신이 서나벌의 왕이 된다면 그 땅의 일부를 내준다는 등 성산가야의 왕이 거부할 수 없는 조건을 내걸었을 것이다. 결국 일지신군이 이때 가야의 군대를 빌리는 데 성공해 서나벌 침공에 나선 것이었다.

그런데 죽은 대도에게는 양도良刀라는 아우가 있었고, 그 또한 파사왕에게 충성하는 인물이었다. 대도 형제에 대한 원한을 빌미로 일지신군이 서나벌에 양도를 넘겨줄 것을 요구한 것이었으나, 이는 어디까지나 전쟁을 위한 명분일 뿐이었다. 아우인 파사왕이 자신의 즉위를 도운 양도를 결코 내주려 하지 않을 것을 잘 알고 있기 때문이었다. 파사왕의 대신들이 분개하면서 왕을 다그쳤다.

"일지신군이 가야왕의 군사를 빌려 우리를 협박하고 양도를 내달라 함은 스스로 자신의 나라를 배반한 행위로 절대 용서할 수 없는 일입니다. 지금 당장 군사를 일으켜 가야 토벌은 물론, 반적 일지신군에 대한 응징에 나서야 합니다."

마침 황산진에 잔뜩 눈독을 들이고 있던 파사왕은 형인 일지신군에 대한 맞대응보다는, 이 기회에 오히려 황산진을 차지할 궁리로 머릿속이 가득했다. 마침내 파사왕이 아찬阿湌 길문吉門에게 군사를 내어주고 명했다.

"황산진은 장차 우리 서나벌의 중요한 전략적 요충지가 될 것이다.

황산강의 물줄기를 타고 배를 이용한다면 계림과의 연합을 위한 우리의 남진南進정책이 가속화될 수 있는 만큼, 반드시 그곳을 확보할 필요가 있다. 그대가 병력을 이끌고 성산가야의 무리들을 내쫓고 새로운 길을 열도록 하라!"

그때 서나벌은 이미 강력한 백제와의 오랜 전쟁을 통해 병사들이 싸움에 능하고 상당한 전투력을 보유하고 있었다. 경북의 내륙 깊은 곳에서 작은 소국들과의 전투 경험만을 쌓은 성산가야는 애당초 서나벌군의 상대가 될 수 없었다. 게다가 가야 병사들의 입장에서 보면, 공연히 남의 나라 국왕 형제들의 싸움에 끌려온 것이라 목숨을 걸고 싸울 이유가 없었기에 전투에도 소극적으로 임했다. 결국 이 싸움에서 길문이 이끄는 서나벌 군대가 성산가야 군대를 크게 무찌르고 1천여 명에 이르는 가야 병사들의 수급을 베는 데 성공했다.

파사왕은 전투를 승리로 이끈 6등급의 길문을 4등급 파진찬波珍飡으로 승진시켜 그 공을 치하해 주었다. 당시 서나벌은 남동진을 통한 계림과의 정치적 연합을 국정의 최우선 과제로 삼은 듯했다. 마침 서나벌이 남동쪽으로 진출하는 교두보를 확보하면서, 계림과의 통일 대업이 더욱 탄력을 받게 되었다. 서나벌이 이렇게 낙동강 중상류 지역의 황산진을 차지하면서 이후 남동 해안으로의 진출을 도모하게 되었다는 점에서 〈황산진전투〉는 분명 서나벌국의 역사에 일대 전환점이 된 전투였다.

그런데 전투가 끝난 다음 달 9월, 파사왕이 태후인 아리대모阿利大母를 모시고 국경까지 나아가 일지신군과 전격적으로 만나게 되었다. 아리대모가 눈물을 보이며 일지신군을 위로하고, 두 형제의 화해를 유도하려 애를 썼다. 그러나 일지신군은 왕위를 차지하지 못한 설움이 뼈에 사무치기라도 한 양, 오랜만에 만난 모후 앞에서도 자신의 고집을 꺾지 않았다.

"양도를 내게 넘겨야 한다. 비록 이번 전쟁은 네가 이겼다 하더라도 양도가 살아 있는 한 이 전쟁은 결코 끝나지 않을 것이다."

"알았소이다. 그러니 형님께서는 분노를 거두시고 일단 서나벌로 돌아오시오. 나는 그저 형님께 미안한 마음뿐이니, 형님이 너그러운 마음으로 이 모든 것을 받아들여 주기만을 바랄 뿐이오."

"……."

그러나 일지신군은 끝내 아무 말도 하지 않은 채 형제간의 화해를 거부하고 말았다. 모후인 아리대모 또한 더 이상 할 수 있는 일이 없었기에, 덧없는 이별로 대신해야 했다. 그일 이후 얼마 지나지 않아 이번에는 성산가야의 훨씬 아래쪽에 있는 〈아나阿那가야〉로부터 사신이 찾아와 파사왕에게 입조했다.

"아라왕의 사신이 대왕을 뵙니다. 이번에 대왕의 충신이라는 양도공을 보호하고 있기에 사실 여부를 확인하고자 왔습니다."

파사왕이 일지신군에게 양도를 내줄 수는 없는 노릇이었으므로, 황산진 전투가 벌어지기 전에 양도로 하여금 슬그머니 서나벌을 떠나 달아날 것을 종용한 듯했다. 양도가 이때 아나(아라)가야로 몸을 피했으나 눈치 없는 아라가야 병사들에게 붙잡히게 되었고, 이에 그의 신병을 확인하기 위해 가야의 사신이 파사왕을 찾은 것으로 보였다. 이처럼 〈가야〉와 〈서나벌〉이 처음으로 충돌했던 〈황산진전투〉의 배경에는, 서나벌의 남진과 관련해 친계림파와 반계림파로 나뉜 파사왕 형제간에 이사금의 자리를 놓고 치열하게 맞붙었던 권력다툼의 그림자가 짙게 깔려 있었던 것이다.

〈황산진전투〉가 끝난 이듬해 78년 정월, 파사왕이 혜후와 함께 다시금 〈계림〉으로 내려갔다. 이때 금성의 남도에서 대신들로부터 조회를 받은 데 이어, 고정高井에서 태군太君과 삼군彡君을 위한 잔치를 열었다. 태군은 탈해로 추정되는 인물이었으니 아마도 이때쯤 탈해왕이 계림의 왕위에서 물러나 군君의 지위에 머물러 있었고, 이에 그에게 위로와 감사의 뜻을 전하는 동시에 백세 장수를 축원하는 행사를 가진 듯했다. 삼군은 왜(일본)열도로 진출한 소국 다파나국多波那國의 왕으로 탈해와 비슷하게 예우한 인물로 보였다.

그해 3월, 파사왕은 허루를 각간角干으로 삼는 동시에 중외병마사中外兵馬事의 요직을 관장하게 했다. 군의 기동력을 좌우하는 기마부대는 주로 역외 원정을 담당하는 군의 핵심전력이었으므로, 황산진 전투를 계기로 이를 크게 강화하려 한 듯했다. 그러한 때 계림 출신 김허루에게 서나벌의 핵심 군부를 맡긴 것이나 다름없었으니, 이는 대단히 과감한 인사가 아닐 수 없었다. 파사왕은 그럴 정도로 계림 출신들을 중용함으로써, 양국의 통합에 공을 들이려 했던 것이다. 아울러 허루의 두 아내인 아세를 조주祖主로, 아명을 大군모로 삼아, 허루를 보좌하게 했다.

그런 와중에 4월이 되니, 일지신군이 변산에서 쓸쓸히 사망했다는 소식이 들려왔다. 신군이 황산진 전투에서 패하여 뜻을 잃은 이후로 술에 빠지다시피 지내다 병을 얻었고, 끝내 일어나지 못했다는 것이었다. 아리대모가 눈물을 흘리면서 아들인 파사왕에게 청을 하였다.

"부디 형의 시신이라도 가져다 고국에서 장례를 치를 수 있도록 임금이 도와주시오……"

이에 파사왕이 허루에게 일러 이를 허락했고, 결국 신군을 니금尼今(임금)의 예로 장사 지내 주었다. 일지신군의 죽음으로 비로소 서나벌 왕위를 둘러싸고 벌어졌던 왕실의 갈등이 끝나게 되었다. 그런데 그사이 허루가 자신에게 집착하는 파사왕에게 부담을 느꼈는지 돌연 면직을 청했다.

"그동안 임금께서 신을 과대평가해 능력에 미치지 못하는 중책을 내리셨습니다. 신은 이것만으로도 임금의 하해와 같은 아량과 신에 대한 기대를 충분히 헤아릴 수 있습니다. 다만, 신의 능력이 따르질 못해 조정과 임금께 부담을 주고, 행여 분란의 씨앗이 될까 두렵습니다. 하여 이쯤 해서 면직을 청하고자 하니 새로운 인물들을 기용하시어 나라의 기틀을 더욱 튼튼히 하는 계기로 삼으시옵소서!"

그러나 파사왕은 이를 허락하기는커녕, 오히려 그에게 최상의 예우를 더하는 파격으로 맞섰다.

"아리대모를 태성太聖으로 복위케 하고, 허루를 태성사신太聖私臣으로 삼을 것이다. 아울러 이제부터 허루를 성부聖父로 모시고자 하니 모두들 내 뜻을 따라 주기 바란다!"

이는 허루로 하여금 모친을 모시게 하는 것으로 사실상 부부의 연을 맺게 해 주는 조치였으며, 따라서 허루를 아버지로 대하겠다는 뜻이었다. 한마디로 자신의 모후를 동원해 가족으로까지 연결시키려 들면서 어떻게든지 허루와의 고리를 놓치지 않으려 부단히 애쓰는 모습을 보인 것이었다.

그뿐이 아니었다. 5월이 되자 파사왕이 군사와 행정조직의 개편을 단행했는데, 군대를 5로군路軍으로 재편하고, 전국을 9州로 나누어 각각 태수를 두겠노라고 발표했다. 이때 파사왕이 또 다른 명을 내렸는데, 매우 이례적인 것이었다.

"5로군의 군사軍事들 모두에게 성부의 다섯 딸들과 혼인할 것을 명한다. 동시에 그녀들 모두를 각각 5로군의 군모軍母로 삼고자 하니, 내 뜻에 어김이 없도록 하라!"

그리하여 서로군사 월호와는 생리生里가, 남로군사 길문과는 간시干時가, 수로군사 귀공歸公과는 치다久多가, 북로군사 마제摩帝와는 하마河馬가 혼인을 했는데, 다만 경로京路군사는 기록에서 빠진 듯했다. 계림 출신 허루의 딸들과 5로군을 책임지는 핵심 장수들을 혼인으로 묶어 계림과의 통합을 도모하려 한 것이었다. 일설에는 이들 허루의 딸 중에는 허루가 새로 맞이한 양녀들도 있었다고 하니, 이쯤 되면 파사왕의 노력이 안쓰러울 정도였던 것이다.

이외에도 수주水酒, 낙랑樂浪, 실직悉直을 제1의 번藩으로 삼고, 복암覆岩, 소라召羅를 제2번에, 일직一直과 일선一善을 제3번, 마지막으로 변산卞山과 추화推火를 제4번으로 정하고 번주藩主들을 임명했다. 〈藩〉이란, 변방을 지키는 부용국의 뜻을 가졌으니, 대략 통합된 서나벌국의 강역을 짐작케 해 주는 기록이겠지만, 오늘날 그 구체적인 지명이 모두 알려진 것은 아니었다. 눈에 띄는 것은 낙랑樂浪이었는데, 고구려 어비신의 〈동옥저〉(낙랑) 원정 시 낙랑의 일부 세력이 남하해서 서나벌로 귀부한 세력들이 다스리던 지명으로 보였다.

6월이 되자, 태성太聖 아리대모와 성부聖父 허루, 아세阿世부인이 하택夏宅으로 알려진 여름별장에서 파사왕과 혜후 부부를 위해 잔치를 벌였다. 허루를 배려하는 파사왕의 노력에 고마움을 표하고, 왕의 부부를 위로하기 위한 사은행사였던 것이다. 그해 8월에는 허루의 딸인 사성史省을 자신雌神으로 삼고, 내을奈乙에서 길한 일을 행했는데, 파사왕이 정식 혼인을 통해 김씨 사성을 부인으로 맞이한 것이었다. 이로써 허루와 파사왕은 비로소 장인, 사위의 친척관계를 맺게 되었고, 사성부인은 혜후에 이어 제2의 왕후에 오른 셈이었다.

이듬해인 79년 정월, 파사왕이 혜후와 사성 두 왕후를 대동하고, 남도남桃南에서 신년 조회를 받았다. 그런데 그해 2월 대광성大光星(혜성)이 동북 하늘에 나타나더니 이십여 일을 머물다 사라졌다. 다시 한 해가 흘러 80년 4월이 되자, 경도京都에 큰바람이 불고, 금성金城에 있던 대정大井의 동문이 기울다가 저절로 무너져 내리고 말았다. 왕이 놀라 자책하며 식사를 하지 않았고, 혜후가 하늘에 제를 올렸다.

그러던 그해 8월이 되자, 태군太君이 더위에 병을 얻어 세상을 떠나고 말았는데 바로 〈계림〉(사로국)을 세웠던 탈해왕으로 추정되는 인물이었다. 태군이 죽기에 앞서 왕과 혜후가 태군을 찾아 울면서 말했다.

"부금父今은 지금 우리를 버리고 어디로 가시려 하십니까? 흑흑⋯⋯"

그러자 태군이 선금先今(사벌왕)을 모시러 돌아가고자 한다면서 당부의 말을 남겼다.

"골문 간에 상잔相殘하지 말라. (서나벌로)오려는 사람들을 칭찬하고 격려하되, 속이지 말라. 이를 명심하거라⋯⋯"

"예, 남겨 주신 말씀을 뼛속 깊이 새기겠나이다⋯⋯"

왕이 울면서 답하니, 태군이 조용히 눈을 감았다. 탈해왕의 나이가 이때 대략 백 살에 가까운 것으로 추정되니, 믿기 어려울 정도로 놀라운 일이었다. 탈해왕은 눈을 감을 때까지 서나벌과 계림 양쪽 왕실이 서로 다투지 말고, 하나로 통합하는 데 주력하라는 유언을 남긴 셈이었다. 파사왕이 애통해하면서 부금父今의 예로 성 북쪽의 양정릉壤井陵에 태군을 장사 지내 주었다. 아효阿孝부인과 금당今堂이 모두 태군을 따라 죽었는데, 누구도 이를 막지 못했다. 일설에는 태군이 천여 명의 빈첩嬪妾에 7백 명에 이르는 자녀를 두었다고 했다. 하늘이 열린 이래로 처음 있던 일이라 했으니, 사실 여부를 떠나 그가 군왕이 아니고서는 있을 수 없는 일이었던 것이다.

이로써 〈서나벌〉의 태군이자 〈계림〉의 탈해왕이었던 고구려의 작태자가 파란만장한 삶을 마감했다. 그는 고구려 건국의 시조 동명성제의 아들이자 낙랑왕 최시길의 외손자인 작鵲태자의 신분으로 태어났다. 그러나 유리명제의 등장과 함께 나이 스물의 성인이 되어서도 조정에서 주목받지 못하는 찬밥신세였다. 결국 그는 개국공신인 이모부 협보를 따라 고구려를 떠나, 발해만 서쪽의 예맥고지濊貊故地로 들어갔다. 이후 예맥의 어느 부락을 다스리는 거수를 거친 다음, 이내 남해차차웅에게 발탁되어 그의 사위가 되었고, 결국 서나벌 최고관직인 대보에 오르는 영예를 누리게 되었다. 그렇게 그는 빠르게 서나벌 왕실의 핵심 세력이 되어, 유리태자 및 나로와 함께 서로 경쟁하면서 서나벌을 이끌었다.

그러나 대륙 서나벌에서의 이러한 영광은 어디까지나 그의 장인인 남해차차웅이 생존해 있을 때까지였다. 십여 년이 지나서 남해차차웅의 죽음과 함께 경쟁관계에 있던 유리태자가 이사금에 오르면서, 고구려 출신 작태자가 중앙권력에서 점점 밀려나기 시작했던 것이다. 그러던 중 다시 세월이 흘러 AD 40년경이 되자, 이번에는 후한과 고구려가 요동의 낙랑을 두고 충돌하는 과정에서 양국 사이에 끼어 있던 여러 소국들이 날벼락을 맞았고, 이에 이들의 한반도 이주 러시rush가 일어났다. 서나벌의 유리왕도 이때 포구진한의 땅을 버리고 한반도로 이주했는데, 작태자는 이때 서나벌 세력과 과감하게 결별하고 한반도 남단으로의 진출을 시도했다. 그 결과 남해안의 가야를 거쳐, 반도의 동남단을 돌아 아진포에 정착했던 것이다.

그 후 선주 세력인 호공의 세력과 중원中原 출신인 김알지 세력을 잇달아 포섭하는 데 성공해, 이미 칠십이 넘은 고령에도 불구하고 경주 일대에 평생토록 염원하던 〈계림(사로)〉을 건국하고 시조의 자리에 오를 수 있었다. 그러나 계림은 호공의 사후 더 이상 세력을 확장하지 못하

다가, 〈목출도전투〉에서 동남쪽의 토착 왜인倭人들에 패하면서 쇠락 일
로의 길을 걷게 되었다. 이미 구십을 훌쩍 넘긴 탈해왕이 한계를 드러낸
것이었다. 그때 마침 반도의 중앙에서 남진해 오던 서나벌 세력과 다시
만나게 되면서 양국의 정치적 연합이 빠르게 진전되게 되었다.

한반도의 백제와 마한 연합에 밀려 탈출구를 찾던 서나벌의 사벌왕
이 양국의 연합에 적극 나선 것으로 보이는 가운데, 계림에서는 일부의
반대에도 불구하고 탈해왕 스스로가 이에 앞장서서 호응한 듯했다. 우
선은 양쪽의 인적교류를 위해 왕실 및 귀족들의 혼인을 시작으로 주요
관직에 상대국의 인물을 등용하는 교차 인사가 단행되었고, 이때 사벌
왕의 차남인 파사와 탈해왕의 딸인 아이혜의 혼인도 성사된 듯했다. 그
후 사벌왕이 병이 들어 사망하기 전까지 양국은 사실상의 정치적 통합
에 동의하고, 상당한 수준의 교류를 진전시킨 것으로 보였다.

안타깝게도 이때의 역사 기록이 제대로 전해지지 않아, 자세한 통합
의 과정과 내용은 알 길이 없다. 다만, 반도 중북부의 〈서나벌〉이 동남
쪽 금성의 〈계림〉을 흡수, 병합하는 모양새를 갖추어 탈해왕이 왕좌에
서 내려오되, 탈해왕은 물론 그의 신하들과 백성들을 온전하게 보호해
주는 것 등이 연합의 핵심 조건이었을 것이다. 거기에 국호와 도성을 정
하는 의제 등도 추가로 논의되었을 것이다.

탈해왕의 입장에서도 당시 쇠락해 가던 계림을 일으킬 힘이 부족한
상황에서 한때 자신이 신하가 되어 떠받들던 서나벌의 등장에 새로운
희망을 걸 만했을 것이다. 서나벌과의 정치적 연합이 성사될 경우 전쟁
을 수반하지 않고도, 평화롭게 자신의 신하들과 백성들을 지킬 수 있을
것으로 기대했던 것이다. 이를 위해 탈해왕은 서나벌과의 협상에서 스
스로 예전 서나벌의 신하로 돌아가는 데 합의하는 대신, 자신들의 신하

들과 백성을 동등하게 대우해 줄 것을 평화적 정권 이양의 선결조건으로 내세운 듯했다.

그런 와중에 AD 75년, 사벌왕이 먼저 사망했고, 그의 뒤를 이어 탈해왕의 사위가 된 파사왕이 즉위했던 것이다. 장자가 아닌 파사왕이 임금의 자리에 오르기까지는 허루 등과 같이 통합추진 세력인 계림 출신들의 전폭적인 지지가 결정적인 힘이 된 것으로 보였다. 이후 파사왕은 탈해의 기대에 어긋나지 않게 계림과의 정치적 통합을 위해 헌신적으로 매달려 왔고, 상당한 성과를 거두었던 것이다.

서나벌과 계림 두 나라 간에 평화적인 방식으로 추진되던 정치적 통합은 고대의 역사에서 드물지만 전혀 없던 일도 아니었다. 주몽이 고구려의 주변 소국들을 통합하는 과정에서 계루여왕이 환나국을 바쳐 왔고, 어찌 보면 홀본부여도 비슷한 구석이 있었다. 서나벌과 계림의 경우에는 양쪽 왕실이 과거 대륙의 포구진한에서 군신의 관계였던 인연이 결정적 계기가 되었을 것이다.

고령으로 죽음을 목전에 둔 탈해왕은 자신의 권력을 유지하려 하기보다는, 백성들의 안위를 위해 자신을 내려놓는 현명한 길을 선택했다. 물론, 탈해왕이 사망할 당시에는 양국의 정치적 통합이 사전에 짜인 일정대로 한창 진행 중이어서, 마무리까지 본 것은 아니었다. 탈해왕이 비록 군왕이 아닌 신하의 신분으로 세상을 떠났지만, 그의 숭고한 정신은 그의 석昔씨 후예들에게 온전히 전해져, 그의 사후 5代 만에 마침내 석씨 임금을 배출하게 되었고, 3세기가 끝나도록 6代를 이어 가는 영광을 누리게 되었다.

서나벌 왕실이 이처럼 유연한 사고로 골문의 평화를 우선시하게 된 배경에는 모계 중심의 관습, 즉 성모聖母가 왕위를 결정하는 정치체제도 크게 한몫한 듯했다. 성모 1인에게 왕위 지명의 전권을 부여함으로써 계파 간의 다툼을 줄이고, 혈통을 갖춘 후보 중에서 능력을 갖춘 인물을 택하는 전통이 생기게 되었기 때문이다. 서나벌의 이러한 능력 위주의 전통은 비단 석昔씨 왕조로 그치지 않아, 그 후로는 알지閼智 계열인 김金씨도 왕위를 이어 갈 수 있게 되었다. 이로써 서나벌(신라)은 박朴, 해解, 석昔, 김金씨 4성姓의 가문이 왕조를 이어 가는 특징을 갖게 되었던 것이다. 〈서나벌〉과 〈계림〉이 평화적인 방식으로 정치적 통합을 이룬 역사야말로, 오늘날 남북으로 분단된 韓민족에겐 많은 것을 시사해 주고 있다 할 것이다.

다만, 아쉬운 점은 훨씬 후대에 이 시대의 사라진 역사를 기록함에 있어 유교적 교리에 치우친 사가들이 쿠데타 없는 만세일계萬世一系의 왕위계승으로 역사를 날조했다는 점이었다. 이로 인해 서나벌과 계림의 정치적 통합이 가려져 버렸고, 탈해왕이 유리왕의 뒤를 이은 것으로 하되, 朴씨 혈통을 되찾고자 혁명의 주역이 된 사벌왕이 왕력에서 아예 제외되는 불운을 맞고 말았다. 전제군주 시대에 기록된 역사를 꼼꼼히 검증하고 역사팩트를 찾는 작업에 꾸준히 매달려야 하는 이유다.

그해 12월이 되자, 한겨울의 눈길을 무릅쓰고 앙숙인 백제가 4년 만에 충북 내륙 청원 일대의 일모산성一牟山城을 침공해 들어왔다. 일모산성은 〈서나벌〉이 〈백제〉와 최초로 싸움을 벌였던 보은 일대의 와산성과 가까운 지역이었다. 아마도 태군이었던 탈해왕의 사망 소식이 알려지자, 그 여파와 서나벌의 동정을 파악하려고 도발을 한 듯했으나 싸움에 이기지 못하자 이내 철수해 돌아가 버렸다.

이듬해인 81년 정월이 되자, 파사왕과 혜후가 三母와 더불어 남도南桃에서 대신들의 조회를 받았다. 삼모란, 탈해왕의 상을 치른 직후에 사성사省부인과 모시毛施, 납혜納慧 3인을 성모聖母로 삼았는데, 이들을 일 컫는 말이었다. 그해 봄이 되자 사성성모가 마침내 왕의 아들을 낳았다. 파사왕이 혜후와 함께 아이를 씻긴 후 종일 아이 곁에 머물더니, 끝내 기쁜 마음을 감추지 못하고 말했다.

"이 아이에게 용龍의 형상이 있구려. 반드시 나라를 크게 일으킬 것이 오……"

그 말에 혜후가 퉁명스럽게 반응하면서 물었다.

"그렇게도 좋으십니까? 그렇다면 내 아들 덕공德公은 어찌하시려구요?"

이에 파사왕이 눈치껏 혜후에게 위로의 말을 던지면서 유쾌하게 웃 었다.

"아우는 오로지 형의 신하일 뿐이오. 이 아이가 비록 귀하기는 하나 내 처 아들의 아래에 있을 뿐이지요, 하하하!"

그제야 혜후가 안심을 한 듯 밝은 표정이 되어 왕에게 연달아 술을 권했다. 혜후가 질투를 하게 만든 이 아이가 바로 사성의 아들 지마祇摩 였다.

이듬해인 82년 정월에도 파사왕 부부는 남도에서 조회를 받았다. 이 때 비로소 왕이 공식적으로 직접 6부部를 순시했는데, 한지부漢祇部에 이 르렀을 때 길가에서 굶주린 백성을 마주하게 되었다. 왕이 어가에서 내 리더니 백성에게 위로의 말을 걸었는데, 이내 눈물을 흘리는 바람에 주 위 사람이 크게 긴장하고 말았다. 왕이 이내 한지부의 군장을 불러 크게 꾸짖고, 창름령倉廩令을 현실에 맞게 개선하라는 명을 내렸다. 이어 순시 를 마치고 돌아온 파사왕이 그해 가을이 되자 추가적인 조치에 나섰다.

"세한을 창름령으로 삼을 것이니, 세한은 이제부터 나라 안팎의 창름 을 두루 살펴보고, 항상 곡식이 채워져 있도록 하라!"

이 세한勢漢(열한熱漢)이라는 자가 바로 흉노 휴도왕의 후손인 김알지의 아들로 보이는 인물이었다.

파사왕 8년째 되던 83년, 정초부터 태성 아리대모가 병들어 눕는 바람에 왕이 조회를 폐하게 하고, 혜후 및 삼모와 함께 하늘에 기도했는데 눈비가 그치질 않았다. 성부 허루가 상선上仙 제거齊居에게 명했다.

"즉시 중외선무中外仙巫를 경도京都에 모이게 하고, 태성의 병이 낫도록 큰 기도를 행하도록 하라."

당시 선도仙道에서는 나라의 길흉이 있을 때 주술을 담당하는 선무들이 한자리에 모여 소망을 비는 기도의식을 거행하곤 했다. 그러나 선무들이 모이기도 전에 아리阿利대모가 세상을 떠나고 말았다. 파사왕이 모후의 죽음을 애통해하면서 태후의 예로 사릉문에 장사 지냈다. 이때 태성의 뼈를 분골해 탈해의 무덤이 있는 양정壤井과 변산卞山에도 묻고 장례를 지내게 했다. 생전의 아리대모가 사벌왕과 탈해왕을 차례로 모셨음을 암시해 주는 것으로, 서나벌과 계림의 통합을 위해 아리대모가 맡은 소임所任이 분명히 있었던 것이다.

성부 허루가 대모를 따라가겠노라며 죽기를 청했으나, 왕이 이를 허락하지 않았다. 다음 달이 되자 성부가 중외선무들을 거느리고 아리신묘阿利神廟에 가서 크게 제사를 지냈는데, 이때 왕 부부와 덕공태자는 물론, 三母와 왕의 8처妻도 함께 참석했고, 뜰에서 다 함께 절을 올렸다.

이듬해인 84년 3월이 되자, 경북 의성 일대의 〈소문국〉에서 옥상인玉上人 등을 보내 입조케 했는데, 이때 선주仙酒 50자루와 악기 7벌을 바쳐왔다. 발해만에 있던 〈창해국〉의 오랜 전통을 이어온 소문국은 제례祭禮에 능했고, 금琴이란 악기가 유명했다. 이어 5월에는 고타야군古陀耶君(경북안동) 숙공叔公이 아내인 가서加西와 함께 쌍둥이 자식들을 데리고 입조했다. 가서는 허루의 딸이었는데, 이때 푸른 털빛을 가진 청우靑牛 암컷 3마리와 수컷 1마리를 바쳐 왔다. 파사왕이 농사대두農師大頭를 불러 명을 내렸다.

"이제부터 저 푸른 소를 잘 키워 장차 널리 보급할 필요가 있을 테니 서둘러 청우전靑牛典을 설치하도록 하라!"

또 南路의 신현新縣에서도 흥미로운 보고가 올라왔는데, 보리이삭에 여러 가닥이 생겨난 것들이 속출했다는 것이었다. 소식을 들은 파사왕이 농사農師에게 명을 내려 그 이삭을 모아 조상의 사당에 공물로 바치게 했다. 그해는 보리풍년이 크게 들어 먼 길 여행에 나서는 사람들도 일일이 양식을 가지고 다니지 않아도 될 정도였다고 한다.

가을이 되니 나라의 창고마다 곡식이 가득 찼다. 대풍대사大豊大師이자 각간인 박씨 윤공尹公이 그의 처 이리생伊利生대모와 더불어 남쪽 교외에서 대장大場을 행했다. 파사왕 부부도 행차해 노인들에게 술을 내리니, 들판에서 왕을 칭송하는 노랫소리가 들려왔다. 그날 밤, 이리생이 꿈속에서 유리임금을 만났는데, 임금이 큰 이삭을 내려 주며 말했다고 한다.

"가히 하늘의 이삭이로다……"

이리생대모가 태몽을 꾼 듯했는데, 이듬해 남산의 사저에서 아들을 낳았다. 이때 상서로운 빛이 방 안을 밝게 비추었는데, 윤공이 아이가 어서 자라 어른이 되기를 기원하는 뜻에서 일성逸聖이라 이름 지었다.

청우를 들여오던 그해는 유독 대풍이 들어, 나라에서 집집마다 부족함이 없도록 넉넉하게 식량을 나눠 줄 수 있었다. 나라의 곡식창고가 가득 찼고, 경도에서 모아 말린 곡식만 해도 15만 석이 되어, 창고를 늘려 지어야 했다. 당시 개조차도 술지게미를 먹지 않을 정도였다고 하니, 서나벌에 모처럼 풍요로운 시절이 찾아온 것이었다. 12월이 되자 금성의 알천閼川에서 큰 제사를 지냈는데, 이때는 가야와 낙랑, 소문의 백성들조차 참가할 수 있도록 했다. 실로 풍요롭고 평화로운 시절이었다.

그런데 그해, 다파나군多波那君이 후계자를 남기지 못한 채 세상을 뜨고 말았다. 그 妃가 삼니군尒尼君으로 하여금 자신의 남편으로 삼기를 청해 왔기에, 혜후가 이를 허락해 주었다. 이때 파사왕이 수로대사水路大師에게 명을 내려 무려 백 척의 배를 치장해 삼니군을 호위하도록 조치했다. 다파나국은 왜倭열도의 본토에 위치한 소국으로 계림의 지배를 받던 나라였기에, 이때 유별나게 서나벌의 위세를 과시한 것으로 보였다.

그 이듬해인 85년 정월이 되자 백제가 또다시 일모산성을 침공해 들어왔다. 5년 전처럼 이때도 성을 깨뜨리지 못하자, 이내 철수해 돌아가고 말았다. 그해 2월, 길문의 큰아들 길원吉元을 병관兵官아찬으로 삼았다. 또 마제摩帝를 이벌찬에, 하마河馬를 품주로 삼았다. 3월에는 〈대축전大畜典〉을 설치하고 김세한金勢漢에게 이를 관장하도록 했는데, 가축을 널리 보급하고 군마를 늘릴 목적으로 설치한 관청이었다.

그러던 파사왕 13년인 87년, 혜후가 54살의 늦은 나이에 아이를 낳다가 난산으로 그만 세상을 뜨고 말았다. 슬픔에 빠진 파사왕이 사흘이나 식사를 하지 않았는데, 혜후를 사릉문蛇陵門에 장사 지내 주었다. 자신雌神 김씨 사성史省부인이 왕후의 자리를 이었고, 권처權妻 아량阿良을 성모로 삼았다.

그해 5월에는 남쪽의 〈금관金官가야〉와 〈월내月柰〉 등 가야 7國이 난을 일으켰다. 파사왕이 난을 토벌하기 위해 길문을 정로征虜대장군으로 삼아 출정시키니, 길문이 무난하게 난을 평정하고 돌아왔다. 아마도 김해 지역의 금관가야가 사주해 황산강 인근의 소국들과 함께 반기를 들었다가, 이내 진압당한 것으로 보였다. 그러나 파사왕이 이때 〈가야7국의 난〉에 어지간히 놀란 모양이었다. 그해 7월이 되자 왕이 이벌찬 마제에게 말했다.

"내가 나라를 맡은 이래 서쪽으로 부여(백제), 남쪽으로는 가야와 맞닿게 되었다. 그런데 임금이 부덕하다 보니 나라의 위엄이 떨어져 부여와 가야가 창궐하고, 그 바람에 백성들이 편하게 살지 못하니 이를 어찌하면 좋단 말인가? 그러니 성과 보루를 수리해 이들의 침략에 대비하는 것이 마땅한 일이 아니겠는가?"

당시 서나벌이 진작부터 추풍령을 넘어 경북 내륙 깊숙이 들어와 있던 만큼, 위쪽의 백제와 아래쪽 가야로부터 양면 침공을 받을 수 있는 새로운 위기에 노출된 것이었다. 이에 파사왕이 이대로 있을 수는 없다며, 방어용 축성을 고민하기 시작했던 것이다. 그러나 대규모 성을 쌓는 일은 비용도 많이 들거니와, 백성들의 노역에 대한 부담이 크게 가중되는 일이었다. 자칫 백성들로부터 불만과 원성을 부를 수도 있는 일이라, 파사왕이 먼저 공사 명령에 대한 변을 신하들에게 토로한 것이었다.

그러자 마제摩帝를 비롯한 신하들이 모두 당연한 일이라며 찬성했다. 대규모 축성에 대한 조정의 합의를 이끌어 낸 파사왕이 비로소 결심을 하고 명을 내렸다.

"발량發良과 백마白馬는 각각 가소성加召城과 마두성馬頭城을 쌓아, 방어를 강화토록 하라!"

그리하여 황산진 주변에 새로이 가소(경북칠곡)와 마두(구미) 두 성을 튼튼히 쌓고, 새로이 성주를 임명하는 등 주변국의 침략에 단단히 대비했다.

AD 93년 2월이 되자 파사왕이 사후史后와 함께 종로宗老 알지신군閼知

神君과 아루阿婁대모를 위한 잔치를 열게 했다. 종로는 계림의 개국공신인 김알지를 이르는 말이었는데, 고령의 나이였으므로 정치에 간여치 않는 대신 선도의 지도자로 받들어 모신 듯했다. 그 무렵 창름령으로 있던 알지의 아들인 세한은 대창대사大倉大師의 지위에 올라 있었으나, 여전히 군부로 진출하지는 못한 듯했다. 그러나 세한은 이듬해 정월 인사에서 마침내 호성대사護城大師에 오름으로써 오래도록 수행해 온 창고지기 역할에서 벗어나게 되었다.

그즈음 파사왕은 사벌(상주)과 금성(경주) 양쪽을 오가며 정사를 펼쳤는데, 주로 금성에 머문 듯했다. 파사왕이 오랜만에 사벌沙伐로 행차하기 위해 명을 내렸다.

"고소부리古所夫里(사벌)에 2백 세의 노옹이 살고 있다고 들었다. 내 친히 행차하여 노옹을 위로하고자 한다."

파사왕이 이때 노인을 만나 나이를 묻고, 그 나이만큼 곡식과 고기를 하사했다고 한다. 파사왕은 실로 나라의 원로들을 예우하고, 백성들과의 소통을 중시한 임금이었다.

파사왕 20년째인 AD 94년 2월이 되자, 성산가야 바로 남쪽 아래 고령高靈 일대에 자리한 〈대가야大伽倻〉가 많은 병사들을 동원해 서나벌을 침공해 들어왔다. 이런 일을 예상하고 성을 쌓아 대비했던 파사왕은 대가야 병사들이 마두성馬頭城(구미 일원)을 포위했다는 보고를 받자 즉시 출병을 명했다.

"아찬 길원吉元을 정로征虜장군에 임명하니, 속히 그에게 경기병 1천을 내주어 우선 마두성을 에워싼 적진을 뚫게 하라!"

서나벌의 기병대는 막강한 전투력을 자랑하는 최정예부대였으므로, 길원으로 하여금 우선 1천여 기騎의 선봉을 내보내 마두성의 외곽을 공략하게 한 것이었다. 길원의 선봉대가 출정하자마자 파사왕은 곧바로 南路軍을 편성해 외곽에서 길원의 기병대와 호응하게 하고, 마두성을 둘러싸고 있던 대가야군을 공격했다. 결과는 탁월한 전투력을 선보인 기병대의 활약에 힘입어 서나벌군이 대가야군을 크게 격파했다. 파사 이사금이 〈마두성전투〉를 승리로 이끈 군신들을 격려하면서 말했다.

"6년 전에 마두성을 쌓은 것이 큰 효과를 보았다. 이제 당분간 대가야 가 우리 서나벌을 넘보는 일은 없을 것이다!"

그러나 파사왕은 백제와 가야의 거듭된 침공에 여전히 도성의 안보 에 문제가 있다고 생각하고 있었다. 이에 따라 보다 안전한 곳으로 도읍 을 옮겨야겠다는 필요성을 강하게 느끼고 있었다. 더구나 계림과의 정 치적 통합을 나라의 제일 전략으로 택한 이래로, 남동쪽 금성으로의 천 도는 끊임없이 제기되던 문제였다. 결국 파사왕이 이 문제에 대한 본격 적인 논의를 조정에 부쳤고, 그러자 많은 신하들이 천도에 찬성한다는 의견을 내놓았다.

"나라의 서쪽과 남쪽으로부터 번갈아 가듯 부여와 가야의 침공이 잦아 들지 않으니, 북도의 안전이 크게 흔들린 지 오래입니다. 다행히 우리에 겐 남동쪽으로 계림의 금성이 있습니다. 그곳은 드넓은 평지를 가진 데 다 주위는 온통 산으로 둘러싸여 방어하기에 좋고, 인근 동해 바다를 통 해 바깥으로의 진출입도 용이하니 도읍으로 삼기에 최적의 장소입니다!"

"그렇습니다. 그동안 오랜 노력 끝에 계림과의 정치적 통합이 사실상 완성된 만큼, 임금께서 양쪽의 도성을 번갈아 다니며 국사를 돌보는 것 은 무리입니다. 그동안 말만 무성했으나, 이제야말로 본격적으로 금성 으로의 천도를 국시로 정하고, 성곽의 축조 등에도 나서야 합니다."

결국 군신 모두가 금성으로의 천도를 본격 추진하기로 의견을 모았다.

그해 8월, 여름 한낮의 땡볕이 강렬하게 내리쬐는 금성 알천閼川(경주 북천) 강가에 수천 명의 무장한 군사들이 비지땀을 흘리며 질서정연하게 대오를 지어 무리 짓고 있었다. 부대를 표시하는 형형색색의 깃발들이 요란하게 펄럭이는 가운데, 가끔 일부 장수들이 고함을 지르며 부산하게 뛰어다녔다. 병사들의 표정에 긴장이 역력한 것으로 보아, 대규모 사열이 거행되기 직전인 것으로 보였다. 길게 이어지는 강둑 양쪽에도 구경 나온 백성들로 인산인해를 이루었다.

이윽고 묵직한 뿔고둥 소리가 낮게 울려 퍼지자, 중앙에 있던 지휘관의 커다란 구령이 떨어지고, 이어 둥둥둥, 웅장한 북소리가 울려 퍼졌다. 그와 동시에 사방에서 수천 명의 군사들이 일제히 긴 함성을 질러대니, 강둑이 무너질 듯 천지가 진동했다.

"둥둥둥, 와아! 와아!"

그러자 한쪽 끝에서 화려하게 치장한 말을 탄 무리가 나타나더니 위용을 뽐내며 천천히 병사들 앞을 지나가며 사열이 시작되었다. 무리 앞으로 임금을 상징하는 문양이 새겨진 대형 황색 깃발이 나부끼는 가운데 높은 깃대 위로는 꿩의 꼬리털이 매달려 바람에 흔들리고 있었다.

그 아래 황금장식의 번쩍이는 투구를 쓴 채 백마白馬를 타고 근엄한 모습으로 병사들을 사열하는 사람이 있었다. 다름 아닌 서나벌국의 파사婆娑이사금이었다. 그가 지나갈 때마다 부대별로 외치는 거대한 함성이 메아리가 되어 알천의 하늘 멀리 퍼져나갔다. 이때 파사왕이 사열한 군대는 바로 〈계림〉의 군대였다. 그들이 새로이 자신들의 왕이 된 파사왕에게 엄숙하게 영원한 충성을 맹세하는 의식이었던 것이다. 파사왕이 사열한 계림의 군대와 별도로 그 좌우에는 서나벌국의 정예 기병대와 보병부대가 왕의 호위부대로 도열한 채 이 역사적 순간을 함께하고 있었다.

정확한 시기를 알 수는 없지만, 알천에서의 대규모 사열을 전후해 서나벌은 이 시기에 비로소 두 나라의 정치적 통합을 완성한 것으로 보였다. 우선 파사왕은 서나벌이라는 자신들의 국호 대신, 피통합된 〈사로국斯盧國〉의 이름을 국호로 삼는 선택을 했는데, 둘 다 같은 이름이기도 했다. 이는 나라의 도성을 계림(사로) 안으로 옮기기로 하면서, 신도新都의 백성들을 더욱 중요시 여기고 배려하기 위한 결정이었다. 그 대신에 도성의 이름은 자신들의 국호였던 서라벌徐那伐로 하는 절충안을 택했으니, 파사왕의 유연하고 노련한 정치적 수완이 돋보이는 결정이었다.

그렇게 하여 아시아 대륙의 동쪽 최남단, 한반도 서라벌을 도읍으로 하는 〈사로국〉이 새롭게 탄생하게 되었다. 선도성모(파소부인)가 하북 연산의 포구진한에서 서나벌을 세운 지 약 150년 만이었고, 다시 유리이사금이 대륙을 떠나 한반도의 경기 북부 지역으로 이주해 온 지 약 50년 만의 일이었다. 이로써 사벌왕 이래 변함없이 추진해 왔던 양국의 정치적 통합이 마침내 종결된 셈이었고, 새로이 경주 서라벌을 무대로 삼게 된 사로국은 이후 천 년을 이어 가는 위대한 역사를 시작하게 되었다.

5. 신명선제와 극동 정복

AD 73년, 대무신제의 별자別子로 서자의 신분이었던 재사再思(녹신鹿臣)가 새로이 고구려의 태왕에 즉위하니 6대 신명선제神明仙帝였다. 모친은 〈동부여〉 금와왕의 혈통인 갈사태후로 해소의 손녀이자 산해山解의 딸이었다. 놀라운 것은 갈사후가 대무신제의 妃가 되었음에도, 재사 스스로는 태왕의 아들이 아닌 다른 이의 자식이었다는 점이었다. 따라서 시조인 고高씨 추모대제의 혈통이 사실상 5대 모본제에서 마감됨으로써, 고구려는 이제 새로이 제2의 건국을 맞이하게 된 셈이었다.

당시 재사가 동부여의 혈통임을 황실 가족은 물론 조정의 원로대신들 모두가 알고 있었을 것이다. 또 시조인 추모대제의 高씨 혈통을 가진 황실인사들이 즐비했을 터임에도, 高씨의 피 한 방울 섞이지 않은 재사가 태왕에 오른 것은 실로 불가사의한 일이 아닐 수 없었다. 태자 시절의 재사가 동부여에서 귀국하지 않은 것도, 태왕 즉위를 한사코 고사한 것도 이런 이유 때문이었던 것이다. 물론, 해소가 추모의 모친인 유화부인의 아들이기도 했으나, 재사는 금와왕의 후손임이 틀림없었다. 따라서 자세히는 알 수 없지만, 신명제의 즉위를 놓고 고구려 조정에서 엄청난 갈등과 시비가 이어졌음이 분명했다.

그러나 나라가 위태로울 때는 서열보다는 소위 유능한 자식을 군주로 삼는다고 했다. 따라서 당시 모본제의 엽기적 행태로 망가질 대로 망가진 황실의 권위를 시급히 복원하기 위해 재사가 선택된 셈이었고, 전부터 왕재王才라는 평판을 받아 왔던 재사의 인품이 결정적 이유가 되었을 것이다. 그렇다 하더라도 고구려 대무신제에게 멸망당했던 동부여의 후예가 끝내 고구려의 주인으로 되돌아왔다는 점은, 새삼 돌고 도는 역사의 오묘한 이치를 깨닫게 해 주는 사례였다.

그렇게 온갖 우여곡절 끝에 어렵게 태왕의 자리에 오른 신명제는 흉흉한 민심을 추스르고자, 우선 대사면부터 단행했다. 이듬해에는 자신을 제위로 올리는 데 일등공신의 역할을 했던 충신 마경을 대추가大鄒加로 올리고 엄표공에 제수함으로써, 마麻씨 가문의 위상을 높여 주었다.

이어 송보를 태보에, 오희를 좌보에, 우진을 우보의 자리에 앉게 하고, 마락을 주병대가主兵大加 겸 대주부大注簿로, 송두지를 중외대부로, 목탁과 달가를 장군으로 삼았다.

또한 대소의 외손녀인 호화蘆花부인을 황후로 올려 주었는데, 신명제는 그 전에 위화葦花를 만나야만 했다. 동모형인 호동의 딸이자 자신의 조카였던 위화는 신명제가 동부여로 떠나기 전까지 자신의 여자였으나, 이후 강압에 의해 모본제의 여인이 되어 있었다.

"그동안 얼마나 고생이 많았소? 모두 나의 잘못이오……. 그때 부여 원정을 떠날 때 당신을 함께 데려갔어야 했는데, 부디 나를 용서하시오……."

"흑흑……. 그저 죽지 못한 것이 한일 따름입니다……."

신명제가 위화를 위로하려 들자, 그녀는 이제 태왕이 되어 다시 눈앞에 나타난 신명제의 얼굴을 차마 바라보지 못한 채 뒤돌아서서 야속한 눈물만 흘렸다.

"이제 내가 모든 것을 원래대로 되돌려 놓을 것이오. 짐승 같은 해우의 일은 악몽이었다 생각하고, 깨끗하게 잊어버리시오! 당신을 호화와 같은 황후의 반열에 올릴 작정이오……."

"태왕폐하, 진정 저를 다시 받아들여 주시는 겁니까?"

"당연한 일이오! 당신에게 죄를 지은 것 같아서 늘 가슴이 아팠고, 몹시도 그리웠다오……."

"오오, 폐하, 흑흑!"

그제야 비로소 위화가 신명제의 품에 안겨 한없는 회한과 기쁨의 눈물을 쏟았다.

신명제는 위화를 다시 거두고 제2 황후로 삼았다. 또한 모본의 황후였다가 폐위되었던 마경의 딸 마麻씨와 우진의 딸 우羽씨를 부후副后로 삼아, 당사자의 지위는 물론 그 가문의 위상을 회복시켜 줌으로써 태보가 된 송보와의 약속을 지켜 주었다. 모본의 아들인 익翊 또한 전과 같이 태자의 지위를 유지시켜 주었다. 다만, 그 할머니인 오烏씨(오태후)의 지위는 궁인의 신분으로 그대로 두었는데, 자신의 동복(이부異父)형인 호동태자를 죽음에 이르게 한 원한 때문인 듯했다. 그렇더라도 이 모든 것은 대단히 너그럽고 관대한 조치였다. 그가 이토록 신속하게 조정 대신들과 황가의 여인들을 복권시켜 주기까지는, 추모대제와 다른 혈통의 새로운 왕조가 시작되면서 고구려 황실의 안정이 현실적으로 가장 절실한 문제였기 때문이었다.

신명 2년째인 정월이 되자 태왕은 이제 겨우 일곱 살이 된 자신의 아들 궁宮태자를 동궁으로 세워, 생모인 호芦황후로부터 정사를 익히도록 했다. 일찍부터 후사를 정해 놓음으로써 황실의 안정을 꾀하고자 하는 자신의 의지를 분명히 한 셈이었다. 이듬해 AD 75년 봄에는 상인尙仁을 스승으로 삼아 선원仙院을 열게 했다. 그는 한자漢字를 읽는 법과 소리音에 능통했는데, 그림으로 그려 가며 사람들을 가르치니 많은 사람들이 그를 추앙하기에 이르렀다.

아주 먼 상고시대에는 朝鮮에서 문자가 먼저 사용되기 시작했으나, 이후 상商(은殷)나라가 이를 집대성해 비약적으로 발전시켰고, 진시황 대에는 춘추전국시대에 사용되던 중국 전역의 글자를 통일하려는 노력이 추가되었다. 결국 통일제국 漢나라 이후부터는 漢字가 중국의 통일문자로 자리 잡았고, 외교문서 등에 널리 사용되다 보니 고구려를 포함한 주변국에서도 이를 가져다 배우고 사용하기 바빴던 것이다.

고구려는 1세기 중엽인 대무신제 재위 시, 나라의 강역을 사방으로 크게 넓히고 동북방 대제국으로서의 위상을 확고하게 했다. 그러나 송화강 너머 아무르강에 이르는 극동아시아의 연해주 일대는 거리도 멀고 인구가 드물어 여전히 고구려의 영향력이 미치지 못했다. 그러던 중 AD 55년경, 대무신제가 장군 어비신을 두만강 일대로 보내 〈동옥저〉를 평정하면서, 창해(동해)를 열었고, 한반도 압록강 아래 청천강(반도 살수)까지 영역을 확장하게 되었다. 따라서 고구려의 극동 정벌은 사실상 1세기 중엽인 대무신제 때에 이르러 시작된 셈이었다.

이후 AD 67년경, 송화강 인근의 〈갈사부여〉에서 내란이 일어나자 민중제가 난을 평정할 인물을 찾았더니 신하들이 간하였다.

"지금 갈사왕은 산해의 손자이자 갈사태후의 조카인 도두都頭입니다. 그러니 이번 원정길에는 갈사부여를 잘 아는 인물이 타당할 것입니다. 갈사태후의 아들인 왕자 재사가 부여를 잘 알고, 갈사왕과도 외사촌 지간이니 그를 원정 대장으로 삼는 것이 마땅할 것입니다!"

그리하여 민중제가 재사(신명제)와, 마락 등을 파견해 부여의 난을 수습케 한 것이었다. 사촌간의 전투가 내키지 않았던 재사는 먼저 갈사왕 도두를 설득하고자 했다. 도두는 재사의 화의 요청을 거부한 채 1년에 걸쳐 끈질기게 저항했으나, 강력한 고구려의 계속된 공세에 눌려 고사 직전의 지경에 와 있었다. 그때 재사가 마지막으로 도두에게 만나기를 청해, 두 사람이 마주 대하게 되었다. 재사가 간절하게 도두를 설득했다.

"참으로 여기까지 오고 싶지 않았소만, 갈사왕의 고집도 어지간하시구려. 그러나 잘 생각해 보시오. 강력한 고구려를 어찌 당할 수 있단 말이오? 지금 내 수하 장수들은 무얼 망설이냐며 당장이라도 궁으로 치고 들어가자고 성화가 이만저만이 아니란 말이오. 계속 고집을 부리다간 나도 더는 이들을 막을 재간이 없게 되었소."

"……."

도두가 애써 재사의 눈길을 피하며 선뜻 답을 못 하자 재사가 말을 이었다.

"갈사왕! 지금이라도 늦지 않았소, 이젠 결단을 내려 항복을 하시오! 그리해 주신다면, 이제까지의 과오는 묻지 않고, 반드시 태왕을 설득해 갈사왕의 안전을 보장함은 물론, 최소한의 지위를 유지시킬 수 있도록 나와 모친이 함께 최선을 다할 작정이오! 그러니 외사촌은 나를 믿고 내 제안을 받아들여, 더 이상의 희생을 줄이는 것이 최상일 것이오!"

AD 68년 여름, 마침내 갈사왕이 재사의 설득을 받아들이고 고구려에 항복했다. 고구려 조정에서는 재사의 공적과 갈사태후와의 관계 등을 고려해 도두를 우태于台로 삼았다.

그런데 그 무렵 압록강 중북부 지역의 혼강渾江 유역, 현 환인桓仁 지역 일원에는 고구려 조정의 지배를 거부하는 작은 소국들이 있었다. 이들 소국의 사람들은 일찍이 북부여가 분열하면서 난하 유역에 생겨났던 개마국과 비류국, 행인국 같은 여러 나라 유민들의 후손들이었다. 고구려 건국 초기 추모대제가 주변국을 원정할 때, 이들 나라 중에는 신흥국 고구려의 지배를 거부하고 동진해 이곳 산악지대로 숨어든 부족들이 꽤나 있었던 것이다.

그들 대부분이 자기들 조국의 이름을 그대로 사용하다 보니 그 이름을 딴 여러 소국들이 여기저기 산재하게 되었던 것이다. 이들 대다수는 조상의 뜻에 따라 여전히 고구려에 적대적이었는데, 그 가운데 비류국과 행인국의 후손들이 나라를 재건하고 세력이 커지면서 다시금 그 존재를 세상에 드러내게 되었다.

AD 70년경, 모본제 시절에 이들 혼강 유역에 반反고구려 성향을 지닌 소국들을 정벌하는 원정이 개시되었고, 그때 비류소국小國과 행인소국이 평정되었다. 그런데 이를 계기로 고구려는 송화강과 우수리강의 옛 부여 강역을 넘어, 더 멀리 아무르강 인근의 연해주까지 관심을 갖게 되었다.

모본제 5년이던 72년 5월경, 고구려 조정에서는 관나부의 군주로 있던 달가達賈를 보내 연해주 인근의 현 하바로프스크 일원에 있던 〈조나국藻那國〉을 평정케 했다. 달가는 갈사부여 원정 때 재사를 따라 공을 세운 장수로, 그 무렵 갈사부여의 바로 위 북쪽에 자리하고 있던 관나부貫那部를 다스리는 수장이 되어 있었다. 달가가 아무르강을 넘어 동북쪽 극동의 먼 길까지 출정한 끝에, 결국 조나국을 평정하고 그 왕을 사로잡는 데 성공했다.

고구려의 극동아시아 원정은 여기서 멈추지 않았다. 조나국과 관나국 사이에는 호수가 많아 호국湖國이라 불리우던 〈주나국朱那國〉이 있어 을乙씨 왕이 다스리고 있었다. 신명제 2년이 되던 74년 가을에는 환나부桓那部의 군장인 설유薛儒를 출정케 해 관나부 바로 위에 있던 주나국朱那國을 정벌하게 했다. 설유는 전투 끝에 주나의 왕자 을음乙音을 사로잡아 항복을 받아냈고, 고구려에서는 을음을 고추가高鄒加로 삼았다. 2년 뒤인 76년에는 〈동옥저〉가 다시 일어나 난을 일으키자 신명제가 장수들을 보내 동옥저를 토벌하고 평정하게 했다.

이로써 대무신제의 동옥저 정벌에서 시작된 고구려의 동북아 및 극동아시아 원정이 4대에 걸쳐 20여 년 만에 비로소 마무리된 셈이었다. 그리하여 고구려는 1세기 중엽 이후에 이미 옛 부여를 넘어 연해주 극동아시아에 이르는 최대의 강역을 완성하게 되었다. 이는 현 러시아의 사할린 바로 아래와 중국의 요녕, 길림, 흑룡강의 동북東北 3성省 및 내몽골자치구와 화북華北 일대에 이르는 실로 방대한 강역이었다. 이때에 이르러 이들 지역 또한 처음으로 〈고구려〉라는 대제국의 지배를 경험하게 되었던 것이다.

이후 신명선제 시대는 대체로 평화로운 시기가 오래도록 이어졌다. 광무제 사후 명제明帝(57~75년)와 장제章帝(75~88년)에 이르기까지 後漢 조정이 하북의 요동 지역에 신경을 쓰지 않았던 것이다. AD 82년 정초가 되자마자 평소 선도仙道에 관심이 많았던 태왕이 명을 내렸다.

"전국 5부에 선원仙院을 두고, 이제부터 젊은 무사들에게 본격적으로 선도를 가르치게 해야겠다. 상인을 해산고사海山高士로 삼고자 하니, 선도의 모든 일을 총괄토록 하라!"

상인尙仁은 한자에 능통해 일찍이 신명 3년째인 75년경부터 태왕의 명으로 세운 선원에서 한자를 가르쳐 왔는데, 실은 최고수준의 선사仙士로도 유명했다. 상인의 교육에 힘입어 그를 추앙하는 사람들이 늘고, 선원에서의 교육이 성공적이라는 평가를 받자, 신명제가 이참에 선도를 전국적으로 확대시키려 했던 것이다.

선원에서는 젊은 남자들을 선발해 심신의 수련은 물론, 미륵창(끝이 둘인 창)술과 같은 무예를 연마하게 하여 나라의 동량으로 길러내는 일을 맡았다. 상인이 내세운 仙道의 요체는 '과욕寡慾(신식색권愼食色權), 정묵靜默(부동불언不動不言), 합천合天(궁리자지窮理自知)'의 3가지였는데, 선도의 수행자는 평생 이것을 실천하면서 생활하는 것을 기본으로 했다. 이는 곧 욕심을 줄이고 엄숙한 마음으로 평정을 유지하며, 궁극적으로 하늘의 이치를 깨닫는 공부와 자신을 연마하는 수련에 주력하라는 것이었다.

그해에 마후麻后가 공주 운芸을 낳았다. 신명제는 그때서야 비로소 모본의 모친인 오烏씨를 10년 만에 마침내 태후로 복위시켜 주었는데, 그녀도 이제는 칠십을 바라보는 노파가 되어 있었다.

신명 16년째 되던 AD 88년 정월이 되자 신명제가 상인에게 또 하나의 중요한 명령을 내렸다.

"동명, 광명, 대무 3代의 역사는 실로 위대한 고구려의 역사 그 자체요. 따라서 이를 널리 보급하려 해도, 부실하게 기록된 부분도 많고 무엇보다 문자가 조악하니 그대가 이참에 《삼대경》을 잘 좀 다듬어 보시오!"

이때에 비로소 《삼대경三代鏡》이 크게 정리되기에 이르렀는데, 돌아보면 삼대경의 역사적 의미야말로 실로 남다른 것이었다. 고대의 역사에서 유능하면서도 천운을 타고난 건국의 시조는 어느 나라에서든 쉽게 찾을 수 있다. 그러나 비록 나라를 세우는 데는 성공했다 하더라도, 창업자의 뒤를 이어서 초창기의 2대, 3대 등의 역사가 제대로 유지되는 경우는 그리 흔한 일이 아니었다. 대부분의 나라들이 건국 시조 사후의 초기 50년 정도의 역사를 이어 가지 못한 채 중도에 무너져 내리기 때문이었다.

추모대제인 주몽이 나라를 건국하느라 평생을 전쟁터에서 보내는 고단한 삶을 살았다면, 유리명제는 왕망의 신新나라와 동부여의 도발을 앞뒤로 막아냄은 물론, 자식을 셋이나 먼저 보내고 천도를 감행해야 할 정도로 정권 유지에 애를 먹었다. 대무신제 또한 그렇게 이어받은 나라를 확장해, 3번에 걸친 후한의 공격을 물리치고, 동부여 및 낙랑(옥저)을 평정한 것은 물론, 요동십성을 구축하는 정복군주로서의 삶을 살았으니, 바로 이 초창기 3代 백 년에 걸친 역사야말로 고구려를 정착시킨 힘의 원천이었던 셈이다.

신명선제가 이 3代 태왕의 역사를 고이 기록하여 후대에 전해 주니, 역대 어느 태왕인들 조상의 고단한 삶과 피나는 노력에 경의를 표하지 않을 수 없었고, 차마 게으르거나 허투루 나라를 다스리지 못했을 것이다. 책의 이름조차 거울을 보듯 하라는 의미를 부여해 지은 것이었으니, 바로 이 《삼대경》이야말로 나라를 다스리는 전범典範으로서 고구려의 역사가 7백 년을 이어 가게 한 원동력이었을 것이다. 역사를 온전하게 지켜 내고 후대에 전하는 것이 얼마나 중요한 과업인지를 새삼 일깨워 주는 교훈이 아닐 수 없었다.

이후에도 정국이 오래도록 안정되자 신명 21년째 되던 AD 93년경에는 신명제가 5部를 직접 돌아보는 순행에 나섰다. 신명제는 이때 각 부에서 재능이 뛰어난 민간인을 선발해 이들에게 도덕과 육례六禮를 가르치고 이를 널리 보급하도록 했다. 아마도 패악을 일삼던 모본의 사례를 통해 신명제 스스로가 예禮를 숭상하고, 이를 백성들에게 널리 가르치려 했음이 틀림없었다.

"민간에서 음란함을 쫓거나, 자식과 처첩을 파는 일들 일체를 법으로 금지토록 하라!"

신명제는 이후에도 이런 그의 생각을 각종 정책에 반영하니 백성들이 이를 따르고 좋아하게 되었다.

이듬해 오태후烏太后가 80의 고령으로 굴곡 많은 삶을 마감하니, 신명제가 민중원閔中原에 장사 지내 주었다. 2년 뒤에는 오태후와 평생의 정치적 맞수로 지내야 했던 신명제의 생모 갈사曷思태후마저 춘추 77세로 사망했다. 그녀는 대무신제가 묻힌 대무수림능大武獸林陵에 장사 지내 주었다. 그해 칠월칠석에는 전국의 선인들이 도성의 한자리에 모이는 선도대회仙道大會를 열었는데, 1만여 명의 선인들이 집결한 성대한 행사가 되었다. 이제 고구려에서 仙道는 사실상의 국교처럼 빠르게 자리 잡고 있었던 것이다.

신명제 26년째 되던 AD 98년 봄, 신명선제가 5부의 순행을 마친 후 5년이 지나 마침내 먼 東北지방까지 순행에 나서기로 했다. 먼저 東부여의 마지막 수도였던 책성柵城을 방문했다. 그때 성주城主가 태왕에게 사냥을 권했다.

"폐하, 성의 서쪽 인근에 계산이 있는데 숲이 우거져 사냥감이 많기로 유명합니다. 이참에 사슴사냥이라도 한번 다녀오시면 좋을 것입니다."

신명제가 이때 책성 서쪽의 계산鷄山이라는 곳으로 사냥을 나갔는데, 마침 그 모습이 신비로워 길조로 여겨지는 백록(흰 사슴)을 잡았다. 태왕이 크게 기뻐하여 성안으로 들어가 잔치를 베풀었는데, 부로父老(원로)들과 수리守吏(관리)들을 비롯한 여러 유력 인사들에게 재물과 휴가를 내리는 등 포상을 하면서 두루 노고를 위로했다. 또한 이를 기념하기 위해 인근의 큰 바위에 이들의 공적을 새겨 놓고 돌아왔다.

신명제는 이때 순행을 더 늘린 나머지 멀리 동해곡 망일령望日嶺에 이르러 거대한 호수 위로 해가 떠오르는 장관을 조망했는데, 이 호수가 바로 우수리강의 발원지라는 흥개호興凱湖(싱카이호)였다. 그때 사할린 바로 아래에 있는 조나를 비롯하여, 주나, 관나로부터 여러 가지 희귀한 공물이 들어왔는데, 그중에는 여러 섬의 추장들이 바친 백곰이나 물개 가죽이 많았다고 한다. 신명제는 그해 가을까지 반년에 걸친 순행을 성공적으로 마치고 서도西都로 돌아왔다.

그 3년 뒤인 101년이 되자, 한반도에서는 〈사로국〉이 마침내 월성月城으로의 천도를 단행했다. 사로국은 대륙의 포구진한에 있던 서나벌이 한반도로 이주한 끝에 동남쪽의 사로국과 정치적 통합을 이루어 내고, 새로이 재탄생한 나라였다. 파사왕 즉위 이전인 사벌왕과 탈해왕 시절부터 양국의 정치적 교류가 시작되었으니, 대략 30년에 걸친 대역사가 파사왕에 의해 비로소 마무리된 셈이었다. 비록 사로국이 대륙의 고구려와는 멀리 떨어져 있었음에도, 사로국의 탄생은 한반도에서 또 다른 역사가 치열하게 전개될 것을 예고하는 것이었다.

신명제 32년째 되던 AD 104년, 그사이 신명제의 많은 원로대신들이 나이가 들어 죽고 조정의 요직이 교체되었다. 태왕이 그해에 마침내 해산고사 상인尙仁을 우보로 등용했다. 그런데 사실 신명선제는 즉위 초기 고구려의 드넓은 강역을 확정 지은 이후로는 재위 30년이 넘도록 이렇다 할 전쟁 없이 평화로운 정국만을 이끌어 왔다. 동명에서부터 그 이전 대무신제에 이르기까지는 사방의 적들과 피를 말리는 전쟁을 지속해야 했고, 심지어 민중제나 모본제까지도 안팎으로 전쟁 없던 시절이 없었음에 비추어 보면, 신명제나 당대의 백성들 모두가 참으로 운이 좋은 세대임이 틀림없었다.

그랬던 신명선제가 AD 105년 봄부터 돌연 〈후한〉과의 정복전쟁에 돌입하기 시작했다. 이때 후한은 광무제 이래 4대 화제禾帝(88~105년)가 다스리고 있었으나, 환관 정중鄭衆이 전권을 휘둘러 조정이 크게 어지럽던 시절이었다. 그 1년 전에 고구려의 진북鎭北장군 마락麻樂이 개마에 도착해 개마군주에게 은밀하게 황명을 전달했다.

"개마의 여러 성을 급히 보수하라는 태왕의 명령이오! 중원의 漢나라 황제가 황후를 새로이 등鄧씨로 교체했는데, 이후 다시 병이 도져 병치레하기 바쁘다는 첩보가 있었소. 낙양이 어수선한 때를 기다려 태왕께서 장차 요동을 정벌할 작정이오. 해서 은밀하게 맥貊의 기병들을 모으고 전투태세를 갖추라는 명령이니, 군주께서는 결연한 각오로 임무수행에 차질이 없도록 해야 할 것이오!"

이에 따라 마락은 이후 개마의 여러 성을 급히 보수하고 성들을 개축

했다. 그런 다음 이듬해 3월이 되자, 진북장군 마락이 그간 소집한 맥貊의 기병들을 동원해 질풍같이 내달린 끝에, 순식간에 국경을 넘고, 후한의 요동군에 속해 있던 백암성白岩城을 급습했다. 고구려의 갑작스러운 공격에 백암성주는 속수무책으로 패할 수밖에 없었고, 결국 진북장군에게 항복하고 말았다. 마락은 여기서 그치지 않고 미리 계획한 대로 요동군의 다른 5개 속현 즉, 장령長岺, 도성菟城, 문성汶城, 장무章武, 둔유성屯有城을 차례로 격파하는 데 성공했다. 후한의 요동태수 경기耿夔가 뒤늦게 6개의 속현을 고구려에 빼앗겼다는 보고를 듣고는 화들짝 놀라 발만 동동 굴렀다.

"이게 어찌된 일이더냐? 구려가 이렇게 우리 요동을 급습했는데도 우리는 사전에 아무 낌새도 차리지 못했으니 대체 이 일을 어쩌란 말이냐? 아니 되겠다. 이대로 당할 수만은 없다. 내가 직접 군사들을 이끌고 맞서 싸워야겠으니, 요동의 전군에 출정명령을 내려라!"

결국 경기가 요동군을 이끌고 빼앗긴 성들을 되찾고자 출정에 나섰다. 그러나 고구려는 이미 이에 대한 대비책을 마련해 두고 있었다. 경기가 이끄는 요동군 앞에 검은색 깃발을 나부끼며, 느닷없이 고구려 태자 궁宮이 이끄는 기병대가 길을 막고 나타난 것이었다. 경기가 다시금 크게 놀라 주위 장수들에게 상황을 파악하라고 명했다.

"아니 저건 또 무슨 기병대냐?"

"구려의 또 다른 기병대입니다. 대장기에 궁宮이라 쓰인 것으로 보아 구려태자가 직접 출병한 것임이 틀림없습니다!"

"아, 구려 놈들이 철저하게 요동 정벌을 준비해 왔던 게로구나……"

곧바로 궁태자의 공격 명령이 떨어지기 무섭게 날랜 고구려 기병대가 질풍처럼 말을 몰아 공격해 오니, 경기가 이끄는 요동군과 궁태자의 고구려 기병대 사이에 한판 전투가 벌어졌다. 이때 궁태자 곁에는 목도루목도루穆度婁라는 사자使者가 바짝 붙어 궁태자를 호위하고 전황을 살폈는데, 사실 그는 요동의 지리에 밝은 장수였다. 장창을 앞세운 궁태자의 기병 대가 비록 숫자는 열세였으나, 워낙 날쌔고 훈련이 잘된 군대였다. 이들 이 요동군 적진 깊숙이 침투해 좌충우돌하니, 요동군의 전열이 순식간 에 흐트러지면서 경기의 군대가 서서히 무너지기 시작했다. 궁태자와 고구려군은 〈백암전투〉의 승리를 시작으로 경기의 요동군을 대파하고 당당하게 개선했다.

이듬해 AD 106년 정월이 되자, 고구려에 대한 설욕을 위해 날이 풀 리기만을 기다리던 요동태수 경기가 다시금 군대를 정비해 장무성章武城을 공격해 왔다. 고구려에서는 백암태수 정원鄭原이 이에 맞서 싸웠으 나, 중과부적으로 패해 목이 베이고 말았다. 고구려 조정에서 정원의 전 사와 패배소식이 들려오자 다시 궁태자가 기백 있게 나섰다.

"부황, 소자를 다시 보내 주옵소서! 이번에야말로 반드시 요동태수 경기의 수급을 들고 돌아오겠습니다!"

신명선제가 이를 허락하자 궁태자가 다시금 기병대를 이끌고 친히 출병해, 요동군이 장악하고 있는 장무성을 공격해 들어갔다. 결국 궁태 자가 〈장무전투〉에서 승리해 성을 도로 빼앗는 데 성공했고, 이에 고구 려 조정에서는 송두지松豆智를 요동태수로 삼아 새로이 빼앗은 요동의 6 개 縣을 지키게 했다. 그해 후한의 낙양에서는 병을 앓던 화제가 27세의 젊은 나이로 요절했다. 이후로 그의 황후였던 24살의 나이 어린 등鄧태 후가 13살의 안제安帝(~AD 125년)를 수렴청정하면서 조정의 혼란이 가 중되었다.

이후 후한은 60여 년간 5대에 걸쳐 어린 황제가 연거푸 속출하게 되 었는데, 그사이에 태후를 등에 업은 외척들과 환관들이 발호하면서 본격적으로 쇠퇴의 길로 접어들게 되었다. 이런 와중이라 요동태수 경기는 후한 조정의 지원을 얻지 못했고, 결국 고구려에게 빼앗긴 6성城을 더 이상 넘보지 못했다. 신명제는 요동의 6개 현 획득에 공을 세운 마락을 우보로, 상인을 좌보로 삼아 새로이 국정을 맡게 했다. 그때쯤 반도에서는 오랜 앙숙 관계로 있던 사로국과 백제국이 서로 화친하기로 했는데, 사로국은 대신 마두성주馬頭城主에게 명하여 서남쪽의 가야를 치게 했다.

AD 109년 신명 37년 정월이 되자, 이제 성년을 맞이한 후한의 안제를 위해 원복元服 대착식戴着式이 거행되었다. 신명제가 이때 낙양에 사신을 보내 하례케 했으니, 비로소 후한과의 화친을 위한 외교활동에 나선 셈이었다. 그런데 그해 3월이 되자 신명제가 장군 마락을 시켜 이번에는 후한의 우북평右北平을 공략케 했는데, 필시 사신단이 돌아오기도 전이었을 것이다. 고구려군이 이때 2천여 명에 이르는 후한의 병사들을 사로잡았고, 특별히 7명의 경적지사經籍之士들을 포로로 삼아 개선했다. 이들은 사료와 서적을 연구하거나 사서史書를 쓰는 경학자들로 중원의 발달된 학문을 비교연구하는 데 도움이 되는 전문 지식인들이었다. 그런데도 그해 7월이 되자, 후한에서 마침내 사신 장길張吉을 보내와 화친을 청해 왔다.

"大漢 황제의 사신 장길이 고구려 태왕폐하를 뵈옵니다! 우리 황제께옵서는 이번 일을 계기로 두 나라가 서로 화친하기를 바란다는 말씀을 전하라 하셨습니다!"

이때 장길이 가져온 후한의 선물 품목에는 명상에 좋은 최고 품질의 단향檀香(박달나무향목)과 노자老子의 《도덕경道德經》이 포함되어 있었는데, 이로 미루어 당시 후한 조정에서 신명선제가 선도와 학문을 숭상

한다는 사실을 익히 알고 있었음이 틀림없었다. 마락의 우북평 점령은 아예 문제를 삼지도 않은 듯했다. 그리하여 5년에 걸친 후한과 고구려 사이의 전쟁이 종식되고 양 제국 간에 화친이 이루어지게 되었다. 후한 조정에 대한 정보수집과 후한에 대한 과감한 공략, 그에 이은 후속 외교 활동을 병행함으로써 신명선제는 새로이 〈요동 6城〉을 장악하는 데 완벽하게 성공했고, 새로운 외교의 지평을 열었던 것이다.

그러던 AD 111년 신명 39년 2월, 고구려에서도 답방의 형태로 후한 조정에 사신을 보내 변방의 영토문제 해결을 위한 회담을 갖기로 했다. 이때 요동태수인 송두지가 사신의 자격으로 고구려의 귀한 토산물을 선물로 들고 후한의 도성인 낙양洛陽으로 향했다. 고구려 사신단使臣團은 오랜 여행 끝에 마침내 황하 아래의 천년 고도古都인 낙양에 입성했을 것이다. 낙양은 周나라의 주공단周公旦이 〈무경의 난〉을 진압한 이후 낙읍洛邑을 건설하고 동도東都라 부른 데서 기원했다.

이후 BC 771년 周평왕이 도읍을 이곳으로 옮기면서 망할 때까지 〈東周〉의 도성으로서 5백 년을 지속했고, 낙수洛水의 위쪽에 있다 하여 낙양洛陽이라 불렸다. 다시 〈漢〉나라를 세운 유방이 도읍을 낙양의 서쪽에 있는 장안長安으로 옮겨 갔는데, 왕망이 漢나라를 없애고 〈新〉나라를 세우면서 漢의 모든 것을 지우려다 보니 도읍을 도로 낙양으로 옮겼고, 광무제가 〈후한〉을 세운 이후에도 도성으로 남아 그 명성을 이어 오던 중이었다.

낙양에 입성한 송두지 일행은 먼저 낙양성의 엄청난 위용에 완전히 압도되고 말았다. 사방이 탁 트인 너른 평지에 지어진 낙양성은 우선 고구려의 동도東都 위나암성보다 대략 서너 배 규모의 크기에 외성外城의 둘레만도 한쪽이 십 리씩 총 40리里가 넘었다. 북쪽으로는 황하가, 그 아래로는 낙수와 이수伊水가 도성을 관통하고 있어서 물길만으로도 사통팔달이었다. 사람 크기의 십여 배가 넘는 높이의 웅장한 외성外城 안으로 들어가니 내성內城으로 향하는 길고 긴 직선대로가 나타났다. 그 끝에 통로만 3개나 되는 선양문先陽門이라는 내성의 높은 정문을 통과하니 비로소 궁정의 정전正殿인 태극전太極殿이 저 멀리 장대한 모습을 드러내고 있었는데, 정전까지는 다시 1,500보 정도를 더 가야 했다.

"궁성의 규모가 듣던 것보다도 훨씬 더 어마어마합니다. 과연 대국의 수도라 화려하기 그지없고 차원이 다르긴 하군요……"

수행원들이 감탄사를 연실 내뱉자, 송두지가 체면을 생각하라는 듯 눈짓으로 핀잔을 주기에 바빴으나 그 자신도 압도되기는 마찬가지였을 것이다.

도처에 붉은 깃발이 펄럭이는 도성 안 전체는 바둑판같은 장방형의 길이 사방으로 이어지고, 바닥 전체가 단단한 돌로 깔끔하게 정비되어 있었다. 외성에서 내성의 사이에는 복층 양식의 수많은 기와집이 이어지고, 길가에는 상점들이 즐비한 채 오가는 사람들과 우마차로 북적였다. 또 길거리 여기저기에는 광대들이 불을 토하거나 접시 돌리기, 말타기 등의 온갖 묘기를 뽐내고 있었고, 젊은 여인들이 진한 향기를 뿜어대는 유곽들도 보였다. 또 터번을 한 채 키와 코가 크고 수염이 더부룩한 서역인들을 포함해, 다양한 복식을 한 외국인들도 자주 눈에 띄었는데 대부분 교역을 하러 다니는 상인들 같았다.

거대한 고대의 국제도시 낙양을 체험한 고구려 사신단은 커다란 문화적 충격을 받았을 것이다. 방어를 중시하던 고구려의 도성은 대부분 산악지대에 위치해 산성山城의 형태를 띠게 되고, 자연 지형을 활용하다 보니 그 크기도 제한적일 수밖에 없었다. 게다가 인구 규모에 있어 비교도 되지 않았기 때문에 성이나 궁전을 지을 때도 소위 '검이불루儉而不陋'라 하여, 검소하되 누추하지 않게 짓는 것을 원칙으로 삼았다. 그러니 고구려의 소박한 궁전과 성곽만을 대하던 그들에게 웅장한 낙양성과 궁전의 위용은 말 그대로 충격 그 자체였을 것이다.

얼마 후 송두지 일행은 어린 황제 안제를 알현하고, 며칠에 걸쳐 낙양에 머물면서 새로이 국경선을 정하는 회담에 들어갔다. 그사이 후한의 새로운 교육기관이라는 〈태학太學〉을 견학하거나, 불교佛敎를 처음으로 들여왔다는 인근의 〈백마사白馬寺〉를 다녀왔을 가능성도 있었다. 또 밤에는 사신단을 대응하는 관리들과 어울리며 그들이 은밀하게 제공하는 미인계나 혹은 뇌물공세에 노출되었을지도 모를 일이었다. 어쨌든 송두지 일행은 낙양에서 변경에 관한 교섭을 마치고 귀국길에 올랐는데, 여전히 새로운 문물을 경험한 문화적 충격에서 벗어나지 못한 상태였을 것이다.

낙양의 선진문물을 경험하고 무사히 귀국한 송두지 일행이 동도東都에 도착해 신명선제에게 회담 결과를 보고했다. 그러자 느닷없이 태왕이 크게 분노하여 노발대발하는 것이었다.

"아니, 그것이 정말이더냐? 태수는 진정 일부 성을 내어 준 것이 온당한 판단이라고 생각했더냐? 성 하나를 차지하는 데 그토록 힘이 들거늘 내가 땅 한 뼘 양보하는 것을 그리 대수롭지 않게 생각할 줄 알았더냐?"

자세한 내역은 알 수 없으나, 후한과 국경을 정하는 교섭 과정에서 결과적으로 새롭게 확보했던 고구려 城의 일부가 후한의 현도군으로 다시 넘어가게 된 모양이었다. 뒤늦게 이를 알게 된 신명제가 분통을 터트린 것이었다.

"아니 되겠다. 요동태수를 파직하고, 당장 비류로 귀양을 보내도록 하라!"

신명제는 틀림없이 낙양 체류 시, 송두지 일행의 일거수일투족을 따로 보고받았을 것이고, 가뜩이나 의심스러운 판에 한심한 결과를 접하고는 크게 노한 나머지 신뢰하던 송두지를 중징계한 것이었다.

결국 신명제는 마락을 변경으로 보내 후한의 현도군을 다시 공격하게 했다. 현도군으로 넘어간 성의 일부를 되찾으려던 시도였으나, 이렇다 할 성과를 내지는 못했다. 그러나 그때 송두지 사신단의 보고 때문이었는지, 신명제는 도성에 대약원大藥院, 초문원肖門院, 효경원孝經院이라는 3개의 학원學院을 신설했다. 이곳에서 직접 백성들을 대상으로 본초本草 의약기술과 조각기술, 효도를 가르치게 했으니, 그 와중에 중원의 제도를 발 빠르게 도입한 셈이었다. 이런 정황으로 보아 당시 고구려 사신단의 낙양 방문은 틀림없는 사실이었던 것이다.

그런데 이듬해 신명 40년째인 AD 112년 5월이 되자, 갑자기 신명제가 태자인 궁宮에게 선위를 하겠다고 발표해 조정 대신들을 경악시켰다.

"내가 보위에 오른 지도 어언 40년이나 지났다. 그동안 대신들을 비롯해 만백성들이 내 뜻을 따르고 도와준 덕에 큰 대과大過 없이 여기까지 올 수 있어 장차 조상들을 뵈올 면목은 서게 되었다. 이미 태자 궁의 나이가 장년에 이르렀으니, 이제부터 짐은 태자에게 보위를 물려주고, 해산海山으로 들어가 仙이나 일삼고자 한다……"

사실 전부터 신명제가 입버릇처럼 선위를 언급해 왔으나, 실제 이를 실행할 것으로 믿는 이는 드물었다.

"태왕폐하, 아직 정정하신데 선위라니요? 절대 천부당만부당 하옵니다. 통촉하소서, 폐하!"

대신들과 동궁이 나서 선위를 말렸으나 신명제는 조금도 망설임이 없었다. 그는 상인과 고덕高德을 좌우 태사太師에, 호만好万을 선상仙相으로 삼고, 위화황후와 우우황후를 좌우 선후仙后로 삼았다. 신명제 자신은 스스로 해산선황海山仙皇이라 부르며 나라의 仙道 업무를 총괄하기로 했다. 태자 宮이 마흔다섯의 나이였으나, 생모인 호후芦后를 당분간 섭정 태후로 삼아 태자를 돕도록 했다. 새로운 인사가 마무리되자 신명제는 서둘러 사람들을 이끌고 홀연히 해산으로 들어가 버렸다.

　결국 궁태자가 서도西都의 난대에서 고구려의 7대 태왕으로 즉위했다. 고구려 황실에서의 선위는 이때가 처음 있는 일이라 다들 어리둥절한 상태였다. 신명제는 그때 65세의 나이로 이미 고령의 나이였다. 따라서 살아생전 보위를 물려줌으로써 황실의 안녕을 도모하고, 후대에 좋은 전통을 남기려고 속 깊은 조치를 취했던 것이다.

　한편 한반도에서는 AD 77년, 서나벌과 충북 일원을 놓고 사활을 건 전쟁을 벌이던 다루왕이 죽자, 그의 아들인 기루己婁왕이 〈백제〉의 3대 어라하에 즉위했다. 식견이 크고 도량이 넓어 사소한 일에는 마음을 쓰지 않는 넉넉한 인물이었다고 한다. 그런데 다루왕의 죽음에 앞서 그의 숙적이 된 서나벌의 사벌왕이 한발 먼저 세상을 뜨고 말았다. 사벌왕은 해解씨 유리이사금을 몰아내고 朴씨 정권을 되찾은 이래 다루왕의 백제와 오랜 전쟁을 마다하지 않았으나, 결국 앞서거니 뒤서거니 하면서 모두 이승으로 떠난 셈이었다.

　그러나 사실 서나벌은 다루왕의 백제와 마한 연합에 조금씩 내몰리면서 사벌왕 때 이미 경북 상주의 고소부리 일대로 도성을 옮긴 상태였다. 그러다가 이후 황산강을 만나면서부터는 새로이 가야와 충돌해야 했다. 〈가야〉 또한 결코 만만치 않은 선주민 세력이었기에, 서나벌은 황산강을 따라 남동쪽으로의 진출로 출구를 찾으려 했다. 그 와중에 대륙에서 서나벌의 대보를 지낸 탈해왕의 〈계림〉과 자연스럽게 조우하게 되었고, 결국 사벌과 탈해왕 시절에 양국의 정치적 연합을 합의하기에 이르렀다. 사벌왕의 뒤를 이은 서나벌의 파사왕은 이후 부왕의 대업을 받들어 끝내 탈해의 사로국을 흡수하고 국호를 사로국斯盧國으로 택했다. 이어 101년경에는 아예 금성金城(경주)으로 천도를 단행하면서 새로운 월성의 시대를 열어 가고 있었다.

백제의 기루왕은 즉위 후 21년을 다스렸는데, 전해지는 이렇다 할 기록이 없는 것으로 보아 그의 재위 시절 당시 백제를 둘러싸고 커다란 역사적 사건은 없었던 듯하다. 신명선제가 다스리던 동북쪽의 고구려 역시 모처럼의 평화로운 시절이었고, 서나벌은 南東진출이라는 국가전략에 따라 한반도 남동단에 위치한 사로국과의 정치적 통합에 여념이 없었다. 한수漢水(한강) 너머 북쪽의 동옥저(반도낙랑)나 동예(반도말갈)는 고구려의 종속을 거부한 채 별도의 세력을 이루고 있었으나, 온전한 국가의 체제를 이룬 것이 아니어서 백제를 공격하기에는 무리였다. 반대로 남쪽 전북 지역의 마한馬韓은 여전히 한반도를 대표하는 전통의 맹주로서 백제가 넘보기에는 버거운 상대였다.

따라서 한강을 중심으로 하는 백제의 입장에서는 다루왕과 같이 스스로 정복전쟁을 일으키지 않는 한, 딱히 주변과 전쟁을 수행할 이유가 줄어든 상황이었다. 무엇보다 서나벌과의 〈13년 전쟁〉을 거치면서 기루왕으로서는 백성들을 쉬게 하면서, 국력을 쌓아 나가는 것이 현실적으로 더욱 필요한 일이었을 것이다. 그러던 AD 97년이 되자, 이제 막 금성(경주)시대를 열게 된 사로국과 가야가 화친하기로 했다는 소식이 들려왔다. 마침 그 무렵을 전후해서 기루왕이 세상을 뜨고 말았다.

그런데 그때 기루왕의 후사를 잇는 과정이 순탄치 못했다. 당연히 기루왕의 아들 중 누군가 왕위를 이어야 했지만, 느닷없이 온조대왕의 또 다른 손자가 나타나 왕위를 빼앗아 즉위했던 것이다. 시조인 온조왕이 늦은 나이에 둔 다루왕의 배다른 막냇동생이라는 설도 있으나, 온조대왕의 나이로 보아 가능성이 없는 얘기였다. 아무튼 그에 대한 기록은 유일하게 일본에 전해졌는데, 그가 바로 덕좌왕德左王이라는 인물이었다.

주목되는 것은 덕좌왕의 즉위 이후 백제가 숙적인 사로국(서나벌)에 대해, 그때까지와는 전혀 다른 반대의 정책을 펼쳤다는 점이었다. AD 105년경, 사로국 월성에 놀라운 보고가 들어왔다.

"아뢰오, 부여왕이 사신을 보내 화친을 청해 왔는데, 2명의 왕녀를 함께 데려왔습니다."

"무엇이라, 부여의 새 임금이 화친의 사신을 보냈다고?"

뜻밖의 보고에 파사왕이 놀라면서도 이내 이들을 반갑게 맞이했다. 이처럼 백제가 먼저 적극적인 자세로 성의를 다하는 모습을 보이자, 처음에는 그 진의를 의심하던 사로국에서도 비로소 우호적인 태도로 변하기 시작했다. 이로 보아 덕좌왕을 왕위에 오르게 한 사람들은 다루에 이은 기루왕의 반대편에서 사로와의 전쟁에 반대하고, 친親사로 정책을 주장하던 세력임이 틀림없었다. 이들 비주류 세력들이 왕권교체기를 맞아 온조의 방계 혈통인 덕좌왕을 옹립하고, 강성파 주류인 기루왕계를 밀어내는 데 성공했던 것이다.

이처럼 덕좌왕이 다스리는 백제와 사로가 화친함으로써 한반도 중심부에서 양국 간에 처음으로 평화로운 시기가 도래했다. 이러한 분위기는 이후 파사왕 사후에도 이어져 무려 60년을 지속하게 되었고, 이는 특히 통일 〈사로국〉이 자리를 잡아 가는 데 결정적 도움이 되었다.

2부

고
구
려
의
굴
기

6. 정견여왕의 대가야

AD 94년경 고소부리古所夫里(상주)의 서나벌국이 금성金城의 사로국을 병합해 새롭게 재탄생한 〈사로국斯盧國〉은 금성(경주慶州)으로의 도성 이전을 준비하느라 어수선했다. 그런데 그 이전부터 서나벌은 경북 내륙 진출을 계기로 기존에 터 잡고 있던 가야의 소국들과 갈등을 겪고 있었다. 그해 〈성산星山가야〉의 바로 남쪽, 고령일대에 소재한 〈대가야大伽倻〉가 마두성(경북구미)을 공격해 오자, 파사왕이 아찬 길원을 내보내 대가야 군대를 격파한 일이 있었다.

이제 국호를 바꾸고 한반도의 동남쪽까지 국경이 확장된 사로국이 금성 일원에 부쩍 신경을 쓰는 사이, 대가야가 2차 공격을 노리고 있었다. 급기야 파사왕 22년째인 AD 96년, 대가야가 사로의 속국인 〈거타국居陀國〉(거열居烈, 경남거창)을 침공해 왔다. 1년 전 대가야의 후국쯤 되던 거타국의 군주君主 사모斯牟가 파사왕에게 자신의 신하인 하파河波를 사신으로 보내고 칭신해 왔다. 그는 서나벌국이 마두성 전투에서 대가야를 격파한 데 이어, 사로국을 병합해 더욱 강성해지는 것을 보고, 고심 끝에 대가야를 버리고 결국 사로를 택했던 것이다. 하파를 통해 사모가 그의 말을 전했다.

"신의 부친인 절공節公이 죽음을 앞두고, 신에게 우리 조상의 나라(사로)를 알현하라고 명을 내리시어 하파 등을 보내 공물을 올립니다. 골녀骨女(사로 귀족여인)에게 장가들기를 청하니 부디 허락해 주시고, 신으로 하여금 남번南藩(번주藩主)으로 삼아 주소서!"

파사왕이 이를 크게 반기며, 사모에게 반아半阿를 내주어 시집가게 하고, 그에게 아찬의 벼슬과 함께 그의 모친 호모胡母에게도 대자의大紫

衣(자색 옷)를 내리며 환대했다.

1차 〈마두성전투〉에서 패한 대가야는 〈거타〉가 사로로 기우는 것을 보고, 이를 달갑게 여길 리가 없었다. 마침 사로국이 병합으로 어수선해진 틈을 타 복수할 기회를 엿보던 대가야가 자신들을 배신해 눈엣가시 같았던 거타국을 손보고자 공격을 가했다. 그러자 거타군주 사모가 즉시 사로국에 구원을 요청해 왔다. 다행히 파사왕이 10년 전에 가야를 경계해 이 지역에 마두성과 가소성을 쌓았는데, 이제야 커다랗게 효험을 보게 되었다. 파사왕이 즉시 이웃한 가소성주加召城主(경북칠곡) 장세張世에게 급하게 명을 내렸다.

"가소성주는 지금 당장 출병해 거타국을 구하도록 하라!"

이에 장세가 병력을 이끌고 서둘러 거타로 출정했으나, 대가야는 결코 만만한 나라가 아니었다. 오히려 장세의 사로군이 대가야의 공세에 뜻밖에도 싸움에 패하고 말았다. 파사왕에게 파발이 급보를 전했다.

"속보요, 가소성주 장세가 대가야에 패했고, 성주인 장세도 전사했다 합니다!"

"무어라, 장세가 전사했다고? 대가야군이 그리도 강하단 말이냐? 이번 전쟁을 벼르고 별렀던 모양이로구나……"

크게 놀란 파사왕이 장세의 패배와 죽음에 안타까워하자, 한 대신이 나서서 말했다.

"지난번 마두성에서의 1차 전투에서 이기는 바람에 우리가 대가야를 과소평가한 듯합니다. 그러나 대가야에게 밀린다는 것은 절대로 허용해서는 아니 되는 일입니다. 한 번 가야에게 패한다면, 여기저기 흩어져 있는 가야의 열국들이 차례대로 우리를 공격해 올 수 있기 때문입니다. 이참에 정예 병력을 추가로 출정시켜 아예 대가야를 멸하시는 편이 좋을 것입니다!"

"바른 말이다. 가소성주 장세가 용감히 싸우다 전사했으니, 대가야를 이대로 가만둘 수는 없다. 그들을 반드시 후회하게 만들 것이다!"

분노한 파사왕이 결국 추가 출병을 명했다. 먼저 길문吉門이 선봉이 되어 정예 경기병京騎兵 1천을 이끌고 출정했다. 이어 파사왕이 곧바로 南路와 水路의 군사 5천을 이끌고 친히 지원에 나섰다. 이렇게 사로국 왕이 직접 출정한 가운데, 사로국의 경로京路, 남로, 수로의 3로군이 합세해 거타성에 맹공을 퍼부었다. 사로軍의 갑작스러운 기습에 놀란 대가야軍이 거세게 저항했으나, 결국 거타성이 다시금 사로군의 수중에 떨어지고 말았다.

2차 〈거타전투〉의 승리로 성을 되찾은 사로군은 그러나 여기서 머물지 않았다. 파사왕은 이내 귀경했으나, 길문이 이끄는 사로군은 왕의 명에 따라 곧장 대가야의 도성을 공략할 준비에 박차를 가했다. 길문이 장졸들을 격려했다.

"자그만 거타성에 만족할 우리가 아니다. 이참에 아예 대가야의 도성까지 쳐들어가 반드시 가야왕을 붙잡고 대가야를 멸할 것이니, 제장들은 이 싸움에 더욱 각별한 각오로 임해야 할 것이다!"

한편, 이제 겨우 거타성을 빼앗고 잠깐이나마 승리감에 들떠있던 대가야 조정에 거타성으로부터 우울한 소식이 날아들었다.

"아뢰오, 사로왕이 친히 이끄는 군대에 우리 군이 결사적으로 대항했으나 끝내 패배해 거타성을 다시 내주었다고 합니다. 격렬한 전투 중에 수많은 희생자가 나왔고, 많은 병사들이 적의 포로가 되었다고 합니다!"

그러자 순식간에 대가야 조정이 커다란 불안감에 휩싸이고 말았다. 사실 대가야는 정견正見이라는 여왕女王이 다스리는 소국이었다. 그녀는 원래 〈비화比火가야〉(경남창령)의 여왕으로 포구진한의 파소여왕에 비견될 만한 인물이었다. 일설에는 가야 산신이자 정견모주正見母主라고도 불렸던 그녀가 천신天神 이비가지夷毗訶之에 감응되어 뇌질보일惱窒□日과 주일朱日, 청예靑裔의 세 아들을 낳았다고 한다.

대가야의 시조인 그녀를 신성시하기 위한 신화였으니, 정견모주는 김수로와 달리 내륙 가야의 또 다른 계통을 이루고 추앙을 받는 여왕이었던 것이다. 주목할 점은 정견모주의 등장이야말로 반세기 동안 〈가야〉를 다스려 온 김수로 왕조를 대체할 새로운 세력의 탄생을 예고하는 신호탄이라는 점이었다.

사로국에 거타성을 다시금 빼앗겼다는 소식에 정견여왕의 대신들이 사로국과 더 이상의 전쟁은 불가하다며 대책을 내놓았다.

"사로국은 우리의 예상보다 강성한 나라입니다. 이제야 하는 말이지만 그들은 서북의 강자 백제와 마한의 연합에 맞서고도 결코 밀리지 않은 나라였습니다. 더구나 이번에는 그 왕이 직접 전쟁을 이끌었으니, 그의 분노가 결코 예사롭지 않습니다. 하오니 일단 큰 왕자님을 사로국에 인질로 보내 사태를 수습하시고, 나중을 도모할 필요가 있을 것입니다. 통촉하옵소서!"

결국 이듬해인 AD 97년이 되자 정견여왕은 둘째 왕자인 주일朱日을 사로국에 인질로 보내, 스스로 사로국의 번국임을 자처했다. 대가야 왕자 주일은 파사왕을 보자 무릎을 꿇고 머리를 조아리며 백배사죄했다.

"가야加耶 왕자 주일이 대사로국 대왕을 뵈옵니다! 작디작은 가야가 변방에서의 힘만 믿고 우쭐대다가 대사로의 강성함을 모르고 감히 덤벼들었으니, 하룻강아지가 범 무서운 줄 모르고 대든 격과 같게 되었습니다. 이는 상대를 모르고 벌인 우리 조정 대신들의 아둔함에 그 원인이 있는 것으로, 어디까지나 서투른 실수였습니다. 참담한 심정에 차마 고개조차 들 수 없을 지경입니다. 신이 가야왕과 조정을 대신해 죽기로 백배사죄 드립니다! 이제부터 가야는 대왕의 번국이 되어, 그 의무와 충성을 다할 것을 맹세하니, 부디 대왕께서 하해와 같은 아량으로 불쌍한 가야를 품어주실 것을 머리 숙여 청원할 따름입니다……"

이에 파사왕이 주일의 호소에 마음이 움직였는지 그에게 경도(도성)에 머물게 하고는, 이내 길문에게 파발을 보내 새로운 명을 내렸다.

"장군 길문은 대가야 공략을 철회하고 회군하라!"

강성한 대가야가 끝내 항복과 함께 사로국에 예속되면서, 대가야와 사로국 간의 전쟁이 이렇게 일단락되었다.

이듬해 98년 봄, 파사왕이 마제摩帝와 미례美禮 부부를 이벌찬과 품주로 삼고, 길문을 중외대군사로 하는 인사를 단행했다. 당시 왕이 탈해왕의 계림 출신으로 보이는 마제의 처 미례를 총애하여, 미례가 품주의 직위에 반복해서 오르곤 했다. 그런데 5월이 되자 마제와 길문이 함께 왕에게 간하였다.

"태성太聖(아리)께서 하늘로 올라가신 지 오래입니다. 허루가 대왕의 딸인 도생道生공주를 부인으로 삼았으니, 더 이상 성부로 추앙하기에는 문제가 있습니다. 신들이 모두 대왕의 적자赤子인 상황에서 어찌 감히 대왕께서 자식의 관계가 될 수 있다는 말입니까?"

한마디로 이는 임금이 신하인 허루를 부모로 대우하는 것이 격에 맞지 않는 것이므로, 허루를 성부聖父의 자리에서 내려오게 해야 한다는 건의였다. 허루의 독보적 권위에 대해 젊은 신진 세력들이 도전해 오는 양상이 벌어지기 시작한 것이었다. 그러나 왕은 허루를 성부에서 내리라는 상소를 받아들이지 않았다. 그러자 상선上仙인 제거齊居와 세한勢漢

등까지 나서서 상소에 동참했다. 조정의 분위기가 심각해지자 기회를 엿보던 허루가 재빨리 나서서 스스로 죄를 청했다.

"대신들의 주청이 한결같으니 신이 주제를 넘어 죄를 지은 것이 분명합니다. 마땅히 벌하여 주옵소서!"

그때서야 파사왕이 내키지 않은 일이지만 어쩔 수 없다는 태도를 보이며, 슬그머니 허루를 성부에서 내려 태공太公으로 처우하라는 명을 내렸다. 그리고는 상소를 주도한 제거와 세한을 좌우 상보上輔에, 마제와 길문을 좌우 대상大相으로 올려줌으로써, 오히려 이들의 노고를 치하하는 듯한 인상을 주었다. 파사왕이 사로국을 통합함에 있어 그토록 신임하고 의지했던 허루가 통합이 성사되고 나자, 이때에 이르러 권력의 핵심에서 서서히 밀려나는 모양새가 된 셈이었다.

그런데 허루는 이에 앞서 마제와 길문으로부터 원한을 살 만한 일을 저지른 적이 있었다. 성부의 신분으로 잔뜩 권력을 누리던 허루가 늙은 나이에도 왕성한 여성 편력을 뽐내며 젊고 어여쁜 여인들을 탐하다, 그 남편들의 원망을 사서 구설에 오르곤 했던 것이다. 도생이 허루의 아들 다루多婁를 낳았을 때 파사왕이 옆에서 보니 아기를 씻기는 허루의 팔뚝 힘이 넘치는 것을 보고 말했다.

"내 오늘 성부께서 신군부의 우두머리 장수보다 절대 힘에서 밀리지 않는다는 것을 가히 알겠소이다. 도생의 복이겠지요, 하하하!"

그 말에 우쭐해진 성부가 호탕하게 답했다.

"신은 한 번 식사에 돼지의 양어깨를 먹을 수 있습니다. 백 근의 창을 사용하고, 나는 것처럼 말을 뛰어넘을 수 있으니 어찌 신군부의 장수들과 비교할 수 있겠습니까? 껄껄껄!"

허루는 그럴 정도로 대단한 체력과 무공을 지닌 호걸이었던 것이다.

그랬던 허루가 마침내 태공의 신분으로 격하되자, 그즈음 길문이 마제를 찾아 함께 결탁할 것을 제의하면서 말했다.

"지금 천하의 권력이 우리 두 사람에게 있소. 서로 몸과 마음을 의지하면 장차 어떤 일인들 이루지 못하겠소이까?"

마제가 길문의 뜻에 동조하니, 사로 조정이 길문과 마제가 연합한 신흥 세력과 허루의 구세력으로 나뉘었고, 이들 간에 충돌 직전의 살풍경한 분위기가 감돌았다. 다행히 이때 허루가 군사적 충돌을 피하는 바람에 불상사가 일어나지는 않았으나, 이로써 김허루의 명성과 권세는 하루가 다르게 쪼그라들었다. 마제와 길문이 그 후로 중외대군사를 번갈아 맡으며 사로의 군부를 확실하게 장악해 나갔으니, 아무래도 허루를 비롯한 계림 출신들의 힘이 서서히 빠지는 모양새였다.

그로부터 3년 뒤인 AD 101년, 마침내 파사왕이 고소부리(상주)에서 金城(경주)의 신궁 月城으로 천도를 단행했다. 일찍이 파소여왕이 요동의 섭라涉羅를 떠나 북경 연산 아래 포구진한의 나을촌에 자리를 잡고, 소벌蘇伐도리의 도움으로 서나벌국을 세운 지 실로 160년 만의 일이었다. 이는 또 서나벌이 한반도로 이주하면서 꾸준하게 진행된 소위 남동 진출 전략이 약 60년 만에 완성된 셈이었고, 사벌왕 때부터 친다면 양국의 정치적 통합이 마무리되기까지 한 세대에 걸쳐 꼬박 30년이 소요된 셈이었다. 무엇보다 양측에서 전쟁을 피하고 일구어 낸 '평화적 통합'이라는 점에서 역사적으로도 중요한 의미를 갖는 사건이었다.

새로 지은 월성의 둘레는 1천 보步가 넘는 아담한 규모였다. 신월성을 중심으로 그 북쪽으로는 1,800보 정도의 만월성滿月城이, 동쪽으로는 1,900보 수준의 명활성明活城이, 남쪽으로는 2,800보의 남산성南山城이 있었고, 그 서쪽으로 기존 금성金城이 있었으니 도성 안에 모두 5개의

城을 갖추고 있던 셈이었다. 종전에는 금성을 주로 사용했지만, 이후로는 역대 왕들이 두 월성에 많이 거처하게 되었다.

금성으로의 천도는 탈해왕의 〈사로〉를 병합하고 알천에서 대규모 사열을 거행한 지 7년 만의 일이라, 파사왕은 물론 조정 대신들의 기쁨이 매우 컸다. 도성인 금성으로 이르는 길에는 백성들이 모두 나와 새로운 통일 사로국의 왕을 열렬히 환호하고, 왕가의 천수를 축원했다.

"사로국 만세! 파사이사금 만만세!"

정월이 되니, 가야 세주世主 정견正見이 주일을 대신해, 이번에는 그녀의 셋째 아들인 청예靑裔를 금성으로 보내 입조케 했다. 새로운 도성 月城시대를 맞이해 정견의 희망대로 가야의 인질을 교체해 주기로 한 것이었다.

그 무렵 경북 남부 금성(경주) 일대에는 여전히 여러 소국들 즉, 음즙벌국, 실직곡국, 압독국, 비지국, 다벌국, 초팔국 등이 산재해 있었다. 당시 사로국은 이들 6개 소국을 6부部로 정하고 각 部의 주主(소왕)에게는 자치권을 인정하되, 아찬阿湌의 벼슬을 내려 다스리게 하고 있었다. 그러던 중 금성의 월성으로 천도를 단행한 그해 여름, 금성 북부에 서로 이웃해 있던 음즙벌국音汁伐國(안강 일원)과 실직곡국悉直谷國(강동 일원)이 경계를 놓고 서로 다투는 일이 벌어졌다. 2部에서 사람을 보내 사로국으로 찾아와 중재를 요청하니, 파사왕이 난감히 여기던 끝에 그 땅에서 오래도록 산 노인들을 불러 경계를 묻게 했다. 그들이 말했다.

"가야加耶 왕자 청예가 지혜가 많으니 그의 의견을 따라 정하는 것이 좋을 것 같습니다!"

파사왕이 이를 받아들여, 마침 인질로 와있던 청예를 불러내 의견을 물었다. 결국 청예가 논의 끝에 음즙벌국의 손을 들어주면서 두 나라의 경계 문제가 일단락되었다.

　이듬해가 되자 파사왕이 경계 문제를 해결해 준 공로로 청예로 하여
금 6개 소국을 순찰하며 유람할 기회를 주고, 6부에 청예를 잘 대접하라
는 명을 내렸다. 당시 청예에 대한 명성이 널리 퍼져 있던 터라 그가 들
르는 소국마다 그의 신지神智(영묘한 지혜)를 살펴보고자 부민들이 몰
려들 지경이었다. 이때 각 부의 소왕들 모두가 이간伊干(지방관)들을 시
켜 청예를 맞이하는 연회를 베풀었다. 그런데 이때 유독 한기부漢祇部의
왕 보제保齊만은 홀로 자신의 가노家奴를 시켜 청예를 맞이하게 하는 등
심히 박하게 대접했다. 이를 수치스럽게 여긴 청예가 분노해 자기 수하
인 탐하리耽下里를 불러 명을 내렸다.

　"보제 이 자가 대가야를 어찌 여기고, 나를 이리 괄시할 수 있단 말이
냐? 내 비록 인질로 와 있다마는 사로국의 일개 부에 불과한 소국의 우
두머리에게 이런 치욕을 당하고 가만히 있을 수는 없는 노릇이다. 네가
은밀하게 보제를 없애 버리거라!"

　청예의 명령을 받은 탐하리는 과연 한기부의 궁으로 파고들어 가차
없이 보제를 살해해 버렸다. 탐하리는 이어 청예가 일러준 대로 음즙벌
국의 왕인 타추간他鄒干의 집으로 숨어들어 의탁했다. 보제 살해 사건을
보고받은 파사왕이 사람을 보내 타추간의 집을 샅샅이 뒤졌으나, 타추
간이 왕명에 응하지 않아 결국 탐하리를 찾지 못했다. 그러자 보고를 받
은 파사왕이 대노했다.

　"무어라! 타추간이 내 명을 어기고 탐하리를 내주지 않는다고? 이런
무도한 자가 있나?"

　이때 사로국의 대신이 파사왕을 부추겼다.

　"대왕께서 사로를 병합하면서 금성 인근의 소국들에게 종전처럼 권

리 그대로를 인정해 주었건만, 상국을 대하는 태도가 불순하다면 이는 절대 좌시해선 안 될 것입니다. 본보기로 당장 음즙벌을 정벌해 그 땅을 빼앗고, 대왕의 위엄을 떨치셔야 할 것입니다!"

"당연한 일이로다! 길원은 즉시 군대를 이끌고 나가 타추를 벌하도록 하라! 아울러 내친김에 음즙벌은 물론, 실직과 압독까지 쓸어버리도록 하라!"

원래 파사왕은 그해에 음즙벌에 앞서 그와 이웃한 실직과 압독을 먼저 쳐서 없애 버리려 했다. 이를 위해 사전에 거도居道를 불러 명을 내려 놓은 상태였다.

"그대는 장토張吐벌에서 말을 키우고, 병사들에게 승마 훈련을 시키면서 내 지시를 기다리도록 하라. 여차하면 언제든지 실직과 압독에 대한 공격에 나설 수 있어야 할 것이다."

그런데 실직과 압독을 공격하기에 앞서 음즙벌을 먼저 공격해야 하는 상황이 벌어지고 말았던 것이다. 결국 파사왕이 길원을 시켜 음즙벌을 내친 다음, 이참에 아예 실직과 압독마저 정벌하라고 명령을 내린 것이었다.

이에 파사왕의 명을 받은 길원이 군사들을 이끌고 나가 음즙벌을 가차 없이 공격해 들어갔다. 음즙벌의 타추간이 즉시 수하들과 함께 나와 항복하고, 땅을 파사왕에게 바쳤다. 파사왕은 음즙벌국을 部에서 郡으로 떨어뜨려 버렸다. 이어 사로軍은 실직과 압독으로 향했다. 그런데 실직과 압독 사람들은 사로국 군대를 보고도 별로 놀라지 않았다. 장토벌에서 사로군의 승마훈련을 늘 보았던 터라 사로군을 보고도 그런 훈련의 하나인 줄로 착각한 것이었다. 그러나 사로군이 도성 안으로 들이닥치자, 그때서야 사로국의 토벌군이 실제로 쳐들어온 것을 깨닫고는 백성들이 혼비백산했다.

"큰일 났다, 사로군대가 쳐들어왔다! 저건 훈련이 아니라 진짜로 쳐들어온 거란다, 난리다!"

결국 실질곡국의 봉치奉治와 압독국押督國(경산 일원)의 왕을王乙 두 왕이 뒤늦게 기겁을 하고는 자신들의 땅을 스스로 사로국에 바쳤다. 파사왕은 이 사건을 통해 금성 일원의 소국들에게 확실한 위력을 과시하고 정복왕으로서의 위엄을 드러냈다. 동시에 이는 파사왕의 사로 정권이 새로이 금성으로 이주해 온 통일 세력임을 입증하는 중요한 기록이기도 했다.

그 후 2년 뒤인 AD 104년 실직군주 봉치가 죽자, 그의 신하 모두牟斗가 다시금 일어나 난을 일으켰다. 금성 인근의 소국들이 그렇게 호락호락하지는 않았던 것이다. 파사왕이 이번에는 이벌찬伊伐湌 지소례支所禮를 보내 난을 평정하고, 남은 무리들을 남쪽 변경으로 이주시켜 살도록 조치했다.

그 와중에 파사왕 29년 되던 이듬해 AD 105년 정월이 되자, 〈백제〉의 덕좌왕이 전격적으로 사로에 사신을 보내와 화친을 청했다.

"대왕을 뵈옵니다. 백제 어라하께서는 이번에 금성에 새로이 도읍을 정하게 된 사로국을 축원함과 동시에, 이를 계기로 이제부터는 사로국과 과거의 불편한 관계를 접고 더없이 밝은 화친의 길로 나아가길 원하신다고 하셨습니다!"

이와 함께 덕좌왕이 백제의 왕녀 2인을 보내왔는데, 그중에는 아름답기로 소문난 왕의 딸 가리加利공주도 포함되어 있었다. 덕좌왕이 성의를 다하니 파사왕도 흔쾌히 이에 응하기로 했다. 이로써 과거 마한의 맹소 사건으로 야기된 〈백제-사로〉 간의 적대 관계가 무려 50여 년 만에 해소되게 되었다. 파사왕은 이제 가야를 포함한 사로국의 남동부 일대

를 공고히 하는 일에 더욱 매진할 수 있게 되었다. 그해 고구려는 궁宮태
자가 요동의 6개 城을 정복하고 郡으로 삼았다.

이듬해 AD 106년 7월이 되자, 사로국 전역에 전에 없이 메뚜기 떼가
창궐했다. 전년도에도 대규모 홍수가 나서 10도道의 백성들이 굶주렸는
데, 또다시 메뚜기 피해가 이어지니 백성들의 고통이 더욱 가중되었다.
파사왕이 신산神山과 대천大川을 찾아 두루 제를 올리며 한탄을 했다.

"내가 덕이 쇠한 것인지, 지난해에는 홍수, 올해는 메뚜기 떼라
니……"

파사왕은 10道에 사신을 보내 곡식 창고를 열고, 굶주린 백성들을 구
제해 주도록 했다. 아직은 통일 정권 초기라서 민심의 동요에 촉각을 곤
두세울 수밖에 없었던 것이다. 그러한 때에 알지閼智신군이 죽음에 임박
했다는 소식이 들어왔다. 파사왕이 급히 신군을 찾아 대면하자 알지가
말했다.

"신이 종노宗老로서 임금의 은혜에 보답해 드린 것이 없습니다. 이제
하늘에 오르게 되면 곧 메뚜기 떼를 없애는 것이 가능해질 것입니다……"

그날 밤 알지신군이 세상을 뜨고 말았는데, 밤새 몹시도 큰 비가 내
렸다. 그 일이 있은 뒤로 얼마가 지나자 메뚜기 떼가 스스로 자취를 감
추기 시작하더니, 곡식들이 알알이 다시 영글기 시작했다. 사람들이 이
를 보고 알지곡閼智穀(알곡)이라 불렀다. 흉노 김일제의 후손인 김알지
는 호공의 천거를 받아 탈해의 계림 건설을 도운 공신으로, 허루보다 훨
씬 영향력이 큰 인물이었을 것이다.

그러나 김알지는 파사왕 즉위 이전부터 종노宗老란 신분에 갇힌 채 이
렇다 할 정치력을 보이지 못했다. 그의 아들인 세한 또한 오래도록 곡식
창고인 창름이나 전전하는 신세에 불과했었다. 이로 미루어 볼 때 알지

는 탈해왕에 충성하며 구훼舊계림 내에서 서나벌과의 통합을 반대하던 대표 세력이었을 가능성이 커 보였다. 그런 이유로 통합 이전부터 중앙 정치 무대에서 철저히 배제된 것이었다. 그에 반해 서나벌과의 통합에 적극적이었던 허루는 파사왕의 지지에 힘입어 승승장구할 수 있었던 것이다.

조정에서는 알지신군의 사당을 남교南郊에 마련해 주고 그의 공을 기리게 했으나, 어디까지나 성 밖의 남쪽 교외에 모신 것일 뿐이었다. 따라서 소위 알지의 탄생 설화라는 것은, 후대에 그의 후손들이 사로국(신라)의 왕권을 차지하면서 김金씨 조상을 신성시하려는 필요에 의해 만들어진 산물이었을 것이다.

그 후 2년이 지난 108년경, 5월에 큰 홍수가 일어나 민가의 백성들이 기근에 시달렸다. 파사왕이 명을 내렸다.

"큰물로 굶는 백성들이 많다고 하니, 10도에 관료들을 보내 창름을 열게 해서 백성들을 구휼토록 하라!"

그런데 그다음 달이 되자 이번에는 금성 인근의 3개 소국인 비지比只, 다벌多伐(영일), 초팔草八(홍해)국 등이 민심이 어수선한 틈을 타 난을 일으켰다. 분노한 파사왕이 남로군사 홍로虹盧와 마두성주 가수加樹에게 명해, 이들 3개 소국을 토벌해 땅을 빼앗고는 가차 없이 병합해 버렸다.

이때서야 비로소 사로국이 금성 인근에 있던 6개 소국 모두에 대한 병합을 마무리 짓게 되었다. 〈비지국〉은 정견正見여왕이 다스리던 〈대가야〉에 속한 것으로 보였는데, 당시 사로 원정군과의 전투 중 비지의 태자인 보일宝日이 전사하는 등 나라의 존망이 흔들리는 지경에 이르고 말았다.

이때 정견의 차남인 주일朱日은 서둘러 〈소문召文〉으로 들어가 사로국과의 화친을 추진했다. 그러나 3남인 그의 동생 청예靑裔는 항복을 거부한 채 남쪽의 〈금관金官〉으로 달아났다. 이로 미루어 이때 일어난 금성 일원 소국들의 2차 소동은 이 지역을 대표하던 정견여왕의 비화가야 (비지국)가 주도한 것이 틀림없어 보였다.

3년 뒤인 AD 112년경, 정견여왕이 죽자 그녀의 뒤를 이어 차남인 주일이 〈대가야〉의 왕위를 이어받으니 이진아시伊珍阿豉왕이었다. 일설에는 그 무렵 〈금관가야〉로 달아났던 3남인 청예가 금관가야의 수로(왕)가 되었다고 했다. 후일 6세기 전반에 〈금관가야〉가 먼저 나라를 들어 사로국의 후신인 〈신라〉에 나라를 바쳤는데, 이후로 〈대가야〉가 가야의 중심국이 되다 보니 그 후예들이 꾸며낸 이야기라는 해석도 있다. 대가야는 이후 19대를 지속하다가 6세기 후반에 〈신라新羅(사로)〉의 진흥왕에 의해 완전히 병합되었다. 이처럼 망국으로 인해 가야 전체의 역사가 흐릿해진 탓에 자세한 실상은 알 수 없었다.

또 하나 놀라운 점은 대가야의 이진아시왕이 고천원高天原에서 살다가 나중에 倭열도로 건너가 나라를 건국했는데, 그가 곧 일본 천황가의 황조신皇祖神으로 추앙받는 이자나기 미코토伊邪那岐命와 동일 인물로 추정된다는 것이었다. 대가야의 도읍이었던 현 고령 일대를 고천원으로 본다는 점에서, 초기 일본열도로 건너간 사람들이 대가야 계통의 사람들일 가능성이 높다는 의미였다. 이래저래 정견여왕과 그 일가의 존재는 김수로 이후 가야를 대표하는 세력임이 틀림없었다.

사로가 금성 인근의 가야 6국을 병합했던 그해 108년 12월이 되자, 금성의 사후史后가 머무는 궁에 비보가 날아들었다.

"아뢰오, 황송하오나 부친 허루공께서 타계他界하셨다고 하옵니다……"

"무엇이라, 아버님께서 돌아가셨다고?"

사로국의 실력자로 파사왕의 장인이었던 태공太公 김허루許婁가 마침내 세상을 떠난 것으로, 왕과 사후史后가 크게 비통해했다. 허루는 탈해왕의 신하였으나 딸인 사성과 파사의 혼인을 계기로, 사로를 대표해 파사를 임금의 자리에 오르게 하는 데 결정적 도움을 주었고, 이후 서나벌과의 정치적 통합을 가장 적극적으로 도운 인물임이 틀림없었다. 파사왕 또한 장인인 허루에 절대적으로 의지해 자신의 모후인 아리대모와 연을 맺게 하고, 성부로 받드는 등 양국의 〈통일대업〉을 완수하기 위해 허루를 최대한 활용했다.

다만, 통일 이후로는 허루의 힘이 다소 빠지는 모양새였으나, 그는 이미 고령의 나이에다 권력을 충분히 향유한 터였으므로 아쉬운 것도 없었을 것이다. 허루는 구舊사로국(계림) 내에서 서나벌과의 정치적 통합이 논의되고 혼란이 가중되던 시절에, 이를 막을 수 없는 시대의 대세로 간파하고 통일을 앞당기는 데 적극 나선 인물이었다. 알지를 비롯해 이를 반대하던 세력들과 정치적으로 크게 대립했겠지만, 끝내 이를 극복하고 평화적인 양국의 통일 대업을 이루어 냈으니, 통합 사로국의 탄생을 앞당긴 일등 공신임이 틀림없었던 것이다. 파사왕이 김허루를 니금尼今의 예로 후하게 장사 지내고, 갈문왕葛文王으로 추존했다.

허루의 죽음에 앞서 사로국에서는 3년 전에도 대군사大軍師 길문吉門이 전사해, 각간의 예로써 그를 장사 지내 준 적이 있었다. 길문은 〈황산진전투〉의 영웅으로 마제摩帝와 연합해 조정을 좌우하는 한편, 태공 허루를 견제할 수 있었던 극소수의 인물이었다. 그 무렵에 다시금 알지신군마저 세상을 떠났던 것이다. 이처럼 연이은 사로국 원로들의 죽음은 파사왕과 사로국 조정을 일시적이나마 동요케 했을 것이다.

이듬해 파사왕 35년째 되던 AD 109년이 정월이 되자, 파사왕이 자신의 후계 구도를 탄탄히 하는 인사를 단행했다.

"일성을 태자병관으로 임명하고 태자에 속하도록 한다. 마일을 전중랑에, 창영을 대정대사大井大師 신리神羅장군에 명하니, 각각 경로군과 호성군을 맡아 삼군을 잘 살피도록 하라!"

당시 三軍은 경로京路, 호성護城과 함께 태자의 직속부대를 말했다. 파사왕이 각간을 지낸 박씨 윤공尹公의 아들인 일성逸聖으로 하여금 지마祗摩태자의 부대를 맡게 하는 한편, 왕의 이복형인 일지日知의 아들 마일馬日에게는 경로군을, 창영昌永에게 호성군을 맡겨 태자를 보좌하게 했던 것이다. 이 모두가 지마태자를 배려한 조치이자 그의 후계 구도와 관련된 것이었다. 2월이 되니 파사왕은 지마태자와 태자비인 애례愛禮로 하여금 대정大井에 나가 정사를 듣게 했는데, 애례의 부친인 마제摩帝가 백관을 거느리고 회의를 주재했다.

이듬해 파사왕이 지소례支所禮를 이벌찬에 자신의 딸인 모리毛利를 품주稟主로 삼았다. 사로 최고 지위의 관리인 이벌찬은 주로 진골眞骨 출신이 맡았다. 품주의 자리는 왕실의 출납을 담당하는 재정기관으로 이벌찬의 부인이 맡게 되는데, 후일 신라新羅 최고의 행정기관인 집사부執事部의 전신이나 다름없었다. 길문의 아들인 길공吉公(길원)을 골문각간骨門角干으로 삼았다.

그러던 파사왕 38년째 되던 AD 112년이 되자 덕좌왕이 보내왔던 백제 왕녀 가리加利가 파사왕의 아들 거리居利를 낳았다. 그런데 5월이 되니 갑자기 파사왕이 병이 들어 자리에 눕게 되었다. 태자비인 애례비愛禮妃가 잠을 자지 않고 하늘에 기도한 덕인지 왕이 잠시 건강을 회복하는 듯했으나, 7월이 되자 다시 자리에 눕게 되었다. 파사왕이 태공 마제摩帝와 길문의 아들인 좌두상左頭上 길원, 우두상 지소례, 대정대사 창영, 태자대사 일성을 침전으로 불러들였다.

"내 명이 다한 것 같다……. 지마태자에게 전위를 명하니 경들은 속히 이를 따르도록 하라……"

이에 태자 지마祗摩가 소리 내어 울면서 전위를 받았다. 얼마 후 태자가 죄인들을 사면하니, 사람들이 지마를 소금小今이라고 불렀다.

10월이 되자 파사왕이 꿈을 꾸다 죽은 혜후惠后(아혜阿惠부인)를 만났다고 했다. 그 후 얼마 지나지 않아 목구멍이 마른 채로 끝내 세상을 떠나고 말았다. 사후史后(사성부인)가 지마를 왕의 침실로 이끌어 부왕이 가는 길을 지키게 했다. 얼마 후 새로이 지마이사금의 즉위를 위해 상서로운 의식을 거행한 뒤에, 파사왕을 사릉문蛇陵門에 모시고 장사 지내 주었다. 12월에 고정高井에 새로운 사당을 짓고 파사왕의 제사를 올렸는데, 그를 추모하는 백성들의 횃불 행렬이 무려 십 리나 이어질 정도였다.

파사왕은 성품이 온화한 데다 어진 이를 좋아했고, 나라 살림을 검소하게 하면서도 백성들을 아꼈다. 백제의 집요한 도전을 뿌리치고 끝내 화친을 이루어 냈으며, 황산강(낙동강)을 통한 남동부 해안진출을 도모하면서 경북 일대의 가야를 눌렀다. 무엇보다도 파사왕은 사벌왕의 유지를 받들어 금성 계림과의 정치적 통합에 모든 열정을 바쳤고, 마침내 101년 월성으로의 천도를 마무리함으로써 전쟁 없이도 양국의 통합이 가능하다는 선례를 남겨 주었다. 이것이야말로 파사왕이 韓민족에게 남겨 준 가장 빛나는 또 하나의 역사라 아니 할 수 없을 것이다.

파사왕은 그 밖에도 금성의 계림은 물론, 주변의 소국들마저 차례대로 병합하면서 강토를 늘리니 정복군주로서의 역할을 다했던 노련한 군주였다. 성모 파소여왕에서 시작해 160년간 지속된 한반도 이주의 기나긴 역사를 마무리하고, 이후 천년 도읍으로 거듭나게 되는 金城을 중심으로 나라의 기틀을 새롭게 하니, 사람들이 사로국 중흥의 성조聖祖라 인정하며 왕을 받들었다.

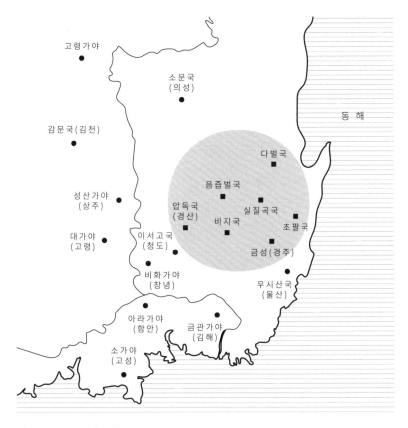

고령가야

소문국
(의성)

감문국(김천)

동 해

다벌국

음즙벌국

성산가야
(상주)

압독국
(경산)

실질곡국

비지국

초팔국

대가야
(고령)

이서고국
(청도)

금성(경주)

비화가야
(창녕)

우시산국
(울산)

아라가야
(함안)

금관가야
(김해)

소가야
(고성)

가야 및 사로권의 소국들

7. 태조의 요동 정벌

AD 112년, 신명선제의 장자로 고구려 7대 태왕에 오른 태조황제太祖皇帝의 이름은 궁宮(어수於漱)이었고, 어머니는 동부여 태사太師 왕문王文의 딸인 호화芦花태후였다. 호태후는 대소의 딸인 고야후의 딸이었으니, 태조황제는 순수하게 동부여 혈통이었고, 그래서 시조에게 붙는 태조太祖라는 시호를 얻게 되었다. 그는 태어날 때부터 눈을 뜨고 세상에 나왔는데, 그래서인지 사물을 보는 눈이 예리했다고 한다. 그러면서도 어진 품성에 효심과 우애가 두터웠으며, 자신의 의사를 앞세우기보다 타인의 말을 잘 들어주었다고 한다.

마침 부황인 신명선제神明仙帝가 말년에 선도仙道에 관심을 기울이고 스스로 정사에서 물러나니, 45세 중년의 나이에 선위禪位를 받았다. 제왕이 살아생전 자신의 보위를 물려주는 선위는 어느 나라에서든 아주 드문 경우였고, 고구려에서도 처음 있는 일이었기에 다들 조심스러운 분위기였다.

그해 6월에 새로운 태왕이 부친인 선제先帝(신명선제)를 태상황太上皇으로, 모후를 호화궁 황태후로 추존했다. 형식적이나마 당분간은 태후가 정사를 보기로 했기에 태보를 따로 두지도 않았고, 마락을 좌보로, 송두지를 우보로 삼았다. 선제가 생존해 있다 보니 연호 또한 신명神明 그대로를 사용했다. 마침 그 무렵 동명東明, 광명光明, 대무大武 3代 태왕의 성스러운 역사를 그림으로 그린 《성회聖繪 삼대경》 57권이 마침내 완성되었다. 태상황이 후대 태왕들을 위한 조서를 내려보냈다.

"무릇 군자君子라면 반드시 대경代鏡을 지니고 있어야 한다. 경鏡이란, 선행을 밝게 비추는 것이지, 악행을 비추는 것이 아니다. 악행을 일삼는다면 폐위시켜야 한다. 이를 내 자손들에게 가르치는 바이다!"

태조 2년, 정월에 호화태후가 친히 태보의 일을 보면서 명을 내렸다.
"내외의 현량賢良, 재예才藝, 용맹지사勇猛之士를 천거하되, 골품骨品을
따지지 말라!"

이에 고구려 전국 각지에서 인재들이 천거되니, 이들에게 직책을 나
누어 주면서 다음을 강조했다.

"민위국본民爲國本, 식위민본食爲民本! 즉, 백성은 나라의 근본이요, 식
량은 백성의 근본이다. 너희 대소 관리들이 농農, 목牧, 양釀, 직織에 힘써
나라가 빈궁해지지 않도록 하라. 나도 당연히 모범을 보일 것이니라!"

그리고는 실제로 호태후가 태왕과 더불어 친히 밭을 갈고, 누에치기
를 했다. 태후는 이에 그치지 않았다. 漢나라의 동북 변방에 위치한 유
幽, 병幷, 기冀, 요遼 땅에 대한 지도地圖를 총준지사聰俊之士들에게 배포해,
장차 후한의 정벌에 미리 대비하라 일렀다. 인재양성, 경제, 국방 등 여
러 분야에 걸쳐 골고루 정책을 펼친 것으로 보아 호화태후는 매우 영명
한 여인이 틀림없었고, 신명제가 이런 그녀의 잠재력을 믿어 선위를 결
심했을 가능성이 컸다.

이듬해에는 고구려에서 가장 고명했던 두 분의 선사仙師가 죽음을 맞
이했다. 한 분은 어릴 적 태왕의 스승으로 당시는 보존普尊선사의 자리
에 올라 있던 98세의 상인尙仁이었다. 선사는 귀한 그림을 잘 그렸고,
《삼대경》을 손보는 등 태왕에게 올린 저작만 120권에 이르렀다. 다른
한 분은 고루태자의 아들인 고덕高德으로 그는 선술仙術에 있어 보존에
비견될 정도였으나, 스스로 왕손이어서 보존에게 선사의 자리를 양보했
다. 그는 늘 두문杜門(문을 닫음)하고 도를 닦는 데 전념했으며, 불과 연
기를 피우지 않는 생식生食을 주로 하면서 처자식도 멀리할 정도였다.

오로지 태왕만이 찾아가 절하고 과일을 바치면, 늘 교화를 했다고 한다.

"백성을 아끼고 효도하며, 仙을 숭상하고 교만하지 않으셔야 합니다."

신명선제 이후 고구려에서 〈선도仙道〉가 크게 일어나 거의 국교 수준으로 널리 보급되었는데, 이는 나중에 신라新羅의 〈화랑도花郞道〉에도 지대한 영향을 미친 것으로 보였다. 그 무렵 고덕의 딸 高씨가 태조의 아들 만륵萬勒을 낳아 태조가 고씨를 황후로 올려 주었다.

태조 4년째인 AD 115년경에는 漢나라 변경 가까이의 고구려 서쪽과 남쪽에 있는 성들을 고쳐 쌓아 유사시에 대비토록 했다. 서하西河, 남구南口, 하성河城, 안평安平, 장령長岺, 도성菟城, 둔유屯有, 평곽平郭, 하양河陽, 고현高顯, 남소南蘇 등의 성으로 이 중 안평을 포함한 5개 城은 AD 55년경 대무신제가 후한과의 서쪽 변경지대에 쌓았던 〈요동십성〉의 절반에 해당하는 것들이었다.

태조 7년째인 AD 118년에는 中軍과 左軍, 右軍의 3軍을 설치했는데, 우혁羽奕, 고량高良, 화직禾直을 각 군의 장군으로 삼았다. 그런데 그 무렵 漢人들이 도성菟城(현토)에 쳐들어왔다가 패해 물러났는데, 얼마 안 가서 다시금 화려華麗를 공격해 와 이를 물리쳤다. 고구려가 후한과의 변경에 있는 성들을 꾸준히 다시 쌓고 보수한 데 대해, 항의 겸 경고를 날리고 고구려의 방어능력을 시험하려는 침공으로 보였다.

그해에는 또 漢人 출신 사대師大가 역대 난세를 극복한 일화들을 그림으로 그려 낸 《역대치란회歷代治亂繪》 7권을 고구려에 바쳐 왔다. 조정에서는 그에게 곡물과 가축을 내려 먹고살게 해 주었다. 여름에는 5部의 선원仙院에 다음과 같은 명을 내렸다.

"어질고 착한 현량들과 효도하며 도리를 따르는 효순孝順들을 천거하라!"

그에 따라 선발되어 온 이들에게는 조정에서 관직을 주고 우대했다. 또 4궁窮, 즉 '홀아비, 과부, 고아, 독거노인'과 같이 궁핍하고 살기 어려운 사람들을 찾아내 먹고 입을 것을 내주었다.

그 이듬해에는 8가지 예능분야, 즉 '예禮, 악樂, 사射, 기騎, 화畵, 산算, 약藥, 도陶'에 달통한 팔례지사八藝之士들을 추천받아 창검에 능한 창검지사槍劍之士는 사과射科에 속하게 하고, 그림과 조각에 능한 서각書刻지사는 화과畵科에, 역학에 능한 음역陰易지사는 예과禮科에, 학춤을 잘 추는 학무鶴舞지사는 악과樂科에, 침과 뜸에 능한 침구針灸지사는 약과藥科에, 목수일에 능한 장목匠木지사는 도과陶科에 속하게 했다. 또한 금 캐는 일을 담당하는 채금사採金使를 두어 모든 금속과 화패貨貝(화폐)를 관장하게 했다.

그다음 해에도 태조가 사대師大를 불러 다시 새로운 명령 하나를 내렸다.

"그대가 가져온 《역대치란회》 그림은 아주 훌륭한 것이었다. 이참에 그대는 고구려의 위대한 선제이신 동명, 광명, 대무 삼대경을 새롭게 그림으로 그리고 책으로 펼쳐내 보길 바란다!"

사실 고구려에는 이미 《삼대경》을 57권의 그림으로 풀어낸 《구경舊鏡》이 있었는데, 고색창연하고 간소하여 법으로 삼을 만하다 해서 이를 《정경政經》이라 부르고 있었다. 이를 또다시 번역하라는 것이 태조대왕의 명령이었던 것이다. 이에 사대가 《삼대경》을 새로이 상세하게 번역해 무려 180권의 그림으로 풀어낸 책을 펴냈고, 《신경新鏡》이라는 이름으로 불렀는데 그림이 질서, 정연하다며 좋은 평을 받아 널리 보급되게 했다.

그러던 AD 119년 여름, 태왕이 우혁과 고량, 화직 등을 장군으로 삼아 출정시켜 〈후한〉의 숙거宿車, 후성候城, 요수遼隧 등지를 정벌하게 했다. 전년도 후한의 현토와 화려 침공에 대한 보복성 공격으로 보였는데, 그 결과 천여 명에 이르는 포로를 생포해 돌아왔다. 그런데 이것이 後漢과의 또 다른 전쟁을 알리는 서막이었으니, 결국 10년 만의 화친이 깨진 셈이었다.

이듬해인 AD 120년이 되자, 후한에 요광姚光이라는 자가 나타나 스스로 도성菟城태수를 자처하고 나섰다. 후한은 광무제가 왕망의 新나라를 깨고 다시금 漢나라를 통일해 세웠지만, 그가 이렇다 할 기반이 없다 보니 사실상 지방정권과의 타협을 통한 호족들과의 연합국가 성격이 짙었다. 당시 안제가 다스리던 후한은 섭정이었던 등태후 사후 환관 세력이 득세하던 때였다. 그런 상황이라 지방호족들의 자치권한과 입김이 세고, 특히 변방까지는 중앙정부의 영향이 골고루 미치질 못했다. 게다가 티벳 지역의 강족羌族에 이어 선비鮮卑의 상곡 침공이 이어져 후한 조정이 한층 어수선해져 있었다.

이에 요동의 변경에서는 대무신제와 신명선제의 강력한 고구려군에 번번이 참패하면서 근 1백 년 동안 밀리고 있었다. 따라서 고구려와 국경에 인접해 있는 후한의 지도자라면 누구든 더 이상 고구려에 밀리지 않고, 일정한 성과를 내는 것이 최대 과제였다. 새로이 도성태수를 자처한 요광 또한 漢나라 백성들의 신망을 얻기 위해서는 당연히 고구려와의 승부수를 띄울 수밖에 없었다. 요광이 문성汶城이라는 곳에 머물면서 고구려와의 약조를 깨고 도성, 평곽, 둔유를 차례대로 선제공격해 왔다. 이에 태조황제가 이번에는 아우인 수성遂成에게 명하였다.

"요광이라는 자가 도성태수를 자칭하며 우리 변경을 빈번하게 공격해 오니 이를 좌시할 수 없다. 아우가 직접 출정해서 요동을 치고 본때를 보이고 돌아오라! 장군 화직과 을어乙魚를 내어 줄 테니 함께 요동을 쳐서 반드시 빼앗도록 하라!"

이에 태왕의 동생인 수성이 군대를 이끌고 출정해 요동을 공격했다. 과연 강력한 고구려 정예군의 공격에 요광은 제대로 힘도 쓰지 못하고 달아나 버렸다. 〈문성전투〉의 승리로 문성의 백성들 역시 고구려에 귀의해 왔고, 스스로 찾아와 항복한 한인들이 천 명을 넘었다. 요동을 되찾은 수성이 당당하게 개선했으나, 달아난 요광은 결코 포기한 것이 아니었다.

다시 이듬해 AD 121년 2월이 되자, 고구려와의 국경에 인접한 후한의 태수들이 서로 연합해 대대적으로 고구려 변경을 침공해 들어왔다. 유주자사幽州刺使 풍환馮煥과 도성태수 요광姚光, 요동태수 채풍蔡風이 연합해, 고구려 접경 지역인 예맥濊貊(구리丘利)을 공격하고자 떼로 몰려온 것이었다. 당시 후한은 전국에 모두 15개의 州를 두고 있었는데, 유주는 대체로 지금 북경의 서북쪽 일원이었다. 자사는 원래 중앙정부에서 각 주에 파견한 감찰관이었으나, 이 시기 곳에 따라 자사가 지방의 행정장관격인 태수를 대신해 다스리기도 했으며, 유주가 그러했다.

고구려와 국경을 접한 3개 주의 모든 태수들이 연합으로 함께 대규모 고구려 진공작전을 펼친 것은 전무후무했던 일이었다. 당시 이들 후한의 지도자들이 고구려와 사활을 건 싸움을 걸기로 작심한 것이었다. 우선 유주 방면에서 요광이 쳐들어오자, 고구려에서는 구리丘利의 거수인 후돌后突이 급하게 이를 막으려 했으나 중과부적으로 전투 중에 사망했다. 요동의 연합군이 예맥의 많은 병마와 재물을 빼앗아 갔고, 고구려 조정에 다시금 비상이 걸렸다.

"한나라 변방의 3태수들이 연합해 대대적으로 예맥을 공격해 왔습니다. 이는 보통 예사로운 일이 아니오니, 적극 대처하셔야 합니다!"

"아니 되겠다. 이번에도 수성이 나서서 해결해 주어야 되겠다. 아우가 군대를 이끌고 서둘러 출정토록 하라!"

"예, 태왕폐하의 명을 받들겠습니다!"

그리하여 다시금 수성이 장군 화직, 을어와 더불어 고구려 정예병력을 이끌고 급하게 출정에 나섰다.

막상 수성이 전선에 나가 보니 한나라 〈요동연합군〉의 병력 수가 엄청났고, 예맥을 깨뜨리고 난 후라 사뭇 그 기세가 만만치 않았다. 수성이 수하 장수들과 전략회의를 열어 묘안을 구했다.

"적의 병력 수가 엄청나서 무작정 쳐들어갔다가는 우리 쪽 희생도 클 것이고, 자칫 낭패를 볼 수도 있다. 좋은 전략이 필요하다……"

한참을 설왕설래하는 동안 드디어 을어가 그럴듯한 안을 내놓았다.

"소장에게 묘안이 하나 있는데, 이럴 때는 기만술이 좋을 것 같습니다. 우선 싸우는 척하다가 이내 쫓겨 달아나면서 산속의 좁은 길로 된 험지를 찾아 적들을 유인해 내는 것입니다. 그다음엔 거짓 항복으로 적들을 안심시키고, 때맞춰 미리 군사를 매복해 두었다가 일거에 적들을 덮치는 작전입니다. 매복 장소로는 용도甬道가 제격입니다."

"흐음, 기만술과 매복술을 결합하는 셈이로군……. 아주 좋은 그림이로다! 그리고 적을 일망타진할 매복 장소로는 용도가 좋단 말이지? 좋다, 지금부터는 비밀 유지가 최대의 관건이다. 즉시 은밀하게 작전을 개시하라!"

고구려 군대는 우선 화직이 이끌던 발 빠른 기마병을 동원해 漢나라 군대에 싸움을 걸며 싸우는 척하다가 이내 달아나기 시작했다.

"후퇴다, 후퇴하라! 지금 전원 후퇴하랏!"

"뿌웅, 뿌우웅!"

후퇴를 알리는 고둥 소리가 퍼지자 고구려 병사들이 급하게 기수를 돌려 달아나기 시작했다. 그러자 漢나라 군사들이 사기가 올라 북을 치고 고함치며 천둥 같은 기세로 추격해 오기 시작했다. 漢나라 추격군이 좁은 산속 길에 다다르자, 수성이 이끄는 부대가 흰 깃발을 든 채 나타나 항복의 표시를 했다.

"앗, 항복의 흰 깃발이 올랐다. 고구려군의 항복이다. 우리가 이겼다! 와아, 와아!"

고구려군을 추격하던 요광의 진영에서 고구려의 항복 깃발이 올라간 것을 보고는 거대한 함성이 터져 나왔다. 이내 북을 치고 춤을 추며 승리감에 도취되어 수많은 깃발이 오르내렸다. 수성이 말을 탄 채로 대장기를 앞세우고, 부하 장수들과 항복을 할 듯 천천히 앞으로 나아갔다. 그러자 요광의 장수들도 수성 일행을 맞이하러 앞으로 나섰다. 그때 수성이 오른손을 번쩍 들어 올렸다. 그와 동시에 긴 고둥 소리가 울리고, 하늘 높이 불화살이 날아올랐다. 좁은 산속 길을 따라 매복해 있던 고구려군에 대한 공격 신호였다.

"슈슈슉! 솨아!"

을어가 지휘하는 매복병들이 쏘아 올린 구름 같은 화살이 맨 앞에서 수성을 맞이하려던 적장 일행을 덮쳐버렸다. 순식간에 날아든 화살 세례에 漢나라 장수들이 말에서 떨어지고 뒤따르던 수많은 병사들이 땅위를 나뒹굴었다.

"둥둥둥, 와아, 공격하랏!"

이어 공격을 알리는 북소리와 함께 천지가 진동하는 고구려군의 함성이 좁은 계곡을 뒤덮었고, 사방에서 화살과 돌덩이들이 날아들었다.

"매복이닷, 방패를 들어라! 달아나라, 전원 후퇴하랏!"

이번에는 漢나라 진영에서 급하게 퇴각을 알리는 북소리가 울렸으나, 이미 계곡에서 고구려군에 철저하게 포위되어 순식간에 아수라장이 되었다. 고구려 기마병이 되돌아서서 쇠뇌를 날리며 달려들어 漢나라 진영을 초토화시킨 데 이어, 장창과 부월斧鉞(도끼)을 든 보병들이 숲 속 여기저기서 나타나 달아나는 요광의 병사들에게 무차별 공격을 가했다. 후미에서 앞을 따라오던 한병漢兵들도 기겁을 하고 뒤돌아 앞다퉈 달아나기 바빴다. 〈용도전투〉에서 절묘한 매복전으로 승리한 고구려군은 무수히 많은 병장기와 마필을 노획할 수 있었다.

수성이 이끄는 고구려군은 여기서 그치질 않았다. 이어 적산赤山(적성)에서 북경 아래로 추정되는 극성棘城에 이르기까지 후한의 현도군과 요동군 사이를 휘젓고 다니며, 성곽과 군량, 마초馬草(말먹이풀)를 불살라 버리는 등 漢나라 군사들을 차례대로 격파해 버렸다. 수많은 漢兵들이 희생당했고, 수성의 고구려군이 2천여 명의 포로들을 생포해 귀환할 수 있었다. 이때 포로들 중 기능을 보유한 자들을 가려내 직책을 주어 살게 하고, 어여쁜 여인들은 장사들에게 첩으로 주기도 했다.

후한의 현도태수 요광의 주도 아래 요동의 지방정권들이 연합해서 모처럼 벼르고 별러 준비했던 고구려 대진공大進攻 작전이 완전히 실패로 끝나고, 〈요동전쟁〉은 고구려의 대승으로 귀결되고 말았다. 태조대왕의 아우인 수성遂成은 그 공로로 일약 고구려의 전쟁 영웅이 되었고, 이후 정계의 실력자로 급부상하게 되었다.

그런데 그 무렵에 상황인 신명제가 상온尙溫(尙仁 아들)의 딸인 천화天花를 후궁으로 들이면서 '상수사당'을 보수하라 명했다. 상수尙須는 수곡성이 있던 매구곡買溝谷의 우두머리로 일찍이 고구려에 귀화해, 주축主畜(목축大加)이 되었던 인물이었다. 상수의 아들이 바로 신명제가 발탁했던 상인이었으며 이후 대대로 덕을 닦고 고구려에 충성해 왔는데, 상수의 증손녀인 천화 역시 성품이 온화한 데다 보기 드문 천하의 절색이었다. 이후 마침 천화가 상황의 늦둥이 아들 백고伯固를 낳자, 상황이 매우 기뻐하며 백고를 씻어 주었다.

그런데 이후 상황이 갑자기 병이 나서 드러눕더니 달포 정도를 앓다가 덜컥 세상을 뜨고 말았다. 선위한 지 9년 만의 일로 74세 고령의 나이였다. 공교롭게도 고구려가 그때 후한과 한창 전쟁 중이라 급하게 신명선제를 모산茅山에 모시고 장사 지냈다.

신명선제는 대무신제의 별자이자 갈사태후의 아들로 추모대제의 혈통을 이어받지 못했으며, 그 뿌리가 〈동부여〉에 있었다. 그럼에도 불구하고 단명한 민중제에 이어 성도착증에 빠진 모본제의 실정으로 쇠약해진 고구려를 부흥시키는 데 누구보다 적임자였으므로, 태왕의 보위에 오를 수 있었다. 그는 두루 인재를 등용하고 교육을 통해 백성들을 널리 교화시키는 한편,《삼대경》을 완성하고 학문을 진작시키는 데도 심혈을 기울였다.

또 고래로부터 전해 내려와 민족종교나 다름없는 〈仙道〉를 크게 일으켜 국교 수준으로 끌어올림으로써, 상처투성이인 조정과 민심을 아우르며 고구려를 다시 정상 상태로 복귀시키는 데 성공했다. 훨씬 후대인 11세기경 불교 및 유교가 성행하던 〈고려高麗〉 조에 이르러 〈三韓〉(고구려)의 역사를 기록할 때, 전통신앙인 선도의 보급에 앞장섰던 신명선제를 아예 왕력에서 빼버린 것이 틀림없었으니 실로 불행한 일이었다.

그는 항상 신중한 데다 명상을 즐겼던 터라 조용할 줄만 알았으나, 말년에는 후한 조정이 어지러워진 틈을 타, 후한의 동북 변경 일대를 거침없이 공략했고, 요동의 6개 縣을 빼앗으면서 정복군주로서의 기개를 유감없이 발휘했다. 이로써 현 북경 일원의 변경지대를 놓고 漢나라에 확실하게 우위를 유지하는 토대를 마련했던 것이다. 무엇보다 살아생전에 아들인 궁태자(태조대왕)에게 선위했으니, 그는 드물게 넓은 도량과 안목을 지닌 현군賢君임에 틀림없었다.

그 후 두 달이 지난 4월이 되자, 상중喪中임에도 불구하고 이번에는 태조황제가 직접 병력을 거느리고 친정親征에 나섰다. 여전히 漢나라 변경의 소요사태가 쉽사리 진정되지 않았기 때문이었다. 앞서 수성이 이끌었던 1차 〈문성전투〉 때는 유주자사 풍환과 현도태수 요광이 주요 목표였다면, 이번에는 요동태수인 채풍蔡風을 공략하는 것이 그 목표였다. 이때 태왕을 따라 나선 병사들 중에 눈길을 끄는 부대가 있었는데 이들은 바로 8천에 이르는 선비鮮卑 출신 병사들이었다. 태조가 마침내 요수遼隧에서 채풍의 군대를 따라잡자, 군사들에게 일갈했다.

"병사들은 들으라! 마침내 요동의 괴수인 채풍이 눈앞에 나타났다. 저자가 있는 한 우리 변경이 평안할 날이 없으니, 이번에 땅끝까지 따라가서라도 반드시 저자를 주포하거나 도륙을 내버려야 할 것이다. 누구든지 채풍의 목을 가져오는 장졸에겐 커다란 상을 내릴 것이다. 전군은 공격하랏!"

고구려군이 맹렬하게 공세를 개시하니 마침내 양쪽에서 치열한 전투가 벌어졌다. 곧바로 채풍의 요동군이 싸움에서 밀리게 되었고, 그러자 채풍은 남은 병력을 모아 부리나케 신성新城 방면으로 달아나 버렸다. 〈요수遼隧전투〉에서 승기를 잡은 태조는 고구려군을 몰고 채풍을 맹렬하게 추격한 끝에 신창新昌 인근에서 다시 채풍을 따라잡았다. 채풍이 고구려군의 공격에 위태로운 상태에 빠지자 그의 장수들이 몸을 던져 채풍을 호위하고 나섰다.

그 와중에 공손수公孫壽 등 채풍의 수하 장수 140여 명이 목숨을 잃었다. 채풍이 비록 적장이긴 했으나, 그는 부하들의 신뢰가 두터운 인물임이 틀림없었다. 몸을 던진 부하들의 희생 덕에 겨우 목숨을 구한 채풍은 유주 방면으로 달아나 다시는 고구려를 넘볼 생각을 하지 못했다. 이후 극성棘城의 동쪽 일원이 고구려 땅에 새롭게 편입되었으니, 이후로 요수

遼水(영정하)의 동쪽 일대가 비로소 모두 고구려의 영토가 되었다.

그 무렵 낙양에서도 고구려가 국상을 당했다는 소식이 알려졌다. 漢나라 대신 중에는 고구려가 상중임을 틈타 공격을 가하자고 건의하는 자도 있었으나, 상서를 맡고 있던 진충陣忠이 이를 막고 나섰다.

"궁宮(태조왕)이 사납기 그지없어 요광이 토벌하지 못했는데, 그가 상을 당했다고 해서 공격을 가하는 것은 의롭지 않은 일입니다. 마땅히 사람을 보내 조문하고 이전의 죄를 꾸짖어 용서하되, 죽이지 말고 먼 훗날을 도모해야 할 것입니다!"

이에 안제安帝가 이를 따르기로 했는데, 과연 8월이 되자 漢나라에서 보낸 사절이 고구려 도성에 도착했다. 고구려 조정에서도 이를 놓고 말들이 많았다.

"저들은 워낙 간교하고 믿을 수 없는 자들이니, 이참에 모두 죽여 없애 버리시고 하늘 같으신 태왕의 위엄을 중원 땅 널리 떨치셔야 합니다!"

그러나 태왕이 이를 만류하며 말했다.

"저들이 이 먼 곳까지 예로써 조문하러 찾아왔는데, 태왕이 되어 사납게만 대한다면 그것을 어찌 위엄이라고 할 수 있겠는가? 빈부賓部에서는 저들을 사절로서 후하게 대접하도록 하라!"

그때 태왕의 아우인 수성이 사신에게 등鄧태후의 나이를 물어보았더니 사신이 힘없이 답했다.

"이미 돌아가셨습니다……"

그 말을 들은 수성이 사신에게 여呂태후를 조롱했던 묵돌의 예를 들먹이며, 죽은 등후鄧后에게 모욕적인 말과 함께 사신들을 핍박하는 언사를 일삼았다. 당황한 후한의 사신 일행이 두려움에 벌벌 떨 지경이었다. 그러자 듣고 있던 태조황제가 민망했던지 이를 제지했음에도 수성이 듣지 않고 거만하게 굴면서 계속 말을 이었다.

"신은 漢을 늘 초개草介같이 여기고 있는데, 무엇을 두려워하겠습니까? 오히려 태왕폐하께서 심한 것이 아니겠습니까?"

그러자 순간적으로 분위기가 싸늘해지고, 대신들이 두 형제의 눈치를 보기에 바빴다. 그사이 수성이 후한과의 〈요동전쟁〉을 승리로 이끈 공으로 젊은 나이에도 불구하고 조정의 실력자로 부상해 목소리가 한껏 올라가 있었던 것이다. 게다가 다분히 공격적인 성격을 지닌 터라 태조의 말에도 지지 않고 물러서지 않을 정도로 그 위세가 대단했다. 급기야 태조가 수성을 크게 나무라며 말했다.

"《정경政經》에도 나오지 않더냐? 벌레 한 마리라도 조심하라 일렀거늘, 하물며 사람과 임금 된 자라면 과연 어떠해야 하겠느냐? 아우는 교만하면 반드시 진다는 것을 명심해야 할 것이다!"

고구려 조정에서의 작은 소동에도 불구하고 결국 후한의 사절 일행은 태조황제의 배려에 힘입어 상황의 빈소에 조상하고 부의를 바칠 수 있었다. 이어 장차 고구려와의 화친을 청한다는 안제의 뜻을 전하고, 황급히 낙양으로 돌아갔다.

8. 사로국의 가야 원정

파사왕의 뒤를 이어 6대 이사금에 오른 이가 왕의 적자이자 태자였던 지마祗摩이사금이다. 태자비인 마제摩帝 갈문왕의 딸 애례愛禮부인을 왕후로 삼고, 왕의 외조부 허루의 딸이자 왕의 모친인 사후使后(사성부인)를 태성太星으로 삼았다. 그런데 이듬해인 AD 113년 정초부터 왕의 장인인 태공 마제摩帝가 사망했다. 파사왕이 죽은 이듬해였으니, 왕의 부친과 장인 모두가 지마태자가 이사금의 자리에 오르기만을 기다렸다는 듯이 앞다투어 세상을 떠난 셈이었다.

생전의 마제는 길문과 연합해 같은 계림 출신의 김허루를 견제한 인물이었다. 어느 날인가 파사왕이 지마태자를 거느리고 집기輯崎를 지나쳤는데, 허루가 자신의 딸을 태자에게 바칠 욕심으로 그 딸에게 춤을 추게했다. 그러자 이를 본 마제 역시 얼른 자신의 딸 애례에게 재촉을 했다.

"너도 어서 나가 춤을 추거라!"

마제가 이때 왕과 태자에게 큰 음식을 내고 맛있는 술을 대접하니, 태자가 마제의 술을 많이 받아 마신 탓에 크게 취했다. 그런저런 이유로 결국 태자가 마제의 딸인 애례와 짝을 짓게 되자, 사람들이 마제에게 주다간酒多干이라는 별칭을 붙여 주었다고 한다. 주다와 서불(수블)이 같은 발음으로 이것이 최고 관직인 이벌찬의 또 다른 이름인 서불한舒弗邯을 뜻하는 말이라고도 했지만, 분명 술로 높은 자리(干, 가한)에 올랐음을 비꼬는 말이었다. 어쨌든 마제 또한 태자의 장인으로서 권력의 정점에 있던 허루를 비롯해 구舊계림 세력을 견제하는 데 지대한 공을 세운 인물이었고, 태공의 자리까지 오른 권력자였다. 지마왕이 그를 왕례王禮로 장사 지내 주었다.

2월이 되자 지마왕은 애후愛后(애례)와 함께 시조묘에 제사를 지내고, 분위기 일신을 위해 골문에 연회를 베풀었다. 3월이 되니 〈백제〉의 덕좌왕이 사위인 파사왕의 죽음을 애도하는 조문 사절과 함께 특산물을 보내왔다. 그런데 당시 백제는 말갈(동예)의 잦은 침입에 시달린 나머지, 〈사로〉처럼 남진을 모색하고 있었는데, 이는 백제가 장차 남쪽의 (반도)마한馬韓을 공략하고자 한다는 의미였다. 덕좌왕이 이때 사절을 통해 〈마한〉 공략의 뜻을 밝히고, 사로국과 연합 내지는 지원을 타진한 듯했으나, 원하는 답을 얻지는 못한 것으로 보였다.

지마왕은 그 무렵에 창영을 이찬伊飡으로 옥권玉權을 수로水路로, 신권申權을 일길찬—吉飡으로 삼는 등 새로이 대대적인 인사를 단행했다. 그런데 지마왕이 이때 창영에게 정사를 맡긴 행위가 과거와는 그 양상이 다소 다른 성격을 지닌 것이었다. 지마왕이 이때 아예 권력의 일부를 창영에게 넘겨주는 행태를 보였기 때문이었다. 그렇다고 이것이 오늘날의 내각과 같은 형태까지는 아니더라도, 사로의 왕들은 이때부터 일반 정사뿐 아니라 종종 군권軍權의 일부까지도 신하에게 넘겨주는 사례를 반복했다.

이러한 정치형태는 유독 사로국에서 철저하게 행해졌던 〈골품제骨品制〉와 밀접하게 연결된 것으로 보였다. 6대 지마이사금 때부터 나타나기 시작한 사로국의 이런 특징은 이후 5세기 초 실성왕實聖王까지 대략 3백 년간을 이어 가게 되었으니, 당시 사로국의 왕들은 중원의 황제나 고구려의 태왕처럼 온전하게 절대적인 왕권을 행사한 것이 아니었던 것이다.

지마 3년인 AD 114년 7월, 〈대가야〉의 이진아시왕(주일朱日)이 사신을 보내와 미인을 바치면서 청을 하나 넣었다.

"거타居陀는 본래 신臣의 나라(제후국)였으니, 신에게 돌려주실 것을 청원하고자 합니다!"

그러나 사로국은 이때 대가야의 청을 들어주지 않고 묵살해 버렸다. 비지 등 가야 소국의 난이 진압된 지 몇 년 지나지 않았고, 세작들로부터 부정적인 정보가 연달아 들어오기 때문이었다. 주일이 신하들에게 말했다.

"흐음, 사로가 당연히 들어주지 않을 것이라 짐작하고 있었다. 새로운 지마왕은 사로국의 선금先수(선왕)인 파사왕만 못한 인물이다. 그들은 사로국의 인질이었던 내가 와신상담, 자신들에게 복수할 날만을 기다려 왔음도 까맣게 모르고 있을 것이다. 우리는 이제 과거의 나약했던 대가야가 아니다. 머지않아 사로국에 우리 가야의 본때를 보여 줄 날이 반드시 올 것이다……"

이듬해 해가 바뀌고 2월이 되자 대가야왕 주일이 과연 병력을 일으켜 거침없이 〈거타〉를 침공했는데, 왕권교체기를 노린 듯했다. 보고를 받은 지마왕이 노하여 신리神羅장군 마지나馬知那를 시켜 즉시 거타를 칠 것을 명했다. 그러나 마지나가 거타국을 토벌하는 데 실패하면서 차일피일 시일만 지나갔다. 한때 주일은 사로국의 인질로 와 있기도 했으나, 가야로 돌아간 이후 10여 년간 절치부심하여 국력을 키우고 병력을 강화해 왔다. 지마왕에게 거타를 달라고 한 행위 자체가 이미 사로국에 대해 의도된 시비를 건 것이나 다름없는 일이었다.

사로국 조정에서 이를 두고 논의가 분분하게 이어졌다. 새로이 이사금에 오른 지마왕은 뒤로 물러나 있기보다는, 자신의 위엄과 지도력에 상처를 줄 수 있는 대가야의 도발에 대해 앞장서서 대처하고자 했다.

"신리장군 마지나가 출병한 지 반년이 다 지나도록 아직도 주일을 굴복시키지 못하고 있으니, 이게 대체 무슨 일이란 말이냐? 아무래도 내가 직접 출정에 나서야 하지 않겠느냐?"

결국 그해 7월, 지마왕이 친히 가야 정벌에 나서게 되었다. 사로국 군대가 황산강 하류를 건너자마자 인근 갈대밭 속에 숨어있던 가야국의 복병들이 갑자기 나타났다.

"앗, 적들이다, 가야의 복병들에게 포위되었다!"

순식간에 가야 병사들이 사로국 군대를 겹겹이 에워싸니, 지마왕을 비롯한 사로국 병사들이 두려움과 혼란에 휩싸여 우왕좌왕했다. 그렇게 지마왕이 위태롭게 되었을 때, 병관 웅선雄宣이 재빠르게 움직였다.

"임금께서 위험하시다! 임금을 호위하고, 보호하라! 나를 따르라!"

웅선이 쩌렁쩌렁한 고함을 질러대며 앞장서서 말을 달려 용감하게 나아가니, 그의 수하 기병들도 기꺼이 그를 따라 달려 나갔다. 웅선의 엄청난 기세에 눌린 가야의 병사들이 이리저리 쓰러지고 두려움에 달아나는 바람에, 어렵게 포위망을 뚫고 겨우 지마왕을 구출해 낼 수 있었다. 마침 그때서야 외곽에서 지마왕의 본대를 기다리던 마지나의 군대가 나타났다. 곧바로 양쪽의 군대가 앞뒤로 뒤엉켜 한동안 격렬한 전투를 벌였으나 끝내 승부가 나지 않았다. 그러다가 어느 순간 누구부터랄 것 없이 각자 서로의 진영으로 퇴각하면서, 겨우 한숨을 돌리게 되었다. 그때서야 웅선이 왕에게 청했다.

"오늘 적들의 매복에 걸려 큰일을 당할 뻔했습니다. 가야병들의 기세가 만만치 않아 양쪽의 희생자가 많았는데, 그 와중에 우리 용장 장춘랑長春郎도 전사했습니다. 하오니 일단 이번에는 철군을 하시고 병력을 정비해 다음 기회를 도모함이 좋을 듯합니다!"

사로군이 뜻하지 않은 가야의 복병들에게 혼비백산하여 혼쭐이 난 데다, 장수 장춘랑의 전사로 사기가 크게 떨어진 터였다. 지마왕이 별수 없이 수하 장수들의 말에 따라 병사들을 이끌고 퇴각하기로 했다. 지마왕의 첫 출정이었던 대가야 원정이 이렇게 실패로 끝나니 새로운 이사금의 체면이 말이 아니게 되었다.

두 달이 지나 지마왕이 추화推火에서 병력을 점검하라 명하고는 새로이 길원吉元을 정로征虜대장군으로 삼았다. 10월이 되어 대가야의 주일이 사신을 보내 다시금 화친을 청해 오자 지마왕이 펄쩍 뛰며 이를 허락하지 않았다.

"주일 이자가 한때 인질이었던 주제도 모르고 나를 아예 농락하려 드는구나……. 두고 보자, 조만간 이자를 잡아 반드시 그 죄를 물을 것이다!"

지마이사금은 〈황산강전투〉에서 자신을 구출해 낸 웅선에게 파사왕의 딸인 골화骨花를 시집보내고 그 공을 위로했다. 이듬해 AD 116년 정월이 되자 지마왕은 마지나를 이찬에 임명했다.

그런데 그 무렵 황산강 하구 서쪽 김해 지역에는 6가야의 하나로 가야의 종주국이나 다름없던 구야국狗邪國이 〈금관가야金官伽倻〉로 명칭을 바꾸고 세력을 키우고 있었다. 금관가야의 건너편 황산강 하구 동쪽(부산 동래)에는 가야의 일파인 〈임나任那〉가 사로국의 남쪽 변경에 맞닿아 자리 잡고 있었다. 원래 왜倭라고도 불리던 임나는 북으로 울산 등지에서 남으로 바다 건너 대마도對馬島 일대까지를 활동무대로 삼았던 또 다른 가야의 해상 세력이었다.

당시는 해수면이 지금보다 5m가량 크게 올라와 울산만의 내륙 깊숙한 곳까지 바다와 면해 있었던 것으로 추정되었다. 따라서 왜인들은 농사 외에도 근해에서의 어로 생활에 크게 의존했고, 특히 수영과 잠수 실력이 뛰어나 주로 어패류를 잡아 생활한 것으로 보였다. 구舊계림의 공신 호공瓠公 또한 울산만 일대를 오가며 교역으로 부를 쌓은 인물로, 나중에 아예 계림으로 이주해 왜인들의 지도자가 되었다가 탈해에게 포섭된 것이 틀림없었다.

그러나 호공의 사후로는 양쪽을 중재할 인물이 사라졌기 때문인지, 왜인들이 내해의 바다를 건너와 계림과 자주 충돌하기 시작했다. 결국은 탈해왕 시절에 〈목출도전투〉에서 계림이 크게 패하면서 망국의 지경에까지 이르렀던 것이다. 더구나 황산강 동쪽 지역이 새로이 철철鐵의 주요 생산지로 부각되면서 당시 가장 주목받는 곳으로 떠오르던 중이었다. 이 때문에 강 서쪽 김해 지역의 신흥강국 〈금관가야〉가 이곳에 잔뜩 눈독을 들이게 되었다. 결국 탈해왕의 계림을 무력화시킬 정도로 탄탄했던 왜는, 그 무렵 금관가야의 침공에 무릎을 꿇게 되었고, 새로이 〈임나가야〉라는 명칭으로 불린 듯했다.

임나任那는 말 그대로 '맡긴 땅 또는 의붓가라'라는 뜻을 지니고 있었는데, 황산강 서쪽 가라연맹의 나라들이 동쪽 땅을 장악한 후에도 왜인들이 그대로 살도록 빌려준 땅이라는 의미에서 생겨난 말이라고도 했다. 문제는 이들 임나(왜)의 가야인들이 대규모로 떼를 지어 수시로 사로국 변경 깊숙이 침범해 들어와 노략질을 하는 데다, 사람들을 잡아가 노예로 삼고 거래를 일삼는다는 것이었다.

"황산강 하구 일대 남쪽 변경에 왜인들이 출몰해 백성들의 재산을 노략질하고, 우리 백성들을 잡아가 노예로 삼는다 하니 이를 그대로 두어서는 아니 될 것입니다. 군사를 출병시켜 저들을 격파하고 본보기로 삼아야 할 것입니다!"

그리하여 지마왕 5년째 되던 그해 116년 2월이 되자, 지마왕이 정로장군 길원에게 병사를 주고 黃山으로 출정케 했다. 그때서야 비로소 임나 지역의 가야인들을 격파했다는 승전보가 들어오면서, 사로국의 체면을 살릴 수 있었다. 그러나 지마이사금은 이에 만족할 수 없었다. 5월에 왕이 친히 정예병 1만을 거느리고 이번에는 비지比只벌로 나아가 성을 둘러쌌는데, 파사왕 때 2차 가야소국의 난을 주도한 지역으로 대가야왕 주일이 이곳 출신이기도 했다.

그런데 지마왕이 출정하자마자 뜻하지 않게 큰비가 내리더니 그치질 않았다. 이에 길원이 간했다.

"이토록 극심한 장맛비 속에서는 병마를 움직이기가 쉽지 않은 데다 오히려 성 바깥에서 폭우에 그대로 노출되어 있는 아군의 형세가 더욱 불리해질 뿐입니다. 그러니 이쯤 해서 가야 원정을 중단하고 회군했다가, 다음 기회를 노리심이 좋을 것입니다!"

모처럼 대군을 동원한 출정이었건만 큰비에 발목이 잡히자, 잔뜩 심사가 뒤틀려 있던 지마왕이 크게 화를 내며 나무랐다.

"무어라? 지금 그대가 제정신으로 하는 말이오? 대장군이 되어 장졸들을 무섭게 격려하고 독려하기는커녕, 까짓 때아닌 장맛비 하나에 지레 움츠러들어 병사들의 전의를 꺾다니 그대를 어찌 사로국의 대장군이라 할 수 있겠는가? 에잇! 여봐라, 대장군을 지금 즉시 군영에 가두도록 하라!"

지마왕이 서슬 퍼렇게 길길이 뛰는 바람에 하는 수 없이 왕의 수하들이 정로대장군인 길원을 군중의 임시 옥에 가두고 말았다. 그러는 와중에도 비는 그칠 줄 몰랐고, 가야군은 성문을 굳게 닫은 채 수비에 열중했다. 급기야 춥고 습한 날씨에 밤낮으로 비를 맞은 사로국 병사들 대다수가 갑작스레 성행하게 된 독감에 걸리면서 전투력이 크게 저하되고 말았다.

"끝도 없는 폭우에 수많은 병사들이 감기에 걸려 고열과 기침에 시달리고 있습니다. 이대로는 당장 전투가 불가한 상황이니 포위를 풀고 철군을 명하셔야 합니다, 통촉하옵소서!"

수하 장수들이 모두들 간하니 지마이사금도 더 이상 고집을 부릴 수만은 없게 되었다.

"분하구나! 어쩔 수 없다, 하늘이 도와주질 않으니 철군을 하는 수밖에 도리가 없구나. 지금 즉시 철군 명령을 내리고, 정로장군을 풀어주도록 하라!"

그리하여 사로국이 서둘러 회군하니, 지마이사금의 2차 〈황산강전투〉도 결국 이렇다 할 성과 없이 무위로 끝나고 말았다.

그러던 이듬해 정월 애후가 남군南君태자를 낳자, 지마왕이 손수 아기를 씻겨주고 3일 동안 연회를 베풀었다. 당시 왕이 친히 아기를 씻겨주는 행위는 자신의 자식임을 인정하는 왕실 관행의 하나였다. 그 무렵 지마왕이 조서를 내렸다.

"10세 이상의 남자들에게는 모두 활쏘기, 말타기, 겨루기, 칼 쓰기를 배우게 하고, 10세 이상의 여자들에게는 천마蠶麻(비단, 삼베 짜기)와 술(酒) 빚기를 익히게 하라! 또 각령各令(장관, 部)의 관아마다 시험을 실시해 우수한 자에게는 골품에 구애 없이 상을 내리도록 하라!"

그해 여름에는 지마왕이 일성逸聖을 대동하고 가야 원정에 동원되었던 西北路를 두루 순방하면서 고생한 병사들을 위로하고 돌아왔다. 그런데 그 이듬해인 AD 118년이 되자, 이번에는 〈금관가야〉의 왕이 사신을 보내와 남해南海의 진귀한 보물들을 바쳐 왔다. 지마왕이 2년 전 임나의 왜인들을 격파한 적이 있는데, 이를 수습하고자 화친을 제의해 온 셈이었다. 지마왕도 그 답례로 옷과 술을 보냄과 동시에 임나 지역 가야인들의 노략질에 정식으로 항의했으나, 금관가야 조정에서는 미온적인 태도로 일관했다. 어느새 금관가야의 국력이 사로국에 버금가는 수준으로 성장해 있었던 것이다.

AD 120년 2월에는 사로국 월성의 서쪽에 큰 별이 떨어졌는데 마치 천둥과 같은 엄청난 소리가 나서 백성들이 크게 놀라는 일이 있었다.

그즈음 마침내 〈서한西韓〉이 멸망했다는 소식이 들려왔는데, 이는 전북 익산 일원에 있던 (반도)〈마한馬韓〉을 지칭한 것으로 보였다. 그렇다면 AD 9년경, 요동의 마한이 온조대왕에게 축출당해 한반도로 이주해 들어온 지 대략 1백 년 만에 마침내 그 수명을 다한 셈이었다. 사실상 韓씨 中마한의 조상인 기후箕詡가 BC 3세기경, 번조선을 대신해 〈기씨조선〉을 세운 이래로 대륙과 반도의 마한을 거치면서 대략 4백 년의 역사를 지속했던 것이다.

아마도 백제 덕좌왕의 남진 정책에 의해 이 시기 반도 중남부의 맹주나 다름없던 〈마한〉이 멸망한 것으로 추정되는데, 기록이 분명하지 않아 자세한 것은 알 수 없었다. 다만, 한성 백제의 영향력이 남쪽 멀리 미치지 못하다 보니, 마한의 잔류 세력들이 전남의 영산강 일원에서 여러 소국의 형태로 명맥을 유지하면서 다시 2백여 년을 지속한 듯했다. 그러다 4세기 중반 요동의 〈서부여〉(비리) 세력이 반도로 들어와 세운 웅진의 〈부여백제〉에 비로소 병합된 것으로 보였다.

고조선 三韓의 엄연한 일원으로서 대륙 요동의 번조선과 낙랑의 주인이었던 〈마한馬韓〉은 기箕씨와 그들의 후예인 韓씨 왕조를 거치면서, 오랜 세월 韓민족의 역사를 일구어 내는 데 중추적 역할을 담당했다. 그러나 기씨조선의 멸망과 함께 대륙과 한반도 양쪽에서 후대의 三韓에 밀려나기 시작한 데다, 끝내 백제의 일원으로 편입되다 보니 그 존재감이 떨어져 주목받지 못했다. 게다가 끝내는 망국으로 추락해 이렇다 할 역사서 하나 남기지 못한 탓에, 그 역사가 흐릿해져 오늘날까지도 마한의 역사를 놓고 논란이 분분하다. 그러나 馬韓은 한때 고조선을 대표하던 강자로서 중원의 연燕과 진秦나라를 견제했었고, 대륙의 선진문명을 한반도에 가져왔던 역사의 주체임이 분명했다.

그해 월성(금성)에 큰 별이 떨어지더니 갑자기 돌림병이 돌기 시작했다. 놀랍게도 이때 〈고구려〉 태조가 10종種의 약을 사로국에 보내 도와주도록 했다고 한다. 그럼에도 불구하고 이러한 일련의 사태로 월성의 민심이 크게 흔들리고 좀처럼 안정되질 못했다. 급기야 사로국 조정에서 민심을 수습하기 위해 제일 먼저 임나가야인(왜인)들의 노략질을 막을 방도를 찾기로 했다.

"더 이상 임나의 가야인들을 좌시해서는 아니 될 것입니다. 저들의 행태를 보아 장차 어떤 일이 일어날지 알 수 없는 일이니, 금관가야의 황산강 하구 건너편에 성을 쌓아 임나를 경계할 필요가 있습니다!"

그리하여 지마왕이 백성들을 동원해 낙동강 하구 금관가야의 반대쪽인 부산진구로 추정되는 지역에 대증大甑산성을 쌓을 것을 명했다. 결국 이듬해인 AD 121년 2월경 성이 완성되었고, 지마왕은 한문汗門의 아들 병지屛旨를 성주로 삼아 지키게 했다.

그런데 그 무렵 또 하나 뜻하지 않은 사건이 발생하면서 사로국이 주변 가야와의 다툼에 휘말리게 되었다. 당시 倭(일본) 열도에는 여러 소국들이 곳곳에 산재해 있었는데, 큐슈(일본 구주九州) 일대에 있던 어느 왜국倭國의 왕이 죽어 임나에서는 왕족인 소나갈질지蘇那曷叱智를 조문단으로 파견했다. 이때 죽은 왜왕이 숭신왕崇神王이라고도 했으나, 고대 일본 역사기록의 연대가 석연치 않아 명확한 내용으로 보기 어렵다. 여하튼 왜왕이 임나의 조문에 대한 답례로 붉은 비단 100필을 내주었고, 소나갈질지가 이를 배에 싣고 귀국하던 중이었다. 마침 바다를 순시하던 대증산성의 사로국 병사들이 임나의 선박들을 발견하게 되었다.

"어라, 저건 임나의 배 아니냐? 선박이 꽤나 크고 호화로운 걸 보니 무언가 수상쩍기 그지없다. 당장 저 배를 붙잡아 수색을 해 보자! 돛을 올리고 전속력으로 임나의 배를 따라잡아라!"

남해 뱃길에서의 치열한 추격전 끝에 결국 소나갈질지가 탄 선박이 사로국 수병들에 의해 나포되었고, 이때 사로국 수병들이 왜왕의 선물 전부를 탈취하는 사건이 벌어지고 말았다. 이 사건으로 인해 임나 자체는 물론, 임나의 종주국이나 다름없는 금관가야까지 발끈하면서, 그동안 화친의 관계를 유지해 오던〈사로국〉과〈금관가야〉양국의 관계가 급격하게 대립의 길을 걷기 시작했다.

결국 그해 4월이 되자 사로국의 동쪽 해상에 야인野人(왜인)들을 태운 선단이 자주 출몰한다는 보고가 들어왔다.

"야인들의 선박들이 동쪽 해상 곳곳에서 나타나 우리 선박들을 나포해 끌고 가거나, 배 위에서 물건을 약탈하는 등 그 피해가 점점 커지고 있다 합니다."

나중에 알고 보니 이들은 사로국에 대한 보복을 위해 임나의 후복厚福태자가 출동시킨 왜(임나가야)병들이었다. 결국 사로국에서도 水路장군 흔련昕連이 해상으로 출정해 왜선들을 찾아 나섰고, 바다 곳곳에서 일대 해전이 벌어지거나 서로가 쫓고 쫓기는 추격전이 벌어지곤 했다. 다행히 이때 왜군의 세력이 크지 않아 곧바로 왜군 선단을 격퇴했고, 왜장 가을오고加乙五古를 비롯해 많은 왜병들을 붙잡아 월성으로 보냈다.

그런데 임나의 도발은 이것으로 그친 것이 아니었다. 얼마 지나지 않아 더욱 큰 규모의 왜인 선단이 나타나 사로국에 대한 2차 공세를 가해 왔다. 이후 임나가야의 해상 공세가 잦아들기까지 몇 달이 더 소요된 것으로 보였고, 그동안 수로장군 흔련이 이끄는 사로국 수로군은 왜병들과 해상에서의 전투를 치르느라 많은 고생과 희생을 감내해야만 했다. 사로는 이때 흔련의 수로군이 왜군을 모두 격파했다고 했으나, 아마도 양측 모두의 피해가 상당했을 것으로 추정되었다.

이처럼 대증산성의 축성을 계기로 남동쪽 해상을 지키던 사로국 수로군이 왜왕의 공물을 탈취하면서 시작된 이 사건은, 이후 〈사로〉와 〈임나〉 사이에 반년에 걸친 해상전투로 걷잡을 수 없이 확대되고 말았던 것이다. 어찌 보면 사소해 보일 수도 있는 이 사건을 양국의 해상전투로 확대시켰던 이는 임나의 후복태자라는 인물이었다. 일설에는 그가 서나벌의 유리이사금과 아혜의 아들이라는 소문도 있었으나, 자세한 내용은 알 수 없었다.

그러나 이 전쟁을 계기로 이후 사로국은 남쪽의 임나를 경계하느라 국력의 많은 부분을 소모해야만 했다. 이는 북쪽의 〈말갈〉, 서쪽의 〈백제〉와 〈가야〉에 이어 남쪽으로의 전선이 크게 확장되는 결과를 가져왔고, 사로국 조정에 커다란 부담으로 작용했을 것이다. 전쟁이란 이처럼 일선의 사소한 분쟁에서부터 시작되는 것이었다. 어찌 됐든 이때부터 월성의 백성들마저도 왜병(야인)의 기습을 두려워하게 된 나머지 흉흉한 소문에 시달려야 했고, 사로와 임나 양국 백성들의 감정도 크게 악화되는 결과를 가져왔다.

그러던 이듬해 AD 122년 여름이 되자 이번에는 갑자기 북방의 〈고구려〉가 〈백제〉를 침공할 것이라는 소문이 들려왔다. 그러자 지마왕이 각간角干 창영昌永을 불러 말했다.

"부여왕(덕좌왕)은 내 자식의 외조부로, 입술과 이빨의 관계(순망치한)나 다름없는데 어찌 앉아서 이를 지켜볼 수만 있겠소?"

약 20년 전 백제의 덕좌왕이 파사왕에게 화친을 제의하면서 보내온 가리공주는 파사왕의 아들(거리居利)을 낳았다. 그녀는 용모가 아름다운 데다 품행이 좋아 이후 지마왕의 5품 권처權妻가 되어 왕의 총애를 받고 있었으며, 둘 사이에 칠리七利라는 딸을 두고 있었다. 각간 창영이 지마왕의 속내를 알아차리고 수긍을 했다.

"부여와는 화친을 맺은 이래로 지금껏 서로 간에 그 약속을 깨뜨린 적이 없었습니다. 지금 우리가 부여를 돕는다면 양국 간의 관계가 더욱 공고해질 것이며, 언젠가 우리에게 어려움이 닥칠 때 부여 또한 우리를 도울 일이 생길 것으로 짐작됩니다. 그러므로 대왕의 뜻을 받들어 모시는 것은 당연한 일일 것입니다!"

당시 사로국은 임나와의 해상전쟁을 겪은 직후라 병력을 운용하는 데 분명 여유가 없었을 터였다. 그럼에도 불구하고 지마왕은 구태여 서북로군 소속 정예병 1만을 백제에 파병하기로 했다. 사로국 지원군이 감매평甘買坪(충남천안)에 도착했을 때, 백제의 덕좌왕이 비로소 이 소식을 듣고 크게 감동하여 주위에 말했다.

"내 사위가 정녕 의리가 있구나. 백제와 사로 양국이 이렇게 서로 의지하니 편안하기 그지없도다!"

사실 덕좌왕 이전 백제는 사로국(서나벌)과 13년 〈백서伯徐전쟁〉을 치를 정도로 앙숙이었으나, 그가 어라하에 오르면서 외교정책 기조를 바꾸고 사로에 파격적으로 화친정책을 제안하면서 평화를 유지해 왔다. 그러던 것이 이때 와서는 한 걸음 더 나아가 어려울 때 서로 돕는 동맹의 관계로까지 발전하게 되었다. 덕좌왕으로서는 사로국이 자신의 정책이 올바른 선택이었음을 입증해 준 셈이었고, 이로써 앞을 내다보는 그의 선견지명이 더욱 빛을 발하게 해 준 사건이었던 것이다.

덕좌왕이 큰 잔치를 벌이게 해 사로국 장졸들을 먹이고, 양국의 병사들이 서로 즐겁게 지내도록 했다. 다행히 말갈로 추정되는 고구려가 백제를 침공해 오지 않으면서 사로국 지원군은 한 달을 머물다가 철군했다. 가을이 되자 백제는 사로국의 지마이사금에게 사신을 보내 파병에 대해 감사의 뜻을 표하고 공물을 보냈다. 이때 사로국에는 백제 외에 〈소문국召文國〉(경남의성)에서도 사신이 입조해 오니 지마왕의 체면이 한껏 오르게 되었다.

해가 바뀌어 AD 123년 정월이 되자, 지마왕은 조정의 분위기 쇄신을 위해 대대적인 직제 개편에 착수했다. 이찬伊湌을 다시 이벌찬伊伐湌으로 되돌리고, 그 품계를 다섯으로 나누어 병마를 관장하는 병관을 1품에, 형옥刑獄(옥사 담당), 대등大等은 2품에, 연향(주연), 길사吉事, 골문骨門은 3품, 교사教事와 신관神官은 4품에, 제사와 이방理方, 호성護城(성곽 수비)을 5품으로 삼았다. 또 〈5로군사五路軍事〉의 위계를 따로 정해 水路를 으뜸으로 했다가, 또 다시 파진찬波珍湌으로 부르게 했다. 경서남북京西南北을 사도四道장군으로 하여 경京·남南은 좌군, 서西·북西은 우군으로 삼고 각각 두상頭上을 두게 했다.

그렇게 조직을 일신한 지마왕이 이어서 말썽 많은 〈임나〉를 공격할 방안을 조정에서 논의하게 했다. 그러자 여러 신하들이 이를 만류하며 아뢰었다.

"최근 임나의 세력이 결코 만만치 않다는 것이 문제입니다. 게다가 가야의 여러 나라들과 수년간 계속해서 다툼이 이어지고 있으니, 이런 상황에서 또다시 임나와 전쟁을 한다면 자칫 사방에서 적으로부터 협공을 당할 빌미를 주기 쉬워 득보다 실이 더 클 것입니다. 하오니, 일단은 임나를 설득해 화친을 맺고 국력을 키워 나중을 도모하는 것이 바른 선택일 것입니다."

"휴우……"

그 말을 들은 지마이사금이 한숨을 길게 내쉴 뿐, 달리 말을 잇지 못했다. 사실 그 전년 봄에는 동해에서 큰바람이 불어와 가옥들이 날아가는 피해가 있었다. 그 와중에 왜인이 쳐들어왔다는 뜬소문이 나돌아 백성들이 산과 계곡으로 피난을 가느라 때아닌 난리를 치러야 했다. 게다가 엎친 데 덮친 격으로 여름에는 황충(메뚜기)까지 엄습해, 굶주리는 백성들이 크게 늘어만 갔다. 이찬 익종謚宗이 백성들을 안심시키고 민심을 수습하려 노력했음에도 도둑질까지 널리 만연하다 보니, 좀처럼 민심이 쉽사리 안정되지 못했다. 직제 개편 또한 이런 분위기를 쇄신하기 위한 방편 중의 하나였던 것이다.

그해 봄, 마침내 지마왕이 사신을 임나 조정에 보내 화친을 맺게 했다. 〈사로국〉이 〈임나〉와 처음으로 강화조약을 체결한 셈이었는데, 임나를 달래기 위해 그 수장에게 공주를 주어 시집을 보내기까지 했으니, 사로국의 체면이 말이 아니게 되었다. 뿐만 아니라 이후 사로국의 역사 기록에서 대증산성에 대한 이야기 자체가 사라진 것으로 보아 사로국은 이때 공주 외에도, 애써 쌓은 대증산성까지 임나에 양보하고 병력을 철수했던 것으로 추정된다.

이런 통 큰 양보 이후 사로국이 경주 일원을 벗어나지 못하게 되면서, 한반도 남동단 부산 지역으로의 진출은 오랫동안 꿈도 꾸지 못하게 되었다. 반면 그 대가로 황산강 하구 임나 일원에서는 오랫동안 평화가 유지될 수 있었다. 그해에는 유독 자연재해가 이어졌는데, 4월에도 서리가 내려 뽕나무가 커다란 해를 입었다. 5월에는 금성 동쪽의 민가들이 저절로 무너지면서 땅속으로 가라앉더니 순식간에 연못으로 변하고 말았다. 얼마 후 그곳에서 연꽃이 피어났다는 소문에, 조정에서는 부거사芙蕖祠를 세우고 푸닥거리를 하게 했다. 그러나 사로국과 지마왕의 시련은 이것으로 끝나지 않았다.

AD 125년 정월이 되자, 북로장군 막혜莫兮로부터 급보가 전해졌다.

"아뢰오, 갑자기 말갈末曷의 부대가 수십여 개로 나뉘어 변경을 침범해 들어와 사냥을 하고, 관리와 백성들을 죽이거나 노략질을 일삼았습니다. 겨우 적들을 격퇴시켰으나, 장차 말갈에 대한 대책 강화를 서둘러야 할 듯합니다!"

그리고는 그 증거로 말갈추장 3인을 붙잡아 월성으로 보내왔다. 필시 3년 전 사로국의 백제 지원과 연관이 있는 것으로 보였다. 이후 말갈의 노략질이 한동안 뜸하다가 7월이 되자 다시금 2차 침공이 시작되었는데, 전보다 더욱 큰 규모의 공격이었다. 당시 말갈은 이미 고구려에 예속된 반도 동북부의 〈동예〉로 보이는데, 고구려의 도성에서 워낙 멀리 떨어져 있다 보니 사실상 자치정부의 형태로 운영된 듯했고, 따라서 수시로 남쪽의 백제나 사로의 변경을 넘어와 노략질을 일삼았다.

마침 사로국이 대가야 및 임나 등과 전쟁을 치르다 보니 정예 주력부대가 서남부 황산강 인근에 주로 배치되어 있었다. 이로 인해 북부 변방의 수비에 소홀한 것을 간파한 말갈이 대규모 사로 진공작전을 펼쳤던 것이다. 이때 대령책大嶺柵(강릉)의 성주 한기漢己가 중과부적으로 성책을 방어하는 데 실패했고, 말갈의 일부가 남한강 일대 니하泥河(충북단양)를 넘어오기까지 해서 민심이 크게 동요했다. 월성의 사로국 조정에서 대책을 논의한 끝에 백제에 지원을 요청하기로 했다.

"북쪽 변방을 지키는 병력이 워낙 부족한 데다 거리가 멀어 지금 당장 말갈의 침공을 막아 내기에는 무리입니다. 3년 전 우리가 부여에 1만의 병력을 지원한 적이 있으니, 급한 대로 우선 부여에 구원병을 요청해도 좋을 듯합니다. 촌각을 다투는 문제니, 북로장군 막혜를 부여로 보내지원을 요청하게 하소서!"

그리하여 북로장군 막혜가 직접 사신이 되어 백제(부여) 조정에 들어와 지원을 요청하기에 이르렀다.

"어라하를 뵈옵니다! 어라하의 높으신 성덕으로 대백제와 사로가 화친으로 지내온 지도 어언 20년이 되었습니다. 그런데 최근 말갈의 대부대가 우리 사로의 북쪽 변방에 대해 무차별 공격을 해 오고 있어 우리 백성들이 속수무책으로 당하고 있습니다. 지금 남쪽의 왜와 화친을 맺긴 했으나 여전히 방어를 소홀히 할 수 없어 그 병력을 빼돌리기가 쉽지 않은 데다, 거리가 멀어 애를 태우고 있습니다. 사악한 말갈의 무리들이 이를 노리고 사로의 북쪽 백성들을 괴롭히고 있는 것입니다."

"흐음, 계속해 보라!"

덕좌왕이 막혜의 말에 수긍하면서 고개를 끄덕였다.

"마침 우리의 동북쪽 변경은 대백제와는 훨씬 가까운 지척의 거리가 아니겠습니까? 말갈의 무리는 어차피 우리 두 나라 모두에게 성가신 존재이니, 이번에 사로를 대신해 대백제에서 말갈을 내쳐 주었으면 하는 것이 우리 임금의 간절한 바람입니다."

"흐음……"

"어라하, 황송하오나 지금 사로국의 임금은 이미 어라하의 사위입니다. 대백제가 이런 사로를 지원해 주신다면, 사로는 영원히 이를 새기고 혈맹의 의리를 다할 것입니다. 하오니 하해와 같은 도량으로 말갈의 손아귀에서 사로의 북쪽 백성들을 구원해 주옵소서!"

그러자 백제 조정이 크게 술렁거렸고, 찬반 논의가 활발히 이루어졌다.

"비록 2년 전 사로국이 1만의 병력을 지원해 오긴 했으나 기대 이상으로 과분한 측면도 있었고, 실제 전쟁이 터지지 않았으니 지나치게 부채의식을 가질 필요는 없을 것입니다. 말갈은 사로국의 도성과는 거리가 멀지만, 우리와는 가까운 만큼 지금 말갈과의 전쟁에 개입하게 되면 그 전쟁의 불똥이 자칫 우리 쪽으로 번질 수도 있습니다. 마한의 대리전쟁으로 야기된 13년 〈백서전쟁〉의 악몽을 결코 잊어선 아니 될 것입니다!"

이에 반해 지원을 찬성하는 자들도 있었다.

"허나 나라도 만들지 못한 채 여기저기 무리 지어 다니는 말갈이 우리 백제를 공격하기는 쉽지 않을 것입니다. 말갈은 어차피 우리에게도 귀찮은 존재가 아닙니까? 차제에 우리가 사로를 확실히 도와 협공으로 맞선다면, 말갈은 그 위세에 눌려 이후로는 감히 우리 두 나라를 넘보지 못할 것입니다. 무엇보다 이번에 사로를 지원함은 지난 빚을 갚는 것이니 군자의 나라로서 당연히 취할 도리이며, 이로써 양국의 화친관계가 더욱 강화된다면 그 이득이 훨씬 클 것입니다."

그렇게 양쪽의 찬반 논리가 모두 팽팽하게 맞서다 보니 쉽게 결론이 나질 않았다. 덕좌왕은 결국 절충안으로 백제에서 5명의 장군을 사로국에 파견해 지원하되, 실제 병력의 파견은 이들을 수행하는 병사 정도로 최소화하기로 결론지었다. 화친의 명분을 유지하면서 그런대로 사로국 왕의 체면을 세워 주는 수준으로 대응하기로 했던 셈이다.

결국 백제가 생색을 내기에도 버거운 5명의 장군과 소수 병력을 사로국의 북쪽 전선으로 파견했다. 그런데 놀랍게도 그 효과는 매우 지대한 것이 되어 돌아왔다. 말갈의 부대를 이끄는 거수E帥가 어느 순간 사로 군대의 무리 속에서 백제의 장군기가 펄럭이는 것을 보고는 기겁을 했다.

"아니, 저게 무엇이냐? 저 황색 깃발은 백제의 장군기가 아니더냐?"

"그렇습니다. 백제와 사로가 서로 연합한 것이 틀림없습니다……. 그렇다면 이는 보통 일이 아닙니다. 우리가 백제와 전쟁을 할 수는 없는 노릇이 아닙니까?"

말갈의 입장에서 가까이 이웃하고 있는 백제와의 싸움으로 전선이 확장되는 것은 결코 그들이 원하는 바가 아니었다.

"에잇, 낭패로다! 생각지도 못한 백제가 느닷없이 끼어들어 산통을 다 깨뜨리는구나……"

지레 겁을 먹은 말갈 부대가 눈치를 보다가 결국 발을 빼고 슬그머니 물러나 퇴각하고 말았다. 작은 지원으로도 남한강 일대에서 말갈을 몰아내는 데 결정적으로 기여한 백제의 장군들은 의기양양하게 개선할 수 있었다. 이로써 말갈의 침공으로부터 벗어난 사로국은 비로소 평화로운 시기를 맞이할 수 있었다.

덕좌왕은 이후에도 2년을 더 왕위에 머물렀으나, 이미 연로하여 이내 세상을 떠나고 말았다. 그럼에도 그의 재위기간은 결코 짧은 것이 아니어서 AD 128년까지 30년이 넘도록 백제를 다스린 셈이었다. 그사이 덕좌왕이 다스리던 백제는 한 세대가 다 지나도록 사로와의 화친관계를 통해 이렇다 할 전쟁 없이 평화를 누렸다. 나아가 그의 시대에 비로소 반도의 맹주격이었던 〈마한〉 왕조를 축출함으로써 〈한성백제〉의 위상을 더욱 확고히 했으니, 왕에게나 백성 모두에게 커다란 복이 아닐 수 없었다.

다만, 덕좌왕의 뒤는 그의 직계 후손이 아니라 개루왕蓋婁王이 잇게 되었는데, 그는 선왕先王인 기루왕의 아들이었다. 덕좌왕이 온조대왕의 방계 혈통이었으니, 그때쯤에 백제는 다시금 정상적인 왕위 계승이 복원된 모양새였다. 그런 이유 때문이었는지, 덕좌왕은 백제의 왕력에서 누락된 채 철저히 외면당하는 대신, 그저 일본의 기록에만 흔적을 남기는 사후의 불운을 겪고 말았다.

이러한 배경에는 그의 후대에 백제와 사로 사이에 형성된 지나친 경쟁의식과 서로에 대한 증오가 크게 작용한 것으로 보였다. 덕좌왕 사후 40년이 지나 강경파 초고왕이 등장하면서 양국의 화친이 드디어 깨지고 말았는데, 이후로 양측의 첨예한 적대 관계가 무려 3백 년이나 지속되었던 것이다. 이러한 앙숙의 관계가 5세기 〈나제羅濟동맹〉이 이루어질 때까지 이어지다 보니, 그사이 친親사로 경향을 보인 왕들이 백제의 왕력에서 제외되었고, 그들이 바로 덕좌왕과 후대의 구지왕이었던 것이다.

지마 15년째 되던 AD 126년 5월이 되자 지마왕의 모후인 김씨 사성史聖부인 태성太聖이 사망해 사릉문蛇陵門 안에 장사 지냈다. 통일 사로국의 일등공신인 허루許婁의 딸로, 그녀 역시 파사왕을 도와 사로국 탄생에 크게 기여한 인물이었다. 이듬해 정월, 길원을 이벌찬에, 그 부인이자 지마왕의 딸인 밀화密華를 품주稟主로 삼았는데, 길원은 대각간의 자리에까지 올랐다가, 5년 뒤 세상을 떠났다.

다음 해 127년 5월에는 사로국의 또 다른 충신인 각간 지소례支所禮가 사망했다. 그는 좀처럼 화를 내지 않는 침착한 성격에 뛰어난 계략을 지녀, 파사왕 시대에 많은 공을 세웠다. 그럼에도 자신의 공을 자랑하지 않았고, 지마왕이 즉위한 이후로는 스스로 물러나 조정에 나아가지 않았다. 公이 늙은 반면 그의 처 모리毛利는 30대 중반의 나이였다. 파사왕의 딸인 모리부인은 이복 오라버니인 지마왕의 총애를 받는 신하 일성逸聖을 사모해 남편처럼 섬겼다. 그럼에도 지소례는 시새움을 하지 않았고 예사롭게 여겼다고 하니, 모리부인의 높은 신분 때문에 더욱 그러했을 것이다.

그런데 그런 지소례가 죽자, 모리부인은 지소례의 논밭과 집은 물론 가문에 딸린 노예들까지 죽은 남편의 전 재산을 처분하는 수상한 행보를 보였다. 그리고는 이렇게 모은 재산 일체를 일성에게 모두 바친 다음, 지마왕에게 일성의 집으로 들어가게 해 줄 것을 청했다. 왕이 이를 허락해 주니 지소례의 전처 가해加亥의 자식들은 아무런 유산도 얻지 못했고, 사람들 모두가 이를 그른 일이라며 숙덕거렸다. 그런데 얼마 후 모리부인이 지마왕에게 또 다른 청을 했다.

"소인의 딸 지진내례只珍內禮를 일성의 밀처密妻로 삼게 했으면 하옵니다. 임금께서 이 혼사를 주재해 주신다면 더없는 영광이 될 것입니다."

지마왕이 이를 허락해 주었으니, 이것이 바로 속 깊은 모리의 숨은 뜻이었다. 모리는 일성이 지마왕으로부터 각별한 총애를 받고 있다는 사실 외에도, 그의 자질 등으로 보아 장차 그가 王에 오를 수 있을 것으로 내다보고 미리 모든 것을 던진 셈이었다. 마치 진시황의 부친 자초子楚에게 지원을 아끼지 않았던 여불위를 보는 듯한 과감한 행보였다.

이듬해인 AD 128년 봄이 되자, 왕후인 애례愛禮부인이 쌍둥이를 낳았는데, 두 아기 모두 사내아이로 옥처럼 하얀 피부를 갖고 태어났다. 지마왕이 아기들을 씻기며 말했다.

"마치 옥인을 씻기는 것 같구나, 하하하!"

결국 두 아이의 이름을 좌옥左玉과 우옥右玉이라고 지었다.

그 이듬해 지마 18년 되던 129년 정월이 되니 각간 창영昌永이 죽었는데, 그는 낙랑樂浪의 외손으로 왕에게 충성을 다한 인물이었다. 창영의 딸 궁사宮巳의 남편으로 낙랑군君을 지낸 비내備乃가 3일 동안 식사를 하지 않았다니, 아마도 낙랑 출신인 창영이 다스리던 땅의 이름을 낙랑郡으로 삼은 것으로 보였다. 지마왕은 창영의 뒤를 이어 파진찬 옥권玉權을 이벌찬으로 삼았다.

해가 지나 AD 130년 봄이 되자, 지마왕이 일성을 새로이 이벌찬의 자리에, 그의 처 루생婁生을 품주로 올리고, 그것도 모자라 일성과 사돈

관계까지 맺기로 했다고 발표했다.

"이벌찬의 딸 달해達亥를 남군南君태자의 비로 삼고, 내가 직접 포사에서 혼사를 주재할 것이니라!"

지마왕이 이때부터 일성을 본격적으로 중용하기 시작했던 것이다. 사실 일성은 지마왕의 혈육이 아니라 각간 박윤공朴尹公과 대풍대모大豊大母 이리생伊利生 부부의 아들이었다. 일성에게는 대양大羊이라는 포매胞妹(동모 여동생)가 있었는데 아름답고 총명했다. 지마왕이 태자 시절부터 일성남매를 총애하여 그 집안을 드나들었고, 대양이 어린 나이에 태자의 딸을 낳았다. 대양의 모친인 이리생이 묘안을 꾸미고는 대양을 설득했다.

"지금 네가 태자의 딸을 낳은 것을 바깥세상에 드러낸다면 이는 태자의 위신을 손상시키는 일이 된다. 너는 태자가 왕위에 오를 때까지 묵묵히 기다려야만 한다. 대신 이미 딸이 생겼으니, 그사이 다른 사람에게 시집을 가는 것이 좋겠다……"

그리고는 순정順貞의 아들인 순선順宣에게 시집을 보냈다. 한편 순선은 자신의 처를 향한 태자의 손길을 알고 있던 터라 대양을 감히 처라 부르지 못하는 사이였고, 대양은 이후 다시금 태자의 딸 아양阿羊을 낳았다. 지마왕이 왕위에 오르자마자 첫 인사에서 순선을 급찬級飡으로 서둘러 발탁하고, 그 모친을 대모로 삼은 것도 순선에 대해 고마움을 표시한 것이었다.

지마왕 21째인 AD 132년이 되자, 지마왕과 사돈이 된 이래 이제 조정에서의 입김이 더욱 세진 일성逸聖이 서서히 그의 야심을 드러내기 시작했다. 일성은 그의 사람 중에 문장이 빼어나기로 소문난 속기束己를 이벌찬에 올리는 한편, 그의 아내인 토을吐乙을 품주로 삼았다. 토을은 일찍부터 사사로이 일성에게 아첨하여 남편이 지위를 얻게 했기에, 사람들이 토을을 보고 일성의 집서執書라며 수군댔다. 사로국 역사에서 사신私臣 출신이 재상을 잇게 된 것이 이때부터라고 했다.

이처럼 일성이 본격적으로 자신의 사람들을 조정 곳곳에 심어두기 시작했는데, 이듬해인 133년에는 지진내례가 일성의 아들 아달라阿達羅를 낳았다. 다음 해 인사에서도 순선을 파진찬 波珍飡에, 그 처인 대양을 수모水母로 삼았으니, 순선은 실제로 파진찬과 수로장군을 겸하는 막강한 지위에 오르게 된 셈이었다. 일성이 사실상 정국을 주도하고 있었던 것이다.

지마 23년째인 134년이 되자 봄부터 가뭄이 심했다. 4월에 왕과 애후의 장자인 반군班君태자가 문천사蚊川祠로 가서 기우제를 올렸는데, 곧바로 병을 얻어 덜컥 죽고 말았다. 언제부터인가 날이 가물 때면 인근의 문천蚊川에 왕모기가 들끓고 모기에 물린 사람들이 병들어 죽곤 했는데, 뇌염모기의 창궐로 보였다. 반면 비가 적당히 오는 해에는 모기도 생기지 않고 피해가 일어나지 않으니, 나라에서 〈문천사〉를 지어 기우제를 올리는 장소로 삼았다. 그런데 하필이면 반군태자가 모기에 물려 큰일을 당한 것이었다. 화가 치밀어 오른 지마왕이 호위부대에 명을 내렸다.

"당장 우림군羽林軍을 출동시켜 문천사를 불태우고, 아예 근처의 문천림蚊川林까지 소각해 버리도록 하라!"

이 일이 있은 후 반군의 아우인 남군南君태자를 정통正統태자로 삼았다. 그러나 8월이 되도록 봄, 여름 내내 가뭄이 지속되었고, 죽은 사람들이 늘어나는 바람에 그 피해가 돌림병 수준으로 극심했다. 그 와중에 남군태자비 달해가 태손(왕손)을 낳았다. 태자가 아기를 씻기고, 지마왕이 소남군小南君이라 이름을 지어주었다. 그런데 그 후 한 달쯤 지나, 갑자기 지마왕이 놀라운 내용의 조서를 내렸다.

"내가 이사금이 된 지 이십여 년이 지났으나, 그사이 재앙이 유달리

심했다. 아무래도 임금의 덕이 부족해 그런 것 같아 스스로 부끄럽기 그지없다. 태자비의 아버지 일성은 나의 태손인 소남군의 외조부로서 나의 반체半體다. 따라서 일성을 부군副君으로 삼아, 가히 이사금의 일을 섭행攝行(대행)하게 하고 그 덕을 밝히게 함이 옳을 것이다!"

그때 남군태자는 정통태자(정윤)가 되어 있었으므로, 지마왕이 일성逸聖을 부군으로 올려 주고 이제부터 태자를 도와 감국監國(섭정)을 하도록 명을 내린 것이었다. 그리고는 지마왕이 이내 내력奈歷으로 들어가 버렸으므로, 사실상 사로국의 정치는 이제 부군이 된 일성이 좌우하게 되었다. 하필이면 10월이 되자 남군태자마저 병이 들어 나라 안팎에서 태자의 완치를 위한 기도회를 가질 정도였으니, 남군 또한 모기에 물린 것으로 보였다. 조정에서는 알천에서 큰 제사를 지냈는데, 기우제 겸 모기퇴치를 기원하기 위한 것임이 틀림없었다.

그런데 이처럼 지마왕이 갑작스럽게 정치 일선에서 물러나기까지는 왕후인 애후愛后의 입김이 배후에서 크게 작용한 것으로 보였다. 그 무렵에 지마왕이 방사方士들을 가까이하고, 여성 편력이 심해져 왕후인 애후의 마음이 돌아선 것이었다. 그사이 애후가 일성에게 의지해 가깝게 지내다 보니, 아예 그를 부군副君으로 삼고, 공개적으로 부부의 연을 이어 가기로 한 것이었다.

이처럼 여왕이 남편을 교체하거나 새로 두는 일종의 중혼重婚 polygamy과 같은 혼인제도는 오늘날에는 낯설다 못해 불경해 보일 수도 있었다. 그러나 사로국 골문의 이런 관습은 북방민족 특유의 모계사회 전통에 뿌리를 둔 것으로, 여왕 또는 성모의 선택을 더욱 존중한 데서 비롯된 것이었다. 그리고 그 배경에는 일부일처의 정절보다는 출산을 더욱 장려하고, 인구가 늘어나는 것을 제일의 덕목으로 치던 사회적 분위기가 작용했던 것이다. 따라서 이런 혼인 풍습을 오늘날의 잣대로 단순하게 해석할 문제는 결코 아니었다.

실제로 애후는 2년 뒤에 일성의 딸 호례好禮를 낳았는데, 출생 당시 호례가 정식 임금의 딸은 아니었으므로 그녀의 신분은 평생토록 공주가 아닌 낭주娘主에 머물러야 했다. 그해 애후는 일성부군과 함께 조상의 사당에 들어가 자신들의 딸인 호례의 탄생을 당당하게 고했다. 이때부터 왕후가 사사로이 자식을 낳은 경우에도 조상에게 고하는 풍습이 시작되었다고 했으니, 분명 애후는 새로운 관례를 세울 정도로 주체 의식이 강하고 당찬 여인임이 틀림없었다.

이처럼 일성부군이 명실공히 사로국 정치의 실세로 자리 잡았다는 소문이 퍼지게 되자, 제일 먼저 〈소문국〉에서 사람을 보내와 일성에게 방물을 바쳤다. 군부의 수장인 웅선雄宣조차도 그의 딸 골씨骨氏를 부군의 아들인 일장日萇에게 시집보내면서 일성과 사돈관계를 맺었다. 웅선은 20년 전 〈황산강전투〉에서 복병에 포위된 지마왕을 구한 영웅이었는데, 원래 일성과는 나이가 같은 종형제從兄弟 사이로 둘 다 운제雲帝성모의 외손이라는 말도 있었다.

이듬해 정월에는 副君 일성과 그의 딸인 태자비 달해가 태손인 소남군을 안고 선왕의 사당이 있는 고정高井에서 조회를 받았다. 자신이 태손의 외조부임을 과시함으로써 다시 한번 임금에 버금가는 실세임을 드러내려 한 것이었다. 그런데 그 무렵부터 또 다른 부작용이 생기기 시작했다. 일성부군이 무소불위의 권력에 취해 버렸는지 전에 없이 여색을 탐하면서 일탈이 심화되었는데, 불행히도 군신들 중에 이를 말리려 드는 이가 없었다. 그해에 백제와 사로 양국 모두에 큰 가뭄이 덮친 데다, 말라리아의 일종으로 추정되는 엄청난 돌림병이 나돌아 백성들의 절반이 죽어 나갔다.

지마왕이 자숙의 의미로 정치 일선에서 물러나 조정에서 사라져 버리고, 부군 일성이 왕을 대신하다 보니, 고구려를 비롯한 이웃 나라에서는 지마왕이 이때 돌림병으로 죽은 것으로 소문이 난 듯했다. 그러나 이때 지마왕이 죽은 것은 아니었고, 후일 그는 오히려 정치에 깊이 간여했다. 다만, 지마왕 사후에 부군 일성이 그의 뒤를 이어 왕위에 오르다 보니, 일성의 후손들이 그의 왕력을 더 앞당겨 이때부터 시작한 것으로 기록한 듯했고, 이것이 후대의 역사해석에도 혼란을 야기했다.

원래 성모의 남편을 지칭하던 〈부군副君〉이라는 제도는 오늘날의 총리 격으로 임금이 지닌 행정권한을 대행하거나 상당 부분을 서로 나누는 것이었다. 그리고 그 임면은 왕보다는 정실왕후가 좌우한 것으로 보였는데, 지마왕 이후로 평화가 지속되다 보니 다시금 왕실 여인의 입김이 더욱 커진 데서 기인한 듯했다. 그러나 나라의 지존인 임금의 절대권력을 타인과 나눈다는 것은 사실상 왕의 권위를 떨어뜨리는 일이었다. 실제로 이와 같은 지마왕의 어설픈 정치 행보는 이후 사로국 사회에 엄청난 정치적 격변을 야기하고 말았다.

9. 지마왕과 흑치의 난

그 무렵 금성의 신림지神林池에 백해사白亥祠라는 사당이 있었는데, 그 신도들이 백해白亥와 칠계七鷄라는 두 파로 나뉘어 서로 재주와 기예를 다투고 경합했다. 다만 바깥의 일반인들에게는 그 기예를 전해 주지도 않았고 일체를 비공개로 했다. 그런데 당시 왕의 총애를 받지 못한 권처權妻 중에는 다른 이와 사통하여 사자私子(남의 자식)를 낳는 경우가 빈번했다. 이들 어린 사자들 대부분이 백해사로 보내져 그곳에서 자라도록 했는데, 이때 백해사의 사주祠主가 이들을 계도鷄徒(닭파)와 해도亥徒(돼지파) 두 유파로 나누어 기르도록 했다. 이들은 어릴 때부터 여러 교육과 함께 신체를 단련하고 무술을 연마하는 등, 선도仙道의 독실한 신도信徒들로 육성되었다.

한편, 지마왕은 어려서부터 자주 유모의 손에 이끌려 백해사 경내를 출입했는데, 그때 계해鷄亥들이 자기들끼리 기예를 겨루는 신기한 모습들을 구경하며 자랐다. 이후 장성하면서 계도와 해도의 기예를 이해하게 되었고, 마침내 왕위에 오르고 나서는 그 사당을 보호하는 데 앞장섰다. 그런데 AD 120년경 이들 계해들이 궁 안의 여인들과 사통하는 일이 점차 많아지면서 급기야 커다란 사회문제로 떠오르게 되었다.

당시 조정에서는 여인들을 문란하게 하고 궁 안의 분위기를 망친다는 죄목으로, 이들 모두를 아예 죽여 없애야 한다는 강경론이 대세를 이루었다. 그런 터에 백해사를 아끼던 지마왕이 그곳을 지배하는 성인聖人을 불러 그의 지도력을 알아보고자 이런저런 질문을 했다.

"그대의 신神은 영험하신가?"

그러자 성인聖人이 답했다.

"영험한지는 아직 알지 못했습니다. 단지 언지言只일 뿐입니다."

다시 왕이 물었다.

"언지라……. 그대가 말하는 언지는 무엇을 말함인가?"

성인이 다시 답했다.

"언지言只는 곧 불이不二가 발원한 것, 즉 영험하거나 그렇지 못한 것이거나 그 둘이 서로 다른 것이 아니라는 의미입니다."

"흐음……. 좋소!"

그 말을 들은 지마왕이 고개를 끄덕이더니 흡족해했다. 지마왕이 이어서 다른 여러 질문을 했는데, 그때마다 성인은 왕 앞에서도 두려워하는 법 없이 직언하기를 서슴지 않았다. 왕이 이를 그게 기뻐하면서 문제의 계해鷄亥들을 없애려던 것을 그치게 하고, 성인에게 아찬阿飡의 벼슬을 내렸다. 이어 그 사당을 〈언지소言只所〉라 부르게 하고는, 마정대부馬政大頭에게 명해, 치역약사治疫藥師 12명을 보내고 대백마大白馬를 하사하게 했다. 그 성인이 바로 과다흑치果多黑齒라는 인물이었다.

그 무렵 사로국에도 천신天神에게 제를 지내는 〈소도蘇塗〉라는 성스런 장소가 있었다. 과다흑치는 그런 소도의 어느 여군장이던 조호대모鳥好大母가 한기부漢岐部의 종과 잠통하여 낳은 자식으로, 원래 골품이 없는 신분이었다. 군신들이 그의 신분을 문제 삼자 지마왕이 말했다.

"그대들은 골품을 모른다. 과인만은 그를 안다……"

이에 사람들이 조호대모의 사자私子인 과다흑치를 독지아찬獨知阿飡이라 불렀는데, 임금 혼자만 아는 아찬이라는 뜻이었다. 당시 사로국의 지배계급은 골품骨品이라는 독특한 계층, 즉 성골과 진골 그리고 육두품의 관직을 가진 자들로 이루어진 3개의 신분계층으로 이루어져 있었다. 성골聖骨은 두 왕족이 결혼하는 경우로 가장 높은 세습적 권한을 부여받았고, 그 아래 진골眞骨은 사로국 내 소국의 왕이 사로국 왕족과 혼인하는 경우에 해당되며, 마지막 육두품六頭品은 이 두 계급이 아닌 자들이 순수하게 공적을 인정받아 관직에 오른 경우를 말하는 것이었다.

이듬해 봄이 되자 지마왕이 과다흑치를 다시 불러 대화를 나누었다.

"성인도 역시 도둑이 아니신가?"

흑치가 답했다.

"도둑이 맞습니다. 다만 그 훔치는 바가 커서 사람들이 알아보지 못할 뿐입지요. 그러나 임금도 역시 도둑입니다. 단지 그 훔치는 바가 작아서 사람들이 눈치채지 못하는 것입니다……"

"어째서 왕이 훔치는 것이 작다고 하는 것인가?"

"임금은 천하의 주인입니다. 따라서 임금이 욕심을 내어 하고자 한다면 못 할 바가 없으니, 구태여 도둑질을 할 이유가 없는 법이고, 그래서 그 훔치는 바의 크기도 별 무의미한 것입니다. 다만, 그런 임금조차 꿈속에서라도 도둑질을 하기 마련이며, 그런 까닭으로 그 훔치는 바가 작다고 하는 것입니다."

그러자 지마왕이 깨닫는 바가 있어 무릎을 치며 호응했다.

"옳은 말이로다. 과인이 양개羊介(가리加利)에게 그러했다. 선금(파사이사금) 재위 시에 내가 양개를 좋아해 꿈속에서 그녀를 훔쳤는데, 지금도 여전히 그런 꿈을 꾸곤 한다. 임금이 이럴진대 하물며 백성들은 어떠하겠는가?"

그리고는 나라 안팎으로 갇혀 있는 도적들을 풀어주라 명했다.

그런데 당시 사로국 안에는 사로 말(언어)을 쓸 줄 모르는 자들도 많았다. 이들 대다수는 전쟁 포로로 잡혀 온 외국인들로 야인野人이라고 불렸는데, 주로 임나를 드나들던 열도의 왜인倭人들로 보였다. 이들 야인들은 그 사회적 뿌리가 없다 보니 어쩔 수 없이 무리를 이루어 도적질로 연명하는 경우가 많았고, 이러한 폐단을 막기 위해 조정에서는 이들을 〈도촌盜村〉이라 부르는 곳에 강제로 수용해 노역을 시키는 경우가 허다했다. 그러다 보니 도촌을 관리하는 나쁜 관리들이 공공연하게 이들 야인들로부터 노동을 착취하는 일이 다반사였다. 흑치는 이런 도촌의 문제를 잘 알고 있었기에 지마왕에게 새로운 제안을 내놓았다.

"이렇게 한꺼번에 도적의 무리를 풀어준다 해도 그들은 결국 도적질을 일삼다 다시 잡혀 들어오게 될 것이고, 그리되면 나쁜 관리들만 도와주는 일이 되풀이될 뿐입니다. 하오니, 차라리 이들을 한데 모아 교육을 시켜 볼 것을 청하고자 합니다!"

지마왕이 좋은 생각이라며 이를 허락하니, 그 도촌盜村을 특별히 〈노소마로奴小馬路〉라고 부르게 되었다. 지마왕이 과다흑치를 노소마로의 촌주로 삼았는데, 이때부터 이들에게 사로국의 언어를 가르치고 교화하니, 이들 도둑의 무리에서 어질고 착한 사람들이 바람처럼 많이 나오게 되었다.

이듬해 지마왕 11년째인 AD 122년 4월이 되자, 동해로부터 큰바람이 불어와 하루 종일 커다란 나무들이 부러져 나가고, 집과 지붕이 날아다녔다. 사방이 온통 흙먼지로 뒤덮여 앞을 분간하기도 어려운 지경에 어디서부턴지 야적野賊(임나인, 왜인)들이 대규모로 쳐들어왔고, 조만간 도성으로 들이닥칠 것이라는 헛소문이 백성들 사이에 빠르게 퍼져 나갔다. 급기야 공포에 휩싸인 백성들이 앞을 다투어 산곡으로 달아나기 시작했는데, 순식간에 피난 가려는 행렬들로 들판이 가득하게 되었다. 보고를 받은 지마왕이 급히 익종을 찾아 사태를 수습하라 명을 내렸다.

"이찬 익종은 백성들을 타일러 뜬소문을 가라앉히고, 사람들을 말릴 방안을 강구하여 서둘러 실행토록 하라!"

이에 익종翌宗 등이 나서서 근거 없는 헛소문이라며 사람들을 진정시키고 피난을 막으려 애썼으나, 백성들이 도통 그 말을 들으려 하지 않았다. 그러다 하룻밤 사이에 폭풍이 가라앉고 하늘이 개면서 비로소 민심이 평안을 되찾게 되었다.

그날 지마왕이 망루에 올라 멀리 바라보니, 너른 모래사장 위로 수많은 피난민들이 이동하는 가운데 한 무리의 사람들이 노약자들을 보호하고 부축하면서 이동하는 모습이 보였다. 이에 사람들을 보내 대체 난리 속에서도 선행을 베푸는 그들이 누구인지 알아보게 하니, 이들이 바로 도촌 사람들이었음이 밝혀졌다. 지마왕이 이들을 불러 그 연유를 물어보니 이들이 하나같이 답을 했다.

"신 등은 지은 죄가 무거워 나라에서 보호할 대상이 아닌데도, 오직 임금의 성덕에 의지해 다시 태어난 몸들입니다. 그러니 이미 죽은 몸이나 다름없는 만큼 물불을 가리지 않고 죽음으로 임금의 은덕에 보답하고자 했을 따름입니다."

지마왕이 이 말을 듣자 감탄하면서 말했다.

"사람의 마음은 원래 착한 것인데, 그를 둘러싼 환경과 잘못된 만남으로 악하게 되는 것임이 분명하다."

그리고는 노약자를 보호하던 도촌 사람들에게 위로의 술을 하사했다. 이어 그들 가운데 젊은 장정들을 엄선해 병관兵官과 관리(예리隸吏)로 발탁하고, 늙은 사람들은 원로관리(노예老隸)로 대우하도록 하면서 고기와 쌀을 내려 주었다. 그리고는 전국에 다음과 같은 내용의 조서를 내렸다.

"세상 사람들은 도촌의 사람들을 본받을지어다. 죽을죄를 지은 사람들을 이렇게 대할진대 하물며 나라 밖에서 온 백성들에게는 또 어찌 대하였겠는가? 과인의 덕이 얇아 두루 넓게 미치지 못하다 보니, 그대들의 질병과 고통을 일일이 알지 못한다. 이제 나라 안팎으로 백성들의 목소리에 귀 기울이는 관리를 새로이 두고자 하니, 무릇 근심이 있는 자는 누구든지 직언을 기피하지 말라!"

이는 곧 도촌의 경영이 성공해 그들이 어질고 착한 백성들로 거듭나고 있음을 증명하는 반가운 사건이었다. 지마왕은 이 사실을 세상에 널리 알려 백성들을 더욱 감화시키기를 바랐던 것이다. 물론, 그 이면에 도촌을 성공적으로 이끄는 데 과다흑치의 공이 지대했음은 두말할 필요도 없는 것이었다. 6부의 사람들이 그 소식을 듣고 만족해서 말했다.

"선신先神(조호대모)이 다시 강림했더라도 이와 같이 말했을 것이다!"

그런데 이런 분위기를 무색하게 하는 일이 벌어지고 말았다. 그해 여름이 되자 메뚜기 떼가 창궐해 곡식을 크게 해쳤고, 결국 흉년으로 다시 도둑이 들끓게 되었다. 겨울이 되자 이방대사理方大師 백석白石이 지마왕에게 고했다.

"최근 3년 동안 곡식이 여물지 못하다 보니 올해 최대의 기근에 직면하게 되었습니다. 처음 도촌에는 3백 명이 넘지 않았는데, 그나마도 백성들이 임금의 덕에 감화되어 그 수가 더욱 줄어드는 양상이었습니다. 그러던 것이 금년 7월 이후로 도촌에 새로 들어온 자만도 이미 천 명을 넘었다고 합니다. 백성을 대함에 자식 같은 사랑으로 대하는 것도 좋겠으나, 반대로 이를 반기지 않는 이들도 있는 법입니다. 그러니 도촌에 입주하는 백성들이 급증하는 것을 막기 위해 사람들을 경벌輕罰(가벼운 벌)로 다스려 통제할 수 있도록 허락해 주옵소서!"

그러나 지마왕이 이를 허락하지 않겠다며 말했다.

"올해의 이런 불행은 모두 임금인 나의 부덕 때문이다. 어찌 이를 백성들의 죄라고 할 수 있겠는가?"

그러면서 하늘에 제를 올려 자신을 벌해 달라고 하소연하면서 빌었다. 그 소문을 들은 도성 안의 백성들이 모두들 서로 간에 조심하려 애쓰는 자가 많았고, 심지어 감동해 눈물을 보이는 자들도 있었다.

AD 123년이 되자 지마왕이 창영을 이벌찬에, 궁효宮孝를 품주稟主로 삼고, 과다흑치를 대도대사大道大師로 삼았다. 이때 왕이 자기 누이인 도생道生대모를 흑치에게 처로 주어 함께 살게 했는데, 친히 포사鮑祠에서 혼인을 주재하기까지 했다. 과부로 지내던 도생대모가 흑치와 몰래 정을 통해 이미 자식을 여럿 낳았음에도 모두 계도鷄徒와 해도亥徒로 보낸 일이 있었는데, 그때서야 비로소 흑치를 남편으로 삼게 했던 것이다. 이를 두고 골문骨門에서 말이 많아지고 소란스러워졌음에도 골품을 전담하는 골문이찬骨門伊湌 궁공宮公이 왕의 눈치를 살피면서 따지지 않았고, 사람들은 다시 이를 나무라기에 이르렀다.

그러던 지마 15년째인 126년 2월, 지마왕의 누이 도생대모가 흑치와의 사이에서 세쌍둥이를 낳다가 기운이 다해 죽고 말았는데 당시 53세의 나이였다. 왕이 도생대모의 죽음을 애통해하면서 성모의 예로 장사를 지낼 것을 명했다. 그러자 조정 대신들이 이에 반대하고 나섰다.

"이는 분명 도를 넘는 예에 해당하니, 부디 임금께서 통촉해 주시기 바라옵니다!"

그러나 지마왕은 끝내 이를 듣지 않고 성대하게 장례를 치러 주었다. 도생은 인자한 성격에 지극히 아름답고, 몸에 좋은 음식을 잘 만들었다. 지마왕이 어렸을 때부터 누이를 사랑하고 친모의 정을 느껴 소모小母라 부르며 따를 정도였다.

"나를 사랑하는 마음은 비록 사모史母(생모 사성부인)가 있다할지라도, 도모道母(도생)가 최고였다."

사실 과다흑치가 후일 대아찬大阿湌에 오르기까지는 그가 조호대모의 아들(사자私子)이자 소도蘇塗인 백해사의 성인으로서 도촌을 성공적으로 경영한 데 따른 명성 때문이었을 것이다. 그러나 한편으로는 지마왕이 각별히 따르던 궁주 도생의 신임이 크게 작용한 덕분이기도 했다. 지마왕이 흑치의 말에 따라 명을 내렸다.

"도생대모를 추모하는 사당을 지을 것이다. 이를 백계사白鷄祠라 부르고, 도생대모를 백계성모로 추앙토록 하라! 또한 그 남편인 과다흑치를 청해대신青亥大神으로 삼을 것이다!"

지마왕은 또한 도생의 딸인 복생福生을 자신의 처로 삼았는데, 그녀는 적계신모赤鷄神母로 불렸으며 당시 18세의 나이였다. 그러다 보니 이후 수년 만에 해도亥徒는 사라지고 계도鷄徒를 찾는 무리만이 나라 안에 가득했다. 흑치의 명성은 이후로 날이 갈수록 드높아져 온 세상의 희망으로 떠올랐다. 왕실 여인인 骨女들 중에 그에게 몸을 바치는 것을 복으로 여기는 자들이 많아지면서, 순식간에 그의 자식이 백여 명에 이르기까지 했다. 식자들이 이를 우려했음에도 누구도 감히 이를 언급하지는 못했다.

그 후 세월이 흘러 지마왕 24년째 되던 AD 135년, 드디어 과다흑치가 이벌찬에, 복생이 품주에까지 오르게 되었다. 과다흑치가 드높은 명성을 얻어 왕에게 총애를 받기는 했으나, 여전히 부친의 골품이 없다 보니 면이 서질 않았다. 지마왕이 이에 당시의 흑치로 하여금 한문汗門을 아버지로 삼을 것을 명했다.

한편 그 무렵 일성부군의 딸이자 남군태자비였던 달해達亥는 지마왕의 권처權妻가 되어 있었다. 그해 가을이 되어 지마왕과 달해, 흑치의 딸인 빈기시份其市가 여기저기 산천을 유람하며 수렵을 즐기다가 날기捺己(경북영주)에 이르렀다. 이 소식을 들은 흑치가 재빨리 자신의 딸을 사주해 새로운 일을 꾸몄다.

"날기 신산神山에는 천자의 기운이 있다. 너는 임금을 유혹해 밖으로 끌어낸 다음 놀러 다니다가, 반드시 임금의 아이를 잉태해야 할 것이다."

이 시기 흑치가 중앙정치의 중심에 서게 되더니, 서서히 권력에 대한 개인적 야심을 드러내기 시작한 것이었다. 그는 안으로는 일성부군과 결탁하고, 밖으로는 계해鷄亥(계도와 해도)에 크게 의지했다. 이제 마지막으로 지마왕에게까지 그 영향력을 넓히기 위해 수를 쓰려 했던 것이다. 결국 흑치는 자신의 의도대로 드넓은 밭과 집을 차지할 수 있었고, 이를 자신의 수많은 자녀들과 첩들, 그 족속들에게 나누어 주었다. 당시 흑치가 미벌사彌伐祠라는 사당을 지었는데, 그 사당의 위세가 1세(30년)를 떨칠 정도였다고 하니, 흑치가 그 무렵 권력을 이용해 사욕을 채우는 데 몰두했던 것이다.

그다음 달인 10월이 되자 호성護城장군 홍가洪可의 처인 문기文其가 흑치의 아들 두치杜齒를 도산에서 낳았다. 그런데 〈도산桃山〉은 사로국 백성들이 성스러운 땅으로 여기던 곳으로, 천한 신분의 사람들이 아기를 낳는 곳이 아니었다. 소식을 들은 도산主가 화를 내며 말했다.

"도산이 어떤 곳인데 감히 흑치의 첩 따위가 들어와 사사로이 아들을 낳고, 또 흑치가 도산에 있는 신지神池(성스런 연못)의 물로 그 아기를 씻길 수 있단 말인가?"

그러나 그 역시 말로만 성을 내었을 뿐, 흑치의 위세에 눌려 감히 그이상의 조치를 취하지는 못했다. 문기는 당대의 문장가 문부文父의 딸로 과다흑치를 정성으로 섬기니, 흑치가 그녀의 남편을 호성장군으로 발탁하게 했던 것이다. 문기의 딸 문개文介 역시 한석汗昔의 정처로 그 권세가 품주만큼이나 커지게 되었다. 사람들이 이를 노래로 비꼬았다.

저 성城은 여인이 귀하게 만든 것인데,

그 여인은 음탕해서 귀해진 것이라네!

이는 홍가가 자신의 처가 천거해 준 덕분에 벼슬을 얻었음을 비아냥거린 노래였으나 사실 과다흑치를 질타한 노래였다. 그동안 백성들의 존경을 한 몸에 받았던 흑치가 언제부터인가 백성들로부터 질시의 대상으로 변해 있었던 것이다.

이듬해인 AD 137년 정월, 웅선과 골화骨花 부부가 각각 이벌찬과 품주에 올랐다. 그런데 2월이 되자, 지마왕과 애후의 사이가 다시금 호전되기에 이르렀다. 그 1년 전부터 왕과 애후의 사이가 좋지 못해 1년 동안 별거가 이어져 오다가, 이때에 다시 애정이 돌아오게 된 것이었다. 지마왕이 군신들에게 대연회大宴會를 베풀면서 마치 자신의 조정 복귀를 알리려는 듯했으나, 그런 와중에도 일성부군은 처음부터 끝까지 애후를 떠나려 들지 않았다.

그러던 그해 5월, 웅선의 처 골화가 난산 끝에 사망하자, 왕이 성모의 예로 장사 지내 주었다. 골화의 뒤를 이어 일성의 딸인 잠위潛寫가 새로운 품주의 자리에 오르는 한편, 웅선과 포사鮑祠에서 혼인을 했다. 7월에는 사로국의 제후들을 황산黃山에서 모이게 했는데, 일성부군이 회맹을 주관하기도 했다. 이런 일련의 행위는 지마왕의 복귀에 맞서 부군 또한 여전히 건재하다는 것을 과시하려는 것으로, 지마왕과 일성부군 사이에 묘한 경쟁 구도가 형성되었음을 시사해 주는 것이었다.

그런데 가을이 되자, 계도鷄徒들이 과다흑치를 높여서 천제天帝의 반열에 올리려 들었는데, 더 이상 존경할 수 없는 분이라는 뜻에서 존막대언尊莫大焉이라 부르기 시작했다. 이 소식을 들은 일성부군이 그것은 불가하다며 이를 막으려 들었다.

"신국神國(사로국)의 존칭은 아금我今(지마왕)을 넘볼 수 없거늘 어찌하여 흑치를 제帝라 부를 수 있단 말인가?"

일성부군의 비판이 가해지자 급기야 흑치가 부군副君에게 순종하지 않는 모습을 보이기 시작하더니, 서서히 반기를 들기 시작했다. 흑치가 지마왕의 총애를 받고 있던 자신의 딸 빈기시를 시켜 지마왕에게 은밀히 일성부군을 음해하도록 사주했다. 당시 지마왕이 어떤 꼬투리를 잡아서라도 일성을 내치려 든다는 것을 간파하고 있었던 것이다.

"일성부군이 애후와 합심하여 죽기를 각오하고 자신들의 무리들과 반역을 꾀하고 있다 합니다."

빈기시의 말을 들은 지마왕이 더욱 일성을 경계하기 시작했다. 그다음 달이 되자 지마왕의 특명으로 흑치의 아들 가지마리加只馬利가 호성장군에 올랐다. 이때 흑치가 일성의 아들인 일장日長의 처 변실邊失을 범하는 사건이 벌어졌다. 그런데도 일장은 지마왕이 자신의 부친을 증오하는 데다, 흑치의 행위가 거침이 없는 데 대해 불안을 느낀 나머지 급히 西路로 달아나 버렸다. 그런 불미한 일에도 불구하고 과다흑치에 대한 지마왕의 신임에는 변함이 없었다. 반면 최고의 관직을 누리던 과다흑치는 속으로 쾌재를 부르고 있었다.

'옳거니, 지마왕이 내게 해 줄 일이 드디어 끝이 났도다. 일성이고 뭐고 더 이상 그 누구의 눈치를 볼 일도 없다. 모든 것에는 다 때가 있는 법, 이제부터는 속전속결로 밀어붙여야 한다……'

자신감으로 가득한 과다흑치가 자신의 추종 세력인 10만에 달하는 계도의 무리들로 하여금, 모두 입경해서 도성을 지키라는 지령을 은밀하게 내렸다. 그 무렵 날이 차가워지고 큰 눈이 내렸다. 그러자 갑자기

도성 안으로 몰려든 수많은 계도 무리가 추위를 피해, 아무 곳에서나 떼를 지어 불을 피우고 민가에서의 약탈마저 서슴지 않았다. 이런 폐단이 심각한 수준에 이르러 점차 백성들의 원성이 높아지게 되니, 일성이 이를 막고자 지마왕에게 청했다.

"지금 10만에 이르는 계도의 무리가 갑자기 성안으로 몰려들어 금성이 그야말로 난장판이 되었습니다. 이는 과다흑치가 자신을 추종하는 계해 무리를 대규모로 동원해 자신의 힘을 과시하고 임금을 겁박하려는 사악한 의도를 드러낸 것입니다. 그러니 그들 계도 무리의 우두머리인 이벌찬 흑치로 하여금 계도를 도성 밖으로 즉시 물러나게 하라고 명하시는 것이 마땅합니다! 이는 매우 시급하고 엄중한 사태입니다!"

그러나 의심에 눈이 먼 지마왕은 자신이 그토록 믿었던 일성에 대한 분노에 사로잡혀 사태를 제대로 보려 하지 않았다.

"일성부군이 다른 뜻을 품고 이벌찬(흑치)을 음해하고 있다. 이는 결코 묵과할 수 없는 일이다. 지금 즉시 일성부군을 잡아들이고, 일선주一善州로 유배를 보내도록 하라, 당장 시행하랏!"

지마왕의 어이없는 명령에 일성이 크게 낙담했으나, 그 역시 지금껏 과다흑치를 신뢰하고 밀어주었던 탓에 스스로를 자책하는 수밖에 없었다. 그러나 이후 지마왕이 사태를 직시하기까지는 그리 오랜 시간이 걸리지 않았다. 12월이 되어 한겨울이 닥쳤는데도 계도 무리가 도성을 떠나지 않더니, 아예 고정高井에 머무르던 지마왕을 포위하는 사태로 번졌던 것이다. 지마왕이 그때야 사태의 심각성을 깨닫고 후회했으나, 이미 일성이 없는 조정은 물론, 도성 안팎 모두를 흑치가 장악하고 있어 속수무책일 뿐이었다.

해가 바뀌어 AD 138년 정월이 되자마자, 과다흑치가 지마왕을 다그쳐 자신의 딸 빈기시를 성모로 삼게 하고, 일성의 딸인 달해를 낮추게 했다. 지마왕이 흑치의 요구를 따를 수밖에 없었다. 2월에는 흑치가 스스로를 대부군大副君이라 칭했는데, 일성부군보다 더 높은 지위를 억지로 부여한 모양새였다. 그뿐이 아니었다. 흑치는 결국 지마왕의 처인 달해를 강제로 욕보이고 자신의 밀처密妻로 삼아버렸다. 또 자신이 욕보인 일장의 처 변실을 판일板日에게 시집보내 일성과 일장 부자에게 한없는 모욕감을 주었다.

흑치는 이어 계도鷄徒의 우두머리들을 각 州郡에 나누어 보내면서 주군대감州郡大監으로 삼았으니, 이제 흑치의 권력이 전국 어디에나 예외 없이 미치게 되었다. 그는 또 새로운 형태의 관아인 정당政堂을 금성에 짓도록 명하고, 이를 마두대정馬豆大井이라 부르게 했다. 자신의 비서격인 4부집서四部執書를 따로 두었는데, 모두 계도의 무리들로 가득 채웠다. 이제 과다흑치는 사실상 임금의 권력을 능가하고 있었다.

그해 봄이 되자, 과다흑치가 애후愛后에게 부쩍 관심을 보이기 시작했다. 애후는 마제의 딸로 지마왕의 왕후였으나, 지마왕이 정치를 일성부군에게 맡긴 후로 공공연하게 일성의 처로 지냈다. 그러다 일성이 유배를 떠난 이후로는 줄곧 궁 안에서 홀로 지내는 처지였다. 흑치가 어느 날 애후를 다그쳐 불러내 희롱을 하던 끝에 넌지시 제안을 했다.

"나에게 천자天子의 운명이 있으니, 내 곧 그리되면 마땅히 그대를 후后로 삼으려 하오!"

흑치의 계산엔 조만간 자신이 임금에 오르더라도 골품이 천한 관계로, 아무래도 왕후인 애후愛后를 등에 업을 필요가 있다고 생각했던 것이다. 눈치 빠른 애후가 이에 호응하는 척하며 되물었다.

"그대가 천자에 오르게 되면 내 남편(지마왕)은 어찌 되는 것이오?"

이에 흑치가 자신 있게 답했다.

"이젠 내가 곧 그대의 남편이오, 다른 사람이 그대의 남편이 아니라구요. 그(지마)의 운은 이미 다했소, 내가 이미 문천사에 다 말을 해 두었소……"

이는 문천사 사주祠主를 시켜 머지않아 지마왕을 살해하겠다는 의미로, 흑치가 얼떨결에 속마음을 누설하고 만 것이었다. 애후는 숨 막히는 긴장 속에서도 태연하게 흑치의 말을 반기는 척하며 시간을 끌다가 간신히 그의 방에서 빠져나왔다. 자신의 방으로 돌아온 애후는 가슴을 쓸어내리며 안도의 한숨을 내쉬었다. 이제 지마왕의 목숨이 위태롭게 되었음을 안 이상 그대로 가만히 있을 수는 없다고 생각했다.

'시간이 없는 만큼 이제 마지막 승부수를 띄워야 할 때다……. 무엇보다 유배를 당한 일성부군에게 사람을 보내 위급한 소식을 알리고, 그가 움직이게 해야 한다.'

애후는 은밀하게 각 로路의 장군들에게 대궐의 문을 열게 하는 표시인 신부信符를 보내고, 반역자 흑치를 토벌하라는 명령을 전했다. 동시에 일성의 유배지인 일선주로 자신의 충복을 보냈다.

그로부터 달포쯤 지나 5월이 되자, 마침내 일성부군이 서로군西路軍을 이끌고 도성인 金城으로 입경했다. 서로군은 흑치의 무리인 계도군鷄徒軍과 도산桃山에서 크게 싸웠으나, 그 저항이 막강해 쉽사리 승부를 내지 못했다. 그때 경로군京路軍을 지휘하던 홍가洪可가 남쪽 교외에서 들어오는 남로군南路軍을 막아섰다. 홍가의 처로 경모京母의 지위에 있던 문기文其가 용감하게 나서서 남로장군 군계君啓 등을 설득했다.

"우리 모두는 이사금의 신하이지, 흑치의 신하가 아니오! 만일 그대들이 지금 이사금을 도우려 한다면 부군副君(일성)을 따르는 것이 맞을 것이오!"

이에 홍가 역시 앞장서서 옳은 말이라며 남로장군 군계를 부추기니, 결국 남로군이 경로군과 힘을 합치기로 합의했다. 이에 경군京軍과 남군南軍이 세력을 모아 도성 안으로 들이닥쳤고, 이내 흑치의 아들 가지마리加只馬利가 이끄는 호성군護城軍과 전투를 벌였다.

"흑치는 이제 엄연한 반역자다. 우리가 분연히 나서 사악한 역도의 무리를 깨뜨리고 임금과 나라를 구하는 데 앞장서야 할 것이다, 전군은 돌격하라!"

홍가와 군계가 앞장서서 군대를 지휘해 돌진해 들어가니, 호성군이 맥없이 무너지고, 이를 막지 못한 호성장군 가지마리는 전투 중에 관군에게 목이 베이고 말았다.

그 무렵 과다흑치는 궁 밖이 급박하게 돌아가는 것도 모른 채, 애후와 달해 모두를 곁에 두고는 함께 술을 마시면서 노래를 짓기에 바빴다. 그때 수하에 있던 계도가 급하게 뛰어 들어와 난리가 났다며, 어서 피신해야 한다고 고했다.

"무어라, 그게 지금 무슨 말이냐? 부군이 서로군을 이끌고 도성 안에 들어왔다고? 대체 네놈이 지금 무슨 말을 지껄이는 게냐?"

흑치가 꿈에서 깬 듯한 얼굴로 놀라 횡설수설하자, 곁에 있던 애후가 비로소 웃으며 비아냥거리듯 말했다.

"천하가 이미 계도鷄徒로 기울었거늘, 내 남편(흑치)이 무얼 이리도 두려워하시는 게요?"

애후의 속내를 알아차리지 못한 흑치가 입가에 미소를 띠며 말을 이어받았다.

"그렇지, 내 처가 바로 천후天后고, 천후가 지금 내 곁에 있다. 그런데 대체 누가 감히 난을 일으킨다는 말이냐? 하하하!"

이미 술에 만취한 과다흑치가 이내 비틀거리며 계속 춤을 추어댔다. 이를 본 계도가 다급한 얼굴로 이미 세상이 변했다고 거듭 고했으나, 흑치는 더 이상 거들떠보지도 않았다.

그때쯤 호성군을 깨뜨린 경군과 남군이 모두 합세하면서, 세가 더욱 커지게 되었다. 그러자 이를 목격한 모든 관군官軍들까지 그 위세에 눌린 나머지 서로 호응하면서 빠르게 하나가 되었다. 이제 대군大軍을 이룬 관군이 계도군을 일방적으로 몰아붙인 끝에, 사방으로 달아나는 계도의 병사들을 사로잡거나 저항하는 자들의 목을 베기에 바빴다.

"흑치를 잡아라, 역도 흑치를 찾아라!"

그런 난리 중에 관군들이 마침내 궁 안까지 들이닥쳤고, 흑치를 찾으라는 소리가 여기저기서 들려왔다. 뒤늦게 사태를 파악한 흑치가 취중에도 사색이 되어 어쩔 줄 몰라 전전긍긍했다. 결국 두려움에 떨던 흑치가 애후에게 달려가 그 뒤로 숨으려 들었다. 그러자 비로소 애후가 무서운 얼굴로 돌변하더니, 흑치를 향해 한바탕 호되게 꾸짖고는 가노家奴를 향해 지엄한 명을 내렸다.

"임금을 배반한 노예가 무얼 한다는 말이더냐? 여봐라! 당장 저 무도한 역도 놈의 목을 베고, 성 꼭대기에 내걸도록 해라!"

이에 애후의 가노가 칼을 빼든 채 흑치에게 달려들어 가차 없이 그의 목을 베어 버리고 말았다. 순식간에 벌어진 상황에서 계도들로부터 천제天帝 소리를 듣던 과다흑치가 저승길로 가면서 말 한마디 남기지 못한 채, 허무하게 죽어 나자빠졌다.

그때 경로장군 홍가와 남로장군 군계 등이 궁 안으로 달려 들어와 애후를 보고 절을 하며 예를 갖추었다. 그러자 애후가 다급하게 물었다.

"내 남편(지마왕)이 죄수들 속에서 보이더냐? 하늘의 태양을 본 지가 오래되었구나. 그대들은 어찌 나를 받들어 왕이 계신 곳으로 모시지 않는 것이냐?"

"안심하소서, 임금께서는 지금 안전한 곳에 계십니다!"

그리고는 곧바로 홍가 등이 애후를 모시고 지마왕이 있는 곳으로 안내했다. 이윽고 지마왕과 애후가 서로 얼굴을 마주 대하게 되니, 왕이 애후를 안으며 감격스러워했다.

"오오, 왕후! 어찌 이런 일이 있을 수 있는가? 모두 다 내 불찰이고 부덕의 소치요……"

그렇게 기쁨과 슬픔이 교차하는 가운데서도 애후는 홍가와 군계 등에게 남은 계도의 무리를 소탕하라는 명령을 잊지 않았다. 이에 홍가와 군계가 군을 다시 나누고 두 길로 나아가, 부군副君이 이끄는 서로군과 더불어 본격적으로 도산의 반란군들에게 협공을 가했다.

"계도의 무리들은 어서 항복하라! 너희들의 수괴인 역도 과다흑치는 이미 목이 베인 채로 성 꼭대기 정상에 걸려 있다. 순순히 무기를 버리고 항복하라!"

그때까지 도산에 머물며 방어에 급급하던 계도의 무리들은 흑치가 이미 죽었다는 소식에 놀라, 사기가 크게 떨어지고 이내 전의를 상실해 버렸다. 결국은 무기를 버리고 항복을 하거나, 죽기를 각오하고 탈출을 감행하기에 급급했다.

그렇게 해서 한바탕 사로국 조정을 뒤흔들었던 〈과다흑치의 난〉이 마침내 평정되었다. 그러나 도산에서의 전투는 씻을 수 없는 상처를 남기고 말았다. 도산은 계해鷄亥 선도仙徒들이 신성시하던 산으로 제천행사 등에 사용하던 여러 신물神物(신성한 도구)과 함께 여기저기 성스러운 장소들이 많이 있었다. 그러나 전투 중에 모든 것이 파괴되어 흔적도 없이 사라져 버렸고, 끝내 제대로 지켜 낸 것이 드물었다. 선골仙骨들이 이를 몹시도 아쉬워하면서 눈물을 흘렸으나 별다른 방도가 없었다.

과다혹치는 당대의 뛰어난 종교(仙道) 지도자로서 많은 사람들의 추앙을 받던 인물이었다. 그는 백해사白亥祠 조호대모의 아들로 백해사의 사주祠主가 되었고, 골녀들의 사자私子들을 잘 이끌어 계도鷄徒로 육성해 냈다. 이어 〈언지소言只所〉를 차려 왜인들인 야적野敵들에게 사로국 언어를 가르치고 교화하는 데 힘써 그들을 선량한 선인善人으로 유도하는 데 성공했다. 이는 당시 어디에서도 찾아보기 힘든 혁신적 성과로, 임금은 물론 만인들의 칭송을 받을 만한 선행이었다. 그 결과 혹치는 계도鷄徒를 당대 선도의 최대 유파로 키우고, 백해사의 성인聖人으로 추앙받는 자리에 우뚝 서게 되었다.

그러나 그도 인간이었던지 가장 높은 명성을 얻은 자리에서 여색과 함께 정치적 권력을 탐하다가 끝내 자멸의 길로 들어서는 운명을 맞고 말았다. 이로써 과다혹치는 韓민족 역사상 최초로 대형 '종교지도자의 난'을 일으킨 역도라는 오명을 남기게 되었다. 그가 일으킨 난은 당시 차분하게 세력을 확장해 나가던 사로국 사회를 커다란 혼란에 빠뜨렸으며, 무엇보다 빠르게 성장하던 선도仙道의 세계를 한 번에 몰락시키는 재앙적 결과를 초래했다.

고구려의 〈국선國仙〉은 준準국교 수준으로 꾸준히 성장해, 나라의 동량들을 육성함은 물론 백성들의 영혼을 달래 주는 정신적 쉼터로서의 순기능을 지속했다. 반면 사로국의 〈仙道〉는 이후 몰락의 길을 걷다가 나중에 6세기 초 화랑도花郎道로 소생하기까지 수백 년의 세월을 거쳐야 했다는 점에서 아쉬움이 클 수밖에 없었다. 평소에 혹치가 주창했던 〈불이不二〉의 정신 즉, 삶과 죽음, 부자와 가난뱅이, 높은 자와 낮은 자가 모두 다를 것이 없다고 했던 말들 모두가 결국 거짓이었는지, 그에게 묻지 않을 수 없는 일이었다.

얼마 후 일성부군이 5로군을 이끌고 도성으로 들어와 남도南挑에서 지마왕 부부를 알현했다. 그 자리에서 일성을 비롯한 5로의 장군들은 흑치의 난을 평정한 사실을 보고함과 동시에 지마이사금에 대한 변함없는 충성을 재확인했다. 지마왕과 애후가 나서서 副君의 손을 잡아주며 그간의 노고를 위로했다.

"부군, 내가 그대의 얼굴을 차마 볼 수가 없구려……. 모든 것이 내 부덕의 소치임을 통감하고 있소."

지마왕은 일성부군을 의심해 그를 위기에 빠뜨린 것에 대해 넌지시 사과했다. 아울러 그에 대한 굳은 신뢰와 함께, 다시금 조정의 정치 일체를 일성에게 위임하겠노라는 뜻을 내비쳤다. 굳이 그것이 아니더라도 사실상 조정에서 지마왕의 위상은 이미 추락할 대로 떨어져 지도력을 상실한 지 오래였다. 부군이 왕에게 아뢰어 청했다.

"흑치의 도적들이 광포해 천명天命을 알지 못하고 경거망동했습니다. 그러나 그 계도의 수가 워낙 많아 모두를 벌할 수도 없는 일이니 차라리 그들을 용서해 안정을 취하게 하는 편이 좋을 듯합니다."

지마왕이 두말하지 않고 이를 허락했다. 그 일이 있은 지 얼마 뒤 지마왕은 일성을 다시 副君 겸 이벌찬에 명하고, 이미 그의 정처正妻가 된 지진내례只珍內禮를 품주로 삼겠노라고 공표했다. 이어 각 로(5로)의 장군들에게 큰 상을 내리고, 일성의 아들 일장日長을 호성장군으로 임명했다. 이로써 일성이 비로소 확고한 조정의 권력을 장악한 셈이었다. 그 해 여름, 일성부군이 왕과 애후, 달해를 모시고 알천의 서쪽에서 엄청난 인파가 모여 구경하는 가운데, 대규모로 제로군諸路軍(각군)의 사열식을 거행했다. 흑치의 난으로 흐트러진 군대의 기강을 다잡고, 서둘러 민심을 수습하기 위함이었다.

가을이 되자 지마왕과 애후가 날기신산捺己神山(태백산)에서 천제를 올리겠다며 북쪽으로 순행을 떠났는데, 일성부군이 편하게 정사를 볼 수 있도록 슬그머니 자리를 피해 준 것이나 다름없었다. 지마왕 28년째 인 AD 139년 정월, 부군이 석추昔鄒를 경로京路장군으로 삼는 등 일부 인사를 실시한 데 이어, 지진내례와 정식으로 혼례를 올리고 그녀를 경모 京母로 삼았다.

그해 3월, 지마왕이 병을 앓기 시작했는데 4월이 되자 더욱 위독해져 부군과 남군태자 두 사람에게 임금의 일을 대신하라 명했다. 그러다가 7월이 되어 지마왕의 병세가 나아지자 부후副后인 달해가 왕의 병을 간호한다면서 왕을 모시고 아예 변산卞山으로 들어가 버렸다. 이에 애후愛 后가 다시금 일성부군과 고정高井에서 해후하고 동거하게 되었다. 이때 부터 남군태자가 부군을 성부聖父라 부르면서 감히 정사에 간여하지 못했고, 조정의 대권이 온전히 일성부군에게 돌아갔다.

가을이 되니 다행히 대풍으로 창고마다 곡식이 가득 찼다. 대농대사 大農大師가 부군에게 아뢰어 대장大場(축제)을 행하기를 청했다. 이에 부군이 애후와 함께 대장 행사에 참석했는데, 백성들이 '신금新今 만세'를 외쳤다. 일성부군이 화들짝 놀라서 급히 이를 만류하며 말했다.

"나는 신금이 아니다. 어리석은 백성들을 혼란스럽게 하는 말을 시킨 자가 대체 누구더란 말이냐? 내 반드시 그자를 찾아내 벌하고 말 것이다!"

그러자 애후가 나서서 이를 만류했다.

"부군께서 나와 같이 잠을 자고 이처럼 함께 말을 타고 다니는데, 백성들이 신금이 아닌지를 어찌 알 도리가 있겠소?"

일성이 애후의 말에 수긍을 하고 사람을 색출하라는 명을 거두었다.

이에 백성들이 신금이 성덕이 있어 하늘이 많은 곡식을 내린 것이라며 칭송했다. 그날 대장 행사에서 풍년을 기리는 노래가 들판으로 이어졌고, 밤이 되자 십 리나 되는 횃불이 길을 밝히며 일성 내외를 호위했다. 이를 본 애후가 잔뜩 고무된 얼굴로 일성부군에게 말했다.

"이것이 하늘의 뜻인 게지요……. 지금 부군을 임금으로 세우지 않는다면, 대체 언제 가능하겠소?"

"태자가 강녕한데 어찌 내가 임금이 될 수 있겠소?"

일성이 이렇게 답하자, 이내 애후가 말을 가로막았다.

"내 아들은 곧 그대의 아들이지요. 부군을 임금으로 삼고 태자(남군)를 그대의 아들로 삼는다면 그 또한 좋은 일이 아니겠소?"

그리고는 급히 웅선 등을 불러 명을 내리길, 모든 관료들로 하여금 일성부군을 삼니금彡尼今으로 높여서 모시라고 했다. 얼마 후 애후가 삼니금과 더불어 조정대신들이 모두 모인 가운데 신정神井에서 임금의 제위에 오르는 대길大吉을 행하였다.

그런데 10월이 되자 삼니금이 스스로 천자가 되었다는 소식을 들은 지마왕이 화가 나서 모든 식사를 거부했다. 부후副后인 달해가 눈물을 흘리며 말했다.

"첩은 너무 불행합니다. 딸이기 때문에 병사를 일으켜 아버지(일성)를 토벌하고 부금夫今(지마왕)의 마음을 기쁘게 해드릴 수 없기 때문이지요, 흑흑!"

"……."

지마왕이 달해의 그 말에 아무런 말도 못 하더니, 함께 식사를 하고 마음을 풀었다고 한다. 조정에서는 아도阿道를 이벌찬으로, 남군태자를 정통태자로 정했다. 변산으로 물러난 지마왕은 마침내 달해와 길한 일

(혼인)을 행했고, 달해를 자신雌神성모로 삼았는데, 사람들이 변지ㅏ池성
모라고도 불렀다.

그해 애후가 삼니금과 6부를 순행하며, 가난한 백성들을 구휼하는
데 힘쓴 선문仙門(선사당)에 큰 상을 내렸다. 이듬해인 AD 140년 정월에
는 애후와 삼니금이 도산桃山에서 조회를 받았다. 3월이 되어 삼니금이
사당을 세워 부친인 박씨 윤공尹公을 모시게 하면서 윤공을 갈문왕으로,
모친인 이리생伊利生을 태성대모太聖大母로 받들게 했다.

이듬해 141년 7월경에도 삼금이 애후와 지방을 순행하면서 음즙벌에
이르렀는데 갑자기 긴급한 파발이 날아들었다.

"아뢰오, 남군태자께서 병으로 매우 위독하다는 소식이옵니다!"

이에 두 사람이 급히 도성으로 돌아와 보니, 태자가 향기로운 버섯을
먹고 한밤중에 갑자기 탈이 난 것이었다. 그런데도 태자비인 모가毛可가
나이가 어린 탓에 발만 구르다가 제때 조치를 취하지 못해 겨우 목숨만
붙어 있는 상태였다. 애후가 급히 들어와 남군태자를 끌어안고 어루만
지자, 태자가 '어머니'를 연달아 외치더니 이내 죽고 말았다. 20대 한창
의 나이에다 어질고 총명했던 탓에 모두들 태자의 죽음을 아까워했다.
남군의 뒤를 이어 좌옥左玉태자를 다시 정통태자로 삼았다.

공교롭게도 같은 해 5월경 변산에서 지내던 지마왕이 병이 들어 위
독해졌는데, 여름인 8월이 되자 끝내 세상을 뜨고 말았다. 왕을 모시던
달해가 지마왕을 따라 죽으려 했으나 사람들이 이를 만류했다. 지마왕
의 시신은 사릉蛇陵으로 모시고 와서 장사를 지냈다. 지마이사금은 용맹
하면서도 지적인 데다 선정을 베풀었으나, 나라를 다스리는 일에 전념
하는 대신 선도仙道와 풍류를 좋아한 나머지 일성부군에게 정치를 일임

했다.

방사方士에게 미혹되어 토목공사를 일으키고 여자들에게 지나치게 빠지곤 했는데, 갑자기 화를 잘 냈다고 했다. 애후愛后가 그런 지마왕에 대해 의구심을 갖고 두려워하다, 끝내 일성부군에게 의지하게 된 이유가 여기에 있었다. 무엇보다 과다흑치를 중용하다 내란을 자초했고, 통일 사로국에 커다란 충격을 가하게 한 것은 돌이킬 수 없는 실정이었다. 군주가 지나치게 특정인을 편애하거나, 자신의 권한을 함부로 이양했다가는 반드시 치명적인 화를 입게 된다는 교훈을 적나라하게 보여 준 사례였다.

10. 비리 서부여의 등장

AD 120년경 태조의 아우 수성遂成이 현토 일대를 공격해 온 도성태수 요광姚光을 〈문성汶城전투〉에서 물리치고, 이어 요동을 빼앗았다. 그런데 그해에 부여왕扶餘王이 보낸 사자 위구태尉仇台라는 인물이 후한의 도성 낙양에 모습을 나타냈다. 낙양의 궁궐에 들어간 그가 후한의 안제를 찾아 입조하고 조공을 바쳤다.

"부여왕의 사자 위구태가 大漢의 황제를 뵈옵니다!"

여기서 부여왕이란 위구태의 부친인 시始라는 인물이었다. 약 180년 전, 〈북부여〉가 고두막한 동명제의 죽음과 함께 소멸되자, 그 20년쯤 뒤에 추모대제가 나타나 그 자리에 고구려를 세웠다. 이때 비리국卑離國 왕

소노素奴는 고구려의 지배를 거부했는데, 그는 북부여의 적손嫡孫으로 알려진 인물이었다. 비리국 출신인 이들 북부여 황족의 일부가 이후 추모가 지배하는 고구려를 떠나 요서 지역으로 피했는데, 그곳에서 고구려에 저항하던 다른 세력들을 규합해 온 것이었다.

이들은 후한과 고구려를 피해 조선하(패수)의 상류 북서쪽으로 스며들었는데, 같은 선비의 나라인 자몽이나 현도의 서북쪽에 이웃한 셈이었다. 그러나 이후로도 세력을 크게 키우지 못한 채 수시로 이동하면서 연명하다 보니, 오랫동안 그 존재가 널리 알려지지 않았고 한동안 (비리)말갈末曷로 오인되기도 했다. 그 후 〈中마한〉이나 포구진한의 〈서나벌〉, 〈백제〉 등과 다투면서도 끝내 그 땅을 지키고 착실하게 세력을 키웠다. 그런 이들이 AD 49년 돌연 後漢의 낙양에 나타나 광무제에게 조공을 바쳐 온 것이었다. 그해 후한은 고구려의 4로군에게 태원을 포함한 요서 일대의 4개 성을 점령당하는 수모를 겪었던지라, 반反고구려 세력의 등장에 부여왕의 사신을 크게 반겼다.

"어서들 오라! 진정 그대들의 왕이 구려에 반발해 서북으로 떠난 부여의 왕손이란 말이냐? 그러니 그대들의 왕은 자나 깨나 구려에 대한 보복은 물론, 옛 강토를 되찾을 궁리만 하고 있겠구나? 이런 반가울 데가……. 그렇다면 앞으로 우리 漢과 더욱 돈독하게 지낼 필요가 있겠구나. 껄껄껄!"

광무제는 이들을 후하게 예우하고, 답례로 푸짐한 선물을 보내주었다. 이후로 부여왕이 매년 후한 조정에 사신을 보내 서로 왕래했다고 한다. 그런데 사실 이들 부여(비리) 세력의 재등장은 당시 이들과 경쟁하던 서나벌과 백제가 그 무렵에 끝내 한반도로 이주해 간 사건과 깊은 연관이 있어 보였다. 서나벌과 백제가 떠난 후 요동의 빈 강역을 차지하고자 숙적인 고구려와 다투는 대신, 후한의 힘을 빌리고자 외교전을 펼쳤던 것이다.

그런데 이렇듯 후한과 돈독한 관계를 유지해 오던 부여왕이 AD 111년경, 느닷없이 7, 8천의 보기병으로 이루어진 병력을 동원해, 후한의 〈낙랑군〉을 침공하는 사건이 벌어졌다. 이들이 이때 많은 낙랑군의 관리들과 백성들을 희생시킨 것은 물론, 크게 노략질을 하고 물러났는데, 놀랍게도 그 후 다시금 후한에 귀부했다고 한다. 이로 미루어 이들 부여(비리) 세력은 상황에 따라 후한에 귀부와 이탈을 반복하면서, 꾸준히 세력을 키운 것으로 보였다.

당시 부여왕 시始는 자신들의 몸값을 올리거나 후한에 대한 요구사항을 관철시키고자, 낙랑을 때리는 무력시위도 마다하지 않은 것으로 보였다. 그 무렵 요동에 대한 고구려의 공세에 후한이 쩔쩔매던 상황이었던 만큼, 후한이 부여의 요구를 수용했기에 이내 화친의 관계로 돌아갈 수 있었던 것이다. 부여왕 시始는 후한과의 밀고 당기기를 위해 전쟁도 불사할 만큼 과감하고, 노련한 지도자였던 것이다.

그 뒤 10년쯤 지나 〈문성전투〉에서 요광이 고구려에 처참하게 패하게 되자, 후한 조정이 먼저 부여왕에게 사신을 보내 반고구려 세력끼리의 연합을 요청한 것으로 보였다. 안제가 이때 시始의 뒤를 이은 위구태에게 인수印綬와 금채金綵를 내려 주었다는 사실이 이를 뒷받침하는 것이었다.

그러나 태조 10년째가 되던 이듬해 AD 121년 2월이 되자, 유주에 머물던 요광이 유주자사 풍환馮煥, 요동태수 채풍蔡風과 모의해 소위 요동 3태수의 연합을 성사시켰고, 이후 이들이 고구려에 대해 대대적인 공세를 펼쳤던 것이다. 접경 지역인 구리의 거수 후돌이 이들을 막아 내려다 중과부족으로 전사했고, 이에 화직禾直이 다시 출정해 〈용도甬道전투〉에서 후한군을 크게 물리쳤다.

뿐만 아니라 4월에는 태조가 직접 고구려 정예군을 이끌고 요동 정벌에 나섰는데, 〈신성新城전투〉에서 요동태수 채풍을 대파시키면서 결국 요동 3태수의 침공을 좌절시켰다. 그해 8월 후한이 사태 수습을 위해 신명선제의 빈소에 조문 사절을 보내오면서 화친을 청해 왔으니, 당시 후한이 막강한 고구려의 전투력에 얼마나 전전긍긍했는지를 알게 해 주는 사건이었다.

그렇게 후한 안제의 조문 사절이 다녀가고 여름이 지나자, 변경의 후한이 또다시 바쁘게 움직인다는 첩보가 고구려 조정으로 날아들었다. 그런 상황에서 2달 뒤인 10월에는 갑자기 태조가 모친인 동부여 출신 호화芦花태후를 모시고 부여 땅으로의 행차에 나섰다. 이때 추모대제의 생모 유화성모柳花聖母와 호태후의 부여 조상들을 모신 사당에 제를 올렸는데, 이는 부여의 백성들에게 태왕이 부여의 피를 이어받았음을 일깨워 주는 행위에 다름 아니었다. 행사를 마친 뒤에는 백성들 가운데 궁핍한 이들을 찾아서 재물을 나누어 주고, 어려운 이들을 위무했다고 한다.

이처럼 태조가 특별히 부여 지역을 찾아 전에 없는 행사를 벌이고 다닌 데는 그럴 만한 이유가 있었다. 당시 요동에서 북부여 왕가의 후손인 위구태尉仇台라는 인물이 나타나 후한과의 밀착을 시도한다는 기류가 감지되자, 반고구려 활동을 강화하던 부여 세력을 견제하기 위해 행차한 것이 틀림없었던 것이다. 고구려에서는 오래전부터 이들 부여 세력을 아예 〈비리卑離〉라 부르고 있었다.

그 무렵 숙신肅慎(쥬신, 조선)의 일부 세력이 양맥梁貊과 만주리滿洲里

의 북쪽 지역인 칠하滕河 땅에 터 잡고 있었는데, 태조를 찾아와 알현하면서 귀한 자색 여우가죽과 외뿔양인 백치白鷹 외에 백마白馬를 바쳐 왔다. 이름 그대로 고조선의 일파인 숙신은 주로 강이나 호수에서 물고기를 잡는 어업과 수렵을 생업으로 했는데, 축사를 따로 두지 않고 가축들과 한곳에 어울려 살 정도로 사람들이 순박하다고 했다.

그런 그들이 뱃길을 이용해 부여의 영역을 넘나들면서 성능 좋기로 이름난 활인 맥궁貊弓을 넘겨 파는 외에, 고구려의 정보를 수시로 누설시키다 보니 당시 고구려 조정에서 이들을 대거 체포해 가둔 모양이었다. 숙신이 공물을 바쳐 온 것은 한마디로 간첩 활동을 하다 구금되어 있던 숙신족들의 석방을 청원하기 위함이었던 것이다. 당시 부여 강역 주변에서 반고구려 전선을 확대하고 있던 부여 세력을 견제하느라, 고구려 조정이 꽤나 신경을 써야 했던 것이다. 이처럼 고구려와 古부여(비리) 위구태 세력의 첨예한 갈등은 결국 얼마 지나지 않아 양측의 대규모 충돌로 이어지고 말았다.

그해 11월, 태조가 부여 순행을 마치고 귀경했는데, 갑자기 아우인 수성을 불러 명을 내렸다.

"이제부터 자네를 대추가로 삼고 나라의 병권 일체를 넘길 것이니, 직분에 충실하길 바란다!"

아마도 부여 순행 길에 동행했던 호태후가 수성의 지위에 관해 특별한 지시나 당부를 한 모양이었다. 후한과의 전쟁이 빈발한 데다 태조의 출정이 잦다 보니, 호태후는 유사시를 대비해 자신의 또 다른 아들인 수성을 후계 구도에 올려놓으려 했던 것이다.

그런데 다음 달인 12월이 되니, 후한의 요광이 구려의 거수 도리都利라는 인물을 포섭하는 데 성공해, 그를 현토玄菟의 도위都尉로 삼는 일이 발생했다. 1년 전 요광의 등장으로 본격화된 〈문성전투〉에 이어, 그해 벽두부터 요동 3태수의 연합군을 상대로 한 〈용도전투〉에서 승리한 직후였으나, 고구려 조정은 또다시 대비책을 마련하느라 숨 돌릴 새도 없이 분주해지고 말았다.

"태왕폐하, 漢의 요광이 새삼스레 천서川西 지역에 현도부를 설치하려 한다는 첩보가 입수되었습니다. 이는 저들이 장차 우리 땅을 공략할 전초기지로 활용하기 위함이 분명한데, 그렇다면 선비족들이 많이 살고 우리 고구려에 대한 충성도가 떨어지는 비리卑離와 자몽紫蒙 일대가 그 목표가 될 가능성이 높아 보입니다. 이참에 차라리 우리가 漢나라 현도성을 과감하게 선제 타격할 필요가 있을 것입니다!"

"흐음, 일리가 있는 말이다……"

태조는 다시금 전쟁 준비에 만전을 다할 것을 명했다.

그 무렵 〈후한〉에서도 과연 천서 지역에 〈현도부玄菟部〉를 설치했는데, 현도玄菟태수 요광姚光이 그곳에 머물렀다. 이후 요광은 곧바로 위구태에게 은밀하게 사람을 보내 유사시 현도군과 함께 고구려를 협공하기로 밀약을 맺었다. 그리고 이런 움직임이 시시각각 고구려 조정으로 전달되면서, 양쪽 진영에서 일촉즉발의 전운이 감돌았다.

마침내 태조가 해가 가기 전에 선제공격으로 〈현토군〉을 되찾겠다며, 친히 병력을 이끌고 출정했다. 이때 당초 계획대로 주로 예맥과 개마의 군대가 동원되었고, 특별히 옛 中마한 지역에 있던 비리(부여)의 소국들까지 가세해 총 1만의 기병부대가 꾸려졌다. 당시 中마한 지역은 서나벌과 백제가 떠나고 나서 고구려가 상당 부분을 장악했는데, 이때 비리(부여)의 일부 세력이 고구려로 편입된 듯했다. 이윽고 태조대왕이 이끄는 1만여 기병대가 곧장 현토군으로 향했고, 이내 천서군에 당도해 전열을 정비했다.

"이번에야말로 반드시 요동태수 요광을 사로잡아 끝장내야 할 것이다. 전군은 불퇴전의 각오로 싸움에 임하라! 공격명령을 내리고, 진군하라!"

태조의 공격명령이 떨어지기 무섭게 고구려의 발 빠른 기마부대가 성을 향해 질풍처럼 내달렸다. 이내 격렬한 전투가 개시되었고, 고구려군의 막강한 기동력에 후한이 밀리는 형세였다. 그런데 이때 느닷없이 고구려군의 후미에서 부여 왕손 위구태가 무려 2만이 넘는 병력을 이끌고 나타났다. 원래 요광이 위구태와 빈번히 접촉한다는 정보는 있었으나, 위구태를 따르는 무리가 그 정도로 많을 줄은 예상치 못한 일이었다. 결국 태조가 이끄는 고구려군이 〈후한-위구태〉의 연합군에 중과부적으로 밀리면서, 점차 수세에 몰리고 말았다. 수하 장수들이 서둘러 태왕에게 후퇴를 권유하고 나섰다.

"태왕폐하, 더는 아니 되겠습니다! 오늘은 일단 후퇴하시고 다음을 도모하셔야 합니다, 폐하!"

"분하다! 현토성 함락을 눈앞에 두고 물러나야 하다니……. 위구태, 요광 이놈들! 두고 보자, 내 이 수모를 반드시 되갚고 말리라!"

〈천서川西전투〉에서 위구태 부여군의 배후 공격에 된서리를 맞은 태조가 분루를 삼키며 후퇴해야 했고, 초라한 패배자의 모습이 되어 도성으로 귀환했다. 태조황제 즉위 이래 친히 나섰던 원정에서의 첫 패배였고, 무엇보다 비리(부여)의 장졸들이 보는 앞에서 같은 비리 출신 위구태에 당한 굴욕이라 더욱 치욕스러웠다. 최근 1년 내내 후한과 격렬한 전쟁을 이어 온 고구려 조정인지라, 겉으로는 이내 깊고 무거운 침묵에 빠져든 듯했다. 그러나 실제로는 병부의 발걸음이 더욱 빨라지고 있었다. 날이 풀리는 대로 복수를 감행할 것이라는 태조황제의 엄명이 떨어져 있었기 때문이었다.

이듬해 AD 122년 2월이 되어 눈이 채 녹기도 전에, 마침내 태조황제가 재차 현도 공략을 위한 출정에 나섰다. 이번에는 구다勾茶와 개마국盖馬國에까지 전 병력에 대한 동원령이 떨어졌고, 여기에 옛 中마한 내 비리소국의 병력도 변함없이 가세했다. 이번에도 어김없이 태조대왕이 앞장서 친히 출정했는데, 출정에 앞서 장수들을 엄하게 격려하니 반드시 이겨야 한다는 부담으로 수하 장수들의 각오가 대단했다.

"지난겨울 천서전투에서는 위구태의 병력을 과소평가해 큰 낭패를 보았다. 그러나 우리 고구려에 두 번의 패배는 있을 수 없는 일이다. 겨울 내내 이번의 복수를 위해 다짐하고 준비해 온 만큼, 이번에야말로 현도태수 요광은 물론, 비리 반적 위구태의 목을 반드시 베어야 할 것이다!"

그런 만큼 이번 출정에 동원된 병력도 후한과 위구태가 이끄는 연합군을 압도하고 있었다. 무엇보다도 고구려의 내로라하는 장수들이 태왕을 수행하고 호위하니 군사들의 사기도 드높았다. 결국 고구려 연합군은 파죽지세로 몰려가 천서를 대대적으로 공략해 들어갔다. 한나절 싸움에 전세가 기울자 요광과 위구태가 흩어져 달아나기 시작했고, 고구려군이 이를 추격해 구려성까지 공격했다. 결국 천서川西와 구려勾麗가 고구려의 수중에 떨어졌고, 고구려를 그토록 괴롭히던 현도태수 요광은 고구려군에 쫓겨 달아나던 중 어처구니없게도 자기 부하의 손에 죽고 말았다.

위구태 또한 서쪽 멀리 달아나 서자몽西紫蒙으로 깊이 숨어들었다. 그가 시간이 지나서 다시금 자신의 세력을 재건해 〈서부여西扶余〉를 건국하고 스스로 왕이 되었다는데, 그때까지는 변방의 미미한 세력이다 보니 그 시기 등 자세한 내용은 알 수 없었다. 그러나 태조황제가 이때 위구태를 놓친 것은 이후 고구려에 씻을 수 없는 회한으로 남게 되었다. 후일 2백 년쯤 지나서 서부여의 후예들이 한반도로 진출해 〈(한성)백제

伯濟〉를 누르고 비로소 〈비리(부여)백제百濟〉를 다시 세웠던 것이다. 결과적으로 위구태는 그 시조가 된 셈이 되었고, 고구려는 다시금 백제와 사활을 걸고 길고 긴 투쟁의 역사를 이어 가야 했기 때문이었다.

4년간이나 격렬하게 지속된 후한과의 〈요동전쟁〉에서 고구려는 마침내 최후의 승리를 쟁취할 수 있었다. 현도를 정벌하고 개선하면서 구겨진 체면을 세운 태조황제는 그때서야 한시름 놓고는 조정에 명을 내렸다.

"전쟁에서 희생된 자들과 그 가족을 돌보게 하고, 전투에 참가한 장졸들에게는 전공을 가려 골고루 포상토록 하라!"

그런데 태조황제가 개선하자마자 태보였던 마락麻樂이 69세의 나이로 세상을 떠났다. 그는 개국공신인 마리麻離의 손자로, 그의 부친이자 비리왕이었던 의록義鹿이 대무신제의 딸인 도都공주에게 장가들어 낳은 아들이기도 했다. 마락은 용맹한 데다 전술에 능해 여러 차례 큰 공을 세웠고, 삼보三輔의 지위에 올라 정사를 잘 처리하니 사람들이 현명한 재상으로 인정했다.

태조는 송두지를 태보로, 을포乙布와 우혁羽弈을 각각 좌보와 우보로 삼고 기타 인사 조치를 단행했다. 이듬해에는 西河에서 대규모로 군대를 사열하고 변방의 군기를 점검했다. 가을에는 목도루穆度婁를 비류의 패자로, 고복장高福章을 환나 패자로, 상온尙溫을 엄표 패자로 삼았는데, 이들은 서로 간에 막역한 사이로 친하게 지내면서도 나라를 잘 다스렸다. 백성들이 이 세 사람을 〈3태성三台星〉이라 부르며 칭송했다.

그 후 세월이 흘러 태조 21년째인 AD 132년 정월, 태왕의 모후인 호화芦花태후가 춘추 84세로 세상을 떠났다. 대소의 외손녀이자 동부여 태사 왕문의 딸로 체격이 큰 데다 창과 칼을 잘 쓰고 상대를 겁주는 힘이 있어, 신명제를 따라 부여의 내란을 평정할 때 공을 세웠다. 태조의 즉위 초기에는 태보를 대신해 어려운 일들을 처결했는데, 정사를 처리함에 있어서도 큰 틀에서 일의 맥락을 놓치지 않은 여걸이었다. 죽음에 임박해서는 태왕을 설득해 동복아우인 수성遂成에게 태보의 일을 넘겨주게 하니, 이후 형제간의 우애도 깊어졌다. 이듬해가 되자 태조황제는 수성을 황태제皇太帝로 올려 정치적 위상을 크게 높여 주고, 동궁에서 일할 관료 78인을 따로 붙여 주었다.

고구려는 이제 너른 강역을 둔 동북의 대제국이 된 만큼, 곳곳에서 중앙정치에 반기를 드는 일도 수시로 일어났다. 호화태후가 서거했던 그해 봄에는 조나왕 심心이 반란을 일으켰다. 태조가 이내 명을 내렸다.

"관나 패자 달가達加와 東部 대사자大使者 목도루를 보내 심 일당을 토벌하게 하라!"

결국 두 패자가 출정한 끝에 심心을 체포해 관나부로 옮기게 했다. AD 134년에는 〈조나藻那〉의 남쪽에 있던 〈주나국朱那國〉이 반기를 들었는데, 혼인동맹을 맺은 이들끼리 조나를 되찾으려 한 것이었다. 여인들의 수가 적었던 주나국은 호수가 많아 호국湖國이라고도 불렸는데, 신명제 초기의 원정으로 고구려에 편입시켰던 두 나라가 반세기 만에 다시 일어선 것이었다.

태조가 〈환나桓那〉의 패자를 보내 이들을 정벌하게 하니, 주나 역시 이듬해에 항복하고 말았다. 아무래도 고구려의 위나암성에서 동북으로 멀리 떨어져 있다 보니, 수시로 일어나 봉기한 듯했다. 이때 주나의 남은 무리들을 환하桓河에 위치한 낙랑인樂浪人 부락으로 옮기고, 현지인들과 서로 혼인해 어울려 살게 했다. 그러나 이들은 3년 뒤에 다시 일어나 패구浿口를 공격했고, 결국 화직이 다시 출정해 끝내 이들을 평정할 수 있었다. 이로써 4년이나 끌었던 동북 〈조나〉와 〈주나〉 2국의 반란이 비로소 마무리되었다.

AD 139년 6월에는 서하태수 상잠向岑이 그 아우인 번蕃과 함께 맥貊의 기병들을 이끌고 영동도위부嶺東都尉府를 공격해 진귀한 보물들을 빼앗아 돌아왔다. 9월이 되자 영동태수 공손현公孫玄이 고구려에 대한 보복에 나서 개마蓋馬를 침략하고 노략질을 일삼았으나, 이내 고구려군에 패하고 돌아갔다.

태조 30년째인 AD 141년 4월, 후한의 대방帶方현령 장언張彦이 고구려의 둔유屯有를 공격했다. 이에 맞서 고구려에서는 도성菟城태수 을어乙魚가 출정해 漢軍을 격퇴하고, 장언을 잡아 그 목을 베었다. 〈요동전쟁〉이 끝난 지 20년 만에 다시금 후한과의 충돌이 재개된 것이었다.

후한 측에서도 장언의 죽음에 반발해 가만히 있질 않았다. 8월이 되자 다시금 낙랑태수 용준龍俊이 고구려의 서안평을 공격해 왔고, 고구려에서는 이에 대응하기 위해 이번에는 안평태수로 있던 상잠이 나서서 출정했다. 과거 AD 54년에 대무신제가 최리의 낙랑을 멸하고, 이듬해 〈요동十城〉을 쌓아 변경을 튼튼히 한 이래, 거의 백 년 만에 후한의 낙랑군과 벌인 전투였다. 결국 상잠이 이끄는 고구려군이 전투력에서 앞서 〈낙랑군〉을 무찌르고 〈서안평전투〉에서 승리했는데, 상잠은 여기서 멈추지 않았다.

"지난 4월 한의 대방군이 우리 둔유를 공격해 왔다. 이번에 다시금 낙랑군이 서안평을 연달아 공격해 온 것이니, 저들의 공세가 수그러들지 않을 기세다. 그러니 이참에 낙랑태수 용준을 끝까지 추격해 반드시 사로잡든지 아니면 제거해 버리든지 해서, 다시는 고구려 영토를 넘보지 못하도록 그 뿌리를 뽑아 버려야 할 것이다. 그러니 제장들 모두는 잠깐의 승리감에 도취되지 말고, 끝까지 긴장을 놓지 말아야 할 것이다!"

상잠은 병력을 이끌고 후한의 영내로 거침없이 진격해 들어가 신안新安과 거향居鄕까지 용준을 추격했다. 낙랑태수 용준이 남쪽 유주幽州 방면으로 달아나는 바람에 끝내 추격을 멈추었으나, 대신 그 처자를 볼모로 잡아 오고, 기타 수많은 병장기를 노획하여 개선했다.

원래 서안평과 둔유는 고구려가 점령하기 이전에는 각각 후한의 요동군과 낙랑군의 속현이었다. 그 무렵 고구려가 낙랑군과 싸웠다는 것은 후한의 현도군玄菟郡과 요동군遼東郡을 이미 와해시킨 데 이어, 낙랑군樂浪郡의 일부 즉 지금의 중국 하북성과 산서성의 일부까지 고구려의 영토로 편입시켰다는 의미였다.

마침 이 시기에 후한은 순제順帝(AD 125~144년)와 환제桓帝(AD 146~167년)의 교체기로 2년 사이에 3명의 황제가 사라지는 등 혼란기였다. 낙양의 조정이 극도로 어지러워지면서 후한은 동북의 변방에서 강대국 고구려와 전쟁을 치르던 지방정권들을 돌아볼 여지가 없었을 것이다. 덕분에 요동 지역에서 후한과의 충돌은 이내 잦아들고 말았다.

그런데 황태제 수성遂成과 그를 따르는 무리들은 이제 70대 후반의 상노인이 된 태조황제의 재위기간이 길어지자 조바심에 노심초사했다. 태조와 수성은 호화태후의 동복형제지만, 나이 차이가 많아 수성은 사실 자식뻘이나 다름없었다. 그렇더라도 수성 역시 이미 오십 대 중반에 접어들어 결코 적은 나이가 아니었다. 수성은 그 측근인 관나의 미유彌儒, 환나의 어질菸疾, 비류의 양신陽神 등과 어울리며 걸핏하면 질양質陽, 기구箕丘, 왜산倭山 등으로 사냥을 나가 며칠이 지나도록 돌아오지 않곤 했다. 하루는 그가 측근들에게 푸념을 털어놓았다.

"형황兄皇(태조)이 늙어도 죽지 않으시니 어찌해야 좋겠소? 내 나이도 기울어 가니 더는 기다리기가 몹시도 힘들구려……"

그러자 측근들이 흥분해 이구동성으로 호응하고 나섰다.

"당장이라도 태왕을 폐하고, 황태제를 내세우도록 합시다!"

그때 곁에서 이 광경을 보던 백고伯固가 한마디 했다.

"그 무슨 말씀들이시오? 엄연히 적자嫡子가 있거늘 하필 형제간에 전위라니요? 황태제는 태왕의 지친이며 백관의 수장이시니, 당연히 마음속이 충효로 가득해야겠지요. 화와 복은 들어오는 문이 따로 있는 것이 아니고, 오로지 사람들이 불러들일 뿐입니다……"

갑자기 찬물을 끼얹는 발언에 주위의 분위기가 험악해지기 직전이었다. 수성이 이를 수습하기 위해 손을 가로저으며 답하였다.

"허어, 다 같이 즐기며 노는 자리에서 놀지는 않고 왜들 그러시오? 자, 쓸데없는 말들일랑 이제 그만두고 즐거운 시간이나 보내십시다. 하하하!"

그즈음 이런 수성의 불만을 태조황제가 모를 리 없었다. 황태제가 된 이래로 이제 수성은 나라의 병권을 장악함은 물론, 군국의 정사를 위임받아 사실상 태왕을 능가하는 권력을 장악하고 있었던 것이다. 태조의 측근들은 진작부터 이를 염려해 수성을 견제해야 한다고 간했다. AD 146년 2월, 마침 달가達賈가 죽자, 태조는 이를 계기로 자신의 측근들인 목도루를 좌보로 고복장을 우보로 삼고, 뒤늦게 수성을 견제하려 들었다.

그러자 수성과 그 측근들의 불만이 고조되고, 조정에 팽팽한 긴장이 이어졌다. 급기야 여름이 되자 수성과 미유를 중심으로 하는 수성의 측근들이 사냥을 핑계로 왜산(예맥地)으로 모여들었다. 이때 다시금 태왕의 폐위 문제를 논의했는데, 그러자 누군가 의로운 신하가 나서서 말했다.

"황태제께서 효순하시어 태왕을 모신 지 이미 오래되었습니다. 이제와 나이가 드셨다 해서 변심한다면 이는 불충이 되는 것입니다. 청컨대 직분을 지키시어 조금만 더 기다리시지요……"

"뭐라구? 아니 저자가 지금 무슨 소릴 지껄이는 게요?"

"에잇, 저런 한심한 자를 내버려 두면 아니 됩니다. 내 당장 저자를 죽여 버리겠소!"

순식간에 분위기가 험악하게 돌변하더니, 수성의 수하들이 좌우에서 일어나 칼을 뽑아 들고 그를 죽이려 들었다. 갑자기 좌중이 소란스러워지자 수성이 이를 말리며 말했다.

"직간해 주는 것이 약이로다. 불가하다고 말하는 이가 한 사람도 없다면 그 또한 문제인 것이다……"

고루高婁 태자의 증손으로 우보의 자리에 있던 고복장高福章이 이런 분위기를 감지하고 전전긍긍했다. 태조의 정실황후는 고루의 손녀이자 고덕의 딸인 高황후였다. 그녀는 태조황제와 금슬이 좋아 맏이인 통구桶口태자를 비롯해, 만륵萬勒, 대덕大德, 막덕莫德 등의 여섯 왕자와 진眞, 원元 등 다섯의 공주를 남겼으나, 8년 전에 47세의 이른 나이에 죽고 없었다. 고황후의 조카인 고복장의 입장에서 그녀의 핏줄이 태왕의 자리를 이어받기를 바라는 것은 너무도 당연한 일이었다. 기회를 보던 고복장이 어느 날 작심하고 태왕에게 간하였다.

"폐하, 수성을 주살해 버리시옵소서!"

그러나 태왕이 고개를 내저으며 답했다.

"형제간에 서로를 죽이는 일은 있을 수 없다. 나는 할 만큼 했으니 이제 곧 선위할 것이다!"

그러자 고복장이 크게 놀라 정색을 하며 다시 아뢰었다.

"아니 되옵니다, 폐하! 수성은 어질지 못해 그에게 나라를 맡기는 것은 불가한 일입니다. 만일 그가 나라를 맡게 된다면 이는 곧 재앙을 잉태하는 것이나 다름없을 것입니다. 통촉해 주옵소서. 폐하!"

그러나 태조황제는 대답 대신 땅바닥을 향해 그저 힘없이 고개를 가로저을 뿐이었다.

그 무렵 오늘날 천진天津 일대의 〈후한〉 대방帶方이 다시 반란을 일으켰다. 을어가 출정해 대방태수 유호劉虎를 가차 없이 참살해 버리자, 나머지 대방사람들이 이를 두려워하던 끝에 항복해 왔다. 12월쯤 되어 사건이 마무리되자마자, 마침내 태조황제가 벼르던 중대사를 전격 발표했다.

"황태제인 수성에게 선위하겠노라!"

태왕의 춘추 79세, 재위기간 35년째의 일이었고, 태왕은 그 즉시 골천鷦川의 별궁으로 물러났다.

사실 따지고 보면, 태조황제 역시 나이가 들어 40대 중반이 되어서야 부친인 신명제의 선위로 즉위할 수 있었다. 즉위 초기에도 上皇의 명에 의해 모친인 호화태후가 태보의 자리에서 주요 정사를 처리하기도 했다. 그러나 본시 태자 시절부터 용맹하여 요동을 치는 데 큰 공을 세웠고, 이후 후한과의 치열하고도 끈질긴 싸움에서 요동과 요서 지방을 지켜 내고 튼튼히 하는 데 성공했다.

무엇보다 고구려와 국경을 맞대고 있던 후한의 동북 변방 3태수들의 도전이 이때 유독 심했는데, 특히 현도태수 요광과 서부여 위구태의 연합군을 몰아내고 〈요동전쟁〉에서 최종적으로 승리한 것은 커다란 치적이었다. 부친인 신명선제에게 물려받은 고구려의 최대 강역을 유지, 확장함으로써 그 역시 정복군주라 불리기에 충분했다. 문제는 태조황제가 선위 이후 아우인 수성에게 철저하게 무시당하며, 구차한 유폐 생활을 이어 갔다는 점이었다. 그 기간이 무려 19년이나 되었으니, 말년에

닥친 태조의 시련과 불운이 이만저만한 게 아니었던 것이다.

AD 146년 12월, 태조황제의 동복아우인 황태제 수성이 난궁鸞宮에서 고구려 8대 태왕에 즉위하니 차대제次大帝였다. 신명선제와 호화태후의 아들로 55세의 나이였으며, 사실상 맏형인 태조황제를 위협해 물러나게 한 것이나 다름없었다. 그는 특별히 오방선후五方仙后를 두었는데, 상후尙后를 중궁황후로, 우羽공주를 좌궁황후로, 송기松奇의 딸 황룡黃龍을 우궁황후에, 기타 흘紇씨와 양陽씨를 황후로 삼고, 철 따라 이들 5황후의 궁을 옮겨 다니며 머물렀다.

차대제는 미유를 좌보에, 어질을 우보에 삼는 등 자신의 오랜 측근들로 조정을 채웠다. 그리고는 상황인 태조의 측근들을 차례대로 관직에서 물러나게 했다. 상황은 사실상 유폐된 상태나 다름없이 지내야 했으므로, 선위를 했음에도 그때까지 옥새를 내어주지 않는 고집을 부렸다. 옥새야말로 상황과 그 최측근들을 보호하는 마지막 보루라 여겼기 때문이었다. 이로 인해 이제 상황으로부터 옥새를 받아내는 일이 조정의 가장 커다란 숙제가 되었다.

그 무렵 상황이 아끼던 신하 중에 백면白面이라는 자가 있었다. 그는 상황 재위 시에 《삼대경》을 그림으로 그린 다섯 권의 책을 바쳐 우보에 올랐고, 역대 황제의 옥새와 옥채찍(옥손잡이)의 그림을 모은 《인새옥편도》 등을 바친 후 좌보로 승차하기도 했다. 그가 골천궁에서 옥새를 새기면서 상황에게 조심스레 권고의 말을 아뢰었다.

"권력은 내어 주고 옥새를 주지 않으신다면, 그저 세상을 화평하게 만들지 못할 뿐이니, 옥새를 내주고 그들을 안심시키는 것만 못할 것입니다……"

"……."

상황이 백면의 말에 느낀 바가 있었는지, 곧 그리하겠노라고 답했다. 얼마 지나지 않아 상후尚后가 상황을 찾아 옥새를 내어달라 설득한 끝에, 골천궁에서 겨우 어보御宝를 받아 낼 수 있었다. 차대제 6년째인 AD 151년의 일이었고, 그 공으로 백면이 좌보에, 상후의 형제인 상곡尚谷이 우보에 올랐다.

그런데 그해 여름이 되자 상후의 부친인 상온尚溫이 72세로 세상을 떠났는데, 기이하게도 그다음 날에는 우보 상곡이 46세의 나이로 갑자기 죽고 말았다. 두 사람은 모두 상후로 인해 누구보다 빨리 높은 자리에 오르고, 재상이 될 수 있었다. 그런저런 까닭으로 사람들이 상씨 가문의 우환을 내심 비웃는 분위기였다. 차대제가 이런 민심을 수습하고자 목도루를 태보로 삼으려 했으나, 뜻밖에도 그는 병을 핑계로 사직을 하고는 이후 출사조차 하지 않았다. 하는 수 없이 고복장을 우보로 삼았는데, 그해 12월 그믐날 목도루가 79세의 나이로 석연치 않은 죽음을 맞이하고 말았다.

다시 이듬해 정월이 되자 차대제가 측근인 미유를 태보로, 어질을 좌보에, 상잠尚岑을 우보에, 상번尚蕃을 중외대부로 삼았다. 상씨 가문 사람들은 여전히 중용되고 있었다. 얼마 후 어질이 차대제에게 참소를 했다.

"태왕폐하, 폐하의 즉위를 반대했던 사람들을 조정에서 제거해야 할 것입니다. 고복장은 상황에게 옥새를 내주지 말 것을 권했으니, 제일 먼저 그자부터 죽여 없애 조정의 기강부터 바로잡으셔야 합니다!"

결국 억울하게 탄핵을 당하고 사형에 처해지게 된 복장이 죽기에 앞서 차대제를 원망하며 꾸짖었다.

"원통하다. 지금 그대가 대위大位에 올라 마땅히 정교政教를 새롭게 하는 데 힘써야 하거늘 불의하게도 오히려 충신을 죽이려 드니, 내가 무도

한 시대에 사느니 속히 죽는 것만 못할 것이다."

그리하여 고루의 손자인 고복장이 형장의 이슬로 사라졌다. 약삭빠른 어질이 그 틈을 타 고복장의 처를 취하려 들었는데, 얼마 못 가 복장의 처첩과 자식들이 뿔뿔이 흩어지고, 그 많던 高씨네 재산까지 흔적도 없이 사라져 버렸다. 고구려 황실 가문의 쇠락을 목격한 사람들이 이를 불쌍히 여겼다. 이듬해 복장의 가노 중 의로운 이가 길에서 어질의 행차에 달려들어 어질에게 칼질을 해댔으나, 성공하지 못한 채 오히려 죽임을 당하고 말았다.

차대제 10년인 AD 155년에 접어들자 차대제와 그 측근들은 이제 태조의 핏줄들까지 손보기 시작했다. 우선 태조의 장남인 만륵萬勒을 반란의 음모를 씌워 죽여 없앴다. 그러자 그 아우인 막덕莫德은 지레 겁을 먹고 피해 도망을 다니다가 힘에 겨웠는지 들판에서 목매어 자살하고 말았다. 백성들이 이를 슬피 여겼으나, 上皇인 태조는 아무것도 모른 채 지내야만 했다.

이후 세월이 흘러 차대제 17년인 AD 162년경, 북부대사자大使者로 나가 있던 상번이 조정으로 들어와 좌보를 맡고, 백고가 그 대신 북부대사자가 되어 나갔다. 상번은 3년 전에 우보 자리를 양신에게 내주고, 북부로 나가 다스린 끝에 인심을 수습하고 선정을 베풀어 백성들의 칭송이 자자했다. 그 무렵엔 차대제의 측근들이었던 어질과 미유가 서로 권력을 다투는 미묘한 상황이었다. 어질이 백성들의 신망이 두터운 상번을 태보로 삼아 인심에 부응하고자 했으나, 미유가 자리를 내놓지 않는 바람에 어질이 자신의 자리만 내놓는 형국이 되고 말았다. 사람들은 어질이 미유를 함정에 빠뜨리려다가 오히려 자신이 빠지게 되었다고 조롱했다.

그런데 차대제는 사실 용맹한 성격에 사냥을 즐겨 하고 전쟁 경험이 풍부할 정도로 무인의 기질을 지닌 군주였다. 일찍이 요광 등 후한의 동북 변방 3태수들이 연합해 고구려를 공략해 왔을 때도 화직, 을어를 대동하고 〈용도전투〉에서의 매복작전으로 이들을 패퇴시켰다. 그 일로 드높은 명성을 얻게 되고 강성한 무인들이 많이 따르게 되면서, 쉬이 군권을 장악하게 되었던 것이다. 그러나 술과 여인을 좋아하고 다소 포악스러운 구석이 있는 데다 그 성격만큼이나 대범해, 스무 살도 훨씬 더 차이가 나는 맏형인 태조황제를 끌어내리고 선위를 받아 낸 것이었다.

그러한 차대제였기에 중원의 대국인 〈후한〉을 방치해 둘 리가 없었다. 그 무렵 차대제가 대신들에게 전쟁 준비를 명하면서 조정을 강하게 압박했다.

"중원의 漢나라를 그냥 두어서는 아니 될 것이다. 조만간 한을 정복하려 하니, 경들은 모두 전쟁 준비에 만전을 기하기 바란다!"

그러나 언제나처럼 전쟁이란 많은 물자와 병력을 동원해야 하므로 백성들과 공경들로서는 조세부담과 병역의 의무가 가중되는 고통스러운 일이었다. 차대제가 그런 일에 아랑곳하지 않고 과도한 세금을 거둬들이니, 결국 여기저기서 차대제의 명령에 반발하는 세력들이 하나둘씩 늘기 시작했다.

그런데, 상온의 딸인 천화天花부인은 상후尙后가 되기 전에 재사(신명제)의 여인이었다. 이후 궁 안으로 들어와 신명제의 아들인 백고伯固를 낳았고, 신명제 사후에는 신명제의 명으로 태조의 후궁이 되어 백고를 길렀으니, 백고는 태조황제의 별자別子인 셈이었다. 그러다 수성(차대제)이 황태제에 오를 무렵, 태조가 상후를 다시 수성의 妃로 주었고, 결국 차대제의 즉위와 함께 황후가 되는 복잡한 삶을 살게 되었다.

한편 북부대사자로 나간 백고는 영특한 데다, 심성이 어질고 너그러워 당초 차대제가 그를 자신의 아들로 삼았었다. 그런데 이제 와서는 남몰래 사람을 보내 백고를 해치려 들었다.

"백고는 태상황(신명제)의 아들이니, 반드시 제거해야 할 대상이다."

그리고는 백고의 처인 수례守禮를 강제로 거두고, 궁인으로 만들어 버리는 포악한 짓을 저질렀다. 황당한 소식을 접한 백고는 그 화가 자신에게도 미칠 것을 두려워한 나머지 맥부貊部에 사자使者로 가는 길에 돌아오지 않고, 아예 산곡山谷으로 숨어 버렸다.

AD 163년경, 백고의 생모인 상후尙后는 급박하게 돌아가는 상황에 극도로 긴장한 채로 위기를 극복하고자 고심하고 있었다. 마침 그때 그녀의 심복인 마정麻靖이 맥부貊部의 사자使者가 되자, 상후가 마정에게 사람을 보내 아들인 백고를 보호하라고 밀명을 내렸다. 또한 미리 손을 써서 심복인 명림답부明臨答夫를 연나椽那의 조의皂衣로 삼게 했다. 한편 백고가 맥부에서 돌아오지 않는다는 보고를 접한 차대제는 상후를 의심하면서 물어보았다.

"솔직히 말해 보시오, 백고는 누구의 자식인 게요?"

그러자 위험을 감지한 상후가 거짓으로 대답을 했다.

"선제(태조)의 자식입니다……"

이 말을 들은 차대왕이 크게 화를 내며 다그쳤다.

"지금 무슨 말을 하는 게요? 백고가 태어날 때 당신은 태상황(신명선제)의 총애를 받은 후궁인데, 백고가 어찌 선제의 자식이란 말이오?"

그리고는 그 후부터 상후를 멀리했다. 그뿐 아니라 급하게 수하들을 시켜 백방으로 백고를 찾아 나서게 했다. 이듬해 백고의 처 수례가 차대제의 딸을 낳자 차대제는 매우 기뻐하며 그 딸을 존양尊昜공주에 봉했다. 수례에게는 장원과 노비를 더해 주고, 이후 부쩍 빈번하게 수례를 찾았다. 상후를 찾는 일은 거의 없어 그녀의 궁에는 찬바람만 불었다.

차대제 20년째 되던 AD 165년 정월, 상황(태조)이 병이 들어 상후가 오랜만에 찾아가 위로했더니, 상황이 말했다.

"나는 모후가 남기신 명에 따라 형제간에 옥좌를 전위하고, 당신을 동생에게 양보했소. 그런데 당신마저 수성에게 빠져서 짐의 아들을 죽이고 백고도 내쫓았소……"

그 말을 들은 상후가 슬피 울면서 아뢰었다.

"흑흑, 상황폐하! 그것은 제 뜻이 아니었사옵니다……"

그러나 상황은 어지간히도 서운했던지 더더욱 무서운 말까지 했다.

"내가 죽어서도 당신을 지켜볼 것이오!"

그러자 상후가 울음을 멈추고는 상황의 얼굴을 똑바로 바라보며, 비장한 목소리로 답했다.

"제가 곧 수성을 죽여서 폐하의 은혜에 보답하면 되겠습니까?"

"……"

그 일이 있은 후 두 달쯤 지나 상황인 태조가 생을 마감했다. 동생인 차대제에게 선위한 후 무려 20년간이나 유폐되어 말년을 보내야 했던 치욕스러운 삶이었다. 춘추 98세의 나이로 드물게 장수한 편이었고, 유언에 따라 골천궁을 능陵으로 고쳐 모셨다. 그런데 상후는 선도仙道의 수행자들로부터 고구려 최고의 선사仙師 가문으로 추앙받는 상씨尙氏 문중 출신이었다.

상황의 상을 치르고 나자 홀가분해진 차대제는 상후가 상황의 죽음을 재촉한 것으로 짐작하고, 미안한 마음에 다시금 상후를 찾기 시작했다. 그러나 상후의 생각은 전혀 달라, 이제 때가 되었다고 판단하고는 은밀하게 연나 조의 명림답부明臨答夫에게 연통을 넣었다. 조의는 사자使者의 명령을 전달하거나 집행하는 하급 관리로 고구려 10등급 관등 중 9등급에 해당되며, 항상 검은 옷을 입고 다닌다 해서 조의라는 별칭으로 불렸다.

'포악한 수성이 틀림없이 백고를 찾아 죽이고, 우리 상씨 문중을 통째로 제거하려 들 것이다. 그렇다면 결코 이대로 앉아서 당할 수만은 없는 일이 아닌가……'

상후는 죽을 각오를 하고 이 상황에 대처하기로 작심했다.

어느 날 상후尙后는 차대제가 좋아하는 소의 갈비살에 독초인 미나리아재비 씨앗을 넣어 경단(간실표란葰實臕卵)을 만들었다. 그리고는 손수 음식을 들고 차대제를 찾아가 먹기를 권했다.

"폐하, 소첩이 폐하께서 즐겨 드시는 표란(소갈빗살 경단)을 만들어 왔습니다. 한번 자서 보시지요!"

오랜만에 찾아온 상후의 정성을 생각해서 차대제가 경단 몇 개를 입 안에 넣었다. 그러자마자 곧바로 눈알이 붉게 충혈된 채로 인상을 쓰더니, 목을 틀어쥐고는 상후를 노려보며 소리 질렀다.

"네, 이녀언! 지금 내게 무슨 짓을 한 게야……. 커억, 커억!"

그리고는 옆에 둔 미륵창을 집어 들고 상후를 해치려 달려들었다. 차대제의 입에서는 검붉은 핏물이 솟구쳐 올랐으나, 차대제가 워낙 강골이라 독이 든 음식을 먹고도 바로 죽지 않았다. 상후가 두려움에 자신의 입을 손으로 막은 채 뒷걸음치며 서둘러 자리를 피하려 했다. 그때였다. 명림답부가 나타나 장막으로 들어가 차대제에게 수차례 칼질을 하고는, 재차 태왕의 목을 졸라 살해하고 말았다. 눈앞에서 벌어진 살풍경한 광경에 크게 놀란 상후였지만, 이내 정신을 차리고 가까이서 이를 목격한 몇몇 궁인들을 불러 모아 엄하게 단속했다.

"잘 듣거라! 태왕은 그 포악무도함 때문에 처결된 것이다. 이 사실이 절대 밖으로 새 나가서는 아니 될 것이다!"

그리고는 은밀하게 어질殺疾을 불러들였는데, 그 무렵 그는 조정 내에서의 권력다툼에 밀리고 차대제의 눈 밖에 나면서 절치부심하던 중이었다. 상후로부터 비상한 이야기를 듣게 된 그는 갑작스레 뒤바뀐 상황이 반가운 데다, 자신을 불러준 상후가 오히려 고맙기만 했다. 상후가 말했다.

"잘 들으세요! 사태를 은밀하고도 빠르게 수습하는 것이 중요합니다. 발상은 뒤로 미룰 것이니, 절대 비밀로 해야 합니다. 아울러 지금 당장 수성의 명령 하나에 죽고 사는 심복들의 이름이 필요합니다. 그러니 그 명단을 작성해 주시고, 신속하고 은밀하게 그들을 잡아들이도록 하세요!"

결국 어질과 상후가 서로 논의한 끝에 차대제의 심복 대신들과 그 수하들에 대한 살생부를 작성했다. 미유와 양신 등의 이름이 그 맨 앞에 올랐고, 어질은 이렇게 작성된 살생부를 근거로 열흘에 걸쳐 차대제의 심복들 수십 명을 신속하게 체포했다. 상후가 곧바로 이들 모두를 단호하게 척살해 버리자, 모두들 그녀의 냉정함에 벌벌 떨었다.

그리고는 아들인 백고를 궁으로 불러들여 태왕의 자리에 오르게 했다. 이때 상후가 어질과 함께 나서서 차대제의 죄악을 열거하고, 신명선제가 남긴 조서를 들어 그를 폐위시킨다고 선언했다.

"신명선황께서는 악행을 뒷바라지하지 말라 하셨소! 그런 이유로 수성을 폐위시키는 것이오!"

이후 일사천리로 신명선제와 상후의 아들 백고가 창수궁滄水宮에서 고구려의 9대 태왕에 즉위하니, 바로 신대제新大帝였다.

사실 차대제는 용맹한 임금이라 후한과의 싸움에서 공을 세운 전쟁 영웅이었다. 장형인 태조를 향해 단호하지 못하다며 늘 불만을 늘어놓을 정도였고, 그래서 무인들 중심이던 강경파들의 지지에 힘입어 일찍부터 군권을 장악했다. 결국에는 고령인 태조를 압박해 선위를 받아내긴 했으나, 이는 민심을 고려해 역모의 모양새를 피해 간 것일 뿐이었다. 그러다 보니 상황은 물론 그의 자식들과 심지어 그 측근들까지도 일거에 처리하지 못하고, 질질 끄는 양상이 오래도록 지속되었다. 상황은 상황대로 유폐된 상태에서 수년간 옥새를 내주지 않고 저항했다.

　결국 옥새를 확보하게 된 이후부터 본격적으로 정적의 제거에 들어갔으나, 서서히 민심이 이반되는 결과만을 초래했을 뿐이었다. 이토록 조정이 안정되지 못한 상황에서 後漢 정복이라는 오랜 야욕을 버리지 못하고 뒤늦게 전쟁 준비에 뛰어들다 보니, 백성들의 고통이 가중되고 민심이 더욱 급격하게 멀어져 갔다. 그런 와중에 시간이 갈수록 주변 사람들을 의심하면서 점차 포악한 성정을 드러내고, 특히 상후와 백고를 핍박하다가 반격의 빌미를 내주고 만 것이 패착이 되고 말았다.

　정당하지 못한 절차로 정권을 잡은 자가 모든 것을 다 인정받기는 애당초 불가능한 일이었을 것이다. 차대제는 그토록 단호한 성격이면서도 일거에 정적을 제거하지 못하고 시간을 끌다 보니, 불안한 정국이 지속되는 결과만을 초래했다. 그러니 내정에 매달릴 수밖에 없었고, 결국 자신의 원대한 꿈을 제대로 펼쳐 보지도 못했다. 끝내는 자신의 妃한테 죽임을 당하고, 고구려 역사에서 유일하게 폐주廢主로 낙인찍히는 오욕마저 떠안게 되었다. 그러나 차대제의 몰락은 전쟁에 반대하던 온건 귀족 세력들이 태왕을 비롯한 강경파를 축출한 사건이라는 성격이 강해 보였다. 그 중심에 자신의 가문과 자식을 지켜 내려던 상후尙后라는 강고한 여인이 있었던 것이다.

11. 일성왕과 지진내례

일성이 부군에 올라 지마왕을 대신해 나라를 다스리던 136년 5월경, 오랜만에 금성의 궁으로 낭보가 날아들었다.

"아뢰오, 북로장군 마택이 낙랑의 철기병 3천 명을 거느리고 북쪽 변방을 확장하는 데 성공했다는 소식이옵니다!"

이는 당시 사로군이 오늘날 함경도 지역인 비열홀比列忽(안변)까지 진격해, 나라의 북쪽 국경선을 넓힌 것이라 주목되는 사건이었다. 여기서 낙랑이란 요동의 낙랑이 아니라, 고구려의 지배를 피해 동쪽의 압록강 또는 두만강 일대에 머물다가 다시 남쪽으로 내려와 사로(舊서나벌)에 귀부했던 일부 〈동옥저〉의 후예들을 지칭한 것이었다. 창영이 바로 낙랑 출신의 대표적인 인물이었다.

사로와 말갈이 주로 대령(강원강릉)을 사이에 놓고 남북으로 다투었으나, 이때 마택馬宅이 이끄는 강력한 3천의 철기부대가 변경을 치고 들어가 말갈(동예)인들을 북쪽으로 내몰았던 것이다. 그간 사로 측보다는 북쪽의 말갈이 수시로 변경을 내려와 약탈을 일삼았기에, 갑작스러운 사로 철기부대의 기습공격에 말갈이 속수무책으로 당한 것으로 보였다. 일성부군이 크게 기뻐한 나머지 길선吉宣을 보내 마택의 작위를 올려 주고, 그 공로를 위로하게 했을 정도였다. 그해 가을이 되자 이벌찬인 유지나兪知那가 일성부군에게 간했다.

"지금 북로는 서로보다 심히 중요한데, 산으로 막혀 길이 좋질 않습니다. 이에 북로 장사將士들이 힘들어하고 고달파하니, 이제부터는 북로와 서로의 장사를 한 몸으로 대우할 필요가 있을 것입니다."

당시 동북방 변경이 크게 넓혀지면서 사로 조정에서도 북쪽 말갈에 대해 부쩍 신경을 쓰고 있었다. 따라서 산악지대가 많은 험지에서 북로군 장병들이 고생이 많다 보니, 서로군과 같은 수준으로 대우해 사기를 높여 줄 필요가 있다는 말이었다. 북로군 중에는 필시 낙랑(동옥저)이나 말갈(동예, 고구려) 등에서 귀부해 오거나 포로였던 자들이 상당수 뒤섞여 있어, 차별이 있을 수 있었던 것이다. 부군이 이벌찬의 말을 따랐다.

마침 12월이 되니, 말갈末曷의 12추장이 사신을 보내와 각종 수피獸皮(짐승가죽)를 바치고, 칭신과 함께 사로 조정과 내부內附(내응)하기를 청했다. 이들은 마택의 비열홀 원정 시 사로군에 복속당한 지역의 추장들로 보였는데, 일성부군의 포용적 북방정책이 그 효과를 드러내기 시작한 것이었다. 일성부군이 이를 허락하고, 말갈의 사신들에게 옷과 술을 내린 다음 돌려보냈다.

그런데 그즈음 한 가지 매우 흥미로운 일이 있었다. 사로에서는 그때까지 북방에서 널리 사용하던 온돌을 사용하지 않았는데, 이 시기에 비로소 대궐 정중井中 안에 구들장인 화토火土를 설치했다는 것이었다. 말갈인들이 오늘날의 길림이나 흑룡성, 멀리는 극동의 연해주 근처까지 진출하다 보니, 그곳 사람들이 한겨울의 혹한에 견디기 위해 방바닥에 온돌을 놓는 난방기술이 있음을 알게 된 것이었다. 마택의 비열홀 원정으로 새로운 북방의 온돌문화가 반도 남쪽의 사로까지 전해지게 되었던 것이다.

그 후로 2년쯤 지난 139년경, 사로 조정에 다급한 급보가 전해졌다.

"속보요! 말갈추장 대포大布라는 자가 그간 우리 측에 우호적이던 12추장을 격파하고, 변경을 내려와 장령까지 습격해 왔다고 합니다!"

"무엇이라, 말갈이 장령까지 위협하고 있다고? 어찌 이런 일이……"

사로국의 북진 정책에 복수를 벼르던 말갈이 마침내 반격을 가해 오면서, 말갈과의 전쟁이 재개된 것이었다. 마침 그 전년도에 〈과다흑치의 난〉으로 사로국 전체가 커다란 내란에 휩싸이고 말았으니, 상황이 수습되기도 전에 사로를 공격해 온 것이 틀림없었다. 기회를 노리던 대포가 우선 비열홀 아래 말갈의 옛 영역을 되찾은 것은 물론, 오히려 여세를 몰아 변경을 넘어 강원 중부의 내륙까지 공격해 왔다.

당시 내란으로 나라 전체가 여전히 어수선한 상황에서 지마왕의 권위가 추락하면서, 일성부군이 대권을 온전하게 장악하게 되었고 삼니금의 지위에 있었다. 그런 터에 갑작스러운 말갈군의 기습에 사로군이 비열홀은 물론, 오히려 나라의 북부 깊숙이까지 내주고 말았다. 끝내는 이때 장령長嶺(강원인제 추정)을 넘어온 말갈 병사들이 주민들을 심하게 약탈하고 돌아갔다. 뒤늦게 소식을 들은 북로장군 대선大宣이 말갈을 추격해 변경 바깥으로 패퇴시켰다고 했지만, 잔뜩 노략질에 성공한 말갈군이 유유히 퇴각한 것으로 보였다. 그런데 말갈의 침공이 그것으로 끝난 것이 아니었다.

다시 가을이 되자 말갈의 침공이 재개되었는데, 이번에는 우령牛嶺(강원춘천)으로 침입해 들어왔다. 말갈의 기습을 예상하지 못했던 통로通路장군 보개宝介가 이를 막지 못해 위급한 지경에 처하고 말았다. 그때 무시무시한 천둥이 치면서 멀쩡하던 하늘이 궂은 날씨로 돌변했다.

"우르릉, 콰쾅!"

크게 놀란 말갈 병사들이 神이 내려온 것이라 여기며 물러나다니, 서둘러 퇴각하고 말았다. 삼니금이 보고를 받고는 보개 등을 시켜 말갈에 대한 특단의 조치를 강구했다.

"말갈은 결코 여기서 싸움을 그치지 않을 것이다. 우선 장령에 목책을 세우고, 말갈의 도적질에 단단히 대비토록 하라!"

말갈의 속성상 끈질기게 변방을 괴롭힐 것으로 판단한 삼니금은, 단순히 성을 지키는 것만으로는 한계가 있다고 여겨 추가로 적극적인 대처를 주문했다.

"장차 말갈을 이대로 두어선 안 될 것이다. 이참에 말갈을 대대적으로 공략해 다시는 일어서지 못하도록 철저하게 손을 보아야 할 것이다. 북로군과 서로군은 진공에 대비해 훈련을 더욱 강화하고, 세작을 보내 이후 말갈의 동정을 각별히 살피도록 하라!"

일성부군이 통치 초기에 펼쳤던 북진정책이 성공하면서 안팎으로 크게 호평을 받았으나, 그 후로 지마왕과의 갈등 속에 흑치의 난이 일어나면서 오히려 북쪽 변방까지 약탈을 당하는 지경으로 상황이 반전되고 말았다. 이제 대권을 잡았다고는 하지만, 이미 크게 체면을 구긴 삼니금의 속내는 말갈에 대한 복수심으로 타오르고 있었다. 이듬해 가을이 되자, 삼니금이 오래 기다려 왔다는 듯이 마침내 추상같은 명령을 내렸다.

"북로장군 우노雨盧와 서로장군 대선大宣은 이 길로 즉시 군대를 이끌고 출정해, 말갈을 공격하도록 하라!"

결국 심원深原 일원에서 사로와 말갈 양측의 군대가 맞붙어 대규모 전투를 치렀다. 그 결과, 일찍부터 전쟁을 준비한 사로군이 말갈을 대파하는 데 성공했다. 〈심원전투〉에서 심각한 타격을 받은 말갈은 이후로는 한동안 감히 사로를 공격할 엄두를 내지 못했다. 이로써 〈장령전투〉에서의 패배를 되갚는 데 성공한 것은 물론, 삼니금의 체면도 다시 살릴 수 있었다.

그러나 이듬해 변산에 나가 있던 지마왕이 5월부터 병으로 누워 있더니, 8월이 되자 끝내 세상을 뜨고 말았다. 그 직전에 남군태자마저 독버섯을 먹고 사망한 뒤라 한동안 왕실의 슬픔이 조정 전체를 무겁게 누르고 있었다. 그러나 지마왕의 죽음으로 마침내 사로국에 두 분의 임금이 공존하던 비정상적인 시기가 끝나고, 삼니금 일성逸聖의 시대가 본격적으로 열리게 되었다. 얼마 후 삼니금이 애후와 함께 7대 이사금의 즉위식을 재차 행했는데, 매우 성대한 규모로 치러졌다. 비로소 나라의 연호를 고치고, 이때 대사면을 단행했다. 일성이사금의 즉위 소식이 이웃 나라에 알려지자, 소문국召文國과 백제, 가야 등에서 축하 사절을 보내오고 공물을 바쳐 왔다.

그 와중에 남군태자의 뒤를 이어 지마왕의 아들인 좌옥左玉태자가 정통에 올라 있었다. 그런데 사로국 왕실이 지마왕의 국상에 이은 일성왕의 즉위 등으로 어수선한 틈을 타, 어이없게도 좌옥이 궐 안 여인들의 거처인 내정內庭에 난입해 음탕한 짓을 저지르는 사건이 터지고 말았다. 정통에 오른 지 얼마 되지 않았기에 궁궐을 관리하는 전중랑殿中郎 팽식彭息이 이를 보고 말렸으나 태자가 듣지 않았다. 나중에 소문을 들은 애후가 크게 걱정하며 좌옥을 불러 나무랐다.

"태자는 장차 임금에 오를 사람이거늘 학문에 힘쓰지 않고 어찌하여 그리 주색을 탐하고 가볍게 행동하는 것이냐? 이제부터 더욱 자중하고 소광小光태자에게 일러놓을 테니 학문을 배우고 면학에 힘쓰도록 하라!"

그러나 이 소문이 이미 조정안에 널리 퍼지는 바람에 조용히 마무리되지 않았다. 결국 정통태자를 그의 쌍둥이 아우인 우옥右玉태자로 교체하게 되었는데, 태자의 자리에서 쫓겨난 좌옥은 나중에 백계사의 사주祠主로 보냈다.

다시 해가 바뀌어 이듬해 142년 2월이 되자, 말갈 내부에서 친사로파와 반사로파 간에 대립이 심해지더니, 급기야 말갈 7개 부락에서 난이 일어나고 말았다. 사로국의 이간책이 효험을 본 것이었다. 장군 보개 등이 말갈을 배반하고 귀부한 말갈 장수들을 거두고 돌아와 간하였다.

"말갈을 쳐서 옥저沃沮(낙랑)로 통합시킴이 가할 줄 아옵니다!"

그러나 각간 웅선은 실익이 없는 전쟁이라며 반대하고 나섰다.

"말갈은 본시 한곳에 머물지 않는 족속이라 고구리처럼 큰 나라조차도 오히려 그들을 등한시하고 있습니다. 하물며 우리 같은 소국에서 나라를 텅 비운 채 말갈 정벌에만 전념할 수 있겠습니까? 더구나 백제와 倭가 늘 틈을 노리는 마당이라 원정이 불가한 이유의 하나입니다. 또 소위 말갈이란 족속 중에는 부여(동예)와 낙랑인(동옥저)들이 많이 섞여 있어, 자칫 고구리와의 화평을 깨뜨릴 수도 있다는 것이 불가한 두 번째 이유입니다."

이처럼 말갈원정 문제를 놓고 의논이 분분하자 일성왕이 나서서 사안을 정리했다.

"각간의 말대로 당장 원정을 나가기에는 무리가 있다. 그렇더라도 보개장군의 생각 또한 언젠가는 반드시 이뤄 내야 할 사안임이 틀림없다. 그러니 웅선雄宣과 유지나兪知那는 말갈인의 주거지역과 이동경로를 잘 탐색하도록 조치하라. 아울러 이 방책을 장원지계長遠之計로 삼아 장차 실행될 원정에 대비해 준비를 철저히 하도록 하라!"

그리하여 일단은 말갈원정을 유보하기로 했다. 그 후 5월에 되자 일성왕이 낙랑과 아슬라, 장령의 3태수에게 사람을 보내 옷과 술, 미녀까지 내려 주면서 위로하게 했는데 이때 3태수의 직무 실태를 잘 살피도록 했다. 그런데 이후로 2달이 지나 7월이 되자, 세상이 깜짝 놀랄 만한 사건이 벌어지고 말았다. 웅선이 은밀하게 지시를 내려 장령태수로 있던 보개宝介를 체포하게 했던 것이다. 보개가 구체적으로 무슨 죄를 지었는지 알려지지 않았는데, 대신 유지나로 하여금 장령태수 겸 옥저의 군무를 감독하게 했다.

처음 일성왕이 부군이 되었을 때 마택의 비열홀 원정으로 북진정책을 펼치면서 말갈과의 전쟁이 시작되었다. 그러나 이후로 7년이 지나도록 전쟁이 심화되면서 사로국의 재정도 고갈이 되고, 병력을 조달하기도 쉽지 않았을 것이다. 전쟁을 수행한다는 것은 통치자 입장에서 그만큼 어렵고 부담이 따르는 일이었던 것이다. 노련한 일성왕이 이쯤 해서 최측근인 웅선을 시켜 강경파를 제거하면서, 비로소 말갈과의 전쟁을 마무리하려 했음이 틀림없었다. 그 와중에 순진한 보개 등이 희생되고 말았으니, 전제군주 시대의 정치가 바로 그런 것이었다.

그 무렵 6월이 되자 경도京都(금성)의 모든 여인들이 동쪽으로 흐르는 물에서 유두流頭를 행하기 바빴다. 여인들이 개울이나 강물에 머리를 감는 유두란, 과거 흑치를 따르던 계도鷄徒의 무리에서 생겨난 풍속으로 그가 이렇게 가르쳤다고 한다.

"부녀자들 가운데 스스로 깨끗하다 생각되지 않는 여인들은 6월 15일에 동쪽으로 흐르는 물에 머리를 감도록 해라. 그리하면 모든 몸과 마음이 깨끗해질 수 있을 것이다."

그런데 〈흑치의 난〉으로 난리가 난 이후에 그 많던 흑치의 비첩과 딸 중에서 흑치의 말에 따라 유두를 실행한 사람은 모두 다시 귀함을 얻었고, 유두를 행하지 않은 이들은 유배를 가거나 몰락했다고 한다. 이후 경도의 여인들이 해마다 6월이면 액을 헹군다며 유두를 행하는 풍습이 성행했는데, 나라에서도 이를 막을 수가 없었다.

그러던 중에 8월이 되자, 마제馬帝의 딸이었던 성모聖母 애후愛后가 나이가 들어 도산桃山에서 죽음을 맞이했다. 일성왕이 이를 크게 비통해했다.

"애후의 보살핌이 없었다면 오늘날의 내가 어찌 임금이 될 수 있었겠느냐? 내 기필코 애후를 따라가는 것이 마땅한 일이로다!"

일성왕이 애후를 따라 죽으려 했으나, 석추昔鄒 등이 간하여 이를 막았다. 애후는 지마왕에 이어 일성왕 두 분의 임금을 모시고, 당대 사로국의 정치를 쥐락펴락한 여걸이었다. 특히 〈흑치의 난〉을 평정하는 데 결정적인 공을 세워 사로의 왕통을 유지하는 데 기여했으나, 정작 그녀의 자손이 임금에 오르지는 못했다.

일성왕이 정성을 다해 애후를 지마왕의 무덤에 장사 지냈는데, 이때 애후의 시신을 분골分骨 처리하라고 명하면서 향후에도 이를 관례로 삼도록 했다. 당시는 왕후나 비빈들이 복수의 임금을 모시는 일이 허다했으므로, 그 유골 일부를 자신이 모신 임금의 무덤에 나누어 모시도록 하라는 뜻이었다.

이듬해 143년 정월이 되니 일성왕이 지진내례只珍內禮를 정궁황후로 삼았는데, 그다음 달부터 고정高井과 대정大井 두 곳의 궁실을 대대적으로 수리하라 일렀다. 이 무렵 왕이 대규모 토목공사에 부쩍 공을 들이고 사치를 더했는데, 주로 여인들의 요청을 받아 주면서 시작된 것들이었다. 그래도 궁 안에 바른말 하는 신하들이 있어서 대서大書 등이 울면서 이를 자제할 것을 간했으나, 일성왕이 푸념을 늘어놓으며 듣지 않았다.

"내가 이미 늙고 기운도 쇠하여 아무런 즐거움도 모르거늘, 무얼 탐한다고 그리도 타박하는 게냐?"

그런 와중에 그 무렵 조정에서 정통태자 문제를 놓고 다시금 시비가 불거졌다. 얼마 전 지마왕의 아들인 남군태자가 독버섯을 먹고 죽는 바람에, 남군의 동생인 좌옥태자를 정통으로 삼았다. 그런데 그가 주색을 밝힌다 하여 그의 쌍둥이 아우인 우옥태자로 바꾸었는데, 그 역시 음란하다 하여 뒷말이 많았다. 진작부터 지마왕의 핏줄보다는 일성왕의 핏줄로 왕위를 이어 가야 한다는 조짐이 일고 있었던 것이다.

생전의 애후가 마지못해 일성왕과의 사이에서 자신이 낳은 삼공三公태자를 어린 나이에 불구하고 정통태자로 교체했다. 그러나 그 뒤 애후마저 사망하고 나니 삼공태자가 지나치게 어리다며 다시금 태자를 교체해야 된다는 목소리가 높아졌다. 이듬해 144년, 상상上相(이벌찬) 대선과 병관이찬 문량文良이 왕에게 고했다.

"나라의 성쇠는 정통(태자)을 어찌 삼느냐에 달려 있습니다. 지금 삼공태자는 게으른 데다 약하고 병이 많은 것이 탈입니다. 이에 반해 아달라阿達羅태자는 영웅호걸이라 정통으로 그만한 인물이 없을 것입니다."

이는 곧 선금先今(지마)과 애후가 사망해 죽고 없는 마당에 굳이 그들의 핏줄보다는 지금의 일성왕과 지진왕후(지진내례)의 핏줄로 정통태자를 삼아야 한다는 뜻이었다. 곁에서 듣고 있던 지진只珍왕후가 겸손하게 사양하며 말했다.

"신첩의 아들이 비록 훌륭하다고는 하나, 어찌 감히 애후의 아들을 대신할 수 있겠습니까? 구태여 삼공이 어리고 약하다면 다시 우옥태자로 되돌릴 수도 있지 않겠습니까?"

그러자 그 말을 듣고 있던 일성왕이 화를 내듯 말했다.

"아니 된다! 우옥은 내 자식이 아니거늘(지마 아들) 어찌 나를 대신할 수 있겠느냐? 천명이 나에게 내려진 이상 이제 내 자식이 아니면 불가하다!"

단호한 일성왕의 말에 지진왕후가 놀라는 척하며, 이번에는 왕의 또 다른 아들 한국汗國태자를 언급하며 떠보았다. 그러자 왕이 또 화를 내며 그 어미가 천해 아니 된다고 잘라 말했다. 지진왕후가 난감한 표정을 지으며 대체 어찌하면 좋겠느냐고 되묻자 왕이 대선에게 별도의 답을 내렸다.

"그대들이 한 말은 나 또한 깊이 생각한 바다. 그러니 지금은 일단 물러들 가고, 上仙 등과 논의해서 정한 다음에 다시 와서 그 결정을 고하도록 하라!"

　지진내례가 일성왕과의 사이에서 낳은 아달라는 사실상 일성왕의 장자長子로 그 무렵 한창의 나이인 23세였다. 7척에 달하는 큰 키에 코가 유달리 오똑하고 훤한 얼굴을 했으나, 다소 기이한 서역인의 모습이었다고 한다. 총명하고 지혜로워 늘 정통의 후보로 지목되었다. 지진내례가 은밀하게 아달라의 숙부인 내공內公을 시켜 상선 등에게 후한 뇌물을 주도록 했다. 그 결과 아달라태자가 마침내 정통태자에 오르게 되었고, 무려 5차례나 뒤바뀌었던 정통태자 문제가 이로써 마무리되었다.

　그때 지마왕과 애후의 딸인 내례內禮공주를 정통태자비로 삼게 해 선금(지마)과 그 왕후를 배려하는 모양새를 취했다. 뒤를 봐줄 모후(애후)가 죽고 없는 삼공태자는 열네 살 어린 나이였음에도 색을 밝힌다는 이유로 밀려나게 되었다. 아달라가 정통태자에 오르는 데 공을 세운 내공內公은 일성왕과 지후只后의 딸인 파몰하巴沒刑공주를 처로 삼게 되었다.

　그 무렵에 〈금관가야〉의 거등왕居登王이 사신을 보내 토산물을 바쳐왔다. 김수로왕 이후로 금관의 왕력을 알 길이 없었는데, 거등왕 이후로 비로소 금관가야의 왕력이 제대로 전해지게 되었다. 1세기 이후 정견모주의 아들인 청예 계열이 금관을 다스려 오다가 이 시기에 비로소 안정화 단계로 접어든 것으로 보이는데, 자세한 것은 알 수 없었다.

　그해 겨울 아달라태자가 형산兄山(경북포항)으로 사냥을 나갔다. 그때 커다란 멧돼지를 만나 일행과 함께 말을 타고 뒤쫓았는데, 정작 그 멧돼지를 잡은 사람은 다른 이였다. 우연히도 아달라의 동복同腹아우인 벌휴伐休도 같은 곳에서 같은 멧돼지를 발견하고 추격해 온 끝에, 형보다 한발 먼저 활을 쏘았던 것이다. 아달라를 포함해 사냥을 나온 일행 모두가 아직 소년에 불과한 벌휴가 능히 활을 쏘아 멧돼지를 잡은 사실에 놀라워했다.

"이렇게 큰 놈을 벌휴가 잡다니 놀랍지 않으냐? 내 아우가 어린 줄만 알았더니 벌써 장정이 다 되었구나. 하하하!"

아달라가 기분 좋게 웃으며 어린 벌휴에 대한 칭찬을 아끼지 않았는데, 사실 벌휴는 모후인 지후只后가 각간 석추昔鄒와의 사이에서 낳은 아들로 삼공과 같은 나이였다.

그런데 그해 7월이 되자 백제伯濟에서 사신을 보내와 사로국 공주와의 청혼을 요청해 왔다. 그 무렵 백제에서는 개루왕이 붕하여 그의 배다른 동생인 구지仇知(백고伯古)가 어라하에 올라 있었는데, 왕후인 사씨沙氏가 죽어 그 자리가 비어 있었던 것이다. 이에 일성왕이 근종近宗의 딸인 물씨勿氏를 백제로 보내 주었다. 물씨는 지마왕의 딸인 밀화密華가 낳은 딸로, 길선의 동모 여동생이기도 했다. 따라서 왕이 길선에게 명해 백제 도성까지 물씨를 따라가 혼사를 주재하라고 했다. 그러자 대신들이 이를 막고 나섰다.

"길선의 나이가 이제 삼십 대 초반이라 국혼을 주재하기에는 지나치게 젊습니다. 자칫 국격을 손상시킬 수도 있으니, 혼례의 예법과 학문이 출중한 다른 사람을 천거함이 옳을 것입니다!"

결국 일성왕이 학문이 뛰어난 소광태자로 하여금 혼사를 주재하도록 다시 명령을 고쳐 내렸다. 밀화부인은 그 용모와 얼굴색이 빼어나기로 나라 안에서 유명했는데, 물씨는 그런 모친을 더욱 능가하는 절색이었다고 한다. 백제의 구지왕이 물씨를 크게 반겼고, 이에 사신으로 간 소광을 후대해 돌려보냈다.

이듬해 2월이 되자 일성왕이 백성들에게 조서를 내렸다.

"농사는 정치의 근본이요, 먹는 것은 백성들에게 하늘처럼 귀한 것이다. 모든 州와 郡에서는 제방을 수리하고 밭과 들을 개간해 농토를 넓히도록 하라!"

이에 따라 제방을 수리해 논밭에 물을 대게 했고, 그렇게 스스로 땅을 개간해 밭으로 만든 백성들에게는 상을 내렸다. 나무를 심어 숲을 만들게 했고, 얕은 해안가 바닷길에 작은 돌담을 쌓아 썰물 때 한쪽으로 고기를 가두고 미리 통발을 놓아 고기를 쉽게 잡는 독살 놓는 기술, 또 바닷물을 끓여 소금을 만드는 기술, 소금에 물고기를 절여 포로 만드는 기술 등을 두루 보급시켰다. 왕은 또 아달라태자에게 명해 전국의 군현을 돌면서, 백성들의 질병과 고통을 살피게 했다. 가을이 되니, 〈백제〉 구지왕이 물씨를 보내 준 데 대한 답례로 일성왕에게 백마 12필과 청작 靑雀(밀화부리) 1쌍을 보내왔다.

일성 6년인 AD 146년이 되자 사로국에 모반사건이 일어났는데 오랜만의 일이었다. 압독押督태수 전하田夏가 덕공德公태자의 딸에게 장가들어 아들을 낳은 연유로, 스스로 정통임을 내세웠다. 이어 죽은 혹치를 추종하던 계도鷄徒무리들을 선동해 반란을 모의한 것이었는데, 경로장군 팽식彭息이 출병해 이를 토벌했다. 이후로 이제 칠십이 다 된 일성왕이 늙고 병들어 정치에 지쳤는지, 三母를 거느리고 휴양차 도산桃山으로 들어갔다.

그 후에도 툭하면 정치를 태자나 지후, 각간 석추에게 맡기는 일이 부쩍 많아졌다. 지뭄왕후는 특히 성품이 꼼꼼해 나랏일을 곧잘 보살핀 데 반해, 오히려 석추가 유순해 주로 지후의 뜻에 따랐다. 이듬해 147년에는 일성왕이 아예 태자와 각간 석추에게 임금의 일을 대신할 것을 명했다. 그러나 이듬해가 되자 홍개洪介가 왕에게 친히 정사를 돌봐야 한다고 권하여, 일성왕이 다시 정사를 챙기는 듯했다. 그 무렵 왕이 주로 홍개를 총애하다 보니, 실상은 그녀가 정사를 주무르는 모양새가 펼쳐진 것이었다.

그런데 그 당시 골문이 문약해지면서 장수의 자질을 가진 자가 부족하다는 애기가 나돌았다. 평소 일성왕도 그런 생각을 갖고 있던 터라 결국 명을 내렸다.

"각간 이하 아찬에 이르기까지 조정 대신들 모두는 들으라. 이제부터 지혜와 용기를 갖추고 장수의 직책을 견디어낼 수 있는 자라면, 골문에 관계없이 각자 한 사람씩을 추천하도록 하라!"

그렇게 추천을 받은 자들을 모아 재능을 시험하는 과정을 반드시 거치게 한 다음, 장수로 발탁하도록 했다. 이후 8월 한가위 축제인 대가배大嘉俳를 행하는 날, 왕과 두 왕후인 지후, 홍후(홍개)가 직접 북천군장北川軍場에 나가 장수 후보자들을 친견하면서 각자의 재질을 시험했다. 그 결과 최종적으로 욱보郁甫, 벌휴伐休, 난문暖文 3사람과, 골품이 없던 작지昨志 등 8명을 선발해 모두에게 병관의 직을 내렸다. 그다음 순위에 오른 20명에게는 그 소속을 병관에 두게 하고, 장차 적절하게 중용하도록 조치했다. 그렇게 군주가 직접 나서서 인재발굴에 힘쓰니, 나라 전체에 무예를 장려하는 분위기가 조성되기 시작했다.

그러던 AD 151년, 일성왕의 충신인 각간 웅선雄宣이 75세 고령의 나이로 죽었다. 그는 왕과 같은 운제雲帝 성모의 외손으로 같은 나이의 종형제지간이었다. 처음부터 끝까지 일성왕을 변함없이 섬긴 데다, 부군副君에 오를 때는 물론, 〈흑치의 난〉을 진압할 때도 그 역할이 지대해, 왕이 항상 자신의 반쪽처럼 여겼다. 웅선 또한 승급을 거듭해 벼슬이 나랏일을 총괄하는 각간角干에까지 이르렀다. 주색을 멀리하는 대신, 평생

곽탕藿湯(쥐눈이콩탕)을 즐겨 먹었는데, 능히 큰 활을 당길 수 있을 정도로 힘이 좋았고, 아침마다 말을 타고 성을 돌 정도로 건강관리에 철저했다. 죽음에 임해서도 왕에 대한 조언을 잊지 않았다.

"부디 색을 멀리하시고, 사치를 금하며 이웃 나라와 화친을 잃지 않도록 하옵소서!"

당시 태평한 날이 오래 지속되다 보니, 귀족들 간에 사치가 크게 유행함에 따라 불만을 가진 자들이 점차 늘어났기 때문이다. 웅선이 자신의 후임으로 대선大宣을 천거했기에 그를 각간으로 삼고, 군부의 수장으로 국정을 총괄하는 오군두五軍頭의 위치에 있게 했다.

그런데 그 무렵 한석汗昔태자의 딸인 한개汗介는 신사神事에 능통해 비를 부를 정도였고, 자색이 뛰어나 그녀를 추종하는 무리들이 女主로 받들고 도도낭都都娘이라 불렀다. 홍후(홍개洪介)가 나이가 들면서 살이 찌고 왕의 총애가 줄어드는 것을 두려워하던 터에, 일성왕 또한 고령으로 병치레가 잦아져 가뜩이나 색을 경계하는 바람에 더욱 멀어지게 되었다. 홍개가 슬그머니 한개를 끌어들여 왕을 미혹시키고 스스로는 거기에 묻어가고자 했다. 결국 왕이 한개를 품게 되었고 그녀를 권처로 삼았다.

그해 겨울, 한개가 아달라태자를 신당으로 유인했는데, 아달라 역시 색을 좋아해 이를 마다하지 않고 서로 통하는 일이 벌어졌다. 아달라의 아우인 병관 벌휴가 이들을 말리고자 사실을 고하겠다고 하자, 한개가 이번에는 벌휴마저 유혹하려 들었다. 벌휴가 이를 거부하니 한개가 앙심을 품고 벌휴를 왕에게 참소했으나, 일성왕이 이를 받아들이지 않고 주저했다.

"석추가 병중인데 그 아들인 벌휴를 벌한다는 것은 지나치게 가혹한 일이 아니겠느냐?"

그러자 한개가 감히 왕을 저주했다.

"신첩을 사랑하지 않으시니, 틀림없이 신벌神罰이 내려질 것입니다!"

늙은 왕이 난감해하다가 마지못해 벌휴를 도성 밖 가까이 문천蚊川으로 유배를 보내라고 명했다. 속이 깊었던 벌휴는 그 지경에 이르러서도 형인 아달라태자에게 화가 미칠까 봐 한개의 음란한 일을 끝내 함구했다. 유배를 가기 직전 벌휴가 중병에 걸린 부친 석추昔鄒에게 눈물로 이별을 고했는데, 애석하게도 얼마 못 가 석추가 그만 죽고 말았다. 소식을 들은 왕이 즉시 벌휴를 유배에서 풀어주라 명한 다음, 석추를 양정릉 文壤井陵門에 장사 지내고 그 아들 벌휴를 양정세주世主로 삼게 했다. 탈해의 혈통인 석추는 마치 부인과 같이 온화한 성품으로 왕이 어려서부터 같은 곳에서 침식을 할 정도로 좋아해, 생전의 지마왕이 일성왕을 보고 이렇게 놀려 댈 정도였다.

"너는 나의 처고, 석추는 곧 너의 처다!"

이에 일성왕이 생전의 석추를 부군副君으로 삼으려 했으나, 웅선이 적극 나서서 이를 말렸다.

"그것은 아니 되옵니다. 자칫하면 박씨 왕통이 끝나고 석씨 왕조가 일어설 수 있는 문제니, 부디 재고해 주시기 바랍니다."

그 바람에 결국 일성왕이 뜻을 접어야 했다. 왕이 그런 석추를 임금의 예로 장사 지내길 바랐으나, 이때도 대신들이 반대해 결국 뜻대로 하지 못했다. 그나마 이듬해가 되어서야 왕명으로 벌휴를 호성護城장군으로 삼으면서, 석추의 신령을 위로할 수 있었다.

이후 2년쯤 지난 153년경, 길선이 일성왕에게 청을 하나 넣었다.

"소신의 딸아이를 부여왕에게 보내고자 하오니, 허락해 주옵소서!"

일찍이 백제 구지왕에게 시집보낸 그의 여동생 물씨勿氏가 서른이 넘은 데다 자식을 많이 낳아 기력을 잃었다는 것이었다. 이에 물씨를 대신해 자신의 딸인 전씨田氏를 구지왕의 새 잉첩으로 보내려는 것이었다. 일성왕이 이를 허락했는데, 다행히 구지왕이 전씨를 보고 크게 기뻐하며 받아들였다.

그때 전田씨와 그녀를 따라간 모친 팽전彭田이 백제의 도성 영내로 들어가 구궁龜宮에 머물렀다. 전씨의 자색이 물씨를 능가하다 보니 왕이 깊이 매료되어, 그녀의 부친인 길선에게는 좌평佐平의 벼슬을 내리고, 팽전을 국부인國夫人으로 삼았을 뿐 아니라, 장원과 노비를 내려 주고 왕자의 예우로 대했다. 이제 길선은 백제 구지왕의 처남이자 장인이 된 셈이었는데, 그때 전씨의 나이는 겨우 15세였다.

그런데 이듬해인 154년 2월, 일성왕이 마침내 월궁月宮에서 78세의 춘추로 서거하였다. 지후只后가 아달라태자에게 상서로운 즉위식을 거행하라 명했다. 왕을 사릉문 애례愛禮왕후의 오른쪽에 장사 지냈는데, 놀랍게도 이때 지진내례왕후가 불구덩이 속으로 뛰어들어 따라 죽었다. 그에 앞서 먼저 스스로를 찌르고 나서 가차 없이 불 속으로 몸을 던지니, 끝내 그 절개를 막을 수 없었다. 신금新今이 된 아달라왕이 서럽게 울뿐, 어쩌지 못했다. 사릉문에 지진왕후를 선금(일성왕)과 함께 장사 지내고, 두 분을 기리고자 '일성니금묘'라는 사당을 세웠다.

일성왕이 젊어서는 여색을 밝히지 않고 오로지 지마왕에게 충성하고 마음을 다스려 귀하게 되었으나, 나중에는 그러질 못했다. 신체가 크고 워낙 튼튼해 나이 70이 넘어서도 기력을 유지한 채, 하루에 한 말의 쌀과 한 근의 고기를 먹을 정도라 스스로 백 세까지 오래 살 것이라 했다. 그러나 왕의 치세 말년에 태평시대가 지속된 때문이었는지, 스스로를 통제하지 못하고 神女 출신 한개에게 빠진 것이 건강을 해친 화근이었다고 했다.

지마왕의 총애 속에 부군이 되었음에도 끝내는 지마왕과 갈등했으나, 〈흑치의 난〉을 평정하는 데 공을 세우면서 결국 대권을 잡게 되었다. 백성과 관리들을 두루 사랑했고, 나라를 다스림에 있어서도 부지런했다. 말갈(동예)을 쳐서 북쪽 변방을 넓히는 동시에, 남쪽으로 가야 등의 이웃 나라와 四海에 위엄을 더한 왕이었다. 다만, 부군이 되어 실권을 행사하던 134년부터 왕력을 시작한 것으로 기록되기도 했으나, 실제로는 지마왕이 붕했던 141년경부터 왕위에 오른 것이 틀림없었다. 그런 전례 때문이었는지 이후로 〈부군副君〉이라는 제도가 사로국 특유의 전통으로 오래도록 자리 잡게 되었다.

12. 좌원대첩

　　요동의 고구려에서 차대제의 뒤를 이은 이는 신명선제와 상후尙后의 아들 백고伯固였다. 이분이 AD 165년, 45세의 나이로 창수궁涷水宮에서 고구려의 9대 태왕에 오른 신대제新大帝였다. 차대제가 포악하게 굴자 맥부貊部에 사자로 나간 김에 아예 산곡에 숨어 있다가, 모친인 상태후(상온의 딸 천화天花)의 거사로 태왕에 올랐다. 우보인 어질菸疾(어지류)이 옥새를 바치며 아뢰었다.

　　"선제(차대제)께서 불행하게 세상을 등지셨지만, 아들이 있음에도 불초하여 하늘과 사람들의 뜻이 폐하께 돌아왔습니다. 바라건대 억조창생을 위해 제위에 오르소서!"

　　이에 백고가 부복해 세 번을 사양한 다음에 비로소 새보璽寶를 받아 단위에 오르니, 백관과 만민이 만세를 불렀다.

　　신대제는 목도루穆度婁의 딸 수레를 황후로 삼고, 태보에는 송기松奇를, 좌보에 어질을, 우보에 상경尙庚을 삼았다. 거사에 가장 혁혁한 공이 있는 명림답부明臨答夫는 엄표淹淲의 패자沛者(특별시장 격)로 삼고, 신대제의 딸을 처로 주어 사위로 삼았다.

　　이듬해 166년, 신대제는 차대제가 옥에 가둔 사람들을 대대적으로 방면하고, 아울러 차대제의 피붙이들까지 풀어주었다. 차대제의 아들 추안鄒安이 태왕을 찾아와 죄를 청하자, 오히려 태왕이 위로의 말을 했다.

　　"숙부는 어질지 못해서 죄 없는 사람들을 함부로 죽였기에 하늘과 사람들이 노한 것이다. 그러나 너는 죄가 없으니 쓸데없이 도망 다니거나 숨어 다니지 마라!"

그리고는 구산뢰狗山瀨와 두루곡豆婁谷 두 곳을 식읍으로 내리고 양국 군讓國君에 봉해 주어, 황실의 체통을 지키며 살게 했다. 신대제는 이때 명림답부에게 군권을 총괄하게 하는 동시에 양맥국梁貊國의 모든 정사를 맡아 보게 하면서 거듭 힘을 실어주었다. 그때까지 고구려 황실은 태조황제가 즉위하면서 계루부桂婁部 출신이 정권을 장악하고 있었다. 명림답부는 비주류인 연나부涓那部(절노부絶奴夫) 출신으로 조의라는 하위 관직에 있던 자였다. 신대제의 즉위를 계기로 차대제의 측근들이 대대적으로 척살되었는데, 이때 관나부貫那部와 환나부桓那部 출신들도 대거 권력의 중심에서 멀어지게 되었다. 대신 연나부는 이후 왕비를 연달아 배출하면서 신흥 왕비족으로서의 입지를 다지게 되었다.

신대제가 이때 명림답부를 사위로 삼은 것도 모자랐는지 보외태대가輔外太大加라는 특별 관직까지 부여했다. 태대가는 삼보三輔 외에 그에 맞먹는 직위를 새로이 마련해 준 것으로, 답부의 지위가 순식간에 삼보와 어깨를 나란히 하는 수준에까지 오르게 된 것이었다. 이와 같은 태왕의 절대적인 지지 아래 조정의 실질적 권한이 모두 답부에게 쏠리게 되었으니, 고구려의 〈국상國相〉 제도가 사실상 이때부터 시작된 셈이라고 했다. 신대제는 그해 9월 홀본에 가서 조상의 사당에 제를 지내고 돌아왔다.

그 무렵 중원의 〈후한〉(東漢)은 11대 환제桓帝(AD 146~167년)가 다스리고 있었다. 안제(AD 106~125년)로부터 시작되어 순제順帝, 충제沖帝, 질제質帝에 이어 환제에 이르기까지 나이 어린 황제를 등에 업은 외척과 환관의 발호가 이어지면서, 당시 낙양의 정치는 그야말로 참담하기 그지없는 상황이었다. 특히 그즈음엔 강직한 유학 명사들이 환관 세력들로부터 반격을 당해 대거 관직에서 쫓겨났던 1차 〈당고黨錮의 화禍〉가 일어난 직후라 더욱 어수선했다. 그 결과 후한의 조정은 변방을 돌아볼 여력이 전혀 없었다.

이때를 틈타 동북의 요동 일대가 다시금 출렁거리기 시작했다. 먼저 서부여西扶餘왕 구태가 2만여 명의 병력으로 〈후한〉의 현도군을 공격하고, 대규모로 노략질을 해 댔다. 이에 후한 유주幽州의 관료로 있던 공손역公孫域이 나서서 서부여군에 맞서 싸웠고, 이들을 패퇴시키는 데 성공했다. 뿐만 아니라 천여 명에 이르는 〈서부여〉 병사들의 수급을 베면서 일약 현도군의 영웅으로 떠오르게 되었다. 어차피 중앙조정의 손길이 뻗치지 못한 상황에서, 갑자기 백성들의 지지를 얻게 된 공손역이 슬그머니 현도태수임을 자임하기에 이르렀다.

그런데 이때 공손역이 漢나라 현도군 백성들의 지지와 인기에 지나치게 고무되었던지, 느닷없이 동쪽의 〈고구려〉를 넘볼 생각을 하고 말았다. 차대제가 피살당하고, 신대제가 교체되면서 고구려 조정이 어수선해진 시기를 노린 듯했다. 결국 신대 3년이던 167년경, 유주의 공손역이 현도군을 대거 이끌고 고구려 변방의 구리丘利를 공격해 들어왔다. 태조 말년에 후한의 현도군과 요동군을 와해시킨 이래 실로 약 20년 만에 〈후한〉과의 전쟁이 다시 불붙은 셈이었다. 고구려에서는 즉각 장군 화진禾晉이 이에 맞서 싸웠는데, 다행히 〈구리전투〉에서 공손역을 격파하고 현도군을 몰아내는 데 성공했다.

당시 공손역에게는 공손표公孫豹라는 아들이 있었는데, 18살에 죽고 말았다. 그런데 공손역의 죽은 아들에게는 공손도(탁)公孫度란 친구가 있었다. 하필이면 공손도가 나이는 물론, 어릴 적 이름 또한 공손표와 똑같아 공손역은 공손도를 마치 아들처럼 대했다. 마침 공손도가 총명한 데다 자신을 부친처럼 대하며 잘 따르는지라, 공손역은 그에게 스승을 붙여 공부를 도와주고 장가도 보내 주었다. 공손역의 후원에 힘입어

169년경에는 유도有道로 천거된 공손도가 마침내 상서랑에 임명되었고, 얼마 후에는 기주자사冀州刺史의 자리에까지 오르면서 벼락출세를 하게 되었다.

그 직전 연도인 168년이 되자, 요수 유역에 위치한 후한 태수들의 움직임이 예사롭지 않다는 보고가 계속해서 들어왔다. 이에 고구려 조정에서도 이 문제를 심도 있게 논의했다.

"지난해, 현도군의 공손역이 〈구리전투〉에서 우리에게 패해 달아났음에도, 서쪽 변방의 분위기가 또다시 어수선하다는 정보가 속속 들어오고 있습니다. 즉 공손역이 이웃한 다른 주들과 힘을 규합해 다시금 우리 고구려를 침공하려 한다는 첩보입니다."

"그렇다면 이참에 그들이 다시는 우리를 넘보지 못하도록, 아예 선제적으로 공격하는 것이 좋을 듯합니다."

그해 연말에 마침내 고구려가 원정군을 넷으로 나누어 4로군을 편성한 다음, 화백, 화진禾晉, 고덕高德, 목파穆巴 4명의 장수에게 각 군을 지휘하게 하고 대규모로 요수遼水 일대에 대한 정벌에 나섰다. 이때 고구려의 원정군이 4개의 길로 나누어 진격을 개시하는 한편, 〈후한〉 동북 변경의 여러 주에 대해 동시다발적으로 대대적인 공세를 펼쳤다. 갑작스러운 고구려 대군의 선제공격에 미처 대비하지 못한 漢나라 군대가 일방적으로 무너지고 패하여 달아나기에 바빴다.

그 결과 고구려 원정군이 후한의 유주幽州와 병주幷州를 정벌하는 데 크게 성공했다. 그런데 이때 귀국길에 오른 원정군이 토벌 지역에 산재해 있던 큰 성씨 가문의 사람들을 대상으로 고구려의 우월함에 대한 선전을 펼치면서, 적극적인 회유에 나섰다. 그러자 12개의 가문이 고구려로 귀부하겠다는 뜻을 밝혀왔고, 이에 그들로 하여금 대가족들을 데리고 고구려 영내로 들어올 수 있게 해 주었다.

고구려 조정에서는 새로운 漢人 이주민들과 고구려의 공경들이 서로 통혼通婚하면서 살 수 있도록 해 주고, 즐사櫛梭(두꺼운 천 짜기), 박직箔織(얇은 천 짜기), 금은金銀의 야금기술을 가진 자들을 西河에 살게 해 주었다. 또 경적經籍(도서학문 등)이나 의약과 관련된 일을 했던 모든 관리 출신들에게도 새로이 관직을 내려 주는 등 다양한 방법으로 이들의 정착을 지원했다. 이러한 노력들은 당시 고구려 조정이 백성들의 수를 늘리는 데 얼마나 적극적이었는지를 보여 주는 이민정책의 단면이었다.

이듬해인 신대제 5년 169년이 되자, 유주에서 교현喬玄이라는 도적떼의 우두머리가 나타나 세력을 키우더니 급기야 구려성 안까지 쳐들어와 노략질을 일삼았다. 이번에도 장군 화진이 출정해 하산河山에서 교현의 무리들을 맞이해 전투를 벌인 끝에 漢人들을 내쫓았다. 그런데 얼마 되지 않아 漢人들이 다시금 구리丘利 땅으로 쳐들어왔다. 이번에는 漢人 경림耿臨이란 자가 새로이 현도태수를 자칭하면서, 유주의 교현과 함께 협공을 해 왔다. 그러자 장군 화백和白이 이들을 맞아 싸우고 물리쳤는데, 화백은 이때 漢人 지도자들의 처자를 잡아 오고, 인장과 서화 등을 노획해 돌아왔다.

이렇듯 이 시기에 요수遼水 유역 변경에 사는 漢人들의 고구려 침공이 부쩍 늘어난 것은, 당시 〈후한〉 조정이 오래도록 어지럽다 보니 경제가 극도로 피폐해진 것이 결정적인 원인이었다. 이로 인해 특히 변방에서는 백성들이 무리 지어 도적 떼로 변하고, 이들 중 세를 규합하는 데 성공한 자가 지역의 태수를 자임하면서 잘사는 이웃 나라까지 넘어가 약탈을 자행하는 사태가 빈번해졌던 것이다.

자칭 태수라는 자들이 도적의 무리와 힘을 합쳤다는 것이 그렇고, 이들의 〈고구려〉 침공이 매번 실패했음에도 더욱 기승을 부리게 된 것이 이를 뒷받침하는 것이었다. 따라서 이 무렵 漢人들의 고구려 침공은 소위 영토전쟁이 아니라, 굶어 죽지 않기 위해 식량 등을 강탈하고자 漢人들이 일으킨 약탈전쟁이었던 것이다. 중앙정치의 붕괴로 동북 변방 漢人들의 삶이 피폐해지자, 당장 상대적으로 풍요롭게 사는 이웃 고구려에 대한 노략질이 불가피했던 것이니, 漢人들로서도 그야말로 생존을 위한 전쟁이었던 것이다.

그해 신대제가 군의 사기를 진작시키기 위해 서하에서 대규모 열병식을 거행하고 조서를 내려 병사들을 타일렀다.

"군병은 나라의 근본을 지키는 힘이다. 나도 사졸들과 함께 고락을 같이하면서 도적을 막는 데 앞장설 것이다. 대소 관리들과 백성들 모두가 이를 새겨야 할 것이다!"

이와 같은 분위기 속에서 신대 8년인 172년 9월, 마침내 요수 일대의 고구려 변경이 대규모 전쟁의 소용돌이에 휘말리고 말았다. 도적의 괴수나 다름없는 공손역, 경림, 교현 등 자칭 후한의 3태수들이 고구려의 속국인 〈색두국索頭國〉까지 끌어들여 함께 〈고구려〉를 대대적으로 침공해 들어온 것이었다. 워낙 대규모 침공이라 구려성句麗城과 개마성盖馬城이 순식간에 함락되고 궤멸되기에 이르렀다. 이들에 맞서 싸우던 장군 화진 또한 구리에서 물러나 하성河城을 지키며, 한적漢賊과 대치하고 있었다. 고구려 조정에 초비상이 걸렸다.

"구려와 개마성이 깨졌는데 장차 이를 어쩌면 좋겠소?"

신대제가 대신들을 모아 대책을 물으니 누군가 답했다.

"저들 대부분은 과거 우리를 침범했다가 패퇴했던 도적의 무리들로 굶주림에 시달려 사납기 그지없습니다. 이번에는 마치 복수라도 하려는 듯 모두 하나가 되어 침공에 가담했으니, 참으로 예삿일이 아닙니다.

지금 밖에서는 저들에 맞서던 장군 화진까지도 구리에서 물러나 하성을 지키며 대치하고 있는데, 언제 성이 떨어질지 모르는 긴박한 상황입니다. 하오니 전 병력을 동원해서라도 떨치고 나가 전면전이라도 펼쳐야 할 때입니다!"

그러자 듣고 있던 태대가 명림답부가 차분한 어조로 말했다.

"저들이 비록 굶주림에 지친 도적의 무리라고는 하나, 엄연히 漢나라 변방을 지키던 군병들입니다. 게다가 漢나라가 워낙 크다 보니 그 병력의 수가 우리보다 월등하게 많아 기세가 등등합니다. 따라서 지금 저들과 맞닥뜨려 전면전을 펼치는 것은 매우 불리한 싸움이 될 것입니다. 다만, 군량을 천 리나 실어 날라야 할 처지라면 누구라도 오래 버티지는 못할 것이니, 우리는 성 밖의 우물을 죄다 메우고 들판의 먹을 것을 모두 치운 다음, 성문을 굳게 닫고 오래도록 지키는 전술이 좋을 것입니다!"

격론 끝에 결국 고구려 조정에서는 답부가 주장한 이른바 '청야清野전술'을 택하기로 했다. 고구려군은 재빨리 성 밖의 참호를 깊이 파고, 성루를 높게 올리는 작업에 착수하는 한편, 국내성(위나암)에서 떨어진 난하 서쪽 인근의 좌원坐原이란 곳에 여러 방어선을 구축했다. 답부 또한 이와는 별도로 병력을 이끌고 성 밖으로 나가, 좌원과 마주 보고 있는 남구南口의 너른 들판에서 전황을 살펴보았다. 이윽고 그가 놀라운 명령을 내렸다.

"지금부터 남구의 들판 전역에 불을 지른다!"

"예? 들판에 불을 놓으라구요?"

아직 수확이 끝나지 않은 때라 수하 병졸들이 놀라 입을 다물지 못할 지경이었다. 그러자 답부가 냉정하게 재촉했다.

"무엇들 하는 게냐? 여기 들판에 있는 곡식은 적에게 식량이 될 뿐이다. 어서 망설이지 말고 불을 놓아라!"

"그래도 그렇지……"

얼마 후 드넓은 들판 위로 희뿌연 연기가 솟아오르며 불길로 가득 찼다. 공손역을 포함한 漢人들이 남구 들판에 하늘 높이 솟구쳐 오르는 연기를 보면서 대경실색했다. 공손역이 들릴 듯 말듯 나지막이 넋두리를 했다.

"지독한 장수로다. 곡식을 불태워 버릴 생각을 하다니……"

이후 고구려군은 국내성으로 들어가 漢軍의 동태를 예의주시하면서 도무지 공격을 하지 않은 채 마냥 기다릴 뿐이었다. 그사이 시커멓게 불에 타 버린 들판이 속절없이 텅 비게 되었고, 마른 바람에 수시로 회색 재만 하늘 가득 날릴 뿐이었다. 이러한 모습이 한 달 가까이 지속되자 잔뜩 긴장해 있던 漢나라 본대 진영에서도 장수들 사이에 서서히 철수론이 고개를 들기 시작했다.

"구려군이 더 이상 우리와 싸울 기미가 전혀 보이질 않습니다. 가뜩이나 식량도 바닥난 상태에서 언제까지나 대치할 수도 없는 노릇이니 이만 철수를 하는 것이 옳을 것입니다."

결국 한 달도 지나지 않아 먹을 것이 떨어진 漢軍이 비로소 철수하기 시작했다. 답부의 진영으로 급히 전령이 달려왔다.

"장군, 드디어 한적漢賊들이 철수를 시작했습니다, 나가 보시지요!"

답부와 수하 장수들이 성루 위로 올라가 보니 과연 漢나라 군대가 긴 행렬을 이루고 서둘러 철수하고 있었다. 답부가 이내 또 다른 명령을 하달했다.

"흐음, 됐다. 바로 지금이닷! 전군은 폭풍처럼 내달려 적의 후미를 가차 없이 공격한다, 전군에 진격 명령을 내려라! 북을 쳐라!"

"둥둥둥!"

공격을 알리는 북소리에 답부가 이끄는 7천의 고구려 정예기병들이 질풍처럼 말을 몰아 후퇴하는 漢군의 후미를 치고 들어갔다. 가뜩이나 사기가 떨어진 채 후퇴하던 漢나라 병사들은 고구려의 발 빠른 기병들이 태풍처럼 달려들어 후미를 공격해 들어오자 크게 당황해 우왕좌왕했다. 먼저 하늘 가득한 화살세례가 시작되더니, 이내 고구려 기마병들이 달려오며 날리는 강력한 쇠뇌공격에 후미에 있던 병사들이 맥없이 쓰러지고 고꾸라졌다.

그러자 漢군 진영 전체가 공포와 두려움으로 가득했고, 먼저 달아나려는 병사들끼리 서로 밀치고 밟아 대니 순식간에 아비규환이 되었다. 그 무렵 답부로부터 미리 통지를 받은 화진의 고구려 군대가 좌원 근처에서 漢軍이 퇴각하기를 기다리고 있었다. 이윽고 고구려 기마병에 의해 토끼처럼 내몰리던 수많은 한군들이 좌원에 들어서고 말았다. 바로 그때 화진의 군대가 달아나던 漢軍의 앞을 가로막고 나섰다. 앞서서 달아나던 한군의 무리들이 경악하는 사이, 화진이 가차 없이 공격 명령을 내렸다.

"됐다, 드디어 한적들이 앞뒤 양쪽으로 포위되었다. 한 놈도 살려두지 마라! 한 놈도 빠져나가지 못하도록 하라, 공격하랏!"

결국 한참 동안 무자비한 살육이 진행되고 말았다. 그 결과 이 전투에서 漢나라 군대는 말 한 필조차 살아서 돌아가지 못할 정도였다고 하니, 고구려군의 대승이자 말 그대로 대첩大捷이었던 셈이다. 역대급 중국의 패배로 끝난 이 전쟁에 대해 중국 측이 제대로 기록을 남기질 않았지만, 이때 동원된 후한의 병력이 대략 10만에 달할 것으로 추정되었다.

이후 요수 일대에서는 좌원의 대첩으로 크게 궤멸된 한인들이 더는 군대를 일으키지 못했고, 이런 상황은 그 20년쯤 뒤에 공손도가 일어날 때까지 지속되었다. 그뿐만 아니라 이때의 패배가 낙양洛陽의 무능한 後漢 조정에도 결정적 타격을 준 나머지, 10년쯤 지난 후에 그 유명한 〈황건적의 난〉을 촉발하는 계기가 되었다. 문제는 그것으로 끝난 것이 아니어서 〈좌원대첩〉의 후유증이 그야말로 일파만파가 되어, 중원대륙 전체에 걷잡을 수 없는 혼란으로 확대되기 시작했다는 점이었다.

소위 〈황건적의 난〉을 진압한다는 명분으로 일어났던 유비, 조조, 손권 등 지방의 군웅들이 저마다 할거하면서, 비로소 중원 전체가 또다시 분열되는 대혼란의 격랑에 휩싸이고 말았던 것이다. 이 시기는 한마디로 진시황 사후의 '초한楚漢쟁패'의 시대였고, 〈적미의 난〉으로 시작된 후한 초기의 상황이 재현된 것이나 다름없었다. 급기야는 통일제국 〈후한〉 정권 자체가 붕괴되면서, 위魏, 촉蜀, 오吳로 대표되는 소위 〈三國시대〉를 향해 질주하기 시작했던 것이다.

이처럼 중원의 나라들은 북방민족을 상대로 한 대규모 전쟁에서 번번이 패퇴하여 결국 자국의 멸망을 자초하는 결과를 반복했으니, 실로 역사로부터 아무런 교훈을 얻지 못한 셈이었다. 사람들은 고구려가 이룩해 낸 이 위대한 승리를 기려 〈좌원대첩坐原大捷〉이라 불렀다. 신대제는 구국의 영웅이 되어 개선한 답부를 크게 치하하고, 좌원의 땅을 하사했는데, 나중에는 질산質山의 땅으로 바꾸어 주기까지 했다.

전쟁의 소용돌이가 고구려 서변을 태풍처럼 쓸어버렸던 〈좌원대첩〉이 끝난 이듬해 AD 173년, 궁인이었던 주씨朱氏가 신대제의 아들 연우延優를 낳았는데 방 안이 향기로 가득했다고 한다. 신대제가 크게 기뻐하여 주씨를 마산궁비馬山宮妃로 봉하고, 그녀의 부친 주로朱略를 채공사採供使로 삼았다. 그 무렵 漢人 출신인 미궁米肯이라는 자가 있었는데, 신대제가 그의 능력을 높이 산 나머지 특별히 중용했다.

"미궁은 천문天文에 달통하고 漢나라 역사책인 《사기史記》에 밝으며, 율령에도 정통한 인재다. 이런 그를 특별히 대평자大評者로 삼고 백성들을 두루 교화시키고자 한다."

그뿐 아니라 신대제는 홀로 된 공주를 미궁의 처로 주기까지 했다. 미궁은 겸손한 데다 근검했고 남을 가르치는 일을 게을리하지 않았다니, 과연 신대제의 기대를 저버리지 않은 셈이었다. 신대제가 국적과 출신을 가리지 않고 골고루 인재를 중용하고자 애썼던 것이다.

그해 평부評府, 핵부劾府, 공부供府, 채부採府, 빈부賓府, 노부奴府, 왕자사병부王子私兵府를 두었는데, 모두 최고관직인 大加들이 수령을 맡았고, 대평大評, 대핵大劾, 대공大供, 대채大採, 대빈大賓, 대노大奴, 장군將軍 등이 차석이 되어 각부의 일을 맡아 보았다. 이런 일련의 행정개혁은 모두 미궁의 제안으로 이루어진 것들이었다. 이로 미루어 볼 때 신대제는 당시 상대적으로 앞서 있던 漢나라의 선진정책과 제도들을 도입해, 고구려의 정치, 문화수준을 끌어올리고자 노력했던 군주임이 틀림없었다.

이후 신대 12년인 176년, 신대제가 둘째 아들인 남무男武를 정윤正胤 (동궁)으로 삼았다. 당초 첫째 아들인 현효이 정윤의 자리에 올라 있었으나, 그가 착한 성품을 지녔으면서도 지나치게 仙道에 빠져 있다며 말들이 많아 교체한 것이었다. 남무태자의 모친인 목후의 오라비 목천穆天을 동궁대부東宮大夫로 삼고, 우소于素를 조의皂衣로 삼아 남무를 돕게 했다. 이듬해에는 우소의 딸을 동궁비로 삼고, 우소에게는 작위를 더해 제나提那의 패자沛者로 임명했다.

그러던 신대제 15년인 AD 179년 가을이 되니, 양맥공梁貊公이자 섭정으로 조정을 좌우하던 명림답부가 52세의 나이에 갑작스레 세상을 뜨고 말았다. 담력과 지략을 모두 갖춰 도모하는 일은 반드시 이루어 냈고, 〈좌원대첩〉을 이끈 구국의 영웅으로 사람들이 하늘처럼 떠받들었다. 특히 상_尙태후의 총애로 15번이나 국정을 도맡았는데, 그때마다 도성 안팎 사람들 모두가 흡족해했다. 백성들이 그의 죽음을 안타까이 여겨 신대 제가 양맥대왕, 부마도위의 예로 질산원質山園에 장사 지내 주었다.

그런데 명림답부를 보낸 지 석 달 뒤인 12월, 신대제新大帝가 서도西都의 난궁鸞宮에서 느닷없이 서거하는 일이 벌어졌다. 춘추 59세로 조정의 비통함 속에 고국곡故國谷에 장사 지냈다. 재위 초기부터 요동원정에 나서는 등 요동 한인들의 침공에 적극 대응했고, 특히 재위 8년경에 벌어졌던 〈좌원대첩〉에서 전무후무한 대승을 거두면서 후한의 위협에 종지부를 찍었다.

덕분에 그 후로는 남은 재위기간 내내 평화를 구가할 수 있었고, 다양한 선진문화를 도입하는 데 주력할 수 있었다. 15년이라는 비교적 짧은 재위기간 동안, 너그러운 성품에 문화선진국인 漢나라 서적들을 늘 가까이하며 공부하고, 성인의 다스림을 펼치고자 했다. 그러나 즉위 초기부터 상_尙태후와 명림답부에게 지나치게 의존해 정치를 일임해 버린 탓에, 자신의 뜻을 펴지 못하고 다소 소극적인 삶을 살았다.

13. 길선과 고시의 난

AD 128년, 〈백제伯濟〉를 31년간 다스렸던 덕좌왕德左王을 이은 사람은 그의 아들이 아닌 기루왕己婁王의 아들 개루왕蓋婁王이었다. 온조대왕의 방계 출신이었던 덕좌왕은 선왕先王들과는 달리 서나벌과의 오랜 전쟁으로 피폐해진 민심을 달래고, 軍과 백성 모두가 쉬어 갈 수 있도록 재위 내내 친사로(구奮서나벌)정책으로 일관했다. 그렇게 〈사로국〉과 서로 협조하면서 말갈 등의 공세에 대처했고, 그 와중에 117년경에는 상국 노릇을 하던 아래쪽의 〈마한馬韓〉이 멸망하는 것을 지켜볼 수 있었다.

덕좌왕 사후에는 기루왕의 직계인 개루왕이 즉위해 백제를 다스리게 되면서 왕위계승이 다시금 정상을 되찾게 되었다. 개루왕은 온순한 성품을 지닌 인물로 그 또한 덕좌왕에 이어 사로와의 화친을 이어 나갔다. 덕분에 재위 시절 내내 주변과 별다른 충돌 없이 평화로운 시기를 보낸 듯했다. 다만 개루 5년인 132년경, 개루왕이 한산漢山 일원으로 자주 사냥을 다녔는데, 그해에 북한산성北漢山城을 쌓았다. 이제 백제가 한강 이북까지도 확실하게 장악하다 보니, 주로 북쪽의 〈말갈〉에 대비하기 위한 것으로 보였다.

그런 개루왕에게는 여러 동생들이 많아서, 개루왕이 어라하에 오를 때 동생들에게도 많은 특권을 나누어 주었다. 그럼에도 왕의 성품이 모질지 않아서였는지 동생들이 권력을 마음대로 휘두르고 남용하는 바람에, 백성들로부터 신망과 인심을 얻지 못했다. 개루왕에게는 백고伯古라는 또 다른 이복동생이 있었는데, 기루왕의 7째 아들이기도 했다. 탐욕스러운 개루왕의 친형제들과는 달리 백고는 성품이 너그럽고 덕이 있어 그를 공경하고 따르는 무리가 많았다.

그러던 차에 개루왕 11년째인 AD 138년, 불행하게도 개루왕이 덜컥 심각한 질병에 걸려 죽음을 앞에 두게 되었다. 개루왕이 왕후인 사씨沙氏를 불러 말했다.

"내 목숨이 다한 것 같구려······"

사후沙后가 안타까운 마음에 눈물을 쏟으며 왕을 위로하고자 했다.

"어라하, 무슨 말씀을 하시는 겁니까? 어서 병을 이겨 내시고 떨쳐 일어나셔야지요……. 흑흑!"

그러자 개루왕이 미안한 마음에 사후의 손을 잡아 어루만지면서도 힘없이 고개를 가로저었다. 그리고는 이내 중요한 말을 남겼다.

"잘 들으시오……. 내가 죽고 나면, 우리 자식들이 어리다 보니 장차 모두가 어려움에 처해질 것이오. 내가 동생들이 많다고는 하나, 하나같이 탐욕스럽기 그지없고, 오직 백고만이 가장 현명할 뿐이오. 그러니 당신이 백고를 맞이해 남편으로 삼는 것이 자식들을 살리는 가장 좋은 방법일 것이오……"

그 말을 들은 사후가 서글픈 생각에 입술을 깨문 채 아무런 말도 못하고, 두 손으로 남편의 손을 꼬옥 잡고 자신의 뺨에 갖다 댈 뿐이었다. 죽어 가는 남편의 배려에 대한 고마움의 표시였다.

"어라하……. 흑흑!"

그날 한밤중에 사후沙后가 은밀하게 궁 밖에 있는 백고의 집을 찾아 개루왕의 뜻을 전했다. 백고 역시 개루왕으로부터 사전에 언질을 받았으나, 반신반의하던 차에 실제 사후의 내방을 통해 개루왕의 뜻이 확고한 것임을 재확인하고는 왕의 명령에 따르기로 했다.

사후는 그날 새벽이 되어서야 백고의 집을 나왔다. 그날 밤 공교롭게도 흰 눈이 하염없이 내리더니 한 길을 넘을 정도가 되었고, 덕분에 왕의 다른 동생들은 물론, 누구도 이 사실을 아는 사람이 없었다. 얼마 후 과연 개루왕이 많지 않은 나이에 세상을 떠나고 말았다. 그해 12월 사씨의 도움으로 백고가 어라하에 올랐으니, 바로 6대 구지왕仇知王이었다. 구지왕은 약속한 대로 사씨를 왕후로 세우고, 자신의 생모인 흘씨屹氏를 태후로 올려 주었다. 흘씨는 고구려 홀본忽本의 3대 성씨 중 하나였다.

구지왕이 사저에서 지낼 때 관청에 근무하던 가기賈杞라는 자가 자신의 처 백씨苩氏를 백고에게 바쳤다. 아마도 백고가 왕손인 것을 알고 미리 손을 쓴 것 같았다. 둘 사이에 아들 인仁과 딸 백화苩花를 낳았는데, 어라하에 오른 백고가 가기의 두 자식을 모두 자기의 자식으로 삼고는, 그 어미인 백씨를 불러 말했다.

"이제 내가 임금이 되었으니 우리 자식들도 귀한 몸이 되었소. 그러니 이제부터 그대는 가기에게 돌아가 그를 돌보는 편이 좋을 듯싶소……"

구지왕이 홀로 남게 될 가기를 배려한 조치였던 것이다.

그 무렵 〈사로국〉에서는 지마왕을 대신해 일성逸聖이 삼니금이 되어 나라를 다스렸다. 구지왕은 사로국에 축하 사절과 함께 공물을 보내고, 〈백제〉와의 화친이 변함없이 유지되기를 희망한다는 속내를 밝혔다. 사로국 역시 답례로 사신과 함께 공물을 보내왔다.

그렇게 몇 년이 지나 144년경이 되었는데, 〈백제〉의 왕후 사씨沙氏가 병으로 시름시름 앓다가 갑작스레 세상을 떠나고 말았다. 황망하게 사후를 장사 지낸 다음 얼마 후, 백제 조정에서 왕후에 관한 논의가 불거졌는데, 뜻밖에도 사로국에 청혼을 넣자는 안이 나왔다.

"어라하, 최근 동북방 말갈의 침공에 대비하고자 북한산성을 축조하기까지 했습니다. 다행히 사로와는 선왕 이래 좋은 화친의 관계를 잘 유지해 오고 있고, 서로 위기 시에 병력을 지원했던 만큼, 양국의 관계를 강화하는 의미에서 사로 임금에게 청혼을 넣는 것이 가할 줄 압니다."

구지왕이 좋은 방안이라 동의해 사로국 일성왕에게 청혼을 넣기로 했다. 사로 측에서도 이를 반겨 선왕인 지마의 공주 밀화부인의 딸인 물씨勿氏를 백제로 보내기로 했다. 7월이 되니 일성왕의 사신 소광小光태자가 물씨를 호위하여 백제 궁성에 도착했다. 사로국에서는 밀화부인이 아름답기로 소문이 자자했는데, 그 딸인 물씨는 그 얼굴빛이 밀화보다도 뛰어나 구지왕이 반색을 했다.

이후 3년쯤 지나 물씨가 마침내 구지왕과의 사이에서 아들인 여물餘勿을 낳았다. 구지왕이 이를 기뻐하면서 사로국에 사신을 보내 반가운 소식을 전했다. 이제 백제왕후가 된 물勿씨에게는 동모 오라버니인 길선吉宣이 있었다. 일성왕이 이때 비로소 길선을 백제로 보내는 사신으로 삼고, 축하의 선물을 보내 주었다. 길선이 백제에 도착해 구지왕을 배알했다.

"사로왕의 사신 길선이 어라하를 뵈옵니다. 소신의 임금께서 이번에 어라하께서 귀하신 태자를 얻게 된 데 대해 진심으로 축하를 드린다는 말씀을 전하라 하셨습니다."

"고맙기 그지없구려. 그대 또한 왕후의 오라버니이고 사사로이는 내 처남이시니 반갑기 그지없소. 모처럼 백제 도성에 오셨으니, 구경도 하고 마음 편히 지내시구려. 껄껄껄!"

구지왕의 유쾌한 웃음에 길선은 한결 마음이 가벼워졌고, 이후 동생인 물후勿后와 만나 편안한 시간을 보냈다. 한편 구지왕은 이때 길선을 위해 자신이 사저에서 낳은 딸인 백화峇花를 주기로 했다. 문제는 백화가 이제 겨우 11살로 아직 나이가 어려 밤일이 어렵다는 것이었다. 왕이 백화의 생모인 백씨를 불러 길선을 모시게 했는데, 길선이 그만 귀국길에 두 모녀를 함께 데리고 사로국으로 돌아가 버리고 말았다. 그 바람에 사저에 남아 있던 백씨의 남편 가기賈杞가 화병이 나서 덜컥 죽고 말았다. 사람들이 모두 가기를 불쌍하게 여겼다.

그러던 AD 153년경, 구지왕의 왕후 물씨가 서른이 넘고 아이를 여럿 낳다 보니 얼굴색이 마르고, 기력을 잃었다. 소식을 들은 길선이 이제 15살이 된 자신의 딸 전씨田氏를 구지왕에게 보내기로 마음먹었다. 구지왕의 영향력으로 사로국 조정에서 자신의 입지가 더욱 강화된 만큼, 이를 계속 유지하려 했던 것이다. 전씨가 백제로 가는 길에는 그녀의 생모인 팽전彭田을 시켜 함께 가도록 했다. 오랜 여행 끝에 전田씨 모녀가 백제 구궁龜宮에 도착해 객사에 머물렀는데, 그때 구지왕이 은밀하게 찾아와 전씨를 미리 보고는 그 미모에 깊이 빠져 매우 흡족해했다.

"길선을 좌평佐平으로 삼고, 전씨의 모친인 팽전을 국부인國夫人으로 삼도록 하라! 아울러 장원과 노비를 주고, 특별히 길선을 왕자의 예우로 대하도록 하라!"

구지왕이 길선에게 보답하는 의미에서 외국인인 그에게 벼슬을 내리고 파격적인 예우로 대우했던 것이다. 그러나 나중에 이것이 커다란 화근의 씨가 될 줄은 아무도 몰랐다. 이듬해 사로국에서는 일성왕이 죽고, 그의 아들 아달라가 이사금에 올랐다. 백제의 구지왕이 동생인 고시古尸를 사로국에 보내 조문했다. 그 후 2년 뒤인 AD 156년, 전씨가 마침내 구지왕과의 사이에서 아들 소고素古(초고)를 낳았다. 구지왕이 태자 소고를 지극히 아껴 장차 동궁으로 삼을 요량으로 구궁에서 키우게 했다.

그 후 6년이 지난 162년경, 백제에서 사로국에 사신을 보내면서 여러 가지 귀한 약재와 옥석을 보냈다. 아울러 새로이 사로국의 골녀를 모셔 갈 수 있는지를 물었다. 그러나 아달라왕이 이를 그다지 탐탁하게 여기지 않았으므로, 바로 골녀를 보내는 대신 백제의 좌평이기도 한 길선을 불러 백제왕의 진의를 물었다.

"부여왕이 새로운 골녀를 원한다는데 그 진의가 무엇인지 모르겠소. 어찌하는 것이 좋겠소?"

눈치 빠른 길선은 왕이 사실상 구지왕의 청을 거절하려 든다는 것을 간파하고는 적당한 답을 찾아 아뢰었다.

"신이 부여왕을 만날 때마다 늘 사로와의 관계 강화를 주장했습니다. 그 때문인지는 모르겠으나 부여왕이 이번에 선물을 보내오면서 골녀를 청했다 함은 반드시 우리 골녀를 원한다기보다는 화친을 고려한 의례적인 조치일 것입니다. 소신이 부여왕을 만나 기꺼이 이를 무마해, 감히 결례라 하지 않도록 하겠습니다."

길선의 입장에서도 이미 자신의 친딸인 전田씨가 구지왕의 왕자를 낳고 충분히 입지를 다져 놓은 마당이라, 자칫 다른 가문의 골녀를 보내 전씨와 경쟁이라도 벌이게 되는 뜻밖의 상황을 원치 않았을 것이다. 길선이 자신의 공치사를 한껏 늘어놓는 것이 마음에 들지 않았으나, 아달라왕이 고개를 끄덕이더니 길선에게 명을 내렸다.

"흐음, 그렇다면 아찬(길선)이 직접 구지왕을 만나 서로 간에 오해가 없도록 이 문제를 잘 처리하도록 하시오."

아달라왕은 대신 사로국의 토산물을 보내 백제왕의 선물에 답하면서 이 문제를 매듭짓게 했다. 길선은 이를 계기로 백제를 왕래하면서 양국에서 자신의 입지를 더욱 높여 나갔다.

2년 뒤인 164년이 되자, 백제의 구지왕이 자신의 장인이 되는 길선을 상좌평으로 삼고, 실제로 군사에 관한 업무까지 맡기게 되었다. 이렇게 되기까지는 막후에서 길선의 딸인 전후田后가 구지왕을 설득한 공이 지대했고, 당연히 길선 스스로가 권력에 대한 욕심으로 전씨를 움직였기 때문이었다. 이후로도 길선이 백제와 사로 양국을 오가면서 양쪽에서 벼슬과 함께 정치를 하는 몹시 기이한 상황이 지속되었다. 그사이 길선은 백제 도성의 넓은 저택에서 호화로운 생활을 했고, 백제의 귀녀와 결혼해 열 명이 넘는 자식을 두기까지 했다.

한편 사로국의 아달라왕은 선왕과 달리 이런 길선을 마뜩하게 여기지 않았다. 길선이 양국을 오가며 얻은 고급정보를 이용해, 오히려 국정을 농단하고 있다며 잔뜩 의심스러운 눈길로 대하고 있었던 것이다. 게다가 길선이 정치적 위상을 내세우며 한껏 오만해진 모습으로 결코 호락호락하게 굴지 않으니, 왕이 의도적으로 그를 멀리하기 시작했다. 급기야 왕이 길선에게 병부의 일을 내려놓게 했는데, 이후로 주요관직에서 더욱 멀어지게 되었다. 그러자 스스로 지마왕의 외손임을 뻐겨 오던 길선이 은근히 자신을 핍박하는 아달라왕에 대해 커다란 불만을 품게 되었다.

'왕이 백제왕의 장인인 나를 뭐로 보고 이리 핍박한단 말이냐……. 그동안 양국의 화친에 도움이 되려고 늘 애써 왔거늘, 이를 몰라주고 오히려 나를 의심하고 발아래 숱한 신하 중 하나로만 본다는 말이겠지……. 정녕 그렇다면 내가 이렇게 일방적으로 당하고 있을 수만은 없는 일 아닌가?'

그런 와중에 길선이 사로국의 아달라왕과 대립한다는 소식이 백제의 구지왕에게도 전해졌다. 구지왕은 장인이자 사위인 길선이 행여 사로국에 그릇된 마음을 품지 않을까 염려한 나머지, 일부러 그를 불러 조심하라는 경계의 말까지 했다.

"왕은 하늘이 내리는 것으로 인간의 힘으로 얻을 수 있는 것이 아니오. 상좌평(길선)은 결코 함부로 행동해선 아니 될 것이오!"

그리고는 전후로 하여금 사로국의 아달라왕에게 청을 넣어 길선이 동로東路군사의 직에 적임자임을 권고하라고 귀띔해 주었다. 이는 곧 아달라왕에게 보내는 구지왕의 인사청탁이나 다름없었으므로 길선이 크게 기뻐하며 사로국으로 돌아갔다.

이듬해 길선이 사로국으로 돌아와 아달라왕에게 백제 왕비인 전후田

后의 뜻을 전했음에도, 아달라왕은 이를 무시한 채로 오히려 길선에게 더욱 차갑게 대하는 것이었다. 그러자 불만으로 가득 찬 길선이 그간의 생각을 행동으로 옮기기 시작했다.

그런데 길선은 사로국의 전쟁영웅 길문吉門의 손자로 지마왕의 외손이기도 했다. 또 그의 외증조부였던 파사왕은 서나벌과 계림의 평화적 통합이라는 대업을 완성하고 통일 사로국을 탄생시킨 영웅이기도 했다. 그런 파사왕의 곁에는 계림 출신으로 서나벌을 오가며 양국의 정치적 통합을 주도했던 김허루도 있었다. 따라서 이런 선례를 누구보다 잘 알고 있던 길선이었기에, 어쩌면 그는 〈사로〉와 〈백제〉 양국을 오가며 대륙 출신 두 나라의 평화적 통합을 꿈꾸었을 가능성이 큰 인물이었다.

문제는 당시 두 나라의 국력이 엇비슷한 수준이다 보니 어느 일방이 통일을 주도할 것인가를 정하는 일이 결코 쉽지 않았다는 데 있었다. 결국 대의명분은 훌륭했을지라도 뾰족한 해법을 제시하지 못했고, 그러는 사이 그의 평화적 통일론은 내실이 없는 이상론으로 흘러 버렸을 가능성이 컸다. 그럼에도 길선이 이를 포기하지 않고 자신의 통일론에 매달리다 보니, 어느 사이에 아달라왕과의 노선 갈등으로 번진 것으로 보였다.

급기야 군신 간에 오해의 골이 점점 깊어졌고, 아달라왕이 백제왕의 장인이기도 한 길선을 의심하기 시작하면서 사찰을 하는 지경에까지 이르고 말았다. 길선은 자신의 대의大意를 알아주기는커녕 자신을 의심하는 아달라왕에게 실망을 넘어 불만을 품게 된 나머지 모반을 꿈꾸기 시작했다. 그는 지마이사금의 쌍둥이 아들로 모두 정통태자 자리에서 물러났던 좌옥과 우옥 형제를 차례대로 만나 역모를 제의했다.

"일성왕의 아들인 현금隆今(아달라왕)은 파사왕과 지마왕의 적통이 아니라서 사실 정통태자를 물려받을 자격은 아니었습니다. 그 모친인 지진내례의 모사謀事가 아니었다면 절대 불가능한 일이었겠지요. 게다가 현금은 부여와의 평화적 통일이라는 대의를 이해하지 못한 채, 당장 눈앞의 일에만 매달리는 우매한 임금입니다. 더구나 부여왕의 장인으로서 양국의 화친을 위해 애써온 저를 의심하고 핍박하고 있으니, 이는 스스로 혼군임을 입증하는 것이 아니고 무엇이겠습니까? 그러니 차제에 현금을 내쫓고 태자께서 임금의 자리에 오르는 것이 어떠하겠습니까? 제가 최선을 다해 도울 것입니다."

길선의 제안은 한마디로 자신과 같은 〈파사-지마〉 계열이 〈일성-아달라〉 계열에게 빼앗긴 당시의 왕통을 되돌리자는 것이었다. 길선의 판단으로는 이들 쌍둥이 형제가 현 아달라왕에게 당연히 불만이 컸을 것으로 믿어 의심치 않았던 것이다. 당시 좌옥은 선도 중 가장 큰 유파로 계도 무리의 수장인 백계사白鷄祠의 祠主로 있었다. 길선이 먼저 그런 좌옥左玉태자를 찾아 조심스레 뜻을 내비쳤는데, 이때 좌옥이 보인 반응이 길선의 기대를 크게 벗어나는 것이어서 그를 몹시 당황하게 했다.

"나는 계도의 主로 족하오. 한낱 임금이 무예 그리 대수라고 날 그 자리에 올리려는 게요?"

실망한 길선이 이번에는 그의 쌍둥이 동생이자 왕의 장인인 우옥右玉태자를 찾았다. 다행히 우옥은 길선의 제의를 선뜻 받아들였다. 그러나 아달라왕은 진작부터 길선을 의심해 그의 일거수일투족을 감시해 온 지 오래였다. 결국 일이 꼬여 거사를 하기도 전에 모의 사실이 들통나 버렸고, 왕궁의 병사들에게 역모 가담자들을 색출해 체포하라는 긴급명령이 떨어졌다.

'아뿔싸, 임금이 모든 것을 파악하고 있었구나. 하늘이 나를 도와주질 않는구나……'

뒤늦게 눈치를 챈 길선은 너무 다급한 나머지 우옥태자 등 다른 이들을 돌아볼 겨를도 없이, 그 길로 국경을 넘어 사위의 나라인 〈백제〉로 달아나 버렸다. 모든 것이 당초 구지왕이 우려한 대로 되고 만 것이었다.

우옥태자는 역모에 연루된 죄로 이내 투옥되었다. 그러자 쌍둥이 형인 좌옥과 함께 우옥의 처 모가毛可와 딸이자 왕후인 내후內后 등이 적극적으로 구명 활동에 나섰다.

"모든 문제는 역적 길선에게 있습니다. 그가 조용히 지내던 우옥태자를 미혹하여 벌인 일이니, 부디 하늘 같은 아량으로 우매한 우옥을 처형하는 것만은 면해 주소서!"

아달라왕이 차마 장인을 처단하지 못한 결과, 간신히 살아남은 우옥이 화전花田으로 내쳐졌다. 그러나 역모의 주동자인 길선은 반드시 죄를 물어야 했기에, 아달라왕이 사신을 보내 구지왕에게 역적 길선을 보내 달라 요구하고 나섰다. 난감해진 구지왕이 아달라왕에게 답했다.

"신하로서 충성을 다하지 못한 것은 마땅히 죄가 됩니다. 그러나 길선의 딸이 백제의 내군內君(왕후)이니, 사로왕께서는 그 명령을 관대히 처분해 주시기를 바랍니다!"

한 마디로 자신의 처남이자 장인인 길선을 차마 보낼 수는 없는 일이라며 선처를 당부한 것이었는데, 이는 젊은 아달라왕을 자극해 그의 화만 돋우었을 뿐이었다.

"흐음, 부여왕이 내 요청을 거부하겠다고? 그렇다면 그간의 화친을 포기하겠다는 소리나 다름없으렷다. 좋다, 부여와 전쟁을 하는 한이 있더라도 내 반드시 길선을 잡아 벌할 것이다!"

분노한 아달라왕이 장군 대해大解로 하여금 즉시 사로의 군대를 출병시켜 백제를 공격할 것을 명했다. 그러나 백제의 구지왕도 이러한 사로국의 움직임을 예측하고 철저히 대비하고 있었다. 노련했던 구지왕은 이 정도 사소한 일로 사로와 전쟁으로 치닫는 것을 결코 원치 않았으므로, 인내심을 갖고 대응하기로 했다. 구지왕이 수비군의 장수에게 엄하게 명을 내렸다.

"사로왕의 심정을 이해하지 못하는 바가 아니지만 굳이 두 나라가 전쟁까지 벌일 필요는 없다. 성문을 굳게 닫고, 수비에만 전념할 것이다. 시간이 지나 사로군의 식량이 떨어지면 별수 없이 철군하지 않을 수 없을 것이니, 사로 군사들의 도발에 일체 대응하지 말라!"

그렇게 대해大解의 백제 공략이 쉽사리 이루어지지 않고 지지부진하는 사이 지루한 농성이 두 달 가까이 이어졌다. 결국 급하게 원정길에 나섰던 사로군이 추위와 식량난으로 쩔쩔매는 진퇴양난에 처하게 되었다. 사로국 조정 또한 이런 우울한 소식이 전해지면서 무겁고 어두운 분위기에서 벗어나지 못했다.

그해 12월, 내후內后가 왕의 딸 발휜發萱을 낳자, 아달라왕이 조정의 분위기를 일신하고자 군신들에게 연회를 베풀기로 했다. 모처럼 군신 간에 덕담과 축하의 말이 오가고 축하주가 한 순배 돌고 나자 모두들 거나하게 되었다. 그런데 그때 이벌찬을 지낸 문완文完이 나서서 왕에게 간했다.

"나라에 이처럼 좋은 경사가 생겼는데도, 지금 이 순간 부여 원정길에 나선 병사들은 이역 땅에서 추위와 굶주림에 고생하고 있습니다. 아뢰옵기 황송하오나, 성인은 필부처럼 쉽사리 성을 내지 않는 법이라 했습니다. 원컨대 임금께서 부여와의 전쟁을 거두어 주신다면 병사들 모두가 크게 흡족해할 것이니, 부디 그리하옵소서!"

"……."

연회장이 순식간에 찬물을 끼얹은 듯 조용해지고 모두가 긴장한 채로 왕의 얼굴만을 쳐다보았다. 아달라왕은 어금니를 꽉 깨물고 손에 든 술잔만을 한참이나 내려다보더니, 어느 순간 홀로 고개를 끄덕였다. 문완의 말에 틀린 것이 없기 때문이었다. 결국 아달라왕이 문완의 요청을 받아들이고 철군을 승낙했다. 대해가 이끄는 서로군은 싸움 한 번 제대로 하지 못한 채, 패잔병 신세가 되어 회군해야만 했다. 군의 사기는 떨어지고 다들 뒤에서 수군대며 볼멘소리들이 높아졌다. 아달라왕은 이 일로 체면을 크게 구기게 되었고, 누군가는 왕을 대신해 아무런 소득도 없이 끝난 원정의 책임을 져야만 했다.

결국 대해가 병사들을 지휘하느라 고생은 했으나 오랫동안 성을 포위만 했을 뿐 아무런 공도 세우지 못했다는 이유를 들어, 그를 재상의 지위에서 내려오게 했다. 이어 패권貝權을 임시 재상격인 가상假相으로 임명해 대해의 일을 대신하게 했다. 그런데 이때의 인사조치가 특이한 것이어서 다시 한번 조정이 발칵 뒤집혔다. 패권은 나이가 어렸으나, 그의 처 가叵씨가 아달라왕이 각별하게 아끼던 왕의 여동생이었으므로 왕이 그를 품주로 삼으려 했던 것이다.

〈품주稟主〉는 조정의 출납과 재무를 담당하던 막강한 자리로 그때까지 관례적으로 여인이 맡아 왔으며, 주로 이벌찬의 아내로 삼았다. 이는 2백여 년 전 박혁거세의 모친 파소부인이 선도성모仙桃聖母가 되어 서나벌을 건국한 이래, 여왕인 성모가 나라를 다스리던 오랜 전통에서 비롯된 것이었다. 품주의 자리가 그만큼 중요한 관직이었음에도 전통을 깨고 여성이 아닌 남성인 패권을 품주로 삼았으니, 군신들이 일어나 문제를 제기했다.

"아시다시피 자고로 품주의 자리는 성모께옵서 지명하는 여인들이 대대로 맡아 오질 않았습니까? 하온데 이번에 남성인 패권을 품주로 삼으심은 지나친 파격이니 자칫 조정이 혼란스러울까 우려됩니다. 재고해 주옵소서!"

그러자 아달라왕이 단호하게 답했다.

"무슨 소리더냐? 패권은 내 여동생의 남편이다. 왕의 매제가 출납을 담당할 수 없다면 그것이 과연 정상이라 할 만한 것이냐? 앞으로는 과인의 명이 있다면 누구든지 출납을 할 수 있도록 할 것이니 다른 말들을 말라!"

서슬 퍼런 아달라왕의 지시에 더 이상 누구도 토를 달지 못했다. 패권에게 파진찬의 지위를 넘어서는 권력까지 주고 가상假相이라 불렀는데, 이것이 남성 품주의 첫 사례가 되었다. 백제 원정 실패로 체면을 구긴 아달라왕이 조정 대신들에게 더 이상 밀려서는 안 된다는 초조함에 우격다짐으로 이를 밀어붙인 듯했다.

이듬해인 166년 정월, 아달라왕과 내후가 남도에서 군신들로부터 조회를 받았다. 이어 조회를 마치고 새해를 맞이하는 연회를 열어 모두 함께 술을 마시면서, 군신들이 왕 앞에서 흥겹게 노래하고 춤도 추었다. 그런데 홍선興宣이 홀로 술도 마시지 않고, 여인들과 놀지도 않았다. 왕이 연유를 물으니 홍선이 답했다.

"우리나라는 神이 세운 나라로, 일찍이 안으로는 반신反臣이 없었고, 밖에서도 업신여기는 나라가 없었습니다. 그런데 지금 역적 길선이 죽지 않고 나라 밖 부여 땅에 살면서 이리의 마음을 품고 있으니, 신이 어찌 술을 마시고 즐길 수 있겠습니까?"

다분히 흥을 깨는 소리였으나, 홍선의 충성스러운 말에 아달라왕이 크게 기뻐하며 그의 작위를 올려 주려 했다. 그러자 홍선이 말을 이었다.

"소신이 아무런 공이 없는데 작위를 올려 주신다면 대신들의 마음을 잃게 되는 법입니다. 원컨대 소신을 시험 삼아 西路로 보내 주시고, 공을 세우는 것을 보신 다음에 작위를 올려 주셔도 늦지 않을 것입니다!"

이에 왕이 홍선과 판실板失을 서로군사西路軍事로 삼았다. 이어서 병무를 정비하고 군사들을 훈련시켜 가면서 다시금 백제를 공략할 준비를 서두르게 했다.

공교롭게도 그해 연말이 되자, 숱한 화제를 낳았던 상좌평 길선이 55살의 나이로 갑자기 백제 땅에서 사망했는데, 다소 석연치 않은 죽음이었다. 구지왕이 길선의 죽음을 비통해하면서 태공太公의 예로써 장사 지내게 했다. 그때 길선에게는 아들 팽선彭宣이 있었는데 왕후인 전후田后의 배다른 오빠이기도 했다. 길선이 죽자 구지왕이 자신의 딸인 백화苩花를 팽선의 처로 삼게 했는데, 팽선이 백화의 오빠인 왕자 백인苩仁을 가까이하고는 장차 신하로서 충성하기로 했다.

그러던 어느 날, 팽선이 구지왕을 찾아와 하소연을 했다.

"어라하, 신의 처 백화와 그 오라버니인 백인이 밀통해 신을 박대하고 있습니다……"

그 말을 들은 구지왕은 백인 남매를 잠시 떨어뜨려 놓을 필요가 있다고 생각했다. 이에 백인에게 명을 내려 북한산성을 맡고 있는 북한군北漢軍을 감찰 겸해서 돌아보고 오라고 명했다. 그러자 백인이 주변 사람들에게 구지왕에 대한 푸념을 늘어놓았다.

"부왕(구지왕)이 전씨에게 빠져 있어 다른 왕자들은 물론, 부왕의 동생들 모두를 소홀히 하는구나……"

그 말을 들은 팽선이 이를 자신의 여동생인 전후田后에게 그대로 밀고하고 말았다. 그런데 전후가 이때 구지왕이 아니라, 엉뚱하게도 왕의 배다른 아우인 고시古尸를 불러 이 말을 귀뜸해 주는 것이었다. 고시는 젊은 데다 외모가 출중한 미남으로 형인 구지왕으로부터의 신임이 두터 웠고, 여러 공을 세운 만큼 나름 조정에서의 입지가 있었다. 마침 나이 가 들어 늙은 구지왕만을 바라봐야 했던 전후가 시동생인 고시와 눈이 맞았다. 급기야는 남모르게 둘 사이에 아들 소대素大를 낳기까지 했으 니, 실로 믿기 어려운 일이 구중궁궐에서 벌어진 셈이었다.

그러나 田후의 비행이 언제까지나 비밀로 남아 있을 수도 없는 노릇 이었기에, 이후 두 사람은 구지왕이 이 사실을 눈치챌까 두려워하며 항 상 노심초사하고 있었다. 그런데 구지왕이 전후를 매우 총애하여, 그녀 의 어린 아들인 소고素古를 일찍부터 동궁으로 삼는 바람에, 다른 자식 들로부터 불평과 원망을 샀다. 그 무렵 태자와의 경쟁에서 밀려난 백인 과 다른 왕자들이 이런 田후의 행실을 알아차리고, 구지왕에게 이를 발 설하려 한다는 소문이 나돌았다.

그러던 차에 고시가 전후로부터 백인과 다른 왕자들의 불만이 많다 는 이야기를 전해 들은 것이었다. 전후가 초조한 빛으로 물었다.

"장차 이를 어찌하면 좋겠소?"

눈치 빠른 고시가 이 상황을 역이용하기로 마음먹었다. 그가 치밀하 게 계획을 수립한 끝에 은밀하게 다시 田후를 찾아 자신의 계략을 일러 주었다.

"지금이 상황을 역전시킬 절호의 기회요. 우선 왕자들이 백인과 더불 어 모반을 일으키려 한다며 역모의 죄를 덮어씌워야 하오. 이를 위해서 는 왕이 모르게 왕비의 명으로 밀부를 내려야 하오. 그래야 궁 안의 수 비대를 동원해 먼저 왕자들을 일거에 제압해 버릴 수 있을 것이오. 그와 동시에 어라하도 체포할 것이오……"

"……"

그 말을 들은 전씨가 순간 너무도 긴장한 나머지 꼴깍 소리가 나도록 침을 삼켰다. 고시가 전후를 재촉했다.

"왕후께선 지금 망설일 시간이 없소. 이젠 어쩔 수 없는 일이 되었단 말이오!"

결국 田후가 고시의 말에 동조해 구지왕 몰래 전시동원戰時動員을 허락하는 밀부密符를 내리고, 고시古尸를 긴급하게 내외군사內外軍事로 삼는다는 명을 내렸다. 밀부를 손에 넣은 고시가 사전에 꾸민 계획대로 즉시 수비대를 거느리고 신속하게 움직였고, 순식간에 조정을 장악하는 데 성공했다. 워낙 전격적으로 거사가 실행되는 바람에, 구지왕은 물론 누구 하나 이에 제대로 대항할 수 없었다. 고시는 이어 형인 구지왕을 겁박해 가차 없이 체포하고는, 궁궐 깊은 곳에 유폐시켜 버렸다.

〈고시의 변〉이 일어나자 백제 조정이 더 없는 혼란에 빠지고 말았다. 북한산성으로 출타 중에 소식을 들은 백인肖仁은 모든 것이 잘못되었음을 간파하고는 이내 동북쪽 말갈로 달아나 버렸다. 그 후 달솔達率 연다燕多와 격섬鬲閃 등 구지왕의 신하들이 고시를 성토하고 나섰다.

"아우가 자신을 믿어 준 임금을 배신하고, 그 형수와 놀아난 일은 부끄럽기 짝이 없는 패륜 자체요, 백제의 수치입니다. 우리가 뜻을 모아 역적 고시와 전씨를 반드시 제거하고 다시금 어라하를 모셔야 합니다!"

이처럼 고시에 저항하는 구지왕의 신하들이 세력을 점점 키우는 사이, 반란 소식을 접한 사로국 조정에서도 백제의 친사로파 인물들에게 손을 써서 고시의 축출을 부추긴 듯했다.

상황이 긴박하게 돌아가자 이미 군권을 장악한 고시도 가만히 있질 않았다. 고시가 이때 전田후와 상의한 끝에 전격적으로 어린 태자 소고素古를 새로운 어라하로 추대했는데, 그가 바로 초고왕肖古王이었다. 왕의 나이가 당시 13살에 불과했으니, 다분히 모후인 田후의 수렴청정을 노린 것이었다. 당초 고시는 자신이 어라하의 자리에 오르려 했던 것이 틀림없었다. 그러나 나라 안팎으로 심한 반발에 부딪힌 데다, 자신의 편인 줄로만 믿었던 전후가 그녀의 아들인 소고를 왕으로 삼을 것을 고집하자 포기할 수밖에 없었다.

田후의 입장에서는 구지왕의 태자를 왕으로 올림으로써 백제 왕실에 대한 신의를 지켰다는 명분을 얻을 수 있었으니, 그녀는 결코 호락호락한 여인이 아니었던 것이다. 그렇더라도 초고왕이 아직 어린 탓에 수렴을 하게 된 田후와 더불어 천하를 호령할 수 있게 되었으니, 고시는 아쉬운 대로 절반의 성공에 만족해야 했다. 이런 상황에서 기회를 노리던 달솔과 연다 등이 사로국과 내통해 내란을 일으켰다. 그러나 끝내 고시에게 섬멸당했고, 역逆쿠데타에 실패한 이들은 이내 〈사로국〉으로 달아나 귀화해 버렸다.

구중궁궐 깊은 곳에 갇혀 버린 구지왕은 이미 72세로 늙은 데다, 왕후와 믿었던 동생의 배신으로 충격에 휩싸였다. 결국 크게 상심한 구지왕이 화병으로 이내 세상을 뜨고 말았는데 167년의 일이었다. 구지왕은 애초부터 품성이 좋아 주변 사람에게 따뜻하게 대하고 모질지 못했다. 30년이나 백제를 다스리면서 가능한 전쟁을 피하고자, 이웃한 사로국과 화친정책으로 일관했다. 그 결과 그의 치세는 드물게 평화로운 시기여서 백성들로부터 성군이라는 평을 받기도 했다.

그러나 무릇 나라를 다스리는 일은 사가私家의 의리를 따지듯 해서 되는 일이 아닌 법이었다. 구지왕의 사례는 착한 품성만으로는 결코 나라를 다스리기에 부족하다는 사실을 여실히 입증해 준 꼴이었다. 결정적으로 이웃 나라 길선의 미인계에 놀아난 측면도 없지 않았고, 말년에는 왕실 내부의 일마저 소홀히 하고 말았다. 결국 장인인 〈길선의 난〉에 휘말려 버렸고, 뜻밖에도 이것이 〈고시의 난〉으로 이어지게 되었다. 구지왕 말년에 나라 안팎에서 연달아 일어난 두 개의 난亂이 결국 구지왕을 침몰시킨 셈이었다. 그리고 그 결과는 자신의 의지와는 반대로 3代에 걸쳐 반세기 동안 동맹관계를 유지해 오던 사로국을 하루아침에 적으로 돌려 버리고 만 것이었다.

사로국 지마왕의 외손으로 당시 사로국과 백제 두 나라를 오가며 양쪽에서 재상을 지낸 길선의 등장은 좀처럼 보기 드문 사례였고, 사건 자체가 수수께끼 같은 의혹투성이였다. 어쩌면 길선은 좁은 한반도 내의 소국들 간에 평화적인 통합을 추진하려는 웅지를 지닌 인물일 수도 있었다. 그는 백 년 전쯤 이 땅에서 일어났던 옛 서나벌과 계림 간의 통일의 역사를 누구보다 잘 알고 있었을 것이다. 그런 길선이었기에 백제왕을 사위로 두게 되면서부터, 같은 대륙에서 출발했던 두 나라의 평화적 통합을 시도할 법했기 때문이었다.

그러나 불행히도 길선의 행적에서 그런 단초는 보이지 않는 대신, 그저 자신의 사리사욕만을 추구한 인간으로 기록되었을 뿐이었다. 이는 길선이 하루아침에 역도逆徒로 추락하면서, 그의 자세한 행적과 생각(사상)이 일거에 지워졌기 때문이었을 것이다. 그러나 길선이 난을 일으키기까지는 그럴 만한 명분이 있었을 터였고, 분명히 스스로 왕이 되고자 한 것도 아니었다. 그마저 미수에 그치다 보니, 전투를 벌이거나 다수의 희생자를 낸 것도 아니었다.

그보다 길선은 아달라왕에게 백제와의 평화적 통일이라는 대의大義 vision를 제시했을 가능성이 커 보였다. 그러나 아달라왕이 이를 현실성이 떨어지는 것으로 무시했거나 자신에 대한 정치적 압력으로 인식했고, 끝내 이것이 두 사람의 갈등을 야기한 듯했다. 길선이 지마왕의 혈통으로 결코 만만치 않은 데다 백제왕의 장인이다 보니, 어느 때부턴가 아달라왕이 그를 부담으로 여김과 동시에 의심했을 개연성도 충분했다. 길선은 길선대로 자신의 충정과 대의를 몰라주는 아달라왕에 대해 실망한 데다 신변의 위험을 감지한 나머지, 같은 지마왕의 혈통인 좌옥과 우옥태자를 내세우려다 끝내 돌이킬 수 없는 역모의 길로 들어서고만 것이었다.

길선이 단순한 역도가 아니었을 것이라는 추정은 그 후 이어지는 사건을 통해서도 엿볼 수 있었다. 즉 백제로 달아난 그가 곧바로 석연치 않은 죽음을 맞이했다거나, 이후 그의 딸인 田后가 고시와 함께 구지왕을 배신한 채 난을 일으킨 점, 또 전후는 물론, 그의 아들인 초고왕 이후로는 아달라왕의 사로국에 대해 철저하게 적대 관계로 돌아서 버렸다는 점 등이, 길선의 실제 모습과 역사기록이 사뭇 다를 수 있음을 시사해주는 것들이었다.

당시 아달라왕이 양국 모두에 위험한 인물이라며 구지왕을 설득해 길선을 제거하려 했을 수도 있었고, 그런 구지왕에 대해 길선의 딸인 田后가 고시를 끌어들여 보복에 나선 것일 수도 있었던 것이다. 어느 것이 진실인지는 알 수 없지만, 어쨌든 〈길선의 난〉이 2세기 후반의 한반도 〈백제〉와 〈사로〉 양국에 엄청난 혼란과 정치적 파장을 남긴 것만은 틀림없었다. 이처럼 사로국에서 시작된 〈길선吉宣의 난〉은 결국 백제에서 〈고시古尸의 난〉으로 이어졌고, 끝내 구지왕의 몰락을 초래하고 말았다. 더구나 그 화禍가 구지왕의 후대에까지 지속된 나머지, 한때 왕실 간에 혈족을 이루었던 사로와 백제가 서로를 증오하고 치열하게 대치하는 최악의 국면으로 들어서게 만들었다.

그런데 사로국의 통일과정을 들여다보면, 분명히 탈해왕의 〈계림〉은 당시 커다란 위기에 처해 있었고, 여러 면에서 〈서나벌〉이 비교우위에 있었으므로 통합의 명분과 실리가 충분한 상황이었다. 그러나 〈백제〉와 통일 〈사로국〉의 경우에는 다 같이 비교적 안정적인 정권에 국력도 비슷한 처지였다. 그런 상황에서 서로 우열을 가리기 어려운 나라끼리의 평화적 통합이란, 명분과 실리가 부족한 데다 주도권을 놓고 오히려 긴장과 대결을 자초할 가능성이 다분했을 것이다.

그런 점에서 〈길선의 난〉은 그의 섣부른 이상理想이 오히려 양국의 평화를 깨뜨리는 최악의 결과를 초래한 사건이었는지도 모를 일이었다. 어찌 되었든 늙은 구지왕은 자신의 말년에 연속적으로 일어났던 2개의 난이 장차 무슨 결과를 초래할지도 모른 채, 회한과 분노만을 가득 안고 죽어 갔던 것이다.

14. 혼혈왕 아달라와 벌휴

AD 154년경, 금성金城의 사로국斯盧國에서는 일성이사금이 죽고 그의 아들인 아달라阿達羅가 8대 이사금에 올랐다. 그때 아달라의 생모인 지진내례가 성은을 중히 여긴 끝에 선금(일성)을 따라 죽었는데, 또 다른 남편이었던 석추昔鄒(구추)의 무덤에도 분골을 하라는 유명을 남겼다. 왕이 효성이 지극했던지 모후의 유지를 받들어 분골을 했고, 석추를 갈문왕으로 높여 주었는데 사실 그는 계림의 시조 석탈해昔脫解의 자손이었다.

이어서 동생인 벌휴伐休를 태자로 삼았는데, 이 또한 모후의 유지를 따른 것이었다. 두 사람이 아버지가 달랐으나 어려서부터 우애가 좋아 설령 다투는 일이 있더라도 늘 함께 붙어 다녔다고 했다. 왕이 벌휴의 처 황黃씨와 자황紫凰 모두에게 권처의 직위를 내리고 정井(궁궐)에 들어와 살게 하니, 사람들이 당시 궁궐에 두 명의 군주가 있다는 의미에서 아달라와 벌휴를 일러 二君이라 칭했다.

아달라왕은 여섯 번째로 태자에 올랐다가 즉위했으니, 왕위에 오르기까지의 과정이 결코 순탄한 것만은 아니었다. 선금先今인 일성왕이 그 앞 지마이사금의 자식이 아니어서 태자가 여러 번 교체된 것이 주된 원인이었다. 그런데 아달라왕과 벌휴태자 모두는 7척 장신에 유달리 피부가 희고, 코가 우뚝하여 일반인의 모습과는 사뭇 달랐다고 한다.

그러다 보니 사람들이 그 태생을 의심해 뒤에서 수군덕대기 일쑤였는데, 여기에는 놀라운 이야기가 숨겨져 있었다. 그들의 외할머니는 파사왕의 권처로 모다毛多가 낳은 딸인 모리毛利부인이었다. 모리는 16살에 파사왕의 명으로 품주가 되어 당시 이벌찬인 지소례支所禮와 혼인했다. 그러나 두 사람의 나이 차가 워낙 컸기에, 각간이었던 지소례가 10여 년 후 고령으로 사망하고 말았다. 당시 34세의 젊은 나이에 과부가 된 모리부인이 이때 모든 재산을 정리해 일성에게 바치고, 자신의 딸인 지진내례마저 일성의 밀처로 들여보냈다. 좀처럼 보기 드문 과감하고도 결단력 있는 행위로, 지마왕이 총애하던 일성의 장래를 내다본 것이었다.

그 후 지진내례가 일성과의 사이에서 낳은 아들이 아달라였고, 다시 9년 뒤인 130년경 그녀가 일성의 분신과도 같았던 석추와의 사이에서 낳은 아들이 벌휴였다. 이로 미루어 모리부인이 지소례와 부부였을 때,

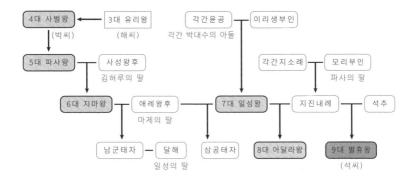

2세기경 사로국 왕가의 가계도 1

　　당시 금성에 들어와 살던 어떤 서역인과 눈이 맞아 낳은 딸이 지진내
례였고, 따라서 그녀는 흰 피부와 커다란 눈을 가진 혼혈일 가능성이 매
우 높았다. 이런 연유로 아달라와 벌휴는 외모가 남들과 다른 데 반해,
유독 서로는 같다 보니 비록 아버지가 다르다 해도 형제애만큼은 누구
보다도 각별할 수밖에 없었던 것이다.

왕의 모친인 지후只后(지진내례) 또한 그녀의 모친인 모리만큼이나 사리가 분명하고 꽤나 명석한 여인이었다. 지후는 선금인 일성왕을 따라 죽기 전에 태자인 아달라를 서둘러 이사금에 오르게 했고, 아달라의 처인 내례內禮와 한개汗介를 각각 좌우后로 삼게 했다. 이어서 죽은 석추를 갈문왕에 추존하게 한 다음, 특히 석추의 아들이자 아달라의 동생인 벌휴를 서둘러 태자로 삼게 했다. 그녀의 뜻대로만 된다면 자신이 낳은 두 아들 모두가 이사금이 되는 최초의 역사가 쓰이는 셈이었던 것이다.

이렇게 중요 대사를 마무리 짓고 난 다음, 왕과 내례를 거느리고 함께 도산桃山의 사당을 찾아 조상들께 알현하고는 이들 부부에게 말했다.

"내후內后(내례)는 성골聖骨정통이니 내 자리를 물려받을 수 있다."

그리고는 스스로를 神에 맡기겠노라고 기도한 다음, 이내 머리카락을 자르고 비구比丘가 되었다. 이후 선금의 장례가 끝나자마자, 더 이상 하늘에 원통함이 없다는 말을 남긴 후, 선금을 따라 과감하게 불 속에 뛰어들었다. 아달라왕이 그녀의 유언에 따라 양정壞井에 모셔진 일성과 석추의 묘에 각각 분골했다. 그 무렵 백제伯濟 구지왕仇知王의 아우인 고시古尸가 아달라왕의 즉위를 축하하는 사절로 다녀갔다.

그런데 그해 5월, 선도仙徒인 가마성치可馬成治 등이 반군班君태자의 아들인 홀랑군忽郞君을 이사금으로 추대하고자, 선도무리로 구성된 선군仙軍을 동원해 반란을 일으켰다. 반군태자는 지마왕과 애후愛后의 아들이었음에도 왕위에 오르지 못한 인물이었는데, 이사금 교체로 조정이 어수선한 때를 노린 것이었다. 선도의 유파 중에서 계도鷄徒, 호도虎徒, 마도馬徒 중에 반란에 호응하는 자들이 많았던 반면, 우도牛徒와 양도羊徒의 선도들은 대부분 이에 반대했다. 아달라왕이 장석長昔에게 이들 반란군을 토벌하라는 명을 내렸고, 장석이 출정하여 반란군을 무참하게 패퇴시키는 데 성공했다. 전령이 달려와 이 소식을 왕에게 알렸다.

"홀랑군이 태백신산太伯神山으로 달아나서 지금 추격 중입니다!"

그러자 아달라왕이 명했다.

"홀랑군을 끝까지 추격해 반드시 잡도록 하되, 그를 잡게 되면 노비로 삼고 태백신산에 속하도록 하라!"

이렇게 〈홀랑군의 난〉은 쉽사리 진압되었으나, 그동안 사로국 내에서 왕족들 사이의 반란은 아주 드문 일이었다. 특히 〈흑치의 난〉이 진압된 지 십여 년이 지나도록 여전히 선도들의 세가 수그러들지 않았고, 사로국 조정에 반감을 갖는 선도들이 적지 않았다는 의미였다. 이듬해인 155년이 되자 〈백제〉의 구지왕이 귀족의 딸 중에서 엄하게 뽑은 천을天乙과 지을地乙 두 여인을 이군二君에게 보내 왔는데 매우 아름다웠다.

아달라왕 4년째인 157년, 〈소문국召文國〉의 묘덕妙德공주가 거리居利의 아들 흠실欽室을 낳아 왕이 쌀과 옷을 내렸다. 먼 후일 흠실의 후손 중에 이름난 충신이 나오니 그가 박제상朴堤上이었다.

그해 5월 통로通路장군 돈부敦父가 난공사 끝에 계립령鷄立岺을 여는 데 성공했다. 계립령은 경북 문경에서 충북 괴산으로 넘어가는 고갯길로, 이 고갯길이 개통되면서부터 그 아래쪽의 〈대가야〉가 크게 위협을 느끼게 되었다. 과연 7월이 되자 금성의 사로국 조정으로 보고가 들어왔다.

"아뢰오, 가야加耶의 세주世主 아수阿修가 공물을 바쳐 왔습니다!"

그해 아달라왕이 순행을 나가 친히 장령진長嶺鎭에 닿았는데, 이때 장령을 지키는 군사들에게 군복을 하사하기도 했다. 아달라왕의 순행은 이듬해 다시 이어졌는데 왕이 6부를 돌면서 친히 백성들을 살피는 한편, 헐벗고 굶주린 자들을 구휼했다. 그해 3월에는 장군 대해大解가 대령

大嶺(강릉대관령)을 개통한 데 이어, 같은 달 죽령竹嶺(충북단양)도 개통되기에 이르렀다.

이 무렵 〈사로국〉이 북방 변경을 확장하기 위해 사방에서 큰 산과 산을 잇고, 고갯길을 뚫는 대규모 공사들을 많이 진척시켰는데, 오늘날까지 그대로 이용되는 대표적인 고갯길로 남게 되었다.

그런데 아달라 왕조에서는 특별히 백성들의 일상생활에 광범위하게 영향을 끼치는 다양한 생활규범의 기록들이 주목을 끌게 했다. 우선 AD 156년에 지엄한 왕령이 하나 떨어졌다.

"이제부터 백성들이 사사로이 옮겨 다니거나, 함부로 잡도雜徒들을 공사 등에 투입하는 일체의 행위를 금하게 하라!"

당시 백성들이 마음대로 이사할 수 있는 거주의 자유를 제한한 것은 물론, 선도仙道의 신자들을 제멋대로 동원해 임의 공사 등에 투입하는 것을 금지시킨 것이었다. 필시 선도仙徒들이 모여 작당하는 것을 방지하려 한 조치로 보였으니, 종교를 빙자해 권력을 탈취하려 했던 〈흑치의 난〉으로 인한 상처가 그만큼 깊었던 것이다.

그해 3월에는, 북천北川에서 사사射士(궁사)들을 모아 활쏘기대회를 열고 이들을 시험했다. 이어 다음 달인 4월에는 아달라왕이 또 다른 명령을 내렸다.

"전국의 州와 郡에서 인재를 크게 모으려 한다. 각 주군에서는 누구든지 골품과 지연에 얽매이지 말고 인재들을 천거하라!"

이는 아달라왕이 신진 세력을 키우고자 노력한 흔적으로, 나라의 젊은 군주로서 건국 이래 세습화된 귀족 골품들을 견제하려 했던 개혁 조치의 하나로 보였다. 또 12월이 되자 아달라왕이 아주 특별한 명을 내렸다.

"골녀들을 남도南桃에 집결시키도록 하라. 여인들의 집결이 완료되면

특별히 기예를 닦도록 하라!"

한마디로 이는 골녀骨女(귀족여인)들을 모아놓고 가무歌舞, 즉 노래와 춤을 가르치고 이를 연마하도록 한 것이었다. 당시는 귀족들만이 모이는 사적인 공간에서부터, 가배(한가위)나 대장大場과 같이 백성들 모두가 다 함께 참여하는 국가 단위의 공개된 축제도 많다 보니, 가무의 수준을 한 차원 높은 경지로 끌어올리려는 시도인 듯했다.

그 무렵에 파진찬 연공淵公이 죽었는데, 그는 격구擊毬에 능하기로 이름난 인물이었다. 사로국에서는 벌써 이 시기 오늘날 축구와 비슷한 격구가 유행했는데, 초기에는 유목민들 사이에서 짐승의 방광 등을 이용해 던지고 차는 놀이에서 시작했다가, 나중에는 질긴 실을 둥글게 감은 뭉치를 차는 시합으로 발전했던 것이다.

160년경에는 금성에 7일 동안 폭우가 계속되더니 알천閼川이 넘치고, 백성들의 집이 많이 떠내려가서, 제방을 쌓아 홍수를 막도록 명하였다. 그 무렵 金城의 북문이 저절로 넘어져 왕이 선로仙老를 문책한 일도 있었다. AD 163년에는 나라에 널리 퍼져 있는 仙道의 유파 중에서 우도牛徒, 羊도, 狗도, 馬도, 虎도 무리를 대상으로 하는 또 다른 명이 떨어졌다.

"선도 무리의 5대 유파는 각자 자신의 땅을 지키되, 서로 다른 유파의 영역을 침범하는 일이 없도록 하라!"

특히나 이때부터 골품이 없는 자가 칼을 휴대해서도 안 되고, 사사로이 활과 화살을 감추는 것도 금지시켰다. 이 모든 것이 행여 일어날 수도 있는 선도 무리들의 봉기를 사전에 막기 위한 예방조치였던 것이다.

그해, 돈거敦車를 이벌찬, 나해羅亥를 품주로 삼았는데, 나해는 임금의 반찬인 수라를 잘하기로 유명했다. 나해의 남동생 작평作枰은 과수원을 관리하는 데 능했다. 이들의 재주와 기술이 얼마나 뛰어났던지 사람들이 "작평의 과수원, 나해의 수라"라고 할 정도였다.

심지어 164년경에는 어린아이들이 산이나 숲에서 매미를 잡는 것을 금하게 한 일도 있었다. 아달라왕이 꿈을 꾸었는데, 매미왕이 나타나 하소연을 한 뒤로 내린 명령이었다. 또 백성들에게 타국의 잡신雜神을 모시는 것을 금지한다는 명이 내려지기도 했다. 왕이 그 이유를 설명했다.

"내가 꿈속에서 수왕樹王(나무왕)을 보았는데 처음에는 신명이 나서 다 같이 기뻐하며 춤을 추었다. 그런데 어느 순간 돌변하더니 다른 나라의 신과 사당을 놓고 격렬하게 싸우는 꿈을 꾸다가 깼다. 이는 수왕의 계시가 틀림없으니, 앞으로는 백성들이 타국의 잡신을 함부로 숭배하지 못하게 하라!"

이미 전통신앙인 선도가 널리 자리 잡은 상황이었으므로, 특히 불교 등의 유입을 차단하려는 조치일 수도 있었다. 170년 4월에는 〈대축전大畜典〉을 설치해 6축畜을 기르는 일을 전담하게 하고 이를 장려했다. 그 외에도 밀봉(꿀벌), 사슴, 토끼, 범, 고양이, 비둘기, 오리, 연못의 물고기에 이르기까지 일체의 생물을 넘치게 잡거나 지나치게 사냥하는 것을 금하게 했다.

이렇듯 아달라 왕조에서는 왕실이나 조정에서 주관하는 온갖 제사 및 다양한 국가적 행사들이 여러 기록으로 전해졌다. 먼저 155년 6월에는 한후汗后(한개汗介)가 골녀 일백 명을 거느리고 문천蚊川에서 유두 행사를 크게 가졌다. 〈유두流頭〉 행사는 20년 전 137년경 지마 왕조 때 일어났던 〈흑치의 난〉 이후 생겨난 풍습이었다. 당시 선도들 사이에서 6월 문천의 흐르는 물에 머리를 감으면 죄를 사해 준다는 소문이 퍼지면서, 언제부터인가 연례행사로 지내는 축제처럼 자리 잡은 것이었다.

특히 그해는 아달라왕이 즉위한 이듬해였는데, 신금新今이 왕후 몰래 골녀의 복장을 하고는 골녀들 속에 숨어 이들을 따라갔다고 한다. 이윽고 유두 행사가 끝나자 갑자기 문천의 커다란 바위 위에 누군가 올라 춤을 추기 시작했는데, 이내 사람들이 깜짝 놀라 기겁을 했다.

"어머낫, 임금이시다! 임금께서 골녀 복장으로 춤을 추신다, 어머, 어머!"

처음엔 골녀들이 놀라 당황했으나, 이내 열심히 춤에 빠져드는 소탈한 아달라왕의 모습에 다들 기뻐 이를 반기면서 소리 지르고, 박수 치며 열렬히 환호했다. 백성들과 한데 어울려 격의 없이 풍류를 즐기고, 그들을 즐겁게 해 주려는 아달라왕의 기지와 활달한 성품이 엿보이는 행사였다. 이때 백 인의 骨女들이 왕을 모시고 도착한 샘을 백녀천百女泉, 왕이 춤을 춘 바위를 니금암尼今岩이라 불렀다고 한다.

그해 연말에는 아달라왕이 과다흑치의 사당에 행차해 그의 상에 절하고 기도했다. 비록 흑치가 반란의 괴수로 사라진 지 오래였지만, 그가 당시 크게 유행했던 선도의 최고 수장이었기에, 그의 사후에도 선도들은 물론 많은 백성들조차도 그를 추앙하고 있었던 것이다. 그들을 위무할 필요가 있다고 느낀 아달라왕이 여전히 선도사상을 인정하고, 선도들을 존중하고 있다는 사실을 드러내고자 흑치의 사당까지 행차한 것이었다.

159년 정월에는 왕과 내후內后가 알천에 행차하여 〈황구제黃狗祭〉를 지냈다. 아마도 그날 백성들과 같이 개를 잡는 행사를 가졌거나, 아니면 인간들에게 수없이 희생당한 황구들의 영혼을 달래 주는 행사였을 것이다. 그 시절에 이미 민간에서 널리 개고기를 식용했던 것이다. 이외에도 왕실에서 주관하는 여러 제사가 있었는데, 매년 12월에는 역대 선금先今(선왕)들을 모신 사릉에서 〈사릉대제蛇陵大祭〉가 열렸고, 10월 파사대제, 2월 일성대제, 4월 지후只后대제처럼 선금과 선후의 제사를 크게 지내고 조상들을 기렸다. 또한 수시로 나라에 천재天災가 있다 보니, 이를 없애 줄 것을 하늘에 기도하는 제사도 많았다. 가뭄을 그치게 하는 비를 내려 달라는 기우제나, 전염병을 막아 달라고 신궁에서 기도하는 〈신궁대제神宮大祭〉가 그것이었다.

또 당시 사로국에 크게 번진 仙道의 유파들이 주관하는 제사도 있었다. AD 163년에는 명활산에서 처음으로 양도가 주관하는 〈백양제伯羊祭〉가 성대하게 행해졌고, 165년 정월에는 월지月池에서 〈청룡제青龍帝〉가 열렸다. 그날 아달라왕과 내후가 친히 행차하여 관전하는 가운데, 6부에서 골고루 선발된 仙女들이 얼음을 깨뜨리고, 배를 저어 횃불을 들어 올리는 의식이 거행되었다. 이는 한겨울 내내 꽁꽁 얼어붙은 연못에 갇혀 있던 청룡이 승천할 수 있도록 도와주는 과정을 행위로 연출해 낸 것이었다. 청룡제는 추운 겨울이 빨리 가고 만물이 생동하는 봄이 오기를 재촉하는 축원이었던 것이다. 이듬해 166년 12월에는 선도에 통달해 최고의 선학仙學으로 숭앙받던 반산대사를 기리는 반산대제班山大祭도 열렸다.

그 밖에도 사로국에서는 다양한 축제가 끊이질 않았다. 매년 8월마다 〈가배嘉俳〉(추석, 한가위), 9월에는 〈대장大場〉이 열려 나라 전체가 축제 분위기로 달아올랐다. 또 수시로 알천閼川이나 남도南桃 등지에서 노래 부르고 춤을 추는 월가月歌를 행했는데, 이들 행사 대부분은 역대 왕과 왕후들이 모두 참가하는 나라의 축제로 자리 잡았다. 181년 정월에는 〈금신제金神祭〉가 열렸다. 십중팔구 이는 사로국에 정착한 흉노 휴도왕休屠王의 金씨 자손들이 오래도록 숭배해 오던 제천금인祭天金人에 기도하는 제사였을 것이다.

고대는 전쟁과 자연재해, 질병과 기아가 수시로 반복되는 등 불확실성으로 가득한 사회였다. 그러므로 어느 나라에서든지 겸허하게 인간 스스로를 낮추고 하늘(자연)과 조상에 제사 지내며, 행복을 기원하는 다양한 제사와 축제가 존재했다. 그럼에도 불구하고 고대 한반도의 남동 끝에 위치한 사로국에서 이처럼 많은 연례행사가 치러졌다는 것은 커다란 의미를 지닌 것이었다. 즉, 이 시기 〈사로국〉은 분명 그 어떤 나라보다 평화로운 분위기가 이어졌고, 전쟁이 덜한 만큼 풍요로운 나라임이 틀림없었던 것이다. 당대 사로인들은 낙천적인 분위기 속에서 고귀한 삶 자체를 누릴 줄 알았던 것이다.

그러던 중, 아달라왕 12년째인 165년경, 아찬阿湌 길선이 〈백제〉의 구지왕에게 여동생 물勿씨와 딸 전田씨를 차례대로 바친 다음, 〈사로〉와 〈백제〉 양국을 오가며 벼슬을 하는 특이한 상황이 이어졌다. 길선이 이후로 역모를 시도한 끝에 실패해 〈백제〉로 달아났으나, 이듬해 석연치 않게 죽음을 맞이하고 말았다. 그사이 역도 길선의 반환 문제를 놓고 아달라왕과 구지왕이 신경전을 벌인 끝에, 끝내 사로국이 백제를 침공했다가 물러나기까지 했다. 〈길선의 난〉을 계기로 백제와 사로국의 화친이 반세기 만에 끝나 버렸고, 다시금 적대 관계로 돌아서고 말았다.

뿐만 아니라 길선의 죽음은 이후로 길선의 딸인 전후田后와 구지왕의 이복동생 고시古尸가 함께 일으킨 〈고시의 변變〉으로 이어졌고, 그 와중에 궁궐 깊숙이 유폐되었던 구지왕이 화병으로 사망했다. 사건은 이것으로 그치지 않았다. 구지왕 사후 백제 조정이 더 없는 혼란에 휘말리게 되자, 구지왕의 신하들 중에 달솔 연다와 격섬 등이 고시를 성토하고 그를 제거하려 들었다. 그러나 이미 병권을 장악하고 있던 고시의 반격에 밀려, 이들은 사로국으로 달아나야 했다.

달솔 연다燕多가 이때 사로 조정으로 들어와 귀부 의사를 밝히면서, 아달라왕에게 정병의 지원을 요청했다.

"구지왕의 서제庶弟인 고시가 적자嫡子를 쫓아내고 이 사실을 숨긴 채 발상도 하지 않았습니다. 이에 대왕께서 정병으로 지원해 주신다면 소신이 나서서 백제왕의 원수를 반드시 갚도록 하겠습니다!"

1차 백제 원정이 실패로 돌아간 후 호시탐탐 백제를 노리고 있던 아달라왕이 연다의 귀중한 정보에 크게 동요했다.

"이제야말로 부여를 공략하기에 더없이 좋은 기회가 아니더냐? 조정 대신들이 이 문제를 심도 있게 검토해 보도록 하라!"

그러나 중신들의 생각은 아달라왕과는 많이 달랐다. 1차 원정의 목적이었던 길선이 이미 백제의 수도 한성에서 죽은 마당에, 이웃 나라의 정변을 핑계로 대규모 군사를 동원해 전쟁을 치를 명분이 부족하다고 본 것이었다. 게다가 이미 지난 1차 원정으로 많은 군비를 소비한 터에 2차 원정이 실제로 이루어질 경우, 그 경비가 추가로 얼마가 들어갈지 감당하기 어렵다는 것이 중신들의 솔직한 우려였다. 결국 조정대신들이 이런 속내를 들어 왕에게 2차 출병이 적절치 않다고 간했다.

"연다는 어디까지나 부여의 정변을 피해 도망쳐 온 자로, 지금 그의 마음은 부여 왕실에 대한 복수심으로 가득 차 있습니다. 그런 사람의 말만을 듣고 모든 허虛와 실實을 제대로 파악하지 못한 상태에서 출병을 한다는 것은 다분히 위험이 따르는 일일 것입니다. 더구나 역적 길선도 구지왕도 이미 한성에서 모두 죽고 없는 마당에, 새삼 대규모 2차 원정을 강행하기에는 그 명분이 너무도 빈약하다 할 것이니 부디 통촉해 주옵소서!"

이번엔 전쟁을 반대하는 대신들의 말을 아달라왕이 수긍할 수밖에 없었다. 결국 논의 끝에 정병 지원은 불가한 것으로 결론 내리고, 대신 연다에게는 사로국의 작위를 수여해 정착을 돕는 쪽으로 마무리되었다. 이것으로 〈길선의 난〉과 〈고시의 변〉으로 야기된 양국 조정에서의 소동이 마침내 수그러들게 되었다. 길선은 더욱 큰 장래를 내다보고 백제와 사로국의 평화적 통합을 바랐을지도 모를 일이었으나, 결국 탐욕스러운 반역자로 기록되고 말았다.

그러나 우선 당장 〈길선의 난〉으로 야기된 백제와 사로국 사이의 적개심은, 과거 〈13년 전쟁〉 시의 그것처럼 돌이킬 수 없는 것이 되어 활활 타오르고 있었다. 50년 전 양국의 왕실이 처음 혼인으로 맺어졌던 화친 관계는 이후 250여 년이 지나 〈나제羅濟동맹〉으로 되살아나기까지 회복되지 못했다. 결과적으로 길선이 양국에 끼친 해악이 그만큼 지대했던 것이다.

그런데 그해 10월 아달라왕이 〈대가야〉의 3대 여왕인 비가毗呵와 황산黃山에서 만나 화친의 맹약을 맺었다. 정견모주의 차남인 주일朱日 이진아시왕이 111년경 〈대가야〉를 세운 이래로 그의 아들 아수왕이 130년경 2대 왕이 되었다. 〈금관가야〉 거등居登왕의 여동생이었던 비가는 142년경 아수왕에게 시집을 왔는데, 6년 전에 그녀의 남편인 아수왕阿修王이 죽자 그녀가 여왕의 자리에 올라 나라를 다스려 왔다. 그 무렵 〈백제〉가 내란으로 흔들리는 모습을 보이자, 눈치 빠른 비가여왕이 즉각 사로 쪽에 기울어 아달라왕과 회맹을 가진 것이었다.

비가여왕은 사실상 대가야의 첫 여왕이었으니, 매우 기민하고 단호하게 사리판단을 할 줄 아는 여걸임이 틀림없었다. 〈대가야〉는 이후로 6세기 중후반 〈신라〉에 병합되기까지 19명의 왕이 다스렸다. 그런데 특이하게도 그중 절반이 넘는 11명의 여왕이 배출되었으니, 후대까지 미친 비가여왕의 영향이 그만큼 컸던 것이다.

12월에는 아달라왕과 내후內后가 해택海宅으로 들어갔는데, 일지日池에서 반산班山대사의 대제를 함께 치렀다. 반산은 불세출의 신재神材

로 일찍이 선학仙學에 통달한 사람으로 널리 알려져 있었고, 그의 고매한 가르침은 그가 죽어서도 널리 퍼져 백성들에게 줄곧 추앙받는 성인聖人의 반열에 올라 있었다.

길공吉公(길문), 족공足公, 을공乙公, 흑치黑齒 등이 모두 반산을 스승으로 섬겼고, 이에 우도牛徒, 虎徒, 羊徒, 鷄徒의 신도들이 모두 그를 받들어 모셨다.

"반산대사의 자손들에게 작위를 내리고, 재주 있는 자들을 선발해 쓰도록 하라!"

대제를 끝까지 참관한 아달라왕이 반산대사의 후손들을 각별히 우대하라는 명을 내렸다.

그런데 이듬해 아달라왕 13년째인 AD 167년 7월, 느닷없이 〈백제〉가 정예기병으로 〈사로국〉의 서부 변방에 있는 조비천助比川 등 2개의 성을 습격해 오는 사태가 발생했다. 사로국에서 백제를 공격하려 한다는 소문이 끊이질 않자, 오히려 백제가 선수를 친 것이었다. 백제군은 조비천성을 기습해 城主를 살해한 데 이어, 장차 사로국의 공격에 대비할 인질로 삼고자 성안의 부녀자와 어린아이 1천여 명을 백제로 끌고 갔다. 사로국의 아달라왕이 이 소식을 듣고 격분했다.

"무어라? 조비천성이 무너지고 1천여 백성들이 끌려갔다고? 이는 도저히 묵과할 수 없는 사태다. 지난번 우리가 부여를 공격했을 때도 그 선왕은 미안해하면서 차마 우리를 공격하지 않았다. 부여왕이 아직 어린 줄로만 알고 있거늘 대체 누가 이 같은 일을 주도했단 말이더냐? 내 반드시 그 대가를 치르게 하고 말 것이다!"

아달라왕은 일길찬 홍선興宣에게 군사 2만을 내어 주고, 즉시 백제에 대해 대대적인 보복에 나설 것을 명했다. 이번에야말로 모든 것을 걸고

라도 백제와 사생결단을 내고 말겠다는 것이 아달라왕의 결연한 의지였다. 반면에 홍선은 침착하고도 노련한 장수였다. 그가 부하 수장들을 거느리고 백제 공략의 전략을 논의했다.

"지금 2만의 병사들이 주어졌으니, 이를 4개의 軍으로 나누어 각각 다른 길로 출정할 것이다. 또 우선 밖으로는 서쪽으로 곧장 진군한다는 소문을 낼 것이다. 그러나 실제로는 동쪽에서 출발할 것이고, 이후 빠르게 북쪽으로 진군해, 적의 허를 노릴 것이다. 각자 한 치의 차질도 없게 임무를 수행해 내기 바란다!"

과연 백제군은 사로국 군대가 서쪽으로 진군한다는 소문에 대부분 그쪽 변방의 사수에 주력하다 보니 동북이 텅 비게 되었다. 결국 홍선의 기만전술에 휘말린 백제의 변방이 힘없이 무너져 내렸다. 곧바로 곳곳에서 승전보가 들려오자 이번에는 아달라왕이 직접 출정하겠다는 명을 내렸다.

"홍선의 군대가 곳곳에서 승전보를 보내오고 있다. 이제는 내가 직접 나설 때가 되었다. 정예기병 8천을 이끌고 내 직접 출병할 것이니 다들 철저히 준비토록 하라!"

이후로 백제의 왕궁에서는 사로국의 2만 군사에 더해 아달라왕의 8천 기병대가 도성인 한성 밖에 도착해 한수漢水(한강)를 두고 대치 중이라는 소식에 그야말로 초비상이 걸렸다.

"큰일입니다. 사로왕이 저토록 거칠게 나올 줄을 몰랐으니……. 섣불리 사로국을 먼저 도발하는 것이 아니었습니다. 지금 백성들이 불안에 떨며 크게 동요하고 있는 데다, 어라하께서 즉위하신 지 얼마 되지 않아 백성들의 민심도 호의적이질 않습니다. 분명 전쟁을 확대할 때가 아니니, 지난번 빼앗은 성들은 물론, 잡아 온 인질 모두를 즉시 되돌려 보내

주고, 사신에게 잔뜩 보물을 들려 보내 사로왕을 달래야 할 것입니다."

"그렇다면 누가 사신으로 가겠는가?"

그러나 누구도 선뜻 나서는 이가 없어 모두들 고개만 숙이고 있을 뿐이었다. 사실 이번 사로국 침공을 주도한 인물은 어린 초고왕이 아니라, 그를 대신해 섭정을 맡고 있던 왕의 모친 전田태후였던 것이다. 자세한 것은 알 수 없지만 그녀가 부친 길선의 죽음이나 그 앞뒤로 일어났던 2개의 난亂과 관련해 사로국과 아달라왕에 대해 몹시 분개했고, 성급히 그 보복에 나섰던 것으로 보였다.

그러나 아달라왕의 강력한 대응으로 오히려 나라가 위기에 처했고, 이 모든 것이 전태후가 자초한 부분이 컸으므로 그녀는 이 문제에 대해 강한 책임감을 느꼈다. 다행히 그녀 자신이 사로국의 골녀 출신으로 아달라왕을 비롯해 많은 사로 장수들과도 친인척의 관계였으므로, 사로국을 달래는 데 그녀만큼의 적임자는 없었다. 더구나 그녀의 부친인 길선이야말로 애당초 사로국과의 전쟁을 야기한 장본인이었고, 초고왕이 아직은 나이가 어렸으므로 결국 田태후가 나서서 친히 화친을 요청하기로 했다. 그러자 사실상 그녀의 새로운 남편인 고시 또한 백제의 왕실을 대표해서 그녀와 함께 사로국과의 담판에 동참하기로 했다.

田태후는 강을 건너기 전에 사로국 진영에 먼저 사신을 보내 항복의 뜻을 밝혔다. 그러자 얼마 후, 전태후의 사신이 돌아와 아달라왕이 항복을 받아들이기로 했다는 소식을 전했다. 이에 전태후와 고시 일행이 항복의 표시를 하고 강을 건너자, 사로국 군영에서 만세 소리와 함께 승전을 알리는 커다란 환호 소리가 일제히 터져 나왔다. 전태후 일행이 아달라왕의 막사로 안내되는 동안에도 길에서는 계속해서 야유와 함성이 끊이질 않았다.

"에잇, 퉤! 배신자의 딸은 물러가라! 아예 죽여 버려라!"

참기 어려운 모욕에도 전태후는 이를 악문 채 고개 숙여 걸음을 재촉했고, 마침내 아달라왕과 마주하게 되었다. 의자에 앉은 아달라왕이 실눈을 뜬 채 탐탁지 않은 표정으로 그녀와 일행을 꼬나보고 있었다. 전태후는 그 자리에서 바로 무릎을 꿇고 애걸하다시피 했다.

"신첩의 아비 길선이 대역죄를 지었으나, 이미 죽은 몸이 되었으니 그에 대한 분노는 접어 두심이 좋을 것 같습니다. 그보다는 첩의 남편인 구지어라하가 승하하신 뒤라, 백제가 신첩의 모국인 大사로를 공격하는 것을 막지 못했습니다. 모두가 신첩의 불찰입니다. 즉시 사로의 2개 성에서 병력을 철수시키고, 대왕의 백성들 또한 그대로 돌려보낼 것입니다……"

"흐음, 길선과 왕이 모두 죽었다는 것이 사실이라……"

아달라왕이 살짝 흔들리는 내색을 보이는 가운데 전태후가 말을 이었다.

"백제는 이제부터 사로국에 공물을 바치는 직책을 새로 둘 것이고, 세세世世로 大사로국에 신하의 나라가 되어 충성할 것입니다. 부디 대왕께서 노여움을 푸시고, 하해와 같이 너른 도량으로 굽어살펴 주옵소서……"

뜻밖에도 전태후는 비굴하다고 느껴질 정도로 낮은 자세를 취하고는 아달라왕에게 거듭 항복의 의사를 밝혔다. 그리고는 이내 바로 뒤에서 함께 부복해 있던 고시를 잡아 이끌며 소개했다.

"승하하신 구지어라하의 아우이자 백제국의 태공인 고시라 합니다. 부디 신첩이 태공을 계부繼夫로 삼을 수 있도록 허락해 주옵소서. 태공이 사로국과의 문제를 일일이 나서서 해결할 것입니다……"

순간 갑작스럽고도 낯선 분위기가 연출되면서 모두들 어색한 표정으로 멈칫해 있는 상황에서 아달라왕이 답했다.

"허어, 그대는 십여 년 전 선금이 승하하셨을 때 부여의 조문사절로 월성을 다녀가지 않았소이까? 내 그대를 기억하고 있소이다……"

그 말에 눈치 빠른 홍선이 나서서 말했다.

"역적 길선과 구지왕이 죽었다 하고 모든 것을 이전과 같이 돌려놓겠다고 하니, 이제 더 이상 백제를 추궁할 일이 사라진 듯합니다. 사실 지금 부여 왕실에서 전씨보다 더 나은 믿음을 줄 수 있는 인물이 어디 있겠습니까? 게다가 태공 역시 우리와도 구면이니, 실로 다행한 일이 아니겠습니까? 껄껄껄!"

홍선의 너스레에 아달라왕 역시 수긍을 하고 고개를 끄덕이니, 함께 부복해 있던 백제의 군신들이 비로소 안도의 한숨을 내쉬며 왕의 은혜에 고맙다는 말들을 쏟아냈다. 이후로는 양국 대신들 사이에서의 분위기가 한결 부드러워졌고, 사로국이 요구하는 항복의 조건들에 대해 백제가 많은 것을 수용하기로 했다. 어느 정도의 현안에 대한 협상이 마무리되어 가는 듯하자, 기분이 풀린 아달라왕이 뒤늦게 밀려오는 승리감에 도취된 듯 주위에 명을 내렸다.

"잘되었다. 이제부터 양국이 전과 같이 화친으로 돌아갈 일만 남았도다. 그런 각오를 다지는 의미에서 여러 대신들이 모인 자리에서 술이 빠지면 되겠느냐? 간단하게나마 어서 술자리를 마련하라!"

그 바람에 막사 안에 급히 술상이 마련되었다. 그러자 고시를 비롯한 백제의 대신들이 아달라왕과 사로국의 장수들에게 앞다투어 술과 음식을 권하는 진풍경이 벌어졌다.

아달라왕의 2차 〈백제 원정〉이 그렇게 사로국의 압도적인 승리로 귀결되자, 사로국 군대는 백제로 끌려갔던 사로국의 포로들을 무사히 인계받은 다음, 경도(금성)로의 귀환을 서둘렀다. 당시 백제가 사로국에 무릎을 꿇은 것은 양국이 건국된 이래로 사상 처음 있는 일이었고, 아달라왕의 완벽한 승리였다. 그것은 이제부터 한반도 중부 아래에서 사로를 능가할 나라가 없게 되었다는 의미이며, 사로국의 독주시대를 예고하는 중대한 변화였다.

그해 12월이 되자 과연 백제에서 사신을 보내 많은 공물을 바쳐 옴으로써, 田태후와 백제의 약속이 결코 헛된 것이 아님을 입증했다. 전태후는 나라의 존망이 달린 긴급한 상황 속에서도 사태를 수습하는 데 앞장 섬으로써 태후의 책무를 다했다. 비록 아달라왕 앞에서 무릎을 꿇는 수모를 당했으나, 나라를 구하는 데 성공했으니, 군신들과 백성들로부터 그 위엄을 지켜 내는 데는 결코 무리가 없었을 것이다. 그러나 그녀의 씻을 수 없는 굴욕은 어린 아들 초고왕의 가슴속에서 차가운 분노가 되어, 차곡차곡 응어리져 가고 있었다.

이듬해인 168년 4월, 사로국의 아달라왕이 흥선興善을 이벌찬으로 삼았다. 8월이 되자 아달라왕이 仙道 무리들을 예우한다는 차원에서 당시 선도의 지도자인 성공猩公의 집까지 직접 행차했다. 왕이 성공을 만나 이런저런 인사를 나눈 다음에 문득 질문을 하나 던졌다.

"대체 참(진眞)이란 것이 무엇이오?"

그러자 성공이 답했다.

"임금께옵서 스스로 참 그 자체이시거늘, 신이 어찌 감히 말씀을 드릴 수 있겠습니까?"

만족스럽지 않은 답에 왕이 아랑곳하지 않고 재차 물었다.

"생각해 보니 나는 늘 색色을 탐하게 되는데, 그런 내가 어찌 참되다 할 수 있겠소?"

다시 공이 답했다.

"모름지기 세상천지의 성인들도 색을 좋아하는 이가 많은 법이거늘 어찌 그것을 꺼리려 하겠습니까?"

그리 납득할 수 있는 답이 아니었기에 이번에는 왕이 전혀 다른 의미의 말을 물었다.

"그대도 나를 천지 간에 사라져야 할 대상이라 말하는 것은 아니오?"

다분히 직접적이면서도 도발적인 질문에 성공이 속으로 흠칫했다. 40년 전 仙道의 지도자였던 〈흑치의 난〉 이래로 선도들이 아무래도 적지 않은 핍박을 받았으므로, 자신을 떠보려는 속셈으로 보였다. 이윽고 성공이 차분하게 답했다.

"그것은 선도의 무리가 아닌 자들이 하는 말일 것입니다. 그러나 성현聖賢도 버려질 대상이고, 버리는 창고의 하나에 불과한 天地 또한 이미 버려진 물건에 불과합니다. 대원大元 또한 버려져서 참세상(진천지眞天地)으로 돌아가는 것이니, 만물이 다 무슨 소용이 있겠습니까?"

이는 한마디로 세상의 만물이 언젠가는 모두 사라지게 되어 있는 만큼, 눈앞의 모든 것들이 다 사소한 욕심일 뿐이라는 뜻이었다. 이로 미루어 볼 때 당시 仙道사상의 요체는 불교佛敎의 심오한 사상이나 오늘날의 우주론과도 상당히 맞닿아 있었던 것으로 보인다. 성공의 여유 넘치는 답변에 아달라왕이 그제야 수긍이 간다는 듯 농담처럼 답을 했다.

"허허, 천지가 모두 소용없는 것이라면, 어찌 고통스럽게 지낼 필요가 있겠소이까? 나는 즐거움을 행하겠소이다."

성공이 느긋하게 답했다.

"신이 듣기로는 배부른 즐거움이 곧 슬픔이요, 배부른 괴로움이 곧 즐거움이라 했으니 괴로움과 즐거움이 서로 다르지 않을 것입니다. 원컨대 임금께서 부디 백성들과 고락을 같이하시길 바라옵니다!"

이에 아달라왕이 매우 흡족해하면서 성공의 말에 동의했다.

"옳으신 말씀이오!"

이후 아달라왕은 성공에게 해마다 곡식을 더해 주게 하고, 종종 자신이 아끼던 담색淡色을 보내 성공의 처로 삼게 했다.

이후 아달라왕 16년째인 AD 169년 정월이 되자, 〈소문국〉의 묘덕妙德여왕이 세상을 떠나고 말았다. 그러자 홍봉紅鳳과 황운黃雲 등 소문국에 속한 8명의 지방 군주들이 갑자기 일어나 서로 왕위를 차지하겠다고 다투었고, 그 바람에 소문국이 사실상 내란에 휩싸이고 말았다. 긴박한 상황에 소문국의 여왕인 초운楚雲이 아달라왕에게 사태를 수습할 수 있도록 도움을 요청해 오니, 왕이 명을 내렸다.

"소문의 묘덕이 죽고 나니 갑자기 나라가 내란 수준으로 어수선하게 되었다. 마침 그 여왕인 초운이 도움을 요청해 왔으니 이를 두고 볼 수만은 없게 되었다. 이제부터 산을山乙은 반술盤術과 더불어 선도 2천여 명을 거느리고 소문국으로 들어가라! 그대들이 가서 반드시 내란을 진정시키도록 하라!"

이에 산을 등이 병력을 이끌고 소문국으로 들어가서 군주들의 난립을 진정시키게 되었다. 아달라왕은 산을을 시켜 초운의 아들 묘초를 왕으로 내세우게 하되, 산을을 소문감국召文監國으로 세워 대리청정을 하게 했다. 그때 사로국에 별 저항 없이 순응하여 산을을 도와준 자가 있었는데 풍운風雲이라는 인물이었다. 풍운은 흰 수염이 무릎을 덮을 정도의 고고한 외모를 가진 자로 선善과 악惡을 구별할 줄 알아 사람들이 선사仙師처럼 받들고 묘왕廟王이라 불렀는데, 그가 바로 을공乙公이었다. 그해 2월 아달라왕은 사로국에서 골녀 8인을 선발해 소문국의 군주들과 공자들에게 시집을 보냈는데, 소문국과의 화합을 도모하기 위해 혼인 정책을 꺼내든 셈이었다.

사실 소문국의 왕실은 〈창해국〉 남려왕南閭王의 후손들로 이루어졌다고 했다. 위만衛滿의 손자 우거右渠가 〈위씨조선〉의 왕으로 있을 때, 여러 속국의 자치권을 침해하면서 중앙의 간섭을 강화했다. 위만이 〈기씨조선〉을 배반하고 반란으로 나라를 빼앗았던 터라, 많은 토착민들과 지방의 거수巨帥들이 그 정통성을 인정하지 않은 채 여전히 불만이 많을 때였다.

그 와중에 BC 128년, 요수의 서남쪽 아래 발해만을 끼고 있던 창해국의 왕 남려가 우거왕에 반기를 들고, 무제가 다스리는 〈漢〉나라와의 군사동맹을 시도했다. 무제가 거상 출신인 팽오彭吳를 보내 반간계를 쓴 것이 주효했는지, 남려는 漢나라가 창해 백성들의 안전을 보장해 주고 자신의 자치권을 인정함은 물론, 물자 등을 대거 지원해 줄 것으로 기대했던 것이다.

창해는 BC 218년경, 진시황을 격살하고자 120근이나 되는 쇠망치를 날린 창해 역사 여홍성黎洪星을 배출한 유서 깊은 나라였다. 옛 번조선의 대표적인 속국으로 무제 때에도 〈예맥濊貊조선〉이라 불리며, 그 세력이 매우 커서 인구만도 무려 30만이 넘을 정도였다. 이는 위씨조선 전체 인구의 1/3에 해당하는 것으로 우거왕으로서도 여간 큰 타격이 아닐 수 없었다. 당시 漢나라 측에서는 창해를 지배하지 못하면서도 자신들의 강역으로 간주해 〈예군濊郡〉이라 불러 왔는데, 漢무제가 이때 창해와의 동맹을 계기로 창해국(예군)을 아예 〈창해군蒼海郡〉이라 낮춰 부르게 하면서, 일방적으로 속군 취급을 했다.

또 당초 약속과는 달리 창해를 위씨조선을 공략하기 위한 통로로 이용하려고만 할 뿐, 창해 백성들을 여기저기 소개시키고 길을 뚫는 난공사에 동원하면서 노역을 강요하니, 마치 속민을 대하는 것이나 다름없었다. 뒤늦게 무제에게 속은 것을 깨달은 남려왕이 거칠게 항의하고, 결국 무력항쟁까지 벌였지만 허사가 되고 말았다. 이후 남려왕의 구체적 행적이 묘연해졌는데, 다만 부여夫餘로 편입되었다는 소문만 무성했었다.

그런데 놀랍게도 이들 남려왕의 후손들이 동남진한 끝에 한반도로 흘러들어와, 사로국 서북쪽(경북의성)에 위치한 〈소문국〉을 이루고 있었던 것이다. 그들이 언제부터 또 어느 경로를 택해 한반도로 들어왔는지는 명확하지 않으나, 무려 삼백 년에 걸쳐 그 왕력이 구체적으로 이어진 것으로 보아, 부여와 반도의 동북지방인 동예 및 강원 지역을 거쳐 현 경북 지역에 터를 잡은 듯했다. 그러나 이때에 이르러 묘덕여왕이 죽고 나자, 초운과 그 아들인 묘초가 사실상 나라를 사로국에 바친 것이나 다름없게 되었던 것이다.

그런데 이듬해인 170년 가을이 되자 백제 초고왕이 사로국에 충성하겠다던 맹약을 깨고, 다시금 장수 진기眞奇를 보내 사로의 변경 지역을 공격했다. 그 무렵 초고왕은 17세가 되어 아직은 젊은 나이였으나, 그래도 어엿한 성인으로서 이제 막 친정親政을 시작한 때였다. 백제의 갑작스러운 도발에 사로국에서는 일모一牟성주 건회乾回가 출병해 백제 진기의 공격에 대한 방어에 나섰다. 결국 쌍방 간에 격렬한 전투가 벌어졌는데, 그 결과 진기가 일모성(충북청원)을 깨뜨리는 데 실패한 대신, 양측에서 서로 간에 포로들을 붙잡아 돌아갔다. 다행히 백제군이 철수한 뒤로는 이렇다 할 추가 공격이 이어지지 않아 〈일모전투〉는 그 정도의 국경 분쟁으로 끝이 난 듯했다.

그러나 초고왕이 3년 전의 맹약을 깨고 사로국을 공격한 것은 자신의 친정 사실을 대내외에 드러냄과 동시에, 특히 〈사로국〉에 대해 적대적 관계를 지속하겠다는 의지를 분명히 밝힌 것으로 주목할 만한 사건이었다. 백제와 사로국의 관계가 더 이상 회복할 수 없는 지경에 놓였기 때문이었다. 건회가 전투 중에 사로잡은 백제의 포로를 아달라왕에게 바치니, 왕이 기뻐하며 그의 공로를 치하했다.

"일모성주 건회가 훌륭한 일을 해냈도다! 먼저 적을 깨뜨린 것에 더해 그의 작위를 올려 주고 그의 공을 기리도록 하라!"

이듬해 4월, 내후內后가 아들을 낳았는데 웬일인지 아달라왕이 자신의 아이가 아니라며 아이를 씻겨 주려 하지 않았다. 내후가 몹시도 서운해하면서 식사를 거른다고 하니 아달라왕이 어쩔 수 없이 아이를 씻겨 주고 내후를 위로했는데, 이 아이가 바로 벌휴왕의 차남으로 병관兵官을 지낸 이매伊買의 아들 내해奈解(나해)였다. 이듬해인 AD 172년이 되자, 〈대가야〉로부터 여왕 비가毗可가 죽었다는 소식이 들어왔다. 그녀의 딸 미리신美理神(AD 172~207년)이 4대 여왕의 자리에 올랐는데, 새로운 여왕의 남편은 우리宇理라고 했다.

그런데 이듬해인 173년 5월이 되자, 역사적으로 아주 중요한 일이 일어났다. 바다 건너 큐슈 쪽에 있는 〈왜국倭國〉(야마대국邪馬臺國 추정)의 여왕이 동생인 박비고狛比古 등을 사로국의 사신으로 보내온 것이었다.

"바다 건너 왜의 사신 박비고가 토산물을 바쳐 왔습니다. 왜국이 우리 사로국에 물품과 재화의 교역을 하자고 요청하고 있습니다!"

당시 왜열도에는 주로 한반도와 인접한 큐슈九州와 혼슈本州를 중심으로 20여 소국들이 존재했던 것으로 추정되었다. 倭 땅에서도 한반도로부터의 이주민이 꾸준히 유입되면서 농사기술이 도입된 이래, 인구증가와 함께 나라마다 중앙의 권력화가 진행되고 있었다. 그 가운데 정치가 비교적 안정된 나라들은 해외로의 진출과 교역을 적극적으로 추진했다. 아달라왕은 왜국 여왕의 요청에 부응해 상호 교역을 허락하는 한편, 왜국의 사신 등을 영접하는 일을 전담하는 관청인 〈왜전倭典〉을 별도로 만들어 왜와의 교류에 적극적인 태도로 응했다.

이후 後漢이 망하고 난 후 조曹씨의 〈위魏〉나라가 섰을 때도 주목할 만한 사건이 일어났다. AD 238년경, 비미호卑彌乎라는 왜국의 여왕이 중원의 위魏나라에 난승미難升米 등의 사신을 직접 보내, 황제의 알현과 함께 서로 간의 교역을 요청했다는 사실이었다. 그 결과 위나라의 2대 황제인 명제明帝 조예曹睿가 답례로 왜의 여왕에게 '친위왜왕親魏倭王'이라는 관작을 수여했다. 이렇게 되기까지는 틀림없이 사로를 포함한 한반도의 三韓과 먼저 교류하면서 쌓인 경험과 지식이 그 바탕이 되었을 것이다.

아달라왕 22년째인 AD 175년, 아달라왕이 아우인 벌휴伐休태자를 부군副君으로 삼고, 그의 정치적 위상을 더욱 높여 주었다. 그해 3월 사농경司農卿 날효捺孝가 죽었는데, 그는 청렴한 데다 남을 돕는 일까지 앞장서다 보니 백성들로부터 존경을 받는 사람이었다. 그의 죽음을 안타깝게 여기던 아달라왕이 명을 내렸다.

"사농경은 농사일에 훤한 데다, 곡식의 종자를 고를 줄 아니 많은 사람들이 그의 재주를 아까워한다. 이에 그의 아들 화효花孝에게 公의 업을 잇도록 하라!"

이듬해 176년 4월에는 부군 벌휴의 차남인 병관 이매伊買가 죽었다. 公은 준수한 외모에 신선을 좋아해, 집안에 드나드는 문객들만 천여 명에 달했다고 한다. 내후內后가 그를 총애하여 장차 나라를 함께 하기로 약속했으나, 이때 병으로 일찍 죽고 말았는데, 그의 아들인 나해奈解(내해)가 장성하여 나중에 이사금에 오르게 되었다.

이후 사로국에서는 이렇다 할 사건 없이 세월이 흘렀다. 그사이 모가毛可태후와 그 남편인 우옥태자에 이어, 그의 쌍둥이 형인 좌옥태자가 차례대로 세상을 떠났다. 그러던 중 AD 183년이 되니, 오랜 정무에 지친 왕이 나랏일을 보는 데 염증을 느껴 국사를 소홀히 했다. 그 무렵에 부군인 벌휴의 권세가 날로 강해지던 중이었는데, 4월이 되자 드디어 아달라왕이 주변에 명을 내렸다.

"이제부터는 내 아우이자 부군인 벌휴에게 국정을 총괄 집행할 것을 일임하고자 한다."

그런데 가을이 되자 오랜 정무에서 벗어나 긴장이 과도하게 풀린 탓인지, 돌연 아달라왕이 시름시름 앓기 시작했다. 내후가 중외中外에서 왕의 회복을 기원하는 기도를 열었으나 듣지 않았다.

그러더니 이듬해인 AD 184년 3월, 마침내 아달라왕이 재위 31년 만에 붕어했다. 부군인 벌휴伐休와 내후內后가 10대 이사금의 즉위식을 거행했는데, 이후로 주위에 왕후를 2인으로 정한다는 명을 내렸다.

"내후를 정궁왕후로, 자황을 부후로 삼을 것이다. 선금(아달라왕)의 후비들은 모두 폐할 것이다!"

자황紫凰은 지마왕의 손녀였다. 5월에 선금을 낭산狼山에서 장례지내고 아달라사祠라는 사당을 세웠는데, 아달라와 내후의 딸인 발훤發萱을 제주祭主로 삼고, 진충眞忠을 법法으로 하여 성대하게 제사 지냈다.

아달라왕 재위기간에는 구지왕의 백제와도 화친의 관계를 공고히 하면서 사로국에 이렇다 할 전쟁이 없었다. 다만 구지왕 말년에 일어난 〈길선의 난〉으로 백제에 대한 2차례의 원정이 있었고, 끝내 백제를 무릎 꿇게 하는 데 성공했다. 그 무렵 아달라왕의 사로국이 〈백제〉는 물론, 〈대가야〉와 〈소문국〉까지 제압하게 되었으니 한반도 중부 아래에서 가장 큰 세력을 떨치며, 전성기와 같은 시절을 구가했다. 그런 배경 아래 아달라왕은 한 세대가 다하도록 평화시대의 번영과 풍요를 누릴 수 있었으니, 드물게 운이 좋고 행복한 군주였음이 틀림없었다.

과거 석추昔鄒 갈문왕의 꿈에 탈해이사금이 나타나 보도宝刀를 주면서 남긴 말이 있었다고 한다.

"질이 좋은 곡식으로 제사를 지내야 하느니라!"

석추가 이 꿈을 예사롭지 않게 받아들이고 생각한 바가 있어 이를 실행할 기회를 엿보았다. 이후 일성의 밀처인 지진내례只珍內禮와 함께 양정壤井으로 들어가 수왕樹王에게 기도하고, 함께 의식을 치렀는데 그렇게 해서 얻은 아이가 벌휴였다. 그때 지진내례가 주변에 말했다.

"이 아이의 존귀함은 다른 아이의 갑절이다. 수왕이 이 아이가 제일이라고 했다."

벌휴가 자라면서 항상 母后가 전해 준 말을 잊지 않고 행동했으며, 스스로를 절제할 줄 알았다. 장성해서도 마음 씀씀이가 넉넉하고 아름다우며 덕을 갖추니 따르는 사람들이 많았다. 어릴 적부터 형인 아달라와 함께 눕고 일어나며 지성으로 섬기니, 아달라가 이렇게 말할 정도였다.

"나는 너와 하루도 같이 있지 않으면 편안하지가 않구나……"

선금(아달라)이 즉위할 때 모친인 지후가 노금老今(일성왕)을 따라 죽으며 말했다.

"너를 왕위에 오르게 한 것은 어디까지나 석추昔鄒의 공로다. 또 너희 형제가 천하를 함께 다스리는 것이 옳은 일이니라!"

지진내례가 이때에 비로소 벌휴왕이 석추의 자식임을 분명하게 밝힌 것이었다. 이는 곧 벌휴왕이 석탈해의 후손(증손)으로, 이제 새로이 석昔씨들의 시대가 도래했음을 예고하는 것이었다. 선금이 이를 유조遺詔(임금의 유언)로 받들어 아우인 벌휴를 왕의 후계자로 삼고, 장차 나라를 넘겨주기로 했다.

벌휴왕은 또 일찍이 소광小光태자를 스승으로 모셨는데, 하루는 소광태자가 벌휴에게 조용히 자기의 딸인 자황紫凰을 가리키며 말했다.

"천명이 너와 나의 딸에게 있구나……. 이는 탈해왕이 다시 태어난 것과 같은 운이로다!"

그런데 벌휴는 이미 자황과 눈이 맞아 은밀하게 서로 3생生을 같이하기로 언약한 터였다. 소광의 말을 들은 벌휴가 감히 그것까지는 고백하지 못한 채 소광태자에게 자황을 배필로 주기를 청했고, 소광이 이를 허락했다고 한다.

벌휴왕 원년인 AD 184년 정월, 왕이 월궁月宮에서 조회를 받았다. 이때 이벌찬 반석盤昔이 나서서 나라를 굳건히 하려면 태자를 미리 정해야 할 것이라고 주청했다. 그러자 벌휴왕이 난감한 표정을 짓더니 도리어 아리송한 질문을 했다.

"선금(아달라)은 나와 한 몸이나 다름없어 내게 보위를 내려 주었다. 그런데 지금 내가 선금의 아들을 한 몸처럼 받들고 싶어도 지금 그것이 이루어지지 않았으니 어찌하면 좋겠느냐?"

옆에 있던 내후內后가 이 말을 듣고는 발끈하면서 말했다.

"선금께서 항상 내해奈解는 나의 아들이라고 말씀하셨거늘, 임금께서 이를 부인하시려는 겐지요?"

그러자 다시 왕이 곤란하다는 표정을 지으며 답했다.

"사람들이 다들 내해가 내 손자인 줄로 알고 있다……. 그러니 이를 어찌하면 좋겠느냐?"

벌휴왕은 일찍이 태자 시절에 부후副后인 자황紫凰과의 사이에서 두 명의 형제를 두었는데, 골정骨正과 이매伊買였다. 그러나 작은 아들인 이매가 내후와의 사이에서 나해奈解를 낳고는 일찍 죽고 없었다. 사십의 나이를 앞두고 있는 자신의 아들 골정을 두고 이제 열다섯에 불과한 어린 손자 내해, 그것도 죽은 자식 이매의 아들을 태자로 하는 것이 당연히 내키지 않았을 터였다. 그러나 내후(내례內禮)는 애후愛后와 지마왕의 딸이자 정궁왕후로 골품에서 최상위의 지위에 있었다. 내후의 입장에서는 부후剛后의 핏줄 따위보다는 자신의 친아들인 내해가 태자에 오르는 것이 당연한 것이었다.

벌휴왕이 의사결정을 내리지 못하고 머뭇거리자, 조정이 잠시 설왕설래한 끝에 결국 신하들이 내용을 정리했다.

"선금과 대왕께서는 왕후를 함께 하여 자식을 낳았으므로 모두 한 몸의 자식이온데 하물며 이제 와 다른 후계자를 구하려 하시는지요?"

당시 사로국에서는 남성인 왕의 씨(혈통)보다는 왕을 낳을 수 있는 배(신분, 골품)를 가진 왕후의 혈통에 따라 임금이 결정되던 시절이었다. 이는 사로를 포함한 대다수 북방 유목민족이 철저하게 지켜오던 뿌리 깊은 전통이었다. 결국 벌휴왕이 신하들의 말에 수긍을 하고는 내해를 태자로 삼는 데 동의했다.

보통의 혼인 개념으로는 매우 황당한 이야기지만, 당시 사로국 왕실에서는 여전히 모계母系 전통이 우세해 王后의 선택권이 남성인 왕을 압도했다. 사실상 사로국 왕실은 王과 王后의 위상이 거의 대등한 이성二聖(2인의 聖人)체제로 이루어졌고, 이는 특히 골품骨品이라는 왕실만의 독특한 신분질서를 유지하기 위한 방편이었던 것이다.

일찍이 애후愛后가 지마왕과 일성왕을 모셨고, 지진내례가 일성왕에 이어 갈문왕 석추를 모셨다. 내후內后는 아달라왕과 벌휴에 이어 심지어 벌휴의 자식인 이매와도 관계를 맺을 수 있었다. 당시 사로국에서는 왕의 후계자를 정함에 있어 왕이 아닌 왕후가 결정적인 실력을 행사했던 것이고, 그 대표적인 사례가 자기 자신이 박씨였음에도 박씨의 왕통을 석씨로 바꾼 지진내례와 그 뒤를 이은 지마왕의 딸 내후의 경우였던 것이다. 이처럼 강력한 모계 우위의 전통은 이후에도 수백 년을 이어 갔고, 후대에 〈사로〉의 후신인 〈신라新羅〉에서 女王이 배출되는 배경이 되기도 했던 것이다.

벌휴왕은 50대 중반의 나이에 이사금에 즉위했으나, 즉위하기 10년 전부터 副君에 올라 이미 나라를 통치했으므로 정사를 펼치는 데 전혀 무리가 없었다. AD 185년 정월, 벌휴왕이 두 분의 왕후 및 내해태자와 더불어 남도南桃에서 조회를 받았다. 이어 문무백관을 거느리고 양정壤井으로 가서 증조부인 석탈해와 모시毛施 부부, 조부인 구추仇鄒와 미생味生 부부에게 성대한 제사를 지냈다. 朴씨 왕조를 대신해 비로소 석昔씨 왕조가 개시되었음을 조상에 고하고, 동시에 온 천하에 공표한 셈이었다.

그해 소문감국監國 산을山乙이 76세의 나이로 세상을 떠났다. 〈소문국〉 사람들이 신처럼 받들며 그를 추앙해 왔는데, 그의 죽음을 애도하여 을공사乙公祠를 세웠다. 2월이 되니 소문 8국의 군주들이 모두 소문국 왕인 묘초妙楚의 여동생이자 경덕사주景德祠主인 용운龍雲을 받들기로 했다. 그러자 아달라왕과 문군文窘의 아들인 달문達文이 반정을 일으켰다.

"벌휴는 비품非品으로 왕위를 훔친 것이나 다름없다. 이는 조종祖宗의 법도가 아니므로 천하가 일어나 함께 토벌해야 마땅하다!"

한마디로 달문은 昔씨인 벌휴가 朴씨 성을 대체한 데 대해 불만이 매우 컸던 것이다. 그때 30대에 막 접어들어 패기만만한 나이였던 달문이 반기를 들자 이웃한 감문甘文, 아슬라阿瑟羅, 사벌沙伐 등지에서도 이에 호응하려 한다는 소문이 들려왔다. 벌휴왕이 소식을 듣고 걱정했다. 서로와 북로를 담당하는 우두상右頭上 홍선興宣이 왕을 위로하려 들었다.

"작은 도적 따위는 어린아이를 보내서라도 잡을 수 있으니, 걱정하실 일이 아닙니다."

그러자 왕이 답했다.

"내가 걱정하는 바는 역적들을 사로잡지 못할까 봐서가 아니오. 달문이 형금이수(아달라)의 아들이질 않소? 비록 아들이 병사들을 함부로 부린다 할지라도 어찌 그 아버지에게 상처를 입힐 수 있겠소? 소문의 군주 모두는 인척이니, 설령 잘못된 길을 갈지라도 필히 지도해야 하고, 누명을 씌우는 것은 옳지 않소. 또 양국이 맞부딪혀 싸우게 된다면 결국 아무런 잘못도 없는 백성들이 화를 입게 마련일 텐데 어찌하여 걱정이 되지 않겠소?"

그러자 홍선이 왕의 말에 수긍하고는 답했다.

"신에게 두 명의 뛰어난 병관兵官이 있는데 가히 임무를 맡길 만합니다."

"그게 누구요?"

"욱보郁甫의 아들인 구도仇道는 그 처인 운모雲帽가 소문국 묘덕왕의 딸이라 소문국을 잘 알고 있을 뿐 아니라, 그곳에서 인심을 얻은 자입니다. 그러니 비록 젊더라도 너그럽고 어진 품성을 지니고 있어 가히 큰일을 맡길 수 있을 것입니다. 또 한 사람 팽구彭仇의 아들인 구수혜仇須兮는 공성전攻城戰에 뛰어난 장수입니다. 따라서 그 둘이 번갈아 가며 한 사람이 공격하면, 다른 사람은 이를 능히 지켜 낼 것이니, 일을 그르침이 없을 것입니다!"

이 말을 들은 왕이 크게 기뻐하고는 구도와 구수혜를 각각 좌우군주左右軍主로 삼아 소문국을 치라고 명했다.

이때 구도는 귀산龜山에서 동북방면으로, 구수혜는 아화옥阿火屋 대로를 이용해 곧장 소문으로 향했다. 그 전에 양쪽의 군대가 상호 완급을 조절해 가면서 서로 보완하기로 했다. 이때 구도가 전략을 말했다.

"먼저 무녀들로 이루어진 여무대女巫隊를 편성해 관문을 지키는 소문의 수비대를 습격한 다음, 곧장 도읍으로 직행할 것이오. 소문의 도성에서도 우을牛乙이 우리 군에 호응해서 난을 일으키기로 했으니, 차질 없도록 해야 할 것이오."

과연 한 무리의 여인들이 다가가도 소문의 수비대는 크게 신경 쓰지 않았다. 그러자 갑자기 이들이 여전사로 돌변해 수비대에 기습을 가하고, 관문을 열어젖히는 데 성공했다. 관문 밖에서 예의주시하고 있던 구도의 군사들이 고함을 지르며 일거에 쏟아져 들어가니, 관문을 지키던 수비대 전체가 혼란에 빠졌고 이내 달아나기 바빴다. 사로의 토벌군이 파죽지세로 도성 안으로 진격해 들어가는 사이, 마침 친사로파 산을의 아들 우을이 곳곳에서 달문의 반란군에 싸움을 건 직후라 도성 안은 이미 어수선했다. 그때 누군가 소리쳤다.

"앗, 사로군이다. 토벌군이 들이닥쳤다!"

대규모 토벌군이 서슬 퍼렇게 달려드니, 기가 질린 반란군들이 이내 전의를 잃고 달아나거나 투항하기 시작했다. 이후로 〈달문의 난〉이 쉽사리 평정되고 말았다. 사로국에서는 다른 7국의 세주世主들에게 모두 우을을 따르도록 하고, 골문의 장부를 택해 남편으로 삼도록 조치했다. 소문국은 AD 169년 왕인 묘초가 사실상 나라를 사로국에 바친 것이나 다름없었다. 그런데 그 후 20년도 지나지 않아서 〈달문의 난〉이 발발했던 것이고, 사로국이 이를 계기로 소문을 아예 완전히 병합해 버리고 말았다.

〈소문국〉은 일찍이 BC 128년경 창해왕 남려南閭로부터 출발해 22대 묘초왕에 이르기까지 삼백여 년의 오랜 역사를 자랑한 왕조였다. 그러나 사실 〈창해〉는 단군왕검조인 창수滄水사자 부루 시절부터 등장한 지명이었으니, 그 연원은 고조선의 시작과 같다 할 정도로 오랜 것이었고, 예맥을 대표하는 소국이었다. 당연히 사로국보다 건국 연대도 빠르고 오래된 나라였으나, 마침내 반도에서 그 수명을 다하고 역사의 뒤안길로 사라지고 말았다.

〈달문의 난〉이 평정되고 나자 벌휴왕이 사태 수습을 위해 명을 내렸는데, 매우 관대한 처분이었다.

"달문은 내 조카이니 그와 그 처자들은 모두 경도(금성)에서 벼슬살이를 할 수 있도록 배려하라. 또 우을을 경덕사주로 삼게 해 소문을 다스리게 하라!"

朴씨 성이 왕통을 빼앗긴 데 대해 불만을 품은 아달라의 아들 달문達文이 소문 8국의 군주들을 선동해 일으켰던 〈달문의 난〉은 이렇게 막을 내렸다. 조정에선 난을 평정하는 데 공을 세운 장수들에게 경중을 가려 포상했다. 그 이듬해가 되자 벌휴왕이 西路에 속한 여러 州郡은 물론, 〈감문국〉과 〈소문국〉에 대한 시찰에 나섰다. 그렇게 내란이 있었던 지역민들을 위로하면서, 그 풍속과 민심을 두루 살피고 돌아왔다.

그러나 그 후 2년이 지나서 〈백제〉의 초고왕이 모산성(관산성) 공격을 시작으로 본격적으로 〈사로국〉을 침공해 들어왔다. 초고왕은 이십여 년 전 그의 모후 전田태후가 아달라왕에게 당한 한성의 치욕을 잊지 못한 채, 20여 년을 절치부심하며 철저하게 보복전쟁을 준비해 왔다. 반면 사로국은 선금인 아달라 시절에 평화로운 시대를 보낸 탓이었는지, 백제의 공격을 막아 내는 데 실패했고 끝내 〈부곡대첩〉의 참패를 겪어야 했다. 〈달문의 난〉을 평정했던 사로의 맹장 구도는 패장의 멍에를 쓴 채 조정에서 퇴출당했고, 벌휴왕 또한 패전국의 군주로서 사후 수습에 매달리느라 애를 먹어야 했다.

〈부곡대첩〉의 참패와 그 후유증이 가시지 않았던 193년 여름 무렵, 〈왜倭〉(임나)에서도 큰 기근이 일어났다. 그 일로 어느 날 대마도對馬島에 살던 왜인 남녀 천여 명이 배를 타고 사로국으로 건너와 식량을 구걸

하는 일이 발생했다. 조정에서 우선 이들에게 먹을 것을 주고 구제해 주었더니, 이들은 아예 앞으로 사로국에 눌러앉아 살고 싶다며 정착을 허용해 달라고 청했다. 당시 사로국은 바로 남쪽 아래 임나任那(왜)와는 오래도록 적대적 관계였음에도, 인구가 부족한 탓이었는지 이들을 받아들였다.

"왜인들을 남쪽 시골 한적한 땅에 살도록 하고, 식량과 일자리를 제공하도록 하라!"

이것이 왜인들의 채마밭으로 유명해진 왜포倭圃였는데, 왜인들이 조성한 왜포가 성공적으로 자리 잡아 나중에는 작평作平의 과수원과 이름을 나란히 할 정도로 널리 유명세를 탔다. 사실 말이 왜인이지, 이들은 일본열도의 왜인이 아니라 다 같은 韓민족 계통의 임나 유민들일 뿐이었다.

이듬해 가을 월가月歌를 행했는데, 구도仇道의 딸 옥모玉帽가 16살에 아름답고 가무에 능해 가희歌姬로 선발되었다. 선도의 뭇 남성들이 옥모를 크게 흠모했는데, 이때 옥모가 벌휴왕의 아들인 골정骨正의 눈에 들어 아이를 갖게 되었다. 옥모가 골정에게 처로 삼아 주기를 청했으나, 金씨 가문으로 신분이 미미하다는 이유를 들어 거절당했다. 벌휴왕이 구도의 속내를 알고 골정을 크게 나무랐던 것이다. 그러던 중에 벌휴왕에게 급한 소식이 전해졌다.

"구도의 딸 옥모가 스스로 불에 타 죽으려 한다는 소식입니다."

"무어라, 그것이 참말이더냐? 그 아이의 성정이 보통이 아니로구나……"

벌휴왕이 하는 수 없이 골정태자와 옥모의 혼인을 허락했고, 이듬해 포사鮑祠에서 두 사람의 혼례를 거행했다. 그해 가배가 끝난 다음 옥모가 골정의 아들을 낳았는데, 상서로운 기운이 가득한 구름과 기이한 향기가 산모의 집 안팎에 흘러넘쳤다고 했다. 벌휴왕이 손자가 탄생했다는 소식을 듣고는 특별히 반가워하며 말했다.

"이 아이가 틀림없이 우리 집안을 흥하게 할 것 같구나……. 껄껄껄!"

아이를 갖고, 태어난 날 모두 하나같이 달이 밝았다 하여 이름을 조분助賁이라 했다. 벌휴왕이 그 이듬해인 195년 옥모의 부친인 구도를 이벌찬에, 자신과 자황의 딸인 호매好買를 품주로 삼았으니, 손주를 낳아준 옥모의 덕분임이 틀림없었다. 옥모는 이후 사로국의 중요 인물로 떠오르는데, 지진내례가 그랬던 것처럼 후일 그녀가 낳은 두 아들이 차례로 왕이 되니 조분왕과 첨해왕沾解王이었다.

사실 골정과 옥모가 만났을 때 그 둘의 나이는 각각 47세와 16세로 서른 살이 넘는 차이가 있었다. 당시 옥모의 부친인 金구도(36세)는 사로국의 전쟁영웅이었으나, 190년의 〈와산蛙山전투〉의 참패로 밀려나 절치부심 재기를 노렸을 터이므로 그가 딸을 이용해 골정을 겨냥했을 가능성이 농후했다.

그런데 구도는 昔씨 탈해왕의 공신인 알지의 후손으로 金씨 성을 가진 인물이었다. 그는 아달라의 아들인 〈달문의 난〉을 평정하고 소문국을 병합시키는 등 석씨 왕조의 출현을 거부했던 세력들을 차례대로 제거하면서, 벌휴왕을 반석 위로 올리는 데 결정적으로 기여한 인물이었다. 뿐만 아니라 백제 초고왕의 침략을 번번이 막아 낸 전쟁영웅으로 그의 명성과 권세가 지나치게 높아진 탓에, 나중에는 벌휴왕마저 구도를 경계하는 지경에 이르렀을 정도였다.

벌휴왕이 와산(부곡)의 참패로 구도를 엄벌하려 했으나, 골정이 덜컥 옥모와 눈이 맞아 버렸으니 눈치 없는 아들의 행동을 크게 나무랐던 것이다. 그런 벌휴왕조차도 손자의 탄생은 크게 반기지 않을 수 없었나 보다. 어쩌면 그들의 조상인 탈해와 알지가 그랬던 것처럼 昔씨와 金씨는 확실히 서로가 끌리는 구석이 있었던 모양이었다.

같은 해 〈대가야〉로부터 미리신의 아들인 하도河道왕자가 입조해 선금인 아달라왕과 미시美時의 딸인 미라美羅와 혼인케 했다. 하도는 또한 미시의 조카이기도 했으니, 이미 사로와 가야의 왕실 역시 꽤 깊은 혈연관계로 얽혀 있었던 것이다. 그런데 벌휴왕 13년째인 그해 3월에 사로국에 봄 가뭄이 극심하더니, 4월에는 대궐 남쪽 큰 나무에 이어 금성의 동문에도 큰 벼락이 떨어졌다. 벌휴왕이 이를 걱정하며 말했다.

"월궁月宮의 남수왕南樹王이 벼락을 맞았으니, 그 조짐이 내게 있는가 보다……"

그리고는 도산桃山에 들어가 기도에 들어갔는데, 다음 날 금성 동문에 또 다른 벼락이 떨어지고 말았다. 그러자 벌휴왕이 신당神堂에 자리를 마련해 줄 것을 명했다. 그리고는 스스로 몸을 깨끗이 씻고 자리에 반듯하게 누웠는데, 그 길로 조용하게 세상을 뜨고 말았다. 갑작스러운데다 대단히 의문스러운 죽음이었다.

벌휴왕은 어려서부터 신명神明을 지녀 바람과 구름을 보고도 홍수나 가뭄, 풍흉을 미리 맞췄으며, 사람을 보면 그가 사악한지와 정직한지를 알아냈다고 한다. 사람들은 그런 벌휴왕이 이때 신선이 될 때를 알고 있었기에 특별히 앓던 병이 없었음에도 죽은 것이라 했고, 따라서 왕이 틀림없는 성인聖人이었다고 칭송했다. 내후內后가 서둘러 아들인 나해奈解 태자를 세워 이사금의 즉위식을 거행하고는 이어 조서를 내렸다.

"신금新今의 나이가 많지 않으나, 대임을 수행해야만 하니 대소 신료들은 모두 이러한 상황을 깨닫고 신금을 돕도록 하라!"

그런데 이때 묘한 일이 벌어지고 말았다. 느닷없이 이벌찬 김구도金仇道가 내도內道(태후나 왕비)의 자격을 대신해 섭정하기를 청했고, 내태후가 슬그머니 이를 허락했던 것이다. 어린 내해왕을 대신해 왕의 생모인 내태후가 아니라 죽은 골정의 장인인 구도가 섭정을 맡게 된 것이었다. 이로써 사실상 김구도가 정권을 장악했는데, 이는 좀처럼 보기 드문 경우였다. 궁성 안에 큰 벼락이 친 이후 갑자기 사망한 벌휴왕의 죽음과도 모종의 연관이 있을 가능성이 큰 사건이었다.

이후 김구도는 그의 딸 옥모와 함께 사로국 역사를 좌우하는 핵심 인물로 떠오르게 되었다. 어쨌든 벌휴왕은 기존의 朴씨 혈통에 이어 새로이 탈해의 昔씨 왕조를 연 인물이었고, 다행히도 그의 손자 내해가 이사금에 올랐으니, 석씨의 혈통이 뒤를 잇게 하는 데는 성공한 셈이었다. 벌휴왕은 아달라왕과 함께 지진내례의 아들 형제로 둘 다 서역인의 모습을 닮은 혼혈왕이라고 했다.

형인 朴씨 아달라왕이 평화로운 시대에 번영과 행복을 맘껏 누리다 갔다면, 벌휴왕은 〈백제〉의 뛰어난 강성 군주 초고왕을 만나 전쟁에 참패하면서 이후 패주敗主로서의 그늘진 삶을 살아야 했다. 성실하고 뛰어난 임금이었음에도 불구하고, 말년에 이르러서는 야심 가득했던 사돈 김구도에 의해 배신을 당하고 끝내 죽음에 이른 것으로 보이니, 시대를 잘못 만난 비운의 왕임이 틀림없었다.

그런데 벌휴왕이 도산에서 죽음에 이르렀을 때, 아직 상을 당했다는 소식이 알려지기 전이었는데, 육군두상六軍頭上 홍선興宣의 꿈에 아달라왕과 벌휴왕이 함께 백대마白大馬를 타고 나타나 말했다고 한다.

"우리가 장차 천명을 받들러 가는 길에 公을 전위前衛(전방오위)로 삼으려 한다!"

그 말을 듣고 잠에서 깬 홍선이 허둥지둥 갑주甲冑(갑옷과 투구)를 달라며 찾았는데, 이때 갑작스레 벌휴왕이 서거했다는 소식이 도착했다. 그러자 홍선이 말했다고 한다.

"허어, 내가 마침내 죽어야 할 때인 게로구나⋯⋯."

홍선 역시 이렇다 할 병이 없었는데, 그렇게 벌휴왕과 같은 날 사망하고 말았다. 사람들이 그런 홍선을 이르기를 두 분 왕의 신복身僕(몸종)이나 다름없다고 했다. 아달라왕이 태자 시절부터 벌휴와 같이 병관의 자리에 있었는데 형제나 다름없이 지냈고, 벌휴왕이 즉위한 후로는 큰일을 맡기니 대정大政(큰 정치)이 홍선의 손에서 나왔다. 홍선을 기려 대사大祠라는 사당을 짓고 제사 지냈다. 그러나 실제로는 벌휴왕의 심복으로 군권을 장악하고 있던 그가 벌휴왕과 같은 날 죽었다는 사실 자체가 석연치 않은 것이기는 매한가지였다.

15. 초고왕의 부곡대첩

AD 167년, 소고素古가 〈백제〉의 7대 어라하에 즉위해 초고왕肖古王이 되었는데, 구지왕의 다섯째 아들로 사로국 길선의 딸인 전田후 소생이었다. 체격이 크고 아는 것이 많아 정사를 결정함에 있어 결코 가볍게 처리하지 않았다. 즉위 초기에 13살의 어린 나이에도 고시와 전씨가 정사를 제멋대로 처리하지 못할 정도로 기개를 갖추고 있어서, 사람들이 이를 칭송했다고 한다. 사실 고시가 왕이 되고자 틈을 노렸으나, 달솔 연다를 포함해 고시에 반기를 든 내란이 잇달아 일어나는 바람에 결국은 뜻을 접을 수밖에 없었던 것이다.

초고왕이 즉위와 동시에 명을 내렸다.

"내 아직은 나이가 어려 미숙하니, 모후를 태후로 올리고 정사를 일임하고자 한다. 또 숙부인 고시古尸를 태공으로 모실 것이다."

기타 자신의 즉위에 공이 큰 대신들을 중용했는데, 주로 전태후의 뜻이 반영되었을 것이다.

당시 사로국은 초고왕의 모후인 田태후의 모국이자 외가의 나라였고, 사로의 왕실과는 친인척 관계나 다름없었다. 그럼에도 백제는 초고왕의 외조부 길선의 모반에서 시작된 2개의 난에 휘말려 사로국과 다투는 지경에 처하고 말았다. 급기야 초고왕은 즉위 원년부터 시작된 사로와의 전투에서 패해, 그의 모후 전태후가 아달라왕에 무릎을 꿇고 항복하는 초유의 굴욕을 감당해야만 했다. 망국의 긴박한 상황에서 전태후가 나서서 아달라왕을 달래고 사태를 겨우 수습했으나, 어린 초고왕의 마음속에는 아달라왕과 사로국에 대한 분노와 증오로 가득했다.

초고왕 4년인 170년경, 초고왕이 이제 어엿한 성인이 되어 田태후가 아랫사람인 사씨沙氏를 들여보내니, 그녀가 초고왕의 아들 구수仇首를 낳았다. 그해 9월, 초고왕은 사씨의 부친인 사시沙市를 상좌평으로 삼아 정사에 참여시키고, 대대적인 인사 단행을 통해 자신의 통치기반을 단단히 했다. 아울러 그동안 정치적으로 부담이 되었던 숙부와 모후를 정치 일선에서 격리시키기로 마음먹었다. 초고왕이 어느 날 측근의 신하들을 불러 전격적으로 엄한 명을 내렸다.

"지금 당장 태공 고시古尸를 잡아들이고, 곧바로 소웅도小熊島로 유배를 보내도록 하라!"

"……."

신하들이 깜짝 놀라 진의를 파악하기 급급한 표정을 지었으나, 연달아 내려진 다음 명령에 비하면 아무것도 아니었다.

"그뿐이 아니다. 모친이신 태후마마를 지금 즉시 궁 밖에 있는 팽선의 사저로 모시도록 하라. 아울러 태후마마를 일체 집 밖으로 나오지 못하게 외부와 차단하고, 사병을 보내 철저하게 감시토록 하라!"

팽선彭宣이 전태후의 배다른 오라버니였으니, 이는 사실상 초고왕이 자신의 모친인 전태후를 외삼촌의 집에 가택연금 시킨 것이나 다름없는 조치였다. 초고왕의 서슬 퍼런 명령에 측근들이 변변한 대꾸도 못 한 채, 즉시 실행에 나서야 했다. 이제 막 청년기에 접어든 초고왕의 이런 과감한 정치적 행보로 보아, 그는 꽤 강단이 있는 왕임이 틀림없었다.

젊디젊은 초고왕은 이렇게 자신의 내치 기반을 공고하게 마무리 짓고는, 곧장 장수 진기眞奇를 내보내 〈사로국〉의 변경을 습격하게 했다. 백제 병사들이 관청에 난입해 창고 등을 약탈하고 있다는 보고에 사로국에서도 일모一牟 성주城主(충북청원) 건회乾回가 출격해, 쌍방 간에 전투가 벌어졌다.

〈일모전투〉에서 결과적으로 진기가 일모성을 깨뜨리지는 못했으나, 서로 간에 포로들을 잡아 돌아갔다. 초고왕이 이렇게 다시금 도발을 시도한 것은 사로국에 대한 경고와 함께 장차 있을 전쟁에 대비해, 군신들과 백성들에게 긴장감을 주기 위한 조치로 보였다. 물론 이로써 자신의 존재와 위엄을 안팎으로 드러내기 위한 속셈도 있었을 것이다.

그런데 그해 겨울이 되자 진가眞可라는 관료가 잔뜩 향기가 나는 옷을 입고 초고왕을 찾아와 조심스럽게 간했다.

"어라하께서 영명하신 위엄으로 이제 고시古尸의 간음함을 꾸짖고,

이로써 부왕(구지왕)의 수치를 씻었으니 참으로 옳은 일임이 틀림없습니다. 하오나 예로부터 어머니를 원수로 대한 임금은 없었습니다. 만일 태후께서 없었다면 어찌 오늘의 어라하가 계시고, 또 무엇인들 얻을 수 있었겠습니까?"

"……."

이 말을 들은 초고왕이 크게 깨달은 바가 있어, 펑펑 눈이 내리는 밤길을 무릅쓰고 즉시 팽선의 사가로 행차했다. 태후인 田씨가 아들이 찾아온 것을 보고 회한의 눈물을 흘리니 마침내 모자간에 어렵게 눈물의 상봉이 이루어졌다. 초고왕이 그날 밤으로 모후인 전씨를 모시고 다시 궁으로 돌아왔다. 이듬해에는 초고왕이 태후궁을 세우게 하고 '상궁上宮'이라 부르게 했다. 그러면서도 여전히 모친인 전씨와 숙부 고시의 관계를 의심해, 별도의 조치를 궁리해 두었다. 초고왕이 대방帶方 출신인 초모焦毛 등을 불러 지시를 내렸다.

"이제부터 태후와 태공에게 주어진 도장들을 모두 회수하고, 한꺼번에 녹여 없애 버리도록 하라!"

이로써 전태후와 고시는 사실상 자신들의 권한을 행사할 수 없는 지경에 이르고 말았다. 초고왕은 그것도 모자라 병사들을 서원西院에 따로 배치해 태후를 늘 감시하도록 했다.

그러던 초고왕 8년째인 AD 175년이 되자, 상궁에 기거하던 田태후가 다시금 고시의 아들인 고이古爾를 낳았다. 초고왕도 언제까지나 숙부와 태후의 관계를 차단할 수 없었던 것이었는지, 이때는 군신들에게 모친의 출산을 축하하는 연회를 베풀어 주었다. 그사이 초고왕도 석石부인 진眞씨를 거두었는데, 그녀가 딸 소내를 낳았고, 초고왕은 진씨에게 적유궁赤柔宮이라는 궁을 지어주었다.

왕이 그렇게 나이가 들면서 모후와 숙부를 이해하는 마음의 폭이 넓어진 듯했다. 그해 봄이 되자 초고왕이 마침내 태공 고시를 6년 만의 유배에서 풀어주라는 명을 내렸다.

"태공 고시를 즉시 내신원內新院으로 모시게 하고, 처음 태공에 봉했던 것처럼 받들어 예우하도록 하라!"

당시 초고왕의 여동생 소리素利, 소원素元을 비롯해 남동생인 소대素大, 소인素仁 등 모두가 고시古尸가 줄줄이 낳은 자식들이었으니, 초고왕으로서도 더 이상 어찌할 방도가 없었던 것이다.

그 뒤 십여 년의 세월이 흘러 AD 188년경이 되니, 〈백제〉에서는 재위 23년째를 맞이한 초고왕이 30대 중반에 접어들고 있었다. 이제 한창의 나이인 데다 어느덧 재위 20년이 넘다 보니 왕의 자신감과 패기가 충만한 상태였다. 초고왕은 그사이 더욱 공고해진 왕권을 바탕으로 이웃한 사로국에 대해 여전히 적대적인 관계를 유지해 왔고, 장차 있을 전쟁에 대비해 충실하게 준비해 오고 있었다.

그 무렵 사로국에서는 아달라왕이 죽고, 그의 포제胞弟인 벌휴伐休가 이사금에 오른 지도 5년이 되었다. 기회를 엿보던 초고왕이 그해 2월, 궁실을 중수하라는 지시와 함께, 이내 장군 진격眞格 등을 시켜 전격적으로 〈사로국〉을 공격하라는 명을 내렸다.

"그간 오랫동안 사로와의 전쟁에 대비하느라 모두들 애썼다. 이제 숙적 사로와의 일전이 불가피하게 된 만큼, 우리가 선제공격으로 기선을 제압할 필요가 있다. 제장들 모두는 사로와의 전쟁이 어떤 것인지를 잘 알고 있을 것이다. 사로국은 결코 만만치 않은 우리의 앙숙이다. 실로 목숨을 건다는 불퇴전의 각오로 대하지 않으면 패배와 죽음이 있을 뿐이다. 대신들 모두 이 점을 명심해 각별한 각오로 싸움에 임해 주기를 바란다!"

초고왕이 강력한 어조로 전쟁에 임하는 제장들을 격려했다. 장군 진격眞格이 즉시 병력을 거느리고 내달려, 사로국의 서북 변방에 있는 모산성母山城(충북진천)을 선제공격했다. 이로써 다시금 백제와 사로국의 전쟁이 본격적으로 불붙게 되었다. 금성의 벌휴왕이 보고를 받고 크게 격노했다.

"십여 년 전 선금(아달라왕) 때부터 부여왕이 우리 일모성을 때리고 척지려 하더니, 그예 그 싸움 좋아하는 버릇이 다시 도진 모양이로구나. 적당히 넘어갈 일이 아니니 남로장군 구도仇道에게 정예기병을 내어 주고 출병케 해 모산(관산)성을 구하게 하라!"

이에 金씨 구도가 이끄는 남로군이 모산성으로 출병해 진격이 이끄는 백제군을 상대로 치열한 접전을 벌였다. 그 결과 사로국의 방어가 견고해 성이 무너지지 않았다. 〈모산전투〉에서 성을 깨뜨리는 데 실패한 초고왕은 이듬해 여름이 되자 방향을 돌려, 모산 남쪽 아래쪽에 위치한 사로국의 구양성拘壤城(충북옥천)을 재차 공격하게 했다. 그러나 〈구양전투〉 역시 여의치 않은 것이어서 사로국에 오히려 5백여 병사들을 잃고 말았다.

그러나 백제의 초고왕은 결코 만만치 않은 임금이었다. 무엇 하나 포기할 줄을 몰랐던 초고왕이 사로국에 대한 공략을 이것으로 그치려 하질 않았다. 마치 과거 13년 〈백서伯徐전쟁〉의 주인공인 다루왕이 환생이라도 한 듯, 초고왕은 사로의 성들을 집요하게 공격했다. 다시 그 이듬해인 AD 190년이 되자, 이번에는 방향을 좀 더 동쪽으로 바꿔 원산성圓山城(경북예천)을 치게 했다.

전선이 이제 충북 일대를 넘어서 경북 일원으로 확대되기 시작한 것이었다. 두 번의 공격 시도가 모두 실패로 끝나고, 이제 3년에 걸쳐 반복된 세 번째 시도였으므로 초고왕도 나름 초조하게 결과를 기다리고 있을 무렵, 마침내 백제의 도성으로 기다리던 낭보가 날아들었다.

"어라하, 마침내 승전보가 도착했습니다. 우리 백제군이 드디어 사로의 원산성을 깨뜨린 것은 물론, 진격을 계속해 지금은 연달아 부곡缶谷을 포위했다고 합니다!"

"무어라, 원산성을 차지했다고? 고대하던 소식이로다. 드디어 사로의 성을 얻게 되었구나. 하하하!"

비로소 초고왕이 크게 웃으며, 〈원산전투〉에서의 첫 승전보를 크게 반겼다.

이와는 반대로 사로국 조정은 발칵 뒤집혔다.

"큰일입니다. 부여의 초고왕이 이토록 집요하게 공격해 올 줄은 몰랐습니다. 원산성을 빼앗겼고, 다시 부곡성마저 적들이 포위하고 있다니 서둘러 지원 병력을 보내셔야 합니다!"

사안이 이쯤 되고 보니 이제 백제와의 싸움은 단순한 교전을 넘어서는 전면전의 양상을 띠게 되었고, 치열한 영토전쟁으로 치닫고 있었다. 사로국에서도 결코 물러설 수 없다 판단하고, 이번에도 또다시 南路장군 구도에게 정예기병을 추가로 지원해 주면서 서둘러 부곡성(경북군위)을 지원하게 했다.

그러나 매년 반복되는 백제와의 방어전에 3번째 출정하는 구도였던지라 다소 안이하게 싸움에 임한 듯했다. 이에 반해 백제는 부곡성을 깨뜨릴 회심의 전략을 준비해 놓고 있었다. 백제군은 부곡성 앞에서 벌어진 전투에서 짐짓 패하는 척하면서 후퇴를 시작하더니, 제법 멀리 떨어진 와산성蛙山城(충북괴산)까지 사로 군대를 유인해 내는 데 성공했다. 그곳에는 또 다른 백제의 복병들이 사로국 군대가 당도하기만을 기다리고 있었다.

　그 시간 〈백제〉의 도성 한성에서는 초고왕과 대신들이 부곡에서의 전투 결과를 초조한 마음으로 기다리고 있었다. 그런데 얼마 후 실로 놀랄 만한 소식이 들어왔다.

　"아뢰오, 우리 백제군이 사로국의 와산성을 크게 깨뜨렸다는 낭보입니다! 그뿐 아니라, 이번 전투에서 사로국 군대를 완전히 궤멸시킴으로써 가히 대첩大捷이라 부를 만하다고 합니다!"

　"와아, 만세! 백제 만세, 어라하 만세!"

　한성의 백제 조정이 순식간에 웃음과 박수, 환호성으로 가득 차게 되었다.

　당시 원산성을 격파한 백제군은 내친김에 진격을 계속해 부곡에 다다라 성을 포위하고 있었다. 그러던 차에 사로국의 구도가 강력한 정예 기병을 거느리고 나타났다. 백제군의 척후병이 재빨리 말을 달려 백제의 장수에게 이 사실을 보고했다.

　"장군, 지금 뒤쪽에서 사로국의 대규모 기마부대가 이곳 부곡성을 향해 진격해 오고 있습니다!"

　결국 부곡성 밖에서 양쪽 군대 사이에 일대 전투가 벌어졌다. 백제군은 이때 거짓으로 싸움에 밀려 달아나는 척하면서, 와산성 근처까지 사로군을 유인했다. 부곡성에서 와산성까지는 꽤 먼 거리였으므로, 그사이 백제는 미리 와산성 근처에 복병들을 배치해 두고 사로군을 기다리고 있었다. 이윽고 백제군을 추격하는 사로군의 기병들이 나타나자, 백제군의 매복병들이 사방에서 일어나 사로군을 향해 화살 세례를 퍼부었다.

　"적들이 나타났다! 일제히 화살을 쏴라! 화살을 날려라!"

　"슈슈슉! 둥둥둥!"

순식간에 선두에서 달려오던 사로국 기병들이 말과 함께 여기저기서 나뒹굴었다. 이어 사방에서 엄청난 함성과 함께 독전을 알리는 북소리가 천지를 진동했고, 그사이 사로군을 유인해 온 백제의 본대까지 뒤돌아서서, 우왕좌왕하는 사로군들을 앞뒤로 포위 공격하기 시작했다.

"매복이다, 매복! 후퇴하라, 전군은 흩어지지 말고 한곳에 모여 퇴각하라!"

구도를 포함한 사로 장수들이 침착하게 퇴각하라고 거듭 소릴 질렀지만, 공포에 사로잡힌 사로군들은 서로가 서로를 밟고 무기를 버린 채, 저마다 필사적으로 달아나기 바빴다. 결국 이 전투에서 사로의 남로장군 구도仇道는 병력 대부분을 잃고 스스로도 겨우 목숨만 부지한 채 돌아가야 했다.

일찍이 AD 1세기, 백제의 다루왕多婁王과 서나벌의 사벌왕沙伐王이 충북 일원을 놓고 벌였던 〈13년 전쟁〉 때에도 이토록 일방적인 참패는 어느 쪽에서도 일어난 적이 없었다. 누구보다 전투 경험이 풍부했던 구도가 치욕적인 참패를 당했다는 소식을 듣고 벌휴왕이 대노했다.

"구도가 어찌하여 그리도 안이하게 전투에 임했단 말이냐? 도저히 묵과할 수 없는 일이다. 당장 구도를 잡아 대령하라!"

벌휴왕이 구도를 체포해 엄벌에 처하고자 했으나, 대신들이 구도가 세운 그간의 공적과 함께 사실상 아달라왕의 아들이나 다름없음을 이유로 들어 겨우 만류할 수 있었다. 벌휴왕은 결국 구도를 남로장군 자리에서 끌어내리고 부곡성주로 강등 조치했다. 소문국과 〈달문의 난〉을 평정하고, 백제와의 싸움에서도 무패로 승승장구해 오던 명장 金구도가 단 한 번의 패배로 모든 명예와 권위를 여지없이 잃고 만 것이었다.

벌휴왕은 설지薛支를 좌군주左軍主에 임명해 구도를 대신하도록 했다.

다행히 이후로 한동안은 백제가 사로국을 공격해 오지 않음으로써 백제와의 변방이 대치 상태와 함께 오랜 소강 국면으로 접어들게 되었다. 백제에서는 이 전쟁을 〈부곡대첩缶谷大捷〉이라 부르며 오래도록 기리고자 했다. 이후로 백제가 한동안 사로국에 대해 군사적 우위를 차지하게 되었으니, 결국 초고왕의 집념이 결실을 본 셈이었다.

백제가 사로국을 크게 깨뜨렸다는 소식은 금세 사방으로 퍼져나갔다. 〈부곡대첩〉이 있기 직전, 〈대가야〉에서는 여왕 미리신美理神의 남편인 하지河智가 죽었다. 이에 미리신이 사로국에 사신을 보내 효수孝修로 하여금 새로운 남편의 뒤를 잇게 할 것을 요청해 와 벌휴왕이 허락한 적이 있었다. 그러나 전쟁이 끝나고 사로국이 백제에 참패를 당하는 모습을 본 가야는 재빨리 백제에 사신을 보내 승전을 축하하고, 명주를 공물로 보냈다. 〈부곡대첩〉을 계기로 이때부터 대가야가 백제로 크게 기울게 되었으니, 예나 지금이나 외교는 참으로 냉정하기 그지없는 것이었다.

그런데 당시 백제와 사로의 전쟁에는 한 가지 의문스러운 점이 있었다. 당시 초고왕이 수차례에 걸쳐 사로국과 사활을 건 전쟁을 벌였건만, 전쟁에 동원된 양측의 병력이 고작 5백 또는 일천에 불과하다고 기록되었다는 점이었다. 아달라왕의 한강 친정 시에도 대략 3만에 가까운 병력이 동원되었음을 감안할 때, 매 전쟁마다 1천 안팎의 병력으로 전쟁을 치렀다는 점도 그렇고, 그런 소규모의 병력이 희생된 전쟁을 놓고 대첩 운운할 리가 없기 때문이었다.

이것은 후대 사로(신라) 계통의 사가史家들이 초고왕의 〈부곡대첩〉을 크게 축소해 기록한 것임을 강력하게 시사해 주는 것이었다. 즉 어느 시기 후대 왕조의 권력자들이 혈통이 다른 망국 백제 왕조의 드높은 성과를 구태여 강조하려 들지 않았던 것이다. 따라서 당시 전쟁의 규모와 결과는 물론, 심지어 〈부곡대첩〉을 이끌었던 명장의 이름까지도 제대로 언급하지 않았다. 엄연히 패자인 사로국에서도 고작 5백 명 규모의 기병만이 참전했다고 했으니, 자신들의 흑역사를 축소 기록한 것이 틀림없었다.

이로 미루어 당시 2세기 말을 전후해 백제와 사로국이라는 앙숙끼리 벌였던 일련의 전쟁은, 양국이 나라의 명운을 걸고 벌인 엄청난 격전이었음이 틀림없었다. 추정컨대 〈부곡대첩〉의 패배로 사로국에서는 아마도 그 10배도 넘는 5천에서 1만 명에 가까운 희생자를 냈을 가능성이 농후했던 것이다.

고대 왕국에서 수년에 걸쳐 이웃 나라와 전쟁을 펼친다는 것은 여간 어려운 일이 아니었을 것이다. 엄청난 병력 동원은 물론, 막대한 전비를 조달해야 하니, 전쟁의 명분이 확실해 군신들과 백성들의 동조가 있어야 가능한 일이었던 것이다. 초고왕은 즉위 원년, 모후인 전태후가 아달라왕에게 항복을 하고 무릎을 꿇어야 했던 치욕과 수모를 결코 잊지 못했다. 그는 절치부심하며 20여 년에 걸쳐 백제의 국력을 키우고, 사로에 대한 복수를 위해 착실하게 전쟁 준비를 해 왔던 집념의 군주였던 것이다.

사로와 백제 두 나라는 대략 2백여 년 전인 기원전 1세기 후반부터 대륙의 낙랑樂浪이자 中마한馬韓, 요동遼東의 고지故地, 즉 북경 인근에서 서로 이웃한 채로 역사를 시작했다. 그 후 〈고구려〉와 〈후한〉 2강强의 정복전쟁에 밀려 AD 45년을 전후한 시기에 다 같이 한반도의 한강 유역으로 이주해 옴으로써, 또다시 질긴 동반同伴의 역사를 반도에서까지 이어 가게 되었다.

이처럼 서로 유사한 역사를 지닌 데다 엇비슷한 국력을 지닌 채 대륙에서부터 경쟁해 왔던 두 나라는 서로를 너무도 잘 알던 탓이었는지, 반도로 이주한 직후부터 곧장 충돌하기 시작했다. 그렇게 한반도에서 전쟁과 화친을 반복하면서 대략 150년을 이어 왔으나, 이때 비로소 초고왕의 백제가 벌휴왕이 다스리는 사로국을 처음으로 완전하게 제압했던 것이다.

이는 또 약 30년 전 백제가 사로국에게 당했던 수모를 딛고 일어난 것으로, 당시 아달라왕이 혈족 전태후가 다스리던 백제를 더욱 가혹하게 몰아붙이지 못한 것 자체가 미증유의 사건이었다. 그때 승리감에 도취한 아달라왕과 그의 사로국 신하들이 술상을 벌이고 춤을 춘 덕분에, 용케 살아남은 초고왕이 장성해 와신상담 복수를 벼른 결과 위대한 반전을 이룩해 냈던 것이다. 이후로 벌휴왕의 사로국은 크게 위축될 수밖에 없었고, 사로국 사회는 한동안 패전의 후유증에 크게 시달려야 했을 것이다. 이것이 바로 〈부곡대첩〉의 숨겨진 진실이자 역사적 의미였던 것이다.

이듬해인 AD 191년 태공 고시古尸가 내신원內新院에서 세상을 떠났다. 초고왕이 동생 소대素大를 보내 시신을 모시고 돌아오게 했고, 한성漢城의 서원西院에 장사 지내 주었다. 초고왕은 비록 고시가 모후 田씨와 상통하여 자신을 왕위에 올려 주었으나, 부친인 구지왕을 배신했던 그의 야심을 알고 있었기에 그를 멀리하고 경계의 끈을 놓지 않았다. 다만, 고시가 그래도 엄연한 왕의 숙부였고, 무엇보다 모후인 전씨와 이미 떨어질 수 없는 관계라 더 이상 이를 말리지는 못했다. 초고왕이 고시의 아들인 소대에게 변명처럼 말했다.

"나는 숙부님이 어질다는 것을 잘 알고 있다. 그래서 바깥일에 한해서만큼은 기꺼이 숙부께 태공의 직을 맡겼던 것인데, 진정 영혼이 있다면 숙부께서도 이런 내 마음을 알아주실 것이라 믿는다……"

이는 곧 초고왕이 자신을 왕위에 올려 준 고마움을 잘 알고 있다는 뜻이었다. 이에 소대가 답했다.

"아버지께서도 이미 잘 알고 계셨던 일입니다. 형왕(초고왕)의 큰 은혜를 알고 돌아가셨으니 여한이 없을 것입니다."

초고 27년째인 AD 192년 가을, 초고왕이 돌연 병이 들었다. 이제 막 불혹(40세)의 나이에 접어들어 경륜이 최고조에 달할 때였지만, 13살 워낙 어린 나이에 왕위에 올라 오래도록 나라를 다스려 왔고, 근년에는 〈부곡대첩〉 등 사로국과의 전쟁을 치르느라 스트레스와 피로가 누적되면서 기력이 소진된 듯했다. 초고왕이 조정 대신들에게 명을 내렸다.

"내가 심신이 쇠약해진 탓에 정무를 돌보는 것이 힘에 부치는구나⋯⋯. 다행히 태자 구수가 있으니, 이제부터 나를 대신해 태자가 나랏일을 돌보도록 하라!"

초고왕이 이때 국사國事에서 떠나 쉬면서 긴 머리를 한 채, 매일같이 신선의 도를 연마하는 방사方士들을 불러 큰 정치에 대한 담론을 주고받았다. 다행히 태자인 구수仇首가 성질이 곧고 두뇌가 명석해 국사를 현명하게 처리했으므로 나라가 크게 안정되고, 부유해질 수 있었다.

한편, 〈부곡대첩〉으로 백제가 사로국을 완전하게 제압했다는 소문은 가야를 비롯하여 사로국의 눈치를 보던 주변 소국들에게는 꽤나 충격적인 소식이었을 것이다. 〈대가야〉가 제일 먼저 반응해 대첩이 끝나자마자 축하사절을 보내왔다. 백제가 그 무렵에 사로국을 견제하기 위해 동남쪽 변경의 구원狗原에 행궁을 두었다. 193년 봄이 되니, 가야의 여왕인 미리신왕美理神王이 가까이 있던 행궁行宮으로 사신단을 보내왔다. 부곡대첩 직후에 이어 대가야의 사신이 재차 내방한 것이었는데, 이때 명주와 함께 임금이 탈 용주龍舟를 바쳐 오면서 청을 하나 했다.

"소신의 여왕께서 大백제국의 왕자를 청해 남편으로 삼고 싶다고 하셨습니다. 아울러 대백제의 활과 화살, 창과 칼을 보내주기를 고대하고 계시니 부디 여왕의 청을 들어주옵소서!"

이때 백제에서 미리신여왕에게 남편감을 보내진 않았으나, 그 대신 백제의 대도大刀(큰 칼) 7자루와 창 50개를 선물로 주어 보냈다. 당시 백제의 장식대도가 단단하고 예리할 뿐 아니라, 칼 손잡이의 장식이 아름답기로 이름났던 것이다. 이 장식무늬는 소위 〈철지금은장鐵地金銀裝〉 기법을 이용한 것으로, 정밀한 공예기술과 함께 그 문양이 오래도록 유지되어, 동아시아에서 가장 선진적 요소를 갖춘 것으로 평가되던 것이었다. 주로 상감象嵌대도와 용봉문龍鳳紋대도 2가지 형태로 후일 신라新羅대도와도 그 형식이 다른 특징을 지녔고, 가야를 거쳐 일본열도의 고분시대까지 전파된 것으로 알려졌다.

그러던 초고왕 재위 28년째인 AD 194년 정월이 되니, 초고왕이 모두가 깜짝 놀랄 만한 발표를 했다.

"태자 구수에게 어라하의 자리를 넘길 것이니라!"

초고왕의 병증이 나아지지 않은 데다, 아들인 구수태자의 능력을 신뢰한 것으로 보였다. 초고왕의 전격적인 선위에 조정 대신들이 극구 말렸으나 왕의 고집을 꺾지는 못했다. 이후 초고왕이 스스로 산궁山宮과 구원狗原 등에 거처하면서 주로 제사를 주재하는 일에 전념했고, 스스로를 '태상신왕太上神王'이라 부르게 했다. 과거 고구려의 6대 태왕 신명선제가 태조에게 선양했던 사례를 연상케 하는 일이었다. 태자 구수가 한성의 남궁南宮에서 백제의 8대 어라하에 즉위해 친히 내외 병사의 업무를 주관했고, 이때 사沙씨, 백百씨, 진眞씨, 해解씨 등 백제 4大 귀족의 작위를 정하여 위계질서를 바로 세웠다.

구수왕仇首王은 초고왕의 장자로 7척 장신에 위엄을 갖춘 용모를 지녔다. 법과 예절에 밝았고 백성들을 어질게 다스리고자 했다. 그런데 구수왕 11년째 되던 AD 203년 6월, 국정에서 멀어져 있던 상왕 초고왕에게 날벼락 같은 비보가 날아들었다.

"황공하옵니다. 대왕께서 갑작스럽게 쓰러지셨다 하옵니다. 흑흑!"

"무어라, 왕이 죽었다고?"

초고왕이 놀라서 소리를 질러댔다. 당시 구수왕이 나라를 다스리는 일에 집중하여 늘 과로한 데다, 지나치게 예민한 성격으로 생각한 일이 뜻대로 되지 않으면 화를 내고 식사를 거르기 일쑤였다. 또 일찍 일어나고 늦은 밤까지 정무를 보는 일이 오래 지속되다 보니, 끝내 건강을 잃어 겨우 35세의 나이에 수명이 다한 것이었다. 나라 사람들이 이를 안타깝게 여기고 슬퍼하지 않는 사람이 드물었다.

구수왕의 때 이른 죽음으로 태자인 사반沙伴이 즉위했으나, 나이가 어려 정사를 볼 수가 없었다. 어쩔 수 없이 태왕(초고왕)이 나서서 사태를 수습해야 했다.

"죽은 구수의 아들 사반이 너무 어려 국정을 수행하기 곤란하다. 그러니 당분간은 내 아우인 고이가 사반을 대신해서 나랏일을 보도록 할 것이다."

이로써 태왕의 포제胞弟인 고이古爾가 왕위를 대신하게 되었는데, 고이는 초고왕의 모친 田씨가 구지왕仇知王의 아우인 고시古尸와의 사이에서 낳은 아들이었다. 당시 고이가 사반왕을 돕던 시절이라, 고이에게 힘을 실어 주기 위해 석石부인 진眞씨가 초고왕과의 사이에서 낳은 소내素嫩를 고이와 혼인시켰다.

그런데 사반왕이 2년 뒤인 AD 205년 어린 나이에 사망해 버리는 바람에, 고이가 그대로 왕위를 이어 가게 되었다. 다소 석연치 않은 죽음을 맞이한 사반왕은 스스로 왕의 정사를 본 적도 없는 데다, 너무 짧은 재위기간이라 아예 왕력에서도 빠지고 말았다. 그리해서 구수왕에 이어 사반왕이 즉위하던 AD 203년을 고이왕의 기년紀年으로 삼게 되었다.

16. 고국천제와 을파소의 개혁

AD 179년, 신대제의 갑작스러운 죽음으로 그의 둘째 아들인 남무男武태자가 태왕에 올랐으니, 이분이 〈고구려〉의 10대 태왕인 고국천제故國川帝였다. 그러나 남무가 태왕의 자리에 오르기까지의 과정은 결코 예사로운 것이 아니었다. 약 30년 전인 146년경, 수성遂成이 형인 태조황제를 겁박해 선위를 받아 차대제에 올랐었다. 차대제는 이후 10년 뒤인 155년이 되자 자신의 왕위를 위협할 인물들을 본격 제거하게 되는데, 이때 태조의 장자인 만륵萬勒이 반란의 음모를 뒤집어쓰고 제일 먼저 희생당했다.

남무의 모친은 목도루의 딸인 목수례穆守禮인데, 차대제 즉위 초기에 일찍이 백고伯固(신대제)와 혼인했다. 공교롭게도 목수례가 만륵이 살해당한 다음 달, 아들 남무를 낳았는데, 황룡이 그녀의 몸을 휘감고 있는 꿈을 꾼 다음에 낳은 자식이라고 했다. 놀라운 점은 그 황룡이 남편인 백고가 아닌 태조의 장자인 만륵태자였기에 남무는 태조황제의 손자였다는 것이다. 이후 백고가 우여곡절 끝에 태왕(신대제)에 오르게 되자 목수례는 당연히 황후가 되었고, 장남인 현玄태자를 대신해 차남인 남무가 정윤이 되었다가, 그 3년 뒤에 결국 태왕에 오르게 되었던 것이다.

남무는 9척 장신의 큰 키에 늠름한 외모를 가졌고, 가마솥을 들어 올릴 만큼 힘이 장사였다. 착하기만 하고 용맹함이 부족했던 배다른 형 현태자는 이런 동생과의 차이를 느꼈는지 곧바로 남무가 정윤이 될 만하다고 인정했다.

"예로부터 현명한 자가 제위에 올라야 한다."

그리고는 스스로 仙을 닦는다는 핑계로 해산海山으로 들어가 버렸다. 그러자 남무도 동생이 형을 뛰어넘을 수는 없는 법이라며, 제나提那로 나가 오래 머물렀다. 결국 부친의 뜻을 아는 현태자가 제나까지 찾아가 동생을 설득한 끝에 남무가 정윤에 올랐던 것이다. 남무는 정치에 있어서도 태자 시절부터 이미 대신들의 말을 들어주거나 끊어냄에 있어 아량과 엄격함이 적절했다고 한다. 그가 서도의 황단皇壇(난대鸞坮)에서 즉위식을 갖고 고국천제가 되었던 것이다.

고국천제는 즉위 이듬해인 AD 180년, 동궁비였던 우于씨를 황후로 삼고, 우후의 부친인 연나椽那 출신 우소于素를 중외대부中畏大夫의 자리에 앉혔다. 우소는 선도仙道에서는 유명한 수행자 출신으로 그를 존경하고 따르는 이가 많았다. 그해 상尙태후가 춘추 77세로 서거했는데, 차대제를 독살하고 아들 백고를 태왕에 오르게 하는 등 파란만장한 삶을 산 여인이었다. 가을에는 고국천제도 홀본에 가서 조상의 사당에 즉위를 알리는 제를 올리고 돌아왔다. 그런데 그 무렵 모친인 목穆태후가 아들 영군英君을 낳고 이를 기리고자 관례에 따라 대사면을 청했다. 그런데 고국천제가 이를 단호하게 거절하며 말했다.

"이미 죄를 받은 자들을 풀어주게 된다면, 백성들이 법을 믿지 않고 요행이나 바라도록 가르치는 셈이니 법으로 할 일이 아닙니다."

그러던 고국천제 6년째인 184년 무렵, 그간 잠잠하던 서쪽 요수遼水 변경이 다시금 소란해지기 시작했다. 문제는 그즈음 중원의 漢나라에서 실로 그보다 더한 엄청난 정치적 격변이 시작되었다는 점에 있었다. 〈후한〉은 AD 75년, 3대 장제章帝(AD 75~88년)부터 시작해서 이후 AD 220년 헌제獻帝(AD 189~220년) 때 나라가 멸망하기까지 10대의 나이 어린 황제가 계속해서 대를 잇게 되었다. 가장 나이 많은 황제가 고작 열일곱을 넘지 못했고, 심지어는 출생 후 백 일도 채 안 된 황제마저 등장했다. 이는 자연스레 외척의 발호를 낳게 되었고, 특히 두竇씨를 비롯하여, 등鄧, 염閻, 양梁, 하何씨 다섯 가문의 전횡이 악명 높았다.

그 와중에도 드물게 일부 황제는 장성하면서 황권을 되찾기 위해 가까이에서 자신을 보필하던 환관들을 중용해 외척을 몰아내려 했다. 그러다 보니 약 150년 동안 외척과 환관들이 번갈아 가며 황제의 권력을 농단하고, 자기들끼리의 싸움이 반복되게 되었다. 그사이 조정은 매관매직과 비정상적인 뇌물수수가 횡행하고, 백성들은 중앙이나 지방 가릴 것 없이 관청으로부터의 무거운 세금과 수탈에 시달렸다. 게다가 질병과 재해가 수시로 엄습하고, 그에 따른 기아로 일반 민초들은 피폐해진 삶을 이어 갈 뿐이었다. 특히 요수 일대의 변방은 고구려에 대패했던 172년의 〈좌원대첩〉으로 무수히 많은 희생자가 발생함에 따라, 다른 어느 지역보다 민심이 흉흉하고 백성들이 살아가기 힘든 지역이었다.

AD 88년경 후한의 장제章帝가 죽어, 이제 겨우 10살 된 화제和帝(AD 88~105년)가 뒤를 이었다. 그런데 섭정을 맡아 보던 두태후마저 얼마 후 죽는 바람에 여러 호족들 사이에서 심한 견제와 권력다툼이 일어났다. 이후 상제殤帝(재위 2년)와 안제安帝(106~125년)를 거쳐 AD 125년 7살의 순제順帝(AD 125~144년)가 8대 황제로 즉위하면서, 이번에는 양梁씨 가문이 권력을 독점했다. 다시 3년이 지난 144년, 27살의 순제가 후사도 남기지 못한 채 석연치 않은 죽음을 맞이했고, 이후 2살밖에 안 되어 강보에 싸인 충제沖帝와 8살 질제質帝로 이어졌으나 그 역시 이내 독살당하고 말았다. 세계 역사를 통틀어서도 유례를 찾아보기 힘들 정도로 어린 황제들의 수난이 이어졌다.

146년, 후한 조정이 이처럼 1년 만에 세 명의 황제를 잃고 최고 권력의 공백이 지속되는 초유의 위기 상황에 빠졌다. 그 결과 비로소 다른 황제보다 나이가 많은 환제桓帝(AD 146~167년)를 11대 황제로 올렸는데, 그 역시 열다섯의 나이에 불과했다. 그 후 십여 년의 세월이 흘러 159년경이 되니, 환제가 장성해 어엿한 28세의 성인이 되어 있었다. 그해 양梁황후가 사망했는데, 환제가 이를 계기로 언젠가는 자신도 양후의 오라버니로 대장군인 양기梁冀에게 독살당할지 모른다는 두려움에 사로잡혔다.

그러면서도 이제 조정의 내막을 두루 알고 있었기에, 오히려 양씨 가문을 몰아내고 황제로서의 권위를 되찾아야겠다는 야심을 품게 되었다. 어느 날 환제가 가까이에 있는 태감太監(환관 벼슬) 당형唐衡을 불러 슬그머니 물었다.

"태감 중에 양씨와 한통속이 아닌 사람이 누구인가?"

결국에는 당형이 주선한 5명의 태감과 환제가 은밀하게 모여 피를 나눠 마시고, 한마음이 되어서는 장차 대장군 양기를 제거하기로 결의했다. 그럼에도 좁은 궐 안의 일인지라 소문이 새 나가고 말았는데, 다행히 환제가 한발 빠르게 손을 써서 결국 양기의 집을 포위하는 데 성공했다. 궁지에 몰린 양기가 결연하게 아내와 함께 자살을 택했는데, 환제는 이때 양기의 일가친척을 모조리 살해해 버렸다. 양기가 죽었을 때 조정의 각 아문衙門(창고)이 거의 텅 비다시피 했으며, 양씨 집안에서 몰수한 재산이 당대 전국에서 거둔 1년 치 세금의 절반 수준에 달했다고 한다.

그러나 늑대가 없는 곳에 여우가 판을 친다더니, 양기가 사라지고 나자 이번엔 그를 제거하는 데 공을 세운 환관들이 득세하기 시작했다. 유생들이 이런 사태를 크게 우려한 나머지, 특히 166년경에는 낙양의 3만여 태학생太學生이 일어나 빗발치듯 환관들을 성토했다. 이들은 태위 진번陳蕃과 사례교위 이응李膺 등을 앞세워 환관 정치를 반대하는 모임을 결성하는 등 조직적으로 움직이기까지 했다. 이에 위협을 느낀 환관들이 이응을 필두로 한 당인黨人들을 탄핵하는 상소를 올렸다.

"폐하, 사례교위 이응 등 유생 무리가 도당을 결성해 조정을 비방하고 민심을 동요시키고 있다는 상소입니다!"

"무어라? 그렇다면 이응과 그 도당들을 즉시 잡아들이고 문초하여 그 연유를 소상히 밝히도록 하라!"

분노한 환제의 명령에 이응과 두밀杜密을 비롯한 2백여 당인의 이름이 적힌 살생부가 작성되었고, 이들 모두가 체포되어 북사의 옥에 갇히게 되면서 이내 심문이 시작되었다. 그런데 심문 과정에서 공교롭게도 당인은 물론, 환관들의 자제와 친인척의 이름까지 줄줄 나오는 뜻밖의 상황이 연출되고 말았다. 당황한 환관들이 자칫 그 화가 자신들에게까지 미칠 것을 우려한 나머지 사태를 덮고 서둘러 마무리하기로 했다. 이들은 환제에게 천문을 운운하며 특사령을 내려 당인들을 석방할 것을 간했고 결국 167년, 환제가 당인들을 석방하는 대신 평생 출사를 금지시키는 종신금고형에 처했다. 중국인들이 이를 1차 〈당고黨錮의 화禍〉라 불렀다.

그해 환제가 아들 없이 죽자 두竇태후와 그의 부친인 두무竇武에 의해
영제靈帝(AD 168~189년)가 12대 황제에 올랐다. 그런데 영제 또한 고작
12살에 불과하다 보니 처음부터 환관들을 불안하게 만들었다. 과연 섭
정에 나선 두태후가 〈당고의 화〉로 금고조치 되었던 당인들을 서둘러
사면하고 복권시킴에 따라, 이들이 대거 조정에 다시 등장하게 되었다.
이듬해인 168년이 되자, 대장군 두무와 태위 진번이 두태후를 앞세우고
환관 세력을 척결하고자 모의했다.

그러나 이 사실이 사전에 발각되는 바람에 환관 세력이 오히려 선수
를 치고 말았다. 태감 장양張讓 등이 진번을 죽이고 두무를 사로잡은 다
음, 곧바로 당인들에 대한 대학살을 자행했고 이듬해까지 이어졌다. 이
응, 두밀, 순욱 등 100여 명이 체포되어 무고하게 목숨을 잃게 되었고,
전국의 사인私人 6, 7백 명이 사형을 당하거나, 파면 혹은 귀양 보내졌
다. 뿐만 아니라 이들의 친인척까지 모두 금고에 처해졌으니 이것을 2
차 〈당고의 화〉라 부르게 되었다.

환관들에 의한 1, 2차 〈당고의 화〉는 당시 後漢 지식인 계층의 붕괴
를 초래하여, 젊은 인재들이 벼슬길에 나가거나 정계 진출을 꺼리는 심
각한 부작용을 낳았다. 이후 본격적으로 온갖 부정부패가 만연하기 시
작했는데, 장성한 영제 스스로가 앞장서 매관매직으로 사익을 챙기는
황망한 일까지 벌어졌다. 그는 예전禮錢이라 하여, 연 3백만 석의 관직에
는 3백만 전, 1천만 석에는 1천만 전 하는 식으로 공공연하게 관직을 거
래했으며, 이에 나라가 특별히 선발하는 인재의 경우에도 예외 없이 그
연봉의 절반이나 1/3 정도의 비용을 지불해야 했다.

또한 도행비導行費라 하여 국고로 들어가기 전의 조세에서 일부를 떼
어 황제의 사금고로 넣기까지 했다. 세계 역사에서도 보기 드문 영제의
노골적인 관직거래는 178년부터 시작해서 184년 민중들이 봉기할 때

까지 지속되었다. 그는 관직의 거래뿐 아니라 성인이 되면서부터는 주색까지 탐닉했던 혼군混君 자체였다. 나라의 주인이라는 황제부터 이렇게 썩어 있다 보니 漢나라의 경제가 도탄에 빠졌고, 백성들의 삶이 피폐해지니 급속도로 민심이 이반되기 시작했다. 급기야는 여기저기 중원 전역에서 민중봉기가 일어나기 시작했다.

後漢 영제 초기인 170년대 초엽, 기주冀州의 거록鉅鹿에 장각張角이라는 인물이 나타났다. 그는 스스로를 대현량사大賢良師라 부르며, 황천신黃泉神의 사자使者라 일컬었는데, 주로 부적이나 정화수와 같은 주술에 의존하여 환자들을 치료하면서 포교에 나섰다. 그가 주창했던 〈태평도太平道〉는 소위 漢代에 유행하던 참위설讖緯說에 음양오행설과 민간에 떠돌던 잡다한 미신을 가미하고 도가道家의 설로 윤색한 것이었다.

그럼에도 참회의 기도만으로 구제를 받을 수 있다는 태평도의 교리는, 당시 빈곤과 질병이 만연해 불안에 떨던 민중들의 마음을 단박에 사로잡았다. 그 결과 태평도는 10여 년 만에 하북 동안東岸에서 장강 유역에 이르기까지 수십만의 추종자가 생길 정도로 폭발적 인기를 누렸다. 태평도가 일어난 기주冀州는 바로 위에 인접한 유주幽州와 함께 10년 전 〈좌원대첩〉의 참패로 수많은 희생자를 내고 가장 피폐해진 지역이었다.

그 무렵 후한 조정이 외척과 환관의 득세로 정치가 부패하고, 호족 지주들의 토지겸병土地兼倂이 심화되면서 漢나라 땅 전체의 농민들이 고사위기에 처하게 되었다. 이에 장각은 자신을 따르는 태평도 무리를 주축으로 봉기하여 세상을 뒤집고, 스스로 천자天子가 되겠다는 야심을 품게 되었다. 그가 이런 노래를 지어 퍼뜨렸다.

漢의 창천蒼天은 죽고,　　　　蒼天己死

황천黃泉의 세상이 일어난다.　　黃天當立

갑자년에 이르러,　　　　　　　歲在甲子

천하가 길하리라!　　　　　　　天下大吉

　장각은 유주幽州를 비롯한 전국 8개 州에 총 36개의 〈방方〉을 조직했
는데, 1개의 방은 대략 1만 명으로 이루어져 거사渠師라는 수령이 통솔
하는 사실상의 군사조직이었다. 거수라는 명칭이 주로 고조선이나 북
방민족 사이에 수장을 뜻하는 용어인 데다 유주를 비롯해 봉기가 일어
난 지역이 북방이었으므로, 장각은 漢族이 아닌 북방계열 출신일 가능
성도 농후했다. AD 184년, 마침내 장각이 부하인 마원의馬元義에게 봉기
명령을 하달했다.

　"갑자년 3월 5일을 거사일로 정했으니, 전국의 신도들로 하여금 업성
業城에 집결토록 하라!"

　그러나 거사 한 달 전에 자신의 제자인 당주가 봉기계획을 밀고하는
바람에 낙양에 잠입해 있던 마원의가 잡혀 처형당하고, 1천여 신도들이
집단으로 투옥된 채 사형을 기다리는 위기 상황이 벌어졌다. 다급해진
장각이 거사를 앞당기기로 하고, 그해 2월 격문을 발표하면서 전국적인
봉기를 명했다.

　장각은 스스로를 천공天公장군이라 하고, 두 아우인 장보張寶와 장량
張梁을 각각 지공地公장군과 인공人公장군에 임명했다. 그리고는 따르는
무리들에게 머리에 노란 두건(황건黃巾)를 두르게 하니, 이들이 일으킨
난이 바로 그 유명한 〈황건적黃巾賊의 난〉이었던 것이다. "漢왕조 타도"
를 기치로 내건 황건적들은 이때부터 무리 지어 다니며, 각지의 지방 관
청을 닥치는 대로 습격하고 관리들을 보이는 대로 살해했다. 이들의 기
세가 초창기부터 얼마나 거센 것이었는지 불과 한 달도 되기 전에, 이미

〈후한〉의 도읍 낙양에 인접한 예주豫州 영천潁川까지 도달할 정도였다.

초비상이 걸린 후한 조정에서는 영제靈帝의 황후 하何씨의 오라비인 하진何進을 대장군으로 삼고, 노식盧植을 북중랑장으로 삼아 기주冀州에 머물고 있는 장각을 토벌하게 하고, 좌중랑장 황보숭皇甫嵩과 우중랑장 주준朱儁에게 도성의 턱밑까지 와 있는 영천의 황건적 토벌에 나서게 했다. 영천으로 출병한 관군은 처음 황건적의 기세에 눌려 패했으나, 황보숭이 어둠을 틈타 초원에 불을 놓는 화공을 펼쳐 반란군을 혼란에 빠뜨렸다. 이어 원군을 이끌고 온 조조曹操와 이내 전열을 정비하고 달려온 주준의 군대가 합세한 결과, 영천군을 평정하는 데 성공했다. 이후 본격적으로 반격에 나선 관군은 형주의 완성, 여남 등지에서 연이은 승전보를 올렸다.

한편, 노식 또한 태평도의 본거지나 다름없는 기주의 거록에서 장각 형제를 공격한 끝에 일단 반란군을 패퇴시키는 데 성공했다. 관군은 계속해서 황건적을 몰아붙인 끝에 이들이 광종廣宗으로 달아나 농성에 들어가게 만들었다. 그러나 환관 좌풍左豐의 모략으로 노식이 낙양으로 소환되었고, 그를 대신해 서량西梁의 자사刺史로 있던 중랑장 동탁董卓이 파견되었다. 그러나 동탁의 군대가 어이없이 반란군에게 패했고, 동탁은 이내 파면되기에 이르렀다. 황보숭의 군대도 장각이 있는 광종으로 달려갔지만, 반란군의 수비가 견고하여 애를 먹고 있었다.

그런데 뜻밖에도 그사이에 황건적의 수괴 장각이 더럭 병사하는 일이 발생했다. 갑작스러운 지도자의 죽음에 당황한 황건적들이 설왕설래하는 사이 관군이 이내 성을 급습해 장량을 살해하고, 장각의 관을 파내 목을 베어 낙양으로 보냈다. 황보숭이 다시 북상해 11월쯤에는 하곡양下曲陽에서 저항하던 장보張寶마저 격파하니 장각張角 3형제를 잃은 황건적이 괴멸되었고, 끝내 〈황건적의 난〉이 평정되고 말았다.

이렇게 온 나라를 하루아침에 전란에 휩싸이게 했던 〈황건적의 난〉은 그 수괴 무리가 한꺼번에 소탕되면서 1년 만에 손쉽게 수습되는 듯했다. 그러나 한 번 불붙은 백성들의 저항은 좀처럼 수그러들지 않았고, 전국 각지에서 크고 작은 폭동으로 이어졌다. 특히 이민족의 반발이 강해 서북방면에서 강족羌族을 비롯한 여러 민족의 봉기가 뒤를 이었다.

이후 〈황건적의 난〉은 결국 전국에서 군웅들이 할거하는 시대 즉, 저 유명한 〈삼국시대〉를 초래했고, 서서히 〈후한〉 황실의 몰락을 재촉하는 계기가 되었다. 크게 보아 이후 중원은 북방민족이 크게 일어서는 〈5胡16國〉 시대를 거쳐 AD 586년 〈수隨〉나라로 다시 통일되기까지 무려 3백 년 분열의 시대를 걷게 되었으니, 〈황건적의 난〉은 중원의 역사뿐 아니라 그야말로 세계사적 대사건이었던 셈이다.

이러한 배경 아래 고국천제 6년인 184년 4월, 고구려 변경에서도 유주幽州의 도적들이 기습공격을 해 와 약탈을 자행했는데, 뜻밖에도 이때의 도적들이 바로 황건적의 일파였다. 대다수 황건적들이 서남쪽 황하 중류의 낙양으로 향한 데 반해, 이들은 상황을 보다가 반대쪽으로 방향을 돌려 고구려를 침공한 것으로 아주 예외적인 움직임이었다. 아마도 먼 낙양까지 가기보다는 가까운 고구려 변경을 약탈하는 쪽이 더 실속이 있다고 판단한 모양이었다. 고구려에서는 급히 장군 계수罽須가 출정해 이들을 저지하려 했으나, 군세에 밀려 패퇴하고 말았다. 보고를 받은 고국천제가 대노했다.

"무어라, 계수가 도적의 무리에 패했다고? 도대체 유주의 도적들이 그리도 강하단 말이냐?"

"폐하, 저들이 바로 머리에 노란 두건을 쓴 황건적들이라고 합니다.

지금 낙양을 비롯해 중원 전체가 저들이 일으킨 난으로 온통 전화에 휩싸여 있습니다. 유독 유주의 황건적들만이 방향을 돌려 우리 변경을 쳐들어온 것인데, 기아에 오래 굶주리다 보니 먹을 것이 급해 약탈을 하러 온 것이라 무서운 줄 모르고 덤벼든다 합니다."

"흐음, 그렇다면 아니 되겠다. 이번에야말로 내가 직접 출정하겠노라!"

사실 고국천제는 장신에 무쇠솥을 들어 올릴 정도의 괴력을 지녔을 정도로 장수 기질을 타고난 태왕이었다. 그는 즉위 후 처음 벌어진 漢人들과의 전쟁에 직접 나섬으로써 자신의 용맹함과 강한 지도력을 드러내고자 했다. 결국 태왕이 친히 출정한 전투에서 고구려군은 황건적들을 좌원의 동쪽에서 크게 깨뜨리는 데 성공했고, 무수히 많은 도적들의 목을 베었다. 이를 〈좌동친전坐東親戰〉이라 불렀는데, 이른바 황건적 난의 여파가 예외 없이 고구려에까지 미쳤던 사건이었다.

주목할 것은 십여 년 전인 172년 〈좌원대첩〉의 후유증으로 고구려 변경 서쪽의 유주, 병주, 기주 등이 가장 피폐해졌고, 이는 장각의 태평도가 이곳에서 빠르게 번지는 결과를 초래했다는 점이었다. 사실상 〈좌원대첩〉이야말로 10여 년 후 〈황건적의 난〉을 촉발하는 기폭제 역할을 했던 것이다.

이후 세월이 흘러 고국천제 10년인 189년이 되자, 태왕의 생모인 목穆태후가 돈란豚卵(복어알)을 먹고 죽는 불상사가 일어났는데, 56세의 나이였다. 이듬해 AD 190년 가을에는 중외대부이자 관나의 패자沛者인 어비류菸畀留와 평자評者인 좌가려左可慮 등이 우于황후의 친척이라며 권력을 마음대로 휘두르고 있다는 밀고가 들어왔다. 대신들이 간했다.

"그뿐이 아닙니다, 폐하! 어비류와 좌가려의 자식들이 부친들의 세력을 믿고 사치한 데다 제멋대로 사람들의 집과 땅을 빼앗아 백성들로부터 원망과 분노를 사고 있다고 합니다. 하오니 그 연유를 엄히 조사해 그들의 죄를 물으심이 옳을 것입니다!"

고국천제가 노하여 이들을 주살하려 하자, 좌가려 등이 거짓조서를 꾸며 4개의 연나椽那와 함께 군사를 동원하고 반란을 일으켰다. 이쯤 되자 태왕이 그 결과를 예측하기가 난감해져 버렸고, 이에 우선 반란의 주동자들을 달래고자 도성으로 입궁하라 일렀다. 그러나 이들은 일체 응하지도, 입조도 하지 않았다. 그렇다고 조정에서 이들의 반란을 그냥 좌시할 수도 없었기에, 이듬해 191년 2월이 되자 마침내 고국천제가 어비류 등을 토벌하라는 명을 내렸다.

"도성 인근의 모든 군사들을 서도西都로 집결시키도록 하라! 내가 친히 출정해 내란을 일으킨 반적들을 반드시 손볼 것이니라!"

결국 태왕이 친히 병사들을 이끌고 어비류와 좌가려 등을 토벌하고 그들을 가차 없이 주살해 버렸다. 그런데 고국천제가 우于황후의 외척들이 일으킨 〈어비류의 난〉을 진압하고 나서도 깊은 고민에 빠지게 되었다. 사실 고구려는 시조인 추모대제가 나라를 건국한 지 어언 2백 년이 넘는 왕조가 되어 있었다. 게다가 고구려의 지배계층이 5부족 중심의 세습 귀족들로 이루어져 있다 보니, 놀고먹는 사람들이 많은 데다 권세를 믿고 백성들을 수탈하는 경우도 허다해서 도처에서 백성들의 원망을 사고 있었던 것이다.

이런 상황을 방치해 둔다면 호족들 중에는 조정을 우습게 여기고 언제든 태왕의 자리를 넘보지 말란 법도 없을 지경이었다. 무엇보다 태왕이 심각하게 우려한 것은 일반 백성들의 불만과 원성이 계속해서 높아질 경우, 자칫 중원에서처럼 대규모 민란을 자초할 수도 있다는 점이었다. 이번 어비류 등의 외척이 일으킨 반란이 그러했고, 특히 중원을 극심한 혼란에 빠뜨린 〈황건적의 난〉이 그를 반증해 주는 사건이었던 것이다.

이런 상황에서 고국천제는 건국 이래 근 2백 년간 이어 온 이들 세습 호족들의 비대해진 힘을 약화시키는 것이 문제 해결의 열쇠라 여기고, 대대적인 개혁이 절실하다고 결론지었다. 그리고는 이내 이들 호족들을 대신할 새로운 대안 세력을 찾는 일에 착수했다. 고국천제가 4部에 명을 내려 자신을 도와 개혁을 수행할 천하의 인재를 구한다고 하자, 먼저 동부 소노부 출신의 안류晏留라는 자가 추천되었다. 그러나 안류가 이를 고사하며 전혀 색다른 인물을 천거했다.

"폐하, 황송하오나 소신은 폐하의 뜻을 받들어 일을 수행하기에 크게 부족한 사람입니다. 하오나 소신을 대신할 인재를 추천할 수는 있습니다. 다만 그가 시골의 일개 촌부이긴 합니다만……"

"그래? 일개 촌부라……. 뭐 어찌 됐든 실력을 갖춘 적임자라면 그것이 무슨 문제가 되겠소? 대체 그자가 누구요?"

고국천제가 더욱 호기심을 보이며 다그치자 안류가 조심스레 답했다.

"예, 그자는 순노부에 속한 西압록곡(오리골) 좌물촌左勿村에서 농사를 짓고 사는 을파소乙巴素란 자입니다. 그는 유리명제 시절 재상을 지낸 을소乙素의 후손인데, 언제부터인가 그 일가들이 벼슬과는 거리가 멀어져 지낸 지 오래되었습니다. 그러나 을파소는 학식이 뛰어나고 강직한 데다 사회개혁에 대한 생각이 깊어 능히 폐하를 보필하기에 부족함이 없을 것입니다."

그 말을 들은 고국천제가 크게 흡족해하며 말했다.

"흐음, 어쩌면 그쪽이 오히려 더 괜찮을 수도 있소. 진정한 개혁을 위해서라면 당장의 이해관계와 거리가 먼 인재가 오히려 일하기에 훨씬 수월할 수도 있기 때문이지……"

결국 고국천제의 부름을 받은 을파소가 입궁해 태왕을 알현했다. 태왕이 먼저 을파소에게 이런저런 자신의 의도를 말하고는 을파소의 개혁에 대한 구상을 물어보았다. 이어 을파소의 답을 듣고 난 고국천제는 을파소의 생각이 자신의 뜻과 같음을 확인하고는, 그가 개혁을 수행할 분명한 인재임을 간파했다. 고국천제가 반가운 마음에 곧장 을파소에게 어울리는 관직을 제안했다.

"내 그대를 중외대부와 우태于台로 임명하고자 하는데 어떻소?"

그러자 잠시 머뭇거리던 을파소가 뜻밖에도 고국천제의 제안을 정중하게 거절하는 것이었다.

"폐하, 황공하오나 소신은 아둔해서, 도저히 폐하의 엄명을 감당할 자격이 없을 듯합니다. 하오니 폐하께서는 현명하고 어진 다른 인재를 찾아내시고, 높은 관직을 주어 대업을 이루시옵소서……"

가뜩이나 미천한 출신이었던 을파소는 중외대부의 지위만으로는 자신이 뜻하는 개혁을 이루기에 크게 부족하다고 느꼈던 것이다. 태왕의 호의와 제안을 일언지하에 거절해 버린 을파소의 당돌한 행동에 고국천제가 잠시 당황했다. 그러나 재빨리 을파소의 속뜻을 알아차린 고국천제가 껄껄 웃더니 이내 파격적인 관직을 재차 제시했다.

"아하, 대업을 이루려면 중외대부의 직으로는 어림없겠구려……. 그렇다면 내 그대를 보외지장輔外之長인 국상國相으로 삼을까 싶은데, 이는 어떠하오?"

국상이란, 삼보三輔(태보, 좌우보) 이외의 관직으로 그야말로 삼보를 능가하는 최고 재상의 관직이었으며, 명림답부 이외에 고구려에서 처음 적용되는 것이기도 했다. 그제야 을파소가 고국천제에게 큰절을 하고는 태왕의 뜻을 받들기로 했다.

고국천제는 국상이 된 을파소에게 대나무로 만든 칼인 죽려지인竹呂之끼을 내리면서 태왕에 버금가는 힘을 실어 주기로 했다.

"이것(죽려지인)으로 국상은 이제부터 누구든지 황명을 어기는 부도한 자들을 내 허락 없이 주살할 수 있도록 했으니, 눈치 볼 것 없이 소신을 갖고 강력하게 개혁을 추진하도록 하시오!"

한마디로 태왕만이 갖는 백성들의 생사여탈권을 국상인 을파소에게 대여한 셈이었다. 곧바로 삼보는 물론 종척들이 비정치권 출신 을파소의 파격적 등용에 반발하고 나섰다. 그러나 고국천제의 개혁에 대한 의지가 워낙 강력해 더 이상의 반대가 무의미해졌다. 고국천제는 이때 그야말로 개혁을 위한 승부수를 과감하게 던진 셈이었다. 을파소는 즉시 〈진대법賑貸法〉이란 혁명적인 제도를 들고나왔다. 이는 흉년이나 춘궁기에 농민들에게 곡식을 빌려주는 대신, 수확기인 가을에 갚도록 하는 일종의 구휼제도였다.

그동안은 부유한 호족들이 소작농들에게 땅이나 곡식을 빌려주는 대신 터무니없이 높은 이자를 붙이거나, 갚지 못할 경우 집과 땅을 빼앗는 수탈이 끊임없이 자행되어 왔다. 그러나 진대법이 법제화되면서 비로소 이러한 폐단이 서서히 사라지게 되었다. 이후로는 고구려 건국 이래 하는 일 없이 놀고먹으면서, 백성들 위에 군림하며 수탈을 일삼던 숱한 종척宗戚과 총신寵臣, 행신倖臣들 모두가 두려움에 벌벌 떨게 되었다. 드넓은 중원中原이 외적 및 환관의 발호와 그에 반발한 〈황건적의 난〉으로 혼란의 극을 달릴 때, 고구려는 민중을 위한 진대법이라는 혁신적 제도를 내놓고 한 차원 높은 정치를 펼치고 있었던 것이다.

그러던 AD 193년 2월이 되자, 부산富山의 즉홀백則忽白 등이 최체最彘와 개마盖馬 지역을 침략해 들어왔다. 고구려에서는 이에 맞서 2달쯤 지난 4월에 개마대가 우거優居 등이 군사를 이끌고 출정해 부산 토벌에 나섰다. 그때 현도의 공손도가 사람을 보내왔다.

"태왕폐하, 공손도가 이번 전쟁에 동참해 폐하를 돕고자 한다고 기별해 왔습니다."

그러나 고국천제는 이를 허용하지 않았다. 듣도 보도 못한 공손도公孫度에 대해 여전히 신뢰를 보내지 않았던 것이다. 결국 고구려는 우거가 이끄는 군대만으로도 즉홀백 무리를 깨뜨렸고, 즉홀백은 이내 막북漠北으로 줄행랑을 쳐야 했다.

고국천제 재위 19년째인 197년이 되자 후한에서는 원술袁術이 수춘壽春에서 〈중仲〉나라 건국을 선언하는 등, 중원의 내란이 한층 고조되고 있었다. 그 와중에 중원의 난리를 피해 고구려로 귀화해 들어오는 漢人의 수가 부쩍 늘어만 갔다. 조정에서는 이들을 관리할 필요성을 느끼고 특별히 관직을 마련하여 귀화 漢人들을 위로하고, 경우에 따라서 적절한 직책을 주기도 하면서 적극 수용했다. 그런데 사실 고국천제는 명재상 을파소를 발탁하고 난 이후에는 정사에 무관심한 모습을 보이고, 뛰어난 외모를 지닌 탓인지 오히려 주색에 탐닉했다고 한다.

그런 이유 때문이었는지 일찍 건강을 상한 고국천제故國川帝가 그해 5월, 천수를 다 누리지 못하고 겨우 43세의 나이로 금천궁金川宮에서 세상을 떠나고 말았다. 그러나 사실 고국천제의 죽음은 그의 통치기간 내내 보여 준 태왕의 성정으로 보아 몹시 의문스러운 것이었다. 태왕은 〈진대법〉을 통해 백성들을 구휼하는 데 앞장섰고, 길에서 가난한 이들을 만나면 곡식을 빌려주게 하는 등 누구보다 자신의 백성들을 아끼던 애민군주였기 때문이었다.

따라서 고국천제가 제왕의 절정기라 할 수 있는 나이에 갑작스레 세상을 떠난 것은, 당시 그의 개혁에 반감을 가진 호족 세력의 사주에 의한 것일 수도 있었다. 게다가 우소于素의 딸인 우후于后가 당시 태왕의 배다른 아우 연우延優와 남몰래 상통하고 있었다는 점도 결코 예사롭지 않은 사건이었다. 무엇보다도 누구보다 사리와 분별력이 뛰어났던 고국천제가 후사를 정해두지 않고 갑작스레 세상을 떠난 것이야말로 더더욱 납득하기 어려운 일이었다.

불행히도 고국천제는 갑작스러운 죽음으로 후사를 정하지 못한 듯했고, 그런 이유로 그의 사후 제위 계승 또한 원만하지 못했다. 그 이면에는 문제적 여인 우후于后의 수상한 행보가 결정적인 것으로 보였는데, 선제先帝의 치적을 일방적으로 깎아내리는 것 또한 매우 드문 일이었다. 어찌 됐든 고구려 조정에서는 강력한 개혁군주였던 태왕을 고국천故國川에 장사 지냈다.

당시 韓민족의 영원한 맞수인 중원은 〈황건적의 난〉 이후로 거대한 내란의 소용돌이에 빠져 극심한 혼란을 겪고 있었다. 고구려로서는 바로 그런 틈을 이용해 서쪽 변경의 낙랑을 비롯해 요서나 하북 일대에 있던 古조선의 옛 강역을 회복할 절호의 기회였다. 그럼에도 고국천제의 재위 시절 두 번 다시 없을 이런 기회를 놓쳐버린 것은 韓민족 역사에 있어 가장 아쉬운 부분이 아닐 수 없었다. 그런 점에서 고국천제의 죽음을 전후해 그를 둘러싸고 있던 당대 고구려 지도층의 안일한 자세는 비판받아 마땅했고, 개혁의 화신으로 여겨지던 을파소 또한 예외일 수가 없었다.

일찍이 BC 3세기 말, 〈기씨조선〉 왕조가 진시황 사후 중원이 혼란에 빠진 틈을 이용하지 못하고 소극적으로 관망만 하다, 오히려 묵돌의 흉노에 무너져 내린 사례가 있었다. 이와 반대로 왕망의 〈新〉이 무너지고 〈후한〉으로 교체되던 유사한 상황에서, 대무신제는 〈동부여〉를 공략한 데 이어 〈울암대전〉을 승리로 이끌면서 후일 〈요동십성〉을 세우는 공을 세웠다. 주변 정세가 급변하는 전환기에 나라를 다스리는 군주와 지도부의 자세가 얼마나 중요한 것인지를 깨닫게 해 주는 대목이었다. 고국천제의 의문스러운 죽음은 그의 사후 거세게 불어닥친 황위다툼은 물론, 외부 세력의 침공마저 초래하고 말았으니 그의 돌연한 죽음이 더더욱 안타까울 따름이었다.

17. 선비의 등장과 삼국시대

중원 최초로 통일제국을 일구었던 진시황이 사망하고 나서 1년 뒤인 BC 209년경, 북방 너른 초원지대 훈족의 나라에 묵돌(모돈)이라는 영웅이 등장했다. 그 무렵 〈훈薰〉의 동쪽에서도 옛 진한辰韓의 후예인 〈동도東屠〉가 다시 일어나 있었는데, 전국시대 〈연燕〉나라 장수 진개秦開의 침공으로 주저앉은 뒤 대략 일백 년만의 일이었다. 중원에선 서쪽의 오랑캐인 흉노(훈)에 대해, 동도인들을 보고 동쪽의 오랑캐라는 의미에서 東胡라는 통칭으로 불렀다.

일찍이 요堯임금 시절부터 북적, 서융, 동이, 남만南蠻을 소위 4흉이라 불렀다지만, 이 중 남만을 제외한 나머지 세 민족은 같은 민족이나 다름 없었다. 크게 보아 발해만 북쪽 요동의 고조선 세력이 곧 북적이고, 그 아래 산동일대 세력이 동이였으며, 서쪽으로 이동해 간 북적 사람들이 서융이었던 셈이다. 또 그중 북적과 서융은 고조선의 3大 주축 세력인 맥족貊族으로 분류되는데, 춘추시대 산융山戎의 후예로서 사실상 인종적 차이가 있을 수 없었다.

다만 생활환경의 차이로 서쪽의 흉노는 너른 초원을 이동하며 사는 유목에 의존하고, 동쪽의 험준한 산림지대에 기대 사는 동호는 주로 수렵과 유목, 반半농경을 겸하여 생활하는 문화적 차이가 있을 뿐이었다. 이들 모두는 주로 가축의 고기와 유제품을 먹다 보니 중원의 화하족에 비해 상대적으로 체격이 컸다. 또한 사납고 날쌘 짐승을 쫓아야 하는 사냥을 위해, 성능 좋은 단궁檀弓과 빠른 이동수단인 말(馬)에 크게 의존했다.

그런 이유로 호방한 기질에 전투에 능한 집단이 되었고, 북방을 대표하는 '기마민족'으로 성장했다. 그럼에도 辰韓이 엄연히 고조선을 대표하는 선진 세력이었기에 오랜 세월 진한의 왕족이나 귀족들이 훈족으로 들어가 그들을 속민으로 다스려 왔고, 따라서 진한의 후예이자 그 일원인 동호 또한 당연히 훈족을 속민처럼 대했다.

이러한 관계는 BC 2세기를 전후로 흉노의 영웅 묵돌선우가 등장하면서 급반전되고 말았다. 양측의 완충지대 구탈甌脫을 노리던 동도왕이 용의주도한 묵돌의 기습공격에 목이 날아가고, 모처럼 재건에 성공했던 동도가 속절없이 무너져 내리고 말았던 것이다. 이때 묵돌의 대규모 공세에 살아남은 동도의 속민들이 대흥안령 북쪽의 선비鮮卑산과 남쪽의 오환烏桓산으로 달아났다. 이후로 이들이 그대로 분열되면서 〈선비족〉과 〈오환족〉으로 나뉘게 되었다.

한편 오래도록 자신들의 종주국이었던 동도(진한)를 일거에 깨뜨린 묵돌은 이후 승승장구하면서, 중원을 재통일한 漢나라에 대해서도 군사적 우위를 유지했다. 아울러 그 시절 분열과 함께 열국시대로 접어든 古조선(부여)에 대해서도 〈기씨조선〉으로 귀부했던 위만衛滿을 통해 친親흉노 정권인 〈위씨조선〉을 세우게 했다. 이로써 과거 종주국이었던 고조선 지역에서는 흉노의 배신에 치를 떨며 이들을 적대시했고, 그 결과 양측이 영원히 멀어지고 말았다.

그 후 반세기가 지나 漢나라에 묵돌만큼이나 강성한 한무제漢武帝가 등장해 흉노와 사활을 건 패권 다툼을 벌임으로써, 비로소 흉노의 기세가 크게 기울기 시작했다. 한무제 사후 동북의 古조선(부여)에서도 새로이 고두막한이 등장해 부여의 재통합을 시도한 끝에, 기존 〈부여〉(진조선) 세력을 몰아내고, 새로이 〈북부여〉를 건국했다. 그런데 선비鮮卑란 말 그대로 '古조선의 비왕卑王이 다스리는 나라'를 말하는 것으로, 이들은 분명 古조선의 일원에 다름 아니었다.

고두막한의 모계도 선비로 알려졌으며, 그런 연유로 상당수의 선비나 오환족이 다시금 북부여로 돌아왔고, 그 후 추모가 건국한 〈고구려〉에 병합되기도 했다. 특히 새로이 〈후한〉 정권이 들어선 이후로 현도 및 요동, 요서군과 고구려의 다툼이 반복되는 동안, 선비는 주로 동족이나 다름없는 고구려에 복속되어 중원의 침공을 가로막는 데 일조했다.

그러나 한 번 틈이 벌어지기 시작한 선비는 이후 중원의 後漢과 고구려의 상황을 보아 변절과 귀속을 반복하면서 점점 독자적 행보를 이어 갔는데, 이는 마치 흉노가 취했던 행적과 다를 바가 없는 것이었다. 마침 서쪽의 흉노가 漢나라와의 오랜 경쟁에 기력을 잃고 분열되면서 쇠퇴하는 동안, 선비는 꾸준히 그 힘을 축적해 흉노를 대체하는 세력으로 성장할 수 있었다. 그 시기에 흉노는 질지의 西흉노 멸망 후, 이미 漢나라에 귀속했던 東흉노가 또다시 南北으로 분열되는 지경에 이르고 말았다.

AD 1세기 말엽이 되자 〈선비〉는 〈후한〉 정권과 손을 잡고, 자신들을 굴복시키고 속박했던 〈흉노〉를 공격하는 데 앞장섰다. 결국 北흉노가 방향을 돌려 서쪽으로 이동해 떠나 버리자, 선비가 그 틈을 이용해 재빨리 몽골고원으로 진출한 다음, 흉노의 본거지를 차지하는 데 성공했다.

이때 서진西進을 택하지 않은 흉노인들 중 상당수가 요동으로 몰려 들어가 선비족을 자칭하면서 그들과 동화되었는데, 그 규모가 무려 십만 가구에 달했다고 한다. 그사이 南흉노는 중원으로 자연스레 흡수되는 듯했다. 그러다가 4세기 초, 그들의 후예인 〈유연劉淵〉이 등장하면서 또다시 중원을 뿌리째 뒤흔들기까지 오랜 기간을 잠잠하게 지내야 했다.

그 무렵의 鮮卑는 수백에서 수천 호 단위로 무리 지어 사방에서 흩어져 살았는데, 군장 격에 해당하는 대인大人이 부락을 다스리되, 전쟁 등 사안에 따라 이합집산을 반복했다. 그러던 2세기 중엽, 선비족에 단석괴檀石槐(AD 137~181년)라는 걸출한 영웅이 나타나 선비의 세력들을 차례대로 규합하기 시작했다. 그는 어려서부터 건장한 체격에 용맹했는데, 현명한 데다 멀리 앞을 내다볼 줄 알았고, 조직력이 뛰어나다 보니 많은 부락민들이 경외심을 갖고 그에게 복종했다고 한다.

또 공정하게 부락을 다스리고 상을 주는 데 주저하지 않았으며, 늘 백성들의 이익을 먼저 생각하는 지도자였다고 한다. 주목되는 것은 그의 이름(호칭)에서 단군檀君의 색채가 짙게 묻어난다는 점이었다. 자세히 알 수는 없지만, 단석괴는 그 이름으로 볼 때 그의 조상이 古조선 계열이거나 혹은 고조선과의 친연성이 매우 큰 인물임이 틀림없었다.

흉노의 본거지나 다름없던 대동大同 동북의 고류高柳(섬서양고陽高) 인근 탄오산彈汙山(대청산) 일대에서 일어난 단석괴는, AD 156년경에 철구수啜仇水 일대에 왕정王廷을 세우고, 주변의 부족들에게 단합을 호소했다. 그러자 東과 西쪽의 大人들이 찾아와 속속 그에게 귀부했다.

그렇게 세력을 규합한 단석괴는 이후 본격적인 영토 확장에 나서기 시작했는데, 우선 북쪽의 〈정령丁令〉(元돌궐)을 쳐서 족장인 아련한兒連 限을 사로잡고 정령의 14部를 병합하는 데 성공했다. 이후 방향을 서쪽으로 돌린 단석괴는 〈오손烏孫〉을 공격해 그 왕인 다르할트를 살해하고, 오손과 인근에 있던 여러 서역의 소국들을 제압했다. 이로써 실크로드의 중앙부를 장악하게 된 단壇선비는 서역의 상인들을 약탈하면서 부를 쌓아 나갔다. 또 옛 흉노 잔당들을 축출하고 선비 출신 관리들을 보내 다스리게 하니, 북쪽에 이어 서쪽마저 선비가 평정한 셈이 되었다. 이처럼 눈부신 단석괴의 활약은 흉노를 불같이 일으켰던 묵돌선우를 연상케 하는 것이었다.

자신감으로 충만해진 단석괴는 마침내 동쪽으로 시선을 돌려 그 옛날 자신들의 상국이나 다름없던 위구태 세력 〈서부여〉를 공격하기 시작했다. 당시 고구려에 쫓겨난 서부여는 서자몽 깊숙한 곳, 후한 현도군의 북쪽 위에 겨우 터 잡고 있었다. 그러나 그 세력이 미미해 막강한 단선비를 막아 내기에는 역부족이었으므로, 서부여가 이때 선비에게 서쪽 변경의 땅을 내주고 말았다. 이에 만족하지 못한 단壇선비는 후한의 환제桓帝(146~167년) 때에 이르러서 마침내 남쪽 후한의 변방을 공격하기 시작했다. 후한에서는 그때마다 중랑장 장환長奐이 대응에 나서 번번이 선비의 공세를 물리치곤 했다.

흉노를 대신해 북방의 강자로 거듭난 선비를 우려의 시선으로 바라보던 후한 조정에서는, 결국 전략을 바꿔 선비와의 화친을 택하기로 하고 단석괴를 회유하기 위해 사신을 보냈다.

"大漢의 황제가 보낸 사신이 선비국의 칸을 뵈옵니다. 우리 황제께서는 선비국과의 화친을 원하고 계십니다. 그런 이유로 칸을 漢나라의 王으로 책봉하고자 하며, 이에 그 징표인 인수印綬를 내려 주셨으니 기꺼이 수락해 주시리라 믿습니다!"

"무엇이라, 나를 그대의 나라 한나라 왕에 봉한다고? 껄껄껄!"

"와아, 하하하!"

단석괴가 어이없다는 표정으로 호탕하게 웃어 대자, 주위에서 이를 지켜보던 그의 수하들도 박장대소를 했다. 단석괴는 후한의 제의를 단칼에 거절한 채, 漢나라를 지속적으로 공격하고 약탈했다. 그 때문에 영제靈帝(168~189년) 때까지도 후한의 유주幽州와 병주幷州는 물론, 양주凉州 등이 어지럽게 되었다.

당시 짧은 시간에 단석괴가 확장한 선비의 강역이 동서 1만 4천여 리, 남북으로 7천여 리에 달하는 광대한 지역이라고 했다. 그러니 장성長城 이북의 땅 대부분을 차지한 셈이라, 그야말로 선비가 옛 흉노를 대체한 것이나 다름없었다. 단석괴는 나라를 셋으로 구분해 3部로 나누어 다스렸는데, 우선 우북평에서 시작해 그 동쪽으로 요동의 서부여, 예맥까지 접하는 20여 읍을 東部로 삼았다. 이어 서쪽으로 상곡에 이르는 10여 읍을 中部로 삼고, 상곡에서 돈황을 거쳐 오손에 이르는 20여 읍을 西部로 하되, 각각 4인의 大人을 두어 다스리게 했다.

동부는 주로 우문부宇文部와 단부檀(段)部, 중부는 모용부慕容部, 서부는 탁발부拓跋部의 성읍들로 구성되었다. 동부에는 미가彌加와 소리素利, 중부는 모용목연, 서부에는 치건낙라置鞬落羅 등의 대인이 다스렸다.

당시에도 요동은 여전히 大요수(영정하)를 기준으로 했으므로 단선비는 이때 북경 인근까지 진출한 셈이었고, 그 북쪽으로는 서부여, 동쪽으로 후한의 현도군이 있었다. 읍邑을 漢나라 縣 수준의 행정단위로 볼 때, 단선비는 드넓은 강역임에도 대략 전국에 50~60여 縣에 3개 郡 정도의 나라를 이룬 셈이었다. 그럼에도 후한은 환제 이후 환관과 외척들의 발호로 국정이 문란해져 단선비를 상대할 여력이 없었다. 결국 후한은 〈선비〉를 차단하기 위해 〈서부여〉와 고구려의 힘을 이용하고자, 양국에 사신을 보내 동맹을 시도했다.

그러나 후한의 기대와 달리, 서로 다른 속내를 갖고 있던 서부여왕은 후한의 사신이 오자마자 엉뚱한 명령을 내렸다.

"저자는 우리와 선비의 싸움을 부추기려는 자다. 여봐라, 저자를 즉시 붙잡아 선비왕에게 보내 주도록 하라!"

서부여왕은 즉시 후한의 사신을 잡아 단석괴에게 보내 주고, 오히려 선비에 화친을 제안했다. 서부여의 사신이 말했다.

"우리 부여왕께서는 大선비국과 손을 잡고 함께 漢을 공략하기를 바라고 계십니다!"

그러자 단석괴가 흔쾌하게 이를 받아들였다.

"하하하, 그러한가? 그거야말로 반가운 제안이로다. 원래부터 부여와 우리 선비는 한 몸이 아니었더냐? 부여왕의 제안에 따라 즉시 양국이 동맹을 맺도록 준비를 서두르도록 하라!"

그리하여 단선비가 서부여에 대한 싸움을 그치면서 오히려 양측이 동맹을 체결하게 되었다.

요동의 고구려 또한 후한에 대해 누구보다 강한 적대감을 지닌 차대제 次大帝가 다스리고 있던 터라, 후한의 화친 요청이 받아들여질 리가 없었다. 후한 정권이 고구려의 거절에 앙심을 품고는 고구려 공격에 나섰다.

"구려의 수성(차대제)이 우리의 화친 제의를 일언지하에 거절하는 무례를 범했다. 즉시 중랑장 장환을 보내 구려를 치도록 하라!"

그러나 고구려는 장환의 공격을 가볍게 뿌리쳐 버렸고, 이로써 〈단선비〉와 〈서부여〉, 〈고구려〉가 동시에 〈후한〉을 적대시하는 국면이 전개되었다. 이때까지만 해도 이들 세 진영에서는 여전히 古조선의 후예라는 동족 의식이 남아 있던 것으로 보였다.

이후 단석괴는 같은 동족이었던 〈오환烏桓〉 세력을 흡수한 데 이어, 동북의 요동, 우북평, 어양, 상곡 등을 함락시키고 현 북경 인근까지 세력을 넓히면서 장성의 남쪽 변경과 하남까지 위협했다. 선비의 거침없는 영토 확장에 불안을 느낀 후한은 마침내 영제가 다스리던 AD 177년, 단선비에 대해 단호한 공세로 전환하기로 하고, 대규모 공격 명령을 내렸다.

"호오환교위護烏桓校尉 하육夏育과 파선비중랑장破鮮卑中郎將 전안田晏, 흉노중랑장匈奴中郎將 장민臧旻 등을 북방의 변경으로 보내 선비를 반드시 토벌하도록 하라!"

영제의 명령을 받은 후한의 장수들이 북방의 변경에 속속 모여들었는데, 이때 흉노의 남선우南單于까지 가세했다. 〈남흉노〉는 AD 155년경 후한에 반란을 일으켰다가 장환長奐에게 진압당한 이후로 순한 양이 되어, 후한의 일원으로 되돌아가 있었다. 3세기 초엽에 남선우 호주천呼廚泉은 낙양의 후한 조정에 입조했다가 관리로 남고 우현왕에게 흉노를 맡기게 되었는데, 실상은 억류된 것이나 다름없었다.

후한군은 안문雁門의 요새를 나온 다음 3로군으로 나누어 각각 진격하면서, 무려 2천여 리를 북진한 끝에 단선비에 대한 대규모 공세를 퍼부었다. 단석괴 또한 후한의 대대적인 공격에 맞서 강성한 선비족들을 이끌고 응전에 나섰다.

"한적漢敵은 대대로 불구대천의 원수다. 이번에 적들이 먼 길을 제 발로 걸어 들어왔으니, 한적들을 일망타진할 절호의 기회다. 기꺼이 내가 앞장설 것이니 무적의 제장들이 무엇을 두려워하겠느냐? 피로에 지친 적들에게 일체의 자비란 없다. 가차 없이 한적들의 목을 베도록 하라! 모두 나를 따라 진격하라!"

장거리 원정에 지친 데다 산악지리에 어두운 後漢軍은 곧바로 선비군의 공세에 밀리기 시작했고, 장민의 부대를 시작으로 패주하기 시작했다. 이때의 선비 원정에서 후한군은 참패해 살아 돌아온 자가 열에 한 명 수준에 불과했다고 한다. 〈좌원대첩〉 이후로 5년 뒤의 일이었으니, 이때도 하북의 요서 일대가 후한과 선비의 전쟁으로 또다시 초토화되었던 것이다.

그러나 너무도 급작스러운 선비의 팽창과 함께 피로와 스트레스가 쌓였는지, AD 181년경 단석괴가 45세의 비교적 젊은 나이로 황망하게 세상을 뜨고 말았다. 그의 뒤를 이어 아들인 화련和連이 추대되었으나, 선비는 이내 분열의 길로 들어서고 말았다. 대략 4백여 년 전 흉노 묵돌 선우가 대초원제국을 건설했던 것처럼, 단석괴는 사방에 흩어져 있던 선비족들을 규합해, 같은 초원 위에 새로이 大鮮卑 제국을 건설하려 했던 위대한 정복 군주였다.

그러나 그런 상황에서도 결국 어엿한 선비의 나라를 세우는 데는 실패하고 말았다. 통일 선비제국의 앞날을 내다보고 민족이 나아갈 목표와 꿈vision을 제시함에 있어서, 묵돌이 지닌 역량을 따를 정도는 아니었던 것이다. 무엇보다 자신의 사후 후사를 튼튼히 하지 못해, 모처럼 하나가 되어 들불처럼 일어났던 선비가 이내 분열의 길로 들어서게 되었으니, 성공한 영웅이라 평가하기에도 못내 아쉬운 점이 많았다. 이는 마치 한사군을 내쫓고 〈북부여〉를 세웠으나, 후대까지 권력을 승계하지 못해 하루아침에 몰락해 버린 고두막한의 모습과 유사한 것이었다.

그럼에도 강력했던 그의 존재는 흉노를 대신해 漢의 북쪽 변방을 어지럽히면서, 기울어 가는 후한 조정을 더욱 궁지로 내몰았다. 단석괴가 사망한 후 몇 년 지나지 않은 AD 184년경, 요동遼東을 비롯한 中原은 곧

바로 〈황건적의 난〉과 맞닥뜨리게 되었다. 낙양의 무능하고 부패한 정치에 시달리던 후한의 민초들이 들불처럼 일어나 스스로 황건적에 가담했던 것이다. 이를 계기로 중원 전역에서 폭동이 이어지고 군웅들이 할거하면서, 〈후한〉 전역이 본격적인 내란의 상태로 접어들었다.

이처럼 중원이 또다시 대혼란의 소용돌이에 휘말려 들자, 이 틈을 타 그동안 잠잠하던 북방민족들이 발 빠르게 움직이기 시작했다. 이들은 〈후한〉은 물론, 〈고구려〉와도 각을 세운 채 북방 초원 여기저기에서 저마다 독자적인 세력을 키우고 있었다. 먼저 흉노(薰)와 더불어 오래전에 이들에 의해 분리되었던 오환烏桓과 선비鮮卑족이 일어났고, 서쪽 변방 옹주雍州와 양주凉州에서는 강족羌族이 봉기했다.

그중에서도 병주幷州 백파곡 일대에서 일어난 〈백파적白波賊〉과 장연張燕이 중심이 된 〈흑산적黑山賊〉의 무리는 하내군河內郡을 중심으로 한때 수십에서 백만에 이를 정도로 엄청난 세를 이루기도 했다. 유주에서는 중산태수 장순張純 등이 오환의 수령 구력거丘力居와 손을 잡고 봉기했고, 양주에서는 한수韓遂와 더불어 양주사마 마등馬騰이 반란을 일으켰다. 마지막 흉노나 다름없던 흉노의 선우單于 어부라於夫羅도 하동군까지 내려와 맹위를 떨쳤다. 그렇게 전국 각지에서 반란이 이어지는 가운데 AD 189년 4월, 황음무도하기 그지없던 후한의 영제 유굉劉宏이 세상을 떠났다.

죽은 영제는 장남 유변劉辯과 유협劉協 두 명의 황자를 두었는데, 이때 새로운 황제 옹립을 놓고 환관과 외척 세력이 서로 대립했다. 영제의 황후였던 하何황후가 유변을 지지했고, 〈십상시十常侍〉라 불리던 중상시中常侍 이상의 고위직 환관 무리들은 아우인 유협을 밀었다. 그러나 끝내는 하황후의 뜻대로 유변이 13대 황제에 올라 소제少帝가 되었다. 10대의 어린 소년 황제가 등극하니 결국 하태후가 섭정을 하면서, 하何씨 일가들이 조정의 권세를 장악했다.

하황후는 오라버니 하진何進을 대장군으로 내세워, 소제의 할머니인 동董태후 일족을 신속히 제거해 버렸다. 그런데 하태후의 모친과 함께 동생인 거기장군 하묘何苗가 환관들의 뇌물을 자주 받다 보니 정작 최대 정적인 환관 무리들의 척결이 지지부진했다. 그때 하진의 휘하 장수로 있던 원소袁紹가 안案을 하나 냈다.

"대장군, 태후마마께서 환관 무리의 척결에 미온적이시니 특단의 방법이 필요합니다. 이참에 아예 대장군께서 명을 내려 전국의 영웅호걸들 모두를 낙양으로 집결하게 하십시오. 그리되면 태후마마께서도 생각을 바꾸실 수밖에 없을 것입니다."

"흐음, 영웅호걸들을 모두 낙양에 모이게 한다고……"

이는 곧 군부에서 하태후를 압박해 환관 척결에 대한 동의를 받아내자는 것이었다. 원소의 집안은 4代에 걸쳐 三公을 배출한 명문 호족으로 많은 혈족들이 조정에 두루 자리하고 있었고, 그의 이복동생인 원술袁術 역시 호분중랑장으로 호걸로 평가되는 인물이었다. 마침내 원소의 안을 받아들인 하진이 동탁董卓을 비롯한 병주幷州의 정원丁原과 왕광王匡, 원술 등 각지의 무장 세력에게 상경을 촉구하자, 이들이 차례대로 낙양 근교로 집결하기 시작했다.

그러자 위기감을 느낀 십상시들이 대응에 나서기 시작했고, 장양張讓 등이 칙서를 위조해 황태후가 만나고자 한다며 하진을 궁중으로 불러들였다. 하진이 별생각 없이 호위무사도 없이 궁 안에 발을 들여놓자, 환관들이 소릴 지르며 일제히 달려들었다.

"하진이다. 죽여라! 저놈을 죽여 없애라! 와아!"

"아니, 이것들이 감히……. 커억!"

놀란 하진何進이 달아날 겨를도 없이 환관들이 순식간에 그를 무차별로 난도질하고 말았다. 성문 밖에서 대기하다 하진의 피살 소식을 들은 원소와 여타 장군들이 모두 탄식했고, 분기탱천한 원소와 원술이 곧바로 궁 안으로 밀고 들어갔다. 이들은 십상시 조충趙忠을 포함한 환관들 2천여 명을 잡아 가차 없이 학살해 버렸다. 이렇듯 〈십상시의 난〉이 원소 등에 의해 일거에 진압되면서, 오랫동안 조정을 타락시키고 후한의 몰락을 자초케 했던 환관 무리의 발호가 끝을 맺게 되었다.

나이 어린 황제를 둘러싸고 서로 다투던 외척과 환관 세력이 한꺼번에 붕괴되자, 거대 중국에 일순간 권력의 공백이 생기고 말았다. 중앙의 통제 권력이 사라지자 〈황건적의 난〉을 계기로 전국에서 일어났던 군웅들이 권력을 노리면서 서서히 패권 다툼을 벌이기 시작했다. 광무제 유수가 〈後漢〉을 건국한 이래 약 150년 만에 중국 전역이 걷잡을 수 없는 분열의 시대로 다시금 빠져든 것이었다.

그런 혼란의 시기에는 신속하게 자기 세력을 불리는 것이 관건이었으므로, 그나마 허울뿐인 어린 황제를 끼고 명분을 확보하려는 주도권 싸움이 촉발되었다. 그 와중에 가장 빨리 움직인 사람이 감숙甘肅 농서隴西 출신의 동탁董卓이었다. 하동태수를 지냈던 동탁은 AD 188년, 한수韓遂 등이 이끄는 반란군이 진창성陣倉城을 포위했을 때 前장군으로 참전했는데, 그때까지도 이렇다 할 전공을 세우지는 못했다.

그러나 좌장군 황보숭皇甫嵩이 지구전을 펼친 끝에, 철수하는 반란군의 후미를 쳐서 패퇴시킨 덕분에 용케 병주목幷州牧에 임명될 수 있었다. 그가 도성인 낙양洛陽에 발을 들여놓고 보니, 아직 다른 군웅들이 도착하지 않아 자신이 제일 먼저 입성했다는 사실을 깨달았다. 동탁이 즉시 황제의 거취를 알아보니, 열다섯 어린 소제少帝가 반란군을 피해 성 밖에 머물고 있다는 소문이 들려왔다.

"무어라, 황제께서 지금 도성 밖에 머물러 계신다고? 그렇다면 내가 이러고 있을 때가 아니다, 선수를 쳐서 황제를 궁 안으로 모셔오면 되겠구나……"

동탁이 서둘러 군병을 데리고 성 밖으로 나가 어린 소제를 황궁으로 모셔오니, 그 자체가 커다란 행운이었다. 동탁은 즉시 어린 황제를 겁박해 스스로 삼공三公의 자리에 올랐고, 이로써 여타 경쟁자들의 기선을 제압하는 데 성공했다.

수도 낙양이 동탁의 양주군凉州軍에 완전히 장악되고 황제를 등에 업은 동탁이 서슬 퍼렇게 설쳐 대자, 실망한 대신들과 노식盧植을 포함한 맹장들, 심지어 낙양의 원소袁紹까지도 달아나다시피 도성을 떠나고 말았다. AD 189년 동탁은 하何태후를 겁박해, 황제에 오른 지 겨우 반년밖에 되지 않은 소제를 폐위시켰다. 대신 소제의 아우인 열 살 진류왕陳留王 유협劉協을 황제로 올리니, 그가 〈후한〉의 마지막 황제인 14대 헌제獻帝(AD 189~220년)였다.

얼마 지나지 않아 동탁이 하태후와 소제마저 무자비하게 독살해 버림으로써, 그의 잔인함이 세상에 드러나고 말았다. 변방의 일개 무장 출신 동탁이 낙양에 입성한 지 겨우 열흘 만의 일로, 4백 년이나 이어왔다는 漢나라의 정치체제가 하루아침에 속절없이 무너져 내린 일대 사건이었다.

동탁은 이후 스스로 상국相國의 자리에 올라 동董씨 일가친척들을 대거 주요관직에 앉히면서 무소불위의 권력을 휘둘렀다. 그 와중에 원소의 일가 오십여 명이 한꺼번에 살해당했고, 그렇게 동탁과 철천지원수가 된 원소는 18路의 제후 군사들로 구성된 연합군을 모아 반反동탁 연맹의 결성에 나섰다. AD 190년, 위기를 느낀 동탁이 느닷없이 장안長安으로의 천도를 강행했다. 이때 낙양성을 불바다로 만들어 초토화시키고, 이에 반대하는 사람들을 잔인하게 살육하는 만행을 저질렀다.

이 사태는 전국 각지에 흩어져 있던 맹장들을 분노케 했고, 그 결과 원소를 맹주로 하는 반동탁 연맹인 〈산조酸棗연맹〉이 결성되기에 이르렀는데, 여기에 원술袁術, 조조曹操, 손견孫堅 등이 가담했다. 제일 먼저 조조가 군사들을 이끌고 출정해 〈형양滎陽전투〉에서 분전했으나, 동탁의 부장인 맹장 서영徐榮에게 패하고 말았다.

이후 제대로 된 공략을 하지 못하다가, AD 191년 손견이 〈양인陽人전투〉에서 여포呂布 등이 지휘하던 동탁군을 꺾고 낙양성을 차지하니, 동탁은 장안으로 달아나 농성에 나섰다. 장안 조정으로 들어온 동탁이 공경 대신들을 핍박하자, AD 192년, 사도 왕윤王允이 동탁의 휘하 장수인 여포呂布를 사주해 동탁을 시해하는 데 성공했다. 이로써 황제라도 된 양 무소불위의 위력을 과시했던 동탁의 세상이 고작 3년 만에 끝을 맺고 말았다.

그러나 이후 왕윤이 갈팡질팡하면서 동탁의 친위부대인 서량군西凉軍을 즉시 처리하지 못했다. 그 바람에, 이각李催 등이 이끄는 10만 동탁의 잔당들이 다시금 장안성을 차지해 버렸고, 병력 수에서 밀린 여포는 관동으로 줄행랑을 쳤다. 동탁의 갑작스러운 죽음으로 명분을 상실한 反동탁연맹이 자연스레 해체되자, 이때부터 군웅들끼리 서로의 속셈을 드러내면서 본격적인 패권 다툼에 뛰어들게 되었다.

우선 원소가 한복韓馥을 공격해 기주冀州를 차지하면서 그의 야심을 드러냈다. 그러자 그의 이복동생인 원술이 원소를 비난하면서 등을 돌렸다.

"그러면 그렇지, 원래부터 근본도 없는 서출이니 어찌 참을 수 있었 겠는가?"

원소가 발 빠르게 움직이니, 동북방의 또 다른 강자인 유주목幽州牧 공손찬公孫瓚 역시 일어났다. 이후 그는 원소와 함께 화북 4개 州의 패권 을 놓고 10년에 걸친 치열한 전쟁에 돌입하게 되었다. 이윽고 원소에 반 발하던 원술과 공손찬이 손을 잡고 원소를 공격하자, 원소는 이에 맞서 기 위해 형주자사荊州刺史 유표劉表와 동맹을 맺었다. 이 와중에 유표를 공격하던 맹장 손견이 〈양양襄陽 전투〉에서 황조黃祖의 매복에 걸려 전사 하고 말았다.

하북과 산서 일대에서도 도교道敎의 검은 깃발을 표시로 삼던 10만 흑산군黑山軍 무리가 봉기했다. 마침 조조曹操가 이들 흑산군 무리를 동 군東郡(하남복양)에서 격퇴시키는 공을 세우자, 원소가 나서서 그를 동 군태수로 천거했다. 그때 산동의 청주靑州에 머물며 여전히 활동 중이던 황건적의 잔당들이 연주兗州자사 유대劉岱를 공격해 죽이니, 조조가 무 주공산이 된 연주로 출병해 황건적을 대파했다. 조조가 이때 30만에 달 하는 황건적무리로 청주병靑州兵을 조직해 막강한 군사력을 확보함으 로써, 일약 원소에 맞먹는 세력으로 급부상했다. 거칠 것이 없게 된 조 조는 스스로 연주목牧에 올라 기반을 다져 나갔다.

그러던 AD 193년, 청주 아래 서주徐州를 장악하고 있던 도겸陶謙의 수 하가 연주로 가던 조조의 부친 조숭曹嵩을 살해하고 재물을 탈취하는 사 건이 일어났다. 분노한 조조가 서주의 10개 城에 무차별 공격을 가했고, 이때 수십만에 달하는 군인들과 백성들이 대학살을 당하고 말았다. 기 주冀州를 놓고 원소와 대립하던 공손찬은 3만의 병력을 동원하고도 〈계교界橋전투〉에서 원소의 기습공격에 당해, 원래 자기의 본거지인 북쪽 유주로 물러났다.

　공손찬은 이후 유주에 머물던 황실 인사인 유우劉虞를 내치는 데 성공했다. 그러나 이내 유우의 수하들과 원소의 지원군으로 이루어진 10만 대군의 공격에 밀려, 또다시 역현易縣으로 달아나야 했다. 공손찬은 거대한 참호와 높은 누각을 새로 올린 철옹성을 짓고 장기 농성에 들어갔다. 그런데 공손찬의 숙적인 유우가 북방민족들에게 예의로 대한 반면, 공손찬은 일방적으로 그들을 무시하고 탄압해 왔다. 공손찬의 이런 오만한 태도가 후일 원소와의 싸움에서 오환과 선비 등이 원소에게 기우는 빌미가 되었다.

　후한 말기에 요서遼西 지역에는 〈오환烏桓〉의 大人 구력거丘力居가 5천여 부락을 거느렸고, 상곡에는 난루難樓가 9천여 부락을 이끌면서 각자 왕을 칭했다. 그 밖에도 1천여 부락을 거느린 소복연蘇僕延은 요동郡에 속해 있었는데 이 무렵 스스로를 초왕峭王이라 불렀다. 우북평의 오연烏延 또한 8백여 부락을 다스리며 한로왕汗魯王을 자처했다. 이들 오환대인 모두는 용맹한 데다 지략을 갖추고 저마다의 부락을 이끄는 소왕들이었다.

　그 무렵 후한의 中山태수 장순張純이 漢나라를 배신하고 구력거의 휘하로 들어갔는데, 구력거는 그로 하여금 3郡의 오환을 지휘하는 우두머리로 삼았다. 장순은 청주와 서주, 유주 및 기주 등지를 마음껏 공략하면서 이 지역을 공포에 떨게 했다. 황실 인사인 유우劉虞는 영제 말년에 유주목에 올랐는데, 이즈음에 그가 선비족을 불러 모아 장순의 머리를 베는 데 성공했다. 이 일로 비로소 유주 일대가 안정되자, 원소 등이 유우를 황제로 추대하려 했는데 유우는 황실을 배신할 수 없었는지 이를 받아들이지 않았다.

그 와중에 〈오환〉을 대표하던 대인 구력거가 사망했는데, 그의 아들 누반樓班이 너무 어리다는 이유로 당질인 답돈踏頓이 구력거를 계승하여 오환 三王의 수하들을 다스리게 되었다. 답돈은 무예와 지략을 겸비해 묵돌에 비견되던 인물이라 사람들이 모두 그에게 복종하고 그의 가르침을 따랐다. 그 무렵 원소가 북방의 군벌 공손찬公孫瓚과 하북의 패권을 놓고 오래도록 다투었다. AD 197년경 원소에게 밀린 공손찬이 역경易京에서 농성하며 버티자, 원소가 그때 공손찬의 북쪽에 있는 오환을 생각해 냈다.

'흐음, 아무래도 강성한 오환의 무리들을 우리 편으로 삼을 필요가 있겠다. 오환 대인 답돈을 나중에 왕으로 삼겠다고 포섭해 협공을 이끌어낸다면, 분명 승산이 있을 것이다……'

병주幷州를 근거지로 하던 원소는 북방민족들의 강성함을 잘 알고 있던 터라, 일찍부터 그들을 화친의 정책으로 우대해 왔다. 결국 원소가 오환대인 답돈을 끌어들이는 데 성공했고, AD 199년 마침내 답돈의 지원을 받은 원소가 역경에 대규모 공세를 가했다. 그 결과 동북방 최대 군벌인 원소와 공손찬의 10년에 걸친 싸움이 〈역경전투〉에서 끝을 보게 되었다. 원소의 공격을 막아 내지 못한 공손찬이 처자식을 죽인 다음, 장렬하게 스스로 불길에 뛰어든 것이었다.

이로써 원소는 후한의 13개 주 가운데 하북의 4개 州 즉, 유주, 기주, 병주, 청주 등을 차지하면서 후한 제국 내에서 가장 강력한 맹주의 지위에 우뚝 서게 되었다. 원소는 황제의 서류를 위조해 답돈, 초왕, 한로왕에게 인수를 내려 주고, 이들 오환대인 모두를 선우로 삼는 등 각별하게 우대했다. 답돈 등은 원소의 얄팍한 수에 넘어가 점점 더 후한의 내란으로 깊숙이 끌려 들어가고 말았으니, 묵돌에 비교할 만한 인물은 결코 아닌 듯했다.

한편, AD 194년경 도겸을 도와준 대가로 서주목徐州牧을 물려받은 유비劉備는 팽성彭城에 머물던 여포의 공격에 속절없이 당하고, 10년 만에 얻은 관직에 앉아 보지도 못한 채 가족들마저 포로로 내주고 말았다. 서주에서는 원술과 여포, 유비 외에 조조까지 가세해 서로가 돕고 다시 내치는 복잡한 관계로 뒤얽혀 있었다.

이듬해인 AD 195년이 되자 이제 15살이 된 헌제가 우여곡절 끝에 장안을 떠나 다시 낙양으로 되돌아왔다. 마침 낙양 근처에 머물던 조조가 재빨리 황제를 돕겠다며 대군을 이끌고 낙양으로 입성해 황제를 수중에 넣게 되었다. 그러나 낙양은 이미 불에 타 버린 채 폐허나 다름없었고, 백성들도 머물지 않았다.

"흐음, 낙양이 이 모양이니 도성으로써의 기능을 기대하기 어렵다. 천도를 할 수밖에 없겠다."

그해 8월, 조조는 헌제와 군신들을 설득해 폐허가 된 낙양성을 떠나 동남쪽에 이웃한 허도許都(하남허창)로 천도를 단행했다. 이후 빠르게 조정을 장악한 조조가 대장군 겸 무평후武平侯에 오르면서 사실상 황제나 다름없는 실권자로 떠오르게 되었다. 이때 조조는 둔전屯田을 크게 일으켜 식량을 자급할 수 있는 토대까지 마련하면서 유능한 행정가로서의 면모를 여실히 드러냈다.

조조의 급부상에 다급해진 원술袁術이 AD 197년, 수춘壽春에서 스스로 황제를 칭하고 〈중仲〉이라는 왕조를 열었다. 이듬해인 AD 198년, 이를 괘씸히 여긴 여포가 원술에게 맹공을 가하고, 원술의 수하들에게 뇌물 공세를 펼친 끝에 원술이 크게 패했다. 그러자 엎친 데 덮친 격으로 이번에는 조조가 대군을 동원해 원술의 수춘을 공격해 왔고, 기력이 다한 원술이 부득이 회하淮河의 북쪽으로 달아나 대치했다. 그때 대군을 이끌고 가까이 다가온 조조의 등장에 여포가 크게 놀라 주춤했다. 눈치 빠른 원술이 여포에게 다시금 손을 내밀어 함께 조조를 상대하자고 제안했다. 적의 적은 곧 내 친구인 법이니, 결국 원술과 여포가 동맹을 맺고 함께 조조에 맞서기로 한 것이었다.

이후 여포의 수하 장수인 고순高順이 〈패현沛縣전투〉에서 조조의 수하인 하후돈夏候惇과 유비劉備가 이끄는 연합군을 깨뜨리자, 이내 조조가 나섰다.

"아무래도 내가 직접 팽성으로 가야겠다!"

조조가 비로소 대군을 이끌고 나와 팽성으로 물러나 있던 유비와 합류했다. 이윽고 조조의 대군이 하비성下邳城을 둘러싸고 성안에서 농성 중이던 여포를 압박했으나, 여포는 조조의 지리한 공격을 굳건히 버텨냈다. 이에 조조가 기수沂水와 사수泗水의 물길을 하비성으로 끌어들이는 수공작전을 펼친 끝에, 마침내 여포가 투항했다. 배신의 상징처럼 여겨졌던 여포는 〈하비전투〉의 패배로 마침내 이때 조조의 손에 형장의 이슬로 사라지고 말았다.

여포와 원술을 제압하고 서주徐州를 손에 넣은 조조는 이제 최대 군벌인 하북의 원소袁紹와 일전을 앞두게 되었다. 이듬해 공손찬을 꺾고 하북을 평정하면서 기염을 토한 원소 역시 조조의 부상浮上에 초조해졌다. 결국 원소가 주변의 반대를 무릅쓰고, 정병 10만을 동원해 도성인 허도許都를 향해 진격했다. 조조의 장수들 중에는 맹장 원소의 공격을 두려워하는 이가 많았다. 그러나 조조는 아무런 내색도 없이 수하들을 안심시킨 다음, 군사를 둘로 나누어 허도 북쪽의 황하黃河 아래에 위치한 관도官渡 수비에 치중했다.

그 무렵 원술의 휘하장수로 강동江東을 장악하고 있던 손견의 아들

손책孫策 또한 원술의 칭제에 실망해 있었다. 조조가 재빨리 표를 올려 손책을 회계會稽태수에 봉하고 자기편으로 끌어들인 다음, 원술을 양쪽에서 공격하면서 대치했다. 그때 유비는 조조가 점차 원술을 무너뜨리고 있는 것을 지켜보면서도 장차 조조의 수하를 떠나, 원소에게 의탁할 궁리를 하고 있었다. 그러나 일단 유비는 원술을 공격해 원술과 원소의 합류를 차단함으로써 조조를 돕는 모양새를 취했다.

유비의 공격에 군사의 절반을 잃고 강정江亭으로 밀려난 원술이 여전히 황음이나 밝히고 고생하는 수하 병사들의 고통을 외면하니, 사람들이 하나둘씩 그의 곁을 떠나갔다. 원술은 뒤늦게 쇠락한 자신을 한탄하다가 화병으로 피를 한 말이나 토하고 죽어갔다. 유비는 곧장 서주로 내달려 서주자사 차주車冑를 제거하고 서주를 차지해 버렸다. 그리고는 이내 하비성을 관우關羽에게 맡긴 채, 자신은 허도가 아닌 서북쪽의 소패小沛로 향했다. 패현에서 토착민들을 규합하고 수만의 병력을 확보해 자신감을 되찾게 된 유비는, 원소와 동맹을 맺어 조조에 대항하기로 했다.

유비의 배신을 알게 된 조조가 분노했으나, 그 무렵 허도許都의 조정 내부에서 조조를 암살하려는 반란음모가 일어났다. 조조가 이를 신속히 정리한 다음, 비로소 직접 패현沛縣으로 출정해 본격적으로 유비 토벌에 나섰다. 그런데 이때 조조의 주력군 대부분이 허도 북쪽 관도官渡에서 원소군과 대치하고 있었다. 따라서 유비를 공격하기가 쉽지 않았음에도 조조는 망설임 없이 소패 공격을 감행했다.

예상을 뒤엎은 조조의 공격에 허를 찔린 유비는 〈소패전투〉에서 궤멸되어 대부분의 군사를 잃고 말았다. 적은 병력으로 하비성을 지키던 관우 역시 조조에게 투항해야 했고, 이번에도 유비의 처자식 모두는 조조에게 잡혀 포로가 되고 말았다. 관우의 능력과 인품에 매료된 조조가 관우를 포섭하려 애쓰는 동안, 청주로 달아난 유비는 별수 없이 원소에게 의탁했고, 업성業城에 있던 원소는 2백 리 길을 나와 유비를 영접하면서 위로했다.

　AD 200년 2월, 원소가 마침내 아래쪽 황하를 건너 조조의 주력군과 일전을 벌이고자 10만의 대군을 여양黎陽으로 진격시켰다. 원소의 대부대가 원활하게 도하하기 위해서는 황하 남쪽의 요충지가 필요했으므로, 원소는 안량 등을 강 건너로 보내 조조군에 공세를 펼쳤다. 그러나 이때부터 조조의 눈부신 대활약이 시작되었다. 조조군이 성동격서 식의 전략으로 〈백마白馬전투〉에서 원소의 군대를 대파시켜 버렸는데, 이때 조조의 포로로 있던 관우가 안량의 목을 베어 들고 나타났다. 관우는 이로써 자신을 아껴 주던 조조에 대한 빚을 청산하고, 홀연히 유비에게로 떠나 버렸다.

　그러나 유비는 이후 허도 바로 아래에 있는 〈은강隱彊전투〉에서 또다시 조조에게 패했고, 이후 원소의 밑에서 1년여 세월을 더 보내야 했다. 그해 7월, 10만에 이르는 원소의 대군이 남하해 조조의 1만여 병력이 수비하는 관도성을 공략했다. 지리한 농성전임에도 양쪽 진영의 군대는 사활을 건 격전을 벌였다. 원소의 군대가 흙산을 쌓아 망루를 세우면, 조조군은 투석기를 만들어 망루를 파괴했고, 양쪽에서 땅굴과 참호를 파서 맞대응하는 등 온갖 수단이 동원되었다.

　그러던 중 10월이 되자, 뜻밖에 원소의 모사였던 허유許攸가 갑자기 조조에게 투항해 오는 일이 벌어졌는데, 이때 원소군의 보급부대에 대한 주요 기밀을 들고 왔다. 조조가 반색을 했다.

　"적군에 대한 결정적인 정보가 들어왔다. 한시가 급하니 즉시 출정 준비를 서둘러라!"

　조조가 소수의 정예기병만을 거느린 채 야밤에 직접 오소烏巢를 향해 출병해, 순우경淳于瓊이 지키는 원소의 보급부대를 공격했다. 한밤중의 화공에 순우경의 부대는 속절없이 무너졌다. 조조의 기습을 보고받은 원소가 급히 병력을 둘로 나누어, 장합張郃 등에게 5만의 병력으로 관도를 계속 공략하게 하고, 나머지 발 빠른 지원부대를 순우경에게 보냈다. 그러나 숫자의 열세에도 불구하고 조조군이 〈오소전투〉에서 죽기를 각오하고 싸운 끝에, 원소의 지원군마저 격퇴시키는 데 성공했다. 조조는 순우경을 주살해 버리고는 원소군의 군량과 마초 전부를 태워버렸다.

〈오소전투〉의 패배로 모든 전략이 틀어지게 되자 원소의 모사인 곽도郭圖가 장합 등을 무고하기 시작했다. 분노한 장합 등이 아예 싸움을 포기하고는 일체의 공성장비 등을 불태우고 조조에게로 투항해 오는 또 다른 이변이 발생했다. 적진 앞에서의 내부 분열이 얼마나 치명적인지를 보여 주는 대표적인 사례였다. 〈관도대전〉의 패배로 그 많던 병력을 모두 잃게 된 원소는 크게 낙담하여 전의를 상실하고 말았다. 원소가 아들 원담袁譚과 황하를 건너 북쪽으로 달아날 때 그를 따르는 무리는 고작 8백여 기병에 불과했다고 한다.

조조는 원소가 다시는 일어나지 못하도록 잡은 포로들을 모두 생매장해 버리라는 단호한 명령을 내렸고, 이때 희생당한 원소의 병사들이 무려 7만에 달했다고 한다. 〈관도대전〉의 패자로 영원히 씻을 수 없는 멍에를 지게 된 원소는 극심한 화병에 시달리다가 2년 뒤 피를 토하며 죽고 말았다. 비로소 조조는 이때 장강 이북은 물론, 황하의 양안과 하북에 이르기까지 후한 최대의 영역을 장악하면서 부동의 절대강자로 군림하게 되었다.

원소라는 최대 경쟁상대를 제압하는 데 성공한 조조는 이제 허도 바로 밑에서 활개 치고 다니는 유비를 제거하기 위해 AD 201년, 여남汝南

으로 출정했다. 늘 그랬던 것처럼 유비는 조조의 상대가 아니었다. 〈여남전투〉에서 제대로 싸움도 못 해 보고 달아난 유비는 마지막으로 형주荊州의 유표劉表에게 의탁했다. 조조를 의식한 유표는 한 사람이라도 자기 세력을 불릴 요량으로 유비를 환대하고, 신야성新野城까지 내주었다. 황실의 종친이라는 유표는 조조가 〈관도대전〉에 몰입해 있을 때 영토를 확장해 수천 리의 강역과, 십여 만에 이르는 갑병을 보유하면서 사실상 황제와도 같은 생활을 누리고 있었다. 그러나 이미 늙은 나이였던 그는 늘 사태를 관망하면서 소극적인 태도로 일관했다.

그런데 〈관도대전〉이 있던 그해 강동에서는, 26살의 나이로 승승장구하던 손책이 사냥길에 나섰다가 자객들에게 암살을 당하고 말았다. 손책의 동생 손권孫權이 그 지위를 물려받았는데, 그는 유표 휘하에 있던 강하태수 황조를 공격하기 시작했다. AD 203년 손권이 〈하구夏口전투〉에서 마침내 황조의 수군을 깨뜨리고 승리해, 부친 손견의 원수를 갚는 데 성공했다. 그사이 장강長江 남부의 산악지대에 사는 이민족 산월山越이 곳곳에서 봉기해 배후를 어지럽히고 있었다. 손권이 비로소 산월족 토벌에 나서 이들을 쓸어버리고, 강동 일대에 확고한 세력을 굳히게 되었다.

한편 원소가 다스리던 강역이 워낙 넓어 그의 사후에도 원袁씨 일가의 세력이 여전히 막강했고, 그사이 원소의 아들 삼형제가 후계를 놓고 수년간 다투었다. 조조가 이때 남쪽 유표를 공략하는 대신, 먼저 원씨 형제들을 제거하기로 하고 다시 북으로 출정했다. AD 204년, 조조는 원소의 3남 원상袁尙이 지키던 업성業城을 공격해, 견고하기 그지없던 성을 무너뜨리고 기주冀州를 빼앗는 데 성공했다.

그 무렵 선비 무리를 이끌던 염유閻柔라는 인물이 오환교위를 죽이고 그 관직을 대행하던 차에, 능력을 인정받아 원소袁紹의 회유를 받고는 원소의 편이 되어 있었다. 그러나 조조가 황하 이북을 평정했다는 소식을 듣자, 이내 선비와 오환족을 이끌고 조조에게 투항해 버렸다. 그 바람에 크게 낭패를 보게 된 원상이 재빨리 북쪽 中山으로 달아나 버렸다. 그러자 호관壺關을 지키던 원소의 조카 고간高幹이 고민에 빠졌다.

'원상이 달아나 버린 지금, 우리만 홀로 조조의 대군을 상대하다가 개죽음을 당할 수는 없는 일이다. 일단 조조에게 투항하는 편이 낫다.'

결국 고간 또한 조조에게 투항해 버렸다. 그런데 얼마 후 조조가 오환 원정에 나서자 고간이 다시금 일어나 조조에 반기를 들었다. 조조가 이전李典 등을 보내 고간을 진압하도록 했으나, 호관성의 방어가 견고해 쉽사리 허물지 못했다. 그사이 하내河內와 하동河東의 호족들이 고간에게 호응해 고간의 세력이 더욱 커지게 되었다.

206년 마침내 조조가 직접 병력을 이끌고 병주幷州로 향했다. 다급해진 고간이 이때 남흉노 선우 호주천呼廚泉에게 지원을 요청했으나, 조조를 두려워하던 호주천은 이를 뿌리치고 말았다. 별수 없이 고간이 홀로 조조의 공세를 버텨 냈으나, 결국 호관성이 함락되고 말았다. 고간은 형주를 향해 달아났으나, 도피 중에 조조의 군사들에게 붙잡혀 처형되었고, 조조는 결국 하북의 서쪽에 위치한 병주마저 손에 넣는 데 성공했다.

그 이전 조조가 업성의 원상을 공격하고 있을 때, 원소의 장남 원담袁譚은 평원을 근거지로 인근 북쪽의 영토를 차지하면서 독립을 꾀했다. 생전의 원소는 〈흉노〉를 비롯한 〈선비〉, 〈오환〉 등 거친 북방 유목민족을 다스리기 위해, 여기저기 선우單于들과 사돈 관계를 맺는 등 표면적으로 우대했다. 그런 연유로 선비정 근처의 패성覇城이 있던 古유성(영구쿳丘) 일대의 오환족들이 원담을 도우려 한다는 소문이 들려왔다. 마침 그 무렵 원소에 이어 그 아들인 원상을 받들던 견초牽招라는 인물이 조조에게 투항해 그 휘하에 있었기에, 조조가 견초를 불렀다.

"그대는 원소 아래서 오환돌기烏桓突騎를 맡았으니 오환의 사정에 훤하지 않겠는가? 그대가 이 길로 유성으로 가서 오환족이 원담 편에 서는 것을 저지하도록 하라!"

그리하여 견초가 유성柳城에 들어가 보니, 오환의 초왕帽王이 비상경계령을 선포하고 원담에게 5천의 기병을 보내고자 한창 분주해 있었다. 그러한 때 마침 요동遼東 쪽에서도 공손강이 오환을 회유하기 위해 한충韓忠을 사자로 삼아 선우單于의 인수를 보내왔다. 그러자 견초가 초왕과 여러 부족장들이 보는 앞에서 한충과 요동태수 공손강을 싸잡아 비난했다.

"조공曹公(조조)께서 이미 천자께 말씀을 드려 초왕께서 진짜 선우가 되게 하셨습니다. 하물며 요동이 천자의 관할 아래 있거늘 공손강이 어찌 제멋대로 사사로이 관직을 줄 수 있단 말입니까?"

그 말을 들은 한충도 이에 굴하지 않고 목소리를 높이며 견초를 질책했다.

"지금 대체 무슨 말을 하는 게요? 요동은 낙양이나 허도와는 거리가 먼 창해滄海 동쪽에 위치하고 있소. 우리 요동은 이미 1백만 병사를 보유하고 있는 데다, 부여와 예맥을 동원할 수도 있소. 오늘날 천하의 형세가 강한 자가 위에 서는 것이 당연하거늘, 어찌 조조 혼자만이 옳다고 하는 것이오?"

여기서 부여는 공손씨와 사돈의 관계를 맺고 있던 〈서부여〉를, 예맥은 배후의 강국인 〈고구려〉를 의미하는 것이었다. 한충이 여차하면 이 두 나라를 끌어들일 수 있다며 허풍을 떤 셈이었으나, 이는 나중에 제법 효과가 있었던 것으로 드러났다. 이처럼 조조와 공손씨 양측의 사신들 간에 불붙은 때아닌 언쟁이 점점 과열되더니, 급기야 견초가 한충에게 달려들었다. 두 사람이 한데 뒤엉켜 심한 몸싸움이 벌어진 끝에, 결국 초왕이 끼어들어 억지로 이들을 뜯어말리는 촌극이 한바탕 벌어졌다.

"허어, 왜들 이러시오, 다들 싸움을 멈추시오!"

견초가 그 후에도 집요하게 초왕을 설득해 조조의 위세를 선전한 덕분인지, 초왕은 원담에 대한 지원을 철회하고 마침내 기병들을 해산시키고 말았다.

그사이 업성 공략을 마친 조조가 진격을 계속해 이듬해인 AD 205년, 〈남피南皮전투〉에서 끝까지 저항하던 원담을 잡아 참수형에 처했다. 초촉焦觸 등이 조조에게 유주幽州를 바치는 등 수하 장수들의 거듭된 배반이 이어지자, 원담과 대립하던 원희袁熙와 원상袁尚 형제 또한 아예 요서로 달아나 오환왕 답돈蹋頓에게 의탁했다. 답돈은 구력거의 뒤를 이어 오환족의 최대 세력을 이끌던 자로 사실상 오환 전체의 왕이나 다름없었다.

그 후 답돈이 수차례나 남하해 조조군을 공격하는 등 도발이 이어지자, AD 207년, 마침내 조조가 유주의 오환족 정벌을 위해 천리千里 길이 넘는 강행군에 나섰다. 당시 유주 내의 요서와 요동, 우북평의 3郡을 장악하고 있던 오환은 병주의 안문雁門을 점거한 채 조조와의 일전에 대비했다. 조조의 진영에서도 오환 토벌이 장거리 원정인 데다, 남쪽 형주의 유표와 유비의 움직임이 신경 쓰인다며 반대하는 수하들이 많았다. 그때 유일하게 곽가郭嘉라는 책사가 다른 의견을 내며 말했다.

"유표는 음풍농월이나 즐기는 정객에 불과합니다. 그는 유비를 경계할 뿐 그를 제어할 능력도 없으므로 유비가 公을 공격하자고 부추겨도 넘어가지 않을 것입니다. 그러니 지금이야말로 오환 원정에 나서 우환을 제거할 때입니다."

곽가의 말에 동의한 조조가 AD 207년 마침내 오환족 토벌을 위해 허도를 비웠을 때 유비가 허도 공략을 주장했으나, 과연 유표는 듣지 않았다.

그해 업성을 떠난 조조의 대군이 유주를 향해 북진을 개시한 끝에 5월경에 중산을 지난 듯했다. 그러나 7월쯤이 되어 대홍수를 만나는 바람에 더 이상의 진군을 멈추어야 했다. 난감해진 위군魏軍 앞에 현지 지리에 밝은 전주田疇라는 인물이 나타났는데, 홍수가 끝나자마자 그를 앞세운 위군은 이내 험준한 산악 행군에 돌입했다. 그때 魏軍은 방향을 서북쪽으로 잡고, 오환이 주둔하고 있던 안문 일대로 진격해 들어갔다.

그러자 원씨 형제와 답돈 또한 조조에 맞서고자 오환의 지도자들에게 동원령을 내렸고, 이에 요서와 우북평의 선우 누반樓班과 능신저能臣抵 등이 호응했다. 순식간에 수만에 이르는 오환족 기병부대가 동원되었고, 결국 그해 8월 古유성(영구) 서쪽의 험준한 백랑산白狼山 일대에서 양쪽의 대군이 맞붙어 대혈전을 벌이게 되었다.

초기에는 현지의 산악지형에 밝은 데다, 모처럼의 오환 연합으로 사기가 충천한 오환군이 우세했다. 그러나 조조의 맹장 장료張遼가 조조가 보내준 깃발을 앞세워 적진을 뚫고 맹렬하게 돌진을 시도했다. 그 바람에 선봉에 나섰던 오환군이 무너지기 시작하더니 삽시간에 흩어져 달아나기 바빴다.

"마침내 적들이 도망간다. 한 놈도 놓치지 마라!"

장료가 이끄는 위군이 오환군을 맹추격한 끝에 역수易水 위에 위치한 범성汎城에서 양측이 맞붙어 대혈전을 벌였다. 그 결과 위군이 대승을 거두었고, 오환왕 답돈이 끝내 전사하고 말았다. 이로써 조조의 원정군은 〈백랑산전투〉에서 어렵사리 오환의 연합군을 패퇴시켰고, 지도자를 잃고 우왕좌왕하던 오환군은 위군에 대거 투항해야 했다. 원씨 형제는 수천의 기병을 끌고 용케 빠져나가 이번에는 동북쪽의 요동태수 공손강

公孫康에게로 달아났다. 원정군의 뒤를 따라 험난한 요서주랑遼西走廊을 무사히 빠져나오는 데 성공한 조조는, 악명 높던 삼군三郡오환을 패퇴시키고 대승을 거둔 것에 만족하기로 했다. 조조가 공손씨의 요동으로 전선이 더 이상 확대되는 것을 피해 원씨 형제를 쫓지 않고, 비로소 철군을 결정했던 것이다.

조조가 이때 철군하는 도중에 산동의 황하 하구에 위치한 갈석산碣石山에 올라 동쪽 창해를 구경하다가, 승리감에 도취되어 〈관창해觀滄海〉라는 유명한 시를 남겼다. 조조가 올랐다는 갈석산은 현 창려昌黎 인근의 갈석이 아니라, 산동성 무체无棣의 1백m도 되지 않는 대산大山(右갈석)이 틀림없었다. 그 무렵 난하 동편의 창려는 진작부터 고구려의 강역이었고, 그 서쪽으로 옛 번조선의 땅에 공손씨가 위치했기 때문이다. 백랑산은 서쪽의 드높은 백석산白石山(2,018m)과 동쪽으로 그 반 정도 높이의 낭아산狼牙山(1,106m) 일대를 지칭하는 것으로, 원래의 갈석산(左갈석)을 말하는 것이기도 했다.

당시 백랑산의 동쪽으로 내려온 조조가 공손씨 강역의 바로 아래인 유성(대성)을 지나, 남쪽의 산동 대산에 들러 발해(창해)를 조망한 듯했다. 만일 조조가 창려로 올라갔다면, 공손씨는 물론 고구려까지 내쳐야 가능한 일이었는데, 형주의 유표와 유비가 배후를 노리고 있는 상황에서, 동북의 두 나라와 전쟁을 했다는 기록도 없거니와, 사실상 불가능한 일이었다. 어쨌든 필시 생애 처음으로 대해大海(창해)를 마주했을 조조가 대장부로서의 남다른 감회를 시詩로 남겨 놓음으로써, 그의 웅혼한 기상과 함께 탁월한 문학적 소양을 유감없이 과시했다.

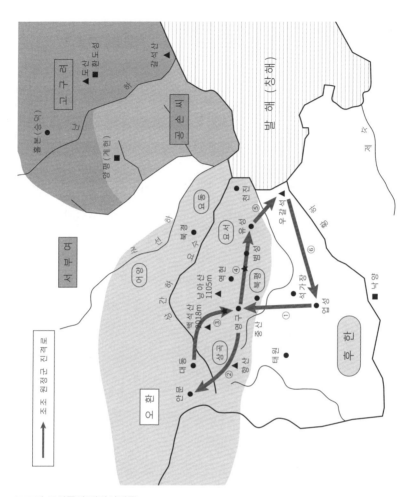

조조와 오환족의 백랑산전투

한편, 조조의 보복을 우려한 요동의 공손강은 조조가 예측한 대로 원씨 형제의 머리를 잘라 업성으로 보내 버렸다. 4代에 걸쳐 다섯 명의 삼공을 배출하여 사세삼공四世三公이라는 소리를 들을 정도로 한 시대를 풍미했던 원袁씨 일가의 시대가 비로소 이때 막을 내리고 말았다. 오환烏桓을 정벌하고 원씨 일가를 몰락시킨 대가로, 조조는 무려 십여 만에 이르는 삼군오환의 우수한 기병들을 자신의 휘하 군대에 편입시킬 수 있었다.

　답돈이 이끌던 오환족은 무리하게 중원의 싸움에 휘말렸다가, 조조에게 참패를 당하고 민족 자체가 소멸될지도 모르는 절체절명의 위기에 처하고 말았다. 당시만 해도 단석괴 사후에는 오환이 가장 큰 세력을 형성하고 있었다. 그러나 조조에게 패해 쫓겨 온 원씨 형제를 감싸려다 이후 쇠퇴의 길을 걸어야 했으니, 당시 답돈을 포함한 오환의 지도부가 중원 등의 국제 정세에 어두웠던 것이 틀림없었다. 강성했던 東胡의 양대 축이었던 〈오환족〉의 몰락은 이후 〈鮮卑〉의 독주를 예고하는 것이기도 했다.

　그 후 조조는 업성을 별도의 근거지로 삼고, 수군水軍의 훈련을 강화하는 등 남쪽 아래 형주荊州를 공략할 채비를 바짝 서두르게 했다. 원씨 잔당 및 오환 원정을 성공리에 마친 조조는 이어 허도許都로 돌아와 전통의 〈三公제도〉를 폐지하고, 스스로 승상丞相에 올랐다. 조조는 이렇게 사실상 황제에 버금가는 실권을 장악한 다음에야, 비로소 형주 원정길에 나섰다.

　그 무렵 유비는 유표의 조카사위인 제갈량諸葛亮을 만나게 되었다. 당시 형주에는 많은 난민들과 유랑객이 전란을 피해 들어와 있었다. 유명한 〈삼고초려三顧草廬〉는 훨씬 후대에 소설로 꾸민 이야기였고, 이와 달리 유비에 대한 소문을 들은 제갈량이 오히려 이때 유비를 찾아가 비책을 하나 제시했다.

"지금 형주에는 수많은 유랑민들이 들어와 떠돌고 있습니다. 만일 이들을 호적에 편입시켜 세금을 거둘 수 있다면, 병력 확보와 재정 문제를 동시에 해결할 수 있지 않겠습니까?"

"……."

심드렁하게 제갈량의 말을 듣고 있던 유비의 눈이 번쩍 뜨였다. 제갈량은 아울러 장차 조조를 상대로 해야 하니, 궁극적으로는 전략적 요충지인 형주와 익주를 차지하고 기회를 노리라고 조언했다. 유비는 제갈량의 제안에 크게 공감했고, 그때부터 제갈량을 가까이 둔 채 무한신뢰를 보내면서 크게 의지하기 시작했다.

마침 그즈음 연로한 유표劉表가 병으로 사망했는데, 배다른 두 아들 유기劉琦와 유종劉琮 또한 후계 문제를 놓고 다투다가 아우인 유종이 뒤를 이었다. 그러나 AD 208년, 조조가 형주 원정을 시작하자, 잔뜩 겁을 먹은 유종과 형주의 귀족들이 싸움을 포기한 채 아예 조조에게 투항해 버렸다.

번성樊城에 머물던 유비가 뒤늦게 이 사실을 알고는 휘하의 병력을 이끌고 남쪽 강릉江陵으로 향했는데, 이때 십만에 달하는 형주의 백성들이 유비를 따라나섰다. 유비가 수많은 피난민에게 발목이 잡혀 있다는 사실을 알게 된 조조는 5천의 날랜 기병을 선발해 서둘러 유비를 추격한 끝에 유비를 따라잡았고, 〈장판長坂전투〉에서 유비를 무참하게 깨뜨렸다. 장비張飛의 초인적인 활약으로 겨우 조조의 추격을 뿌리친 유비는 고작 수십 기의 병사들과 함께 한수漢水와 장강長江이 만나는 동쪽 하구 夏口로 달아났다.

한편, 강동의 6郡 81縣을 다스리던 손권에게는 형 손책의 친구인 주유周瑜와 장소張昭 외에 책사인 노숙魯肅이 있었다. 노숙이 손권에게 권고했다.

"가망 없는 漢황실의 부활 따위는 생각지도 마시고, 장강 일대를 장악해 반드시 대업을 이루셔야 합니다!"

이후 손권은 여몽呂蒙이나 감녕甘寧 같은 용장들을 거느리며 강동江東의 패자로 우뚝 서 있었다. 그 무렵 형주가 조조의 대군에 넘어갔다는 소식에 손권의 진영에서도 토착 호족을 중심으로 조조에게 투항을 하자는 주장이 우세했다. 그러나 주전파인 주유와 노숙은 투항에 반대하며 조조와 맞서 싸울 것을 주장했다.

"비록 조조가 대군을 이끌고 있지만, 형주 병력과의 내부 알력이 만만치 않은 실정입니다. 게다가 조조군은 장거리 원정으로 인해 피로가 쌓인 데다, 덥고 습한 지방의 풍토병에 노출되어 있습니다. 무엇보다 수전水戰에 약한 결정적 취약점이 있으니, 한번 싸워 볼 만합니다!"

손권 또한 조조에게 투항할 경우 자신의 안위가 걱정된 나머지, 결국 결사항전을 택했다. 이때 노숙이 급히 강릉에 머물던 유비를 찾아 제갈량과 호응하면서, 손권과 유비의 연맹 즉 〈오촉吳蜀동맹〉이 성사되었다. 당시 노숙과 제갈량의 역사적인 만남은 후일 소위 〈천하삼분지계天下三分之計〉라는 개념으로 발전했다. 이는 촉한의 패자인 유비와 강동의 패자인 손권이 동맹으로 손을 잡는다면 북쪽의 대세大勢인 조조를 견제할 수 있고, 이로써 천하를 삼분三分해 각자 도생할 수 있다는 그럴듯한 비책vision이었다. 그러나 이는 초창기에 등장했던 명분이었을 뿐, 유비와 손권은 이미 저마다 그 이후의 대업을 노리고 있었을 터였다.

AD 208년 10월, 마침내 강릉을 출발한 조조의 20만 대군이 육로와

수로를 통해 손권이 머무는 장강長江(양자강) 아래 시상柴桑으로 향했다. 조조가 업성에서 수군의 훈련을 강화한 이유도 그때부터 이미 〈오吳〉나라 원정을 염두에 둔 때문이었다. 손권 측에서도 이에 맞서 주유가 3만의 수군을 이끌고 시상을 나와 상류인 번구樊口에서 유비의 2만 병력과 합세했고, 총 5만 병력으로 이루어진 함대를 꾸려 상류로 거슬러 올라갔다. 결국 양쪽의 대규모 선단이 중간 지점인 적벽赤壁에서 만나 일전을 벌이게 되었다.

이때 오나라의 노장 황개黃蓋가 화공을 제안했다.

"조조의 수많은 선단들이 고물을 대고 서로 바짝 붙어 정박해 있는 것을 보니, 화공을 쓴다면 딱 좋을 것입니다!"

결국 주유가 이끄는 오나라 수군 측의 화공火攻에 조조의 수많은 선단이 순식간에 불타 버렸고, 조조의 군사들은 살아 돌아간 자가 절반도 되지 않을 정도였다. 이것이 바로 그 유명한 〈적벽대전〉이었다.

손권은 〈적벽대전〉의 완승으로 천하제일의 강군 조조를 패퇴시키면서 강남의 대부분을 차지했고, 명실공히 이 지역의 패자로 군림하게 되었다. 유비 또한 형주의 장강 이남에 속한 4개 郡을 얻어 비로소 자신의 독자적인 터전을 마련하게 되었고, 이것이 장차 〈촉한蜀漢〉의 기틀이 되었다. 이로써 너른 중국 대륙이 하북의 조조曹操와 서남 형주의 유비劉備, 강남의 손권孫權 3강强 체제로 좁혀지면서 새로이 三國이 정립하는 국면으로 접어들게 되었다. 이른바 그 유명한 〈삼국시대〉가 도래한 것이었다.

제5권 끝

제5권 후기

AD 44년경, 고구려의 편입에 반발한 낙랑왕 최리가 후한을 부추김으로써, 광무제의 전격적인 3차 해상침공이 시작되었다. 이 전쟁으로 백제가 또다시 날벼락을 맞고 초토화되었다. 3년 뒤 대무신제는 낙랑국에 대한 응징에 나서 옥저성을 공격했으나, 반대편 개마군에서 대승이 난을 일으키는 바람에 북옥저만을 평정한 채 철수했다. AD 49년, 기회를 엿보던 대무신제가 잠지락부를 공략, 대승의 목을 베었다. 이때 자몽과 선비군을 동원해 4로군으로 후한의 요동군을 치고, 요서 깊숙이 진격해 우북평, 태원 등 옛 辰韓의 고성들을 함락시키고 개선했다.

AD 51년, 동부여에 내란이 일자, 대무신제가 송보 등을 보내 원정에 나섰고 동부여가 4대 110여 년 만에 패망하고 말았다. 동부여의 47개 소국을 포함, 흑룡강과 송화강 등 만주 일대의 드넓은 강역이 고구려에 편입되고, 옛 부여는 완전히 고구려로 대체되었다. 54년경, 대무신제가 남옥저를 마저 평정하고 죽령군을 설치하는 데 성공했고, 이 과정에서 자명고를 둘러싼 호동태자와 낙랑공주의 슬픈 사랑 이야기가 탄생했다.

대무신제가 이듬해 난하 서쪽에 〈요동십성〉을 남북으로 쌓았으나, 선비와는 더욱 멀어지게 되었다. 56년에는 어비신을 반도로 출정시켜 두만강 일원의 동옥저와 함께, 청천강까지 피해 온 낙랑의 잔류 세력을 토벌하고 〈해서군〉을 설치했다. 요동 소국들의 한반도 이주가 반복되자 고구려가 한강 이북까지 진출하면서, 한반도 역사에 본격적으로 개입하기 시작했다.

그 무렵 작태자는 임나 출신 호공과 연합해 경주 일원에 〈사로(계림)〉를 세웠는데, 석씨로 성을 바꾸고 탈해왕이 되었다. 한강 북부 지역에 정착한 서나벌에서는 사벌이 쿠데타를 일으켜 해씨 유리왕을 제거하고, 박씨 왕통을 되찾았다. AD 63년경 충북까지 남하한 서나벌과 백제가 반도에서 또다시 영역 다툼을 이어 간 끝에, 13년 〈백서전쟁〉에 돌입했다.

72년경, 극동 연해주에서 일어난 난을 계기로, 고구려가 〈조나〉, 〈주나〉 토벌에 나섰고, 우수리강과 연해주에 이르는 광대한 강역을 장악했다. 이듬해 포악무도했던 모본제가 피살되고, 동부여 혈통의 신명선제가 즉위했다. 〈계림〉에서는 각간 우오가 임나와의 전투에서 전사하면서, 국력이 기울었다. 낙동강 상류까지 밀려난 서나벌에서는 파사왕이 〈황산진전투〉에서 고령가야를 꺾고 경주 계림으로 향하는 낙동 진출로를 확보했다.

이후 탈해의 사로국과 소통하기 시작한 파사왕은 사로의 허루를 각간으로 삼는 등 양측의 정치적 통합에 나섰고, 101년경 마침내 월성으로 천도하면서 통일 〈사로국〉을 탄생시켰다. 백제에서도 덕좌왕이 쿠데타로 즉위하면서, 사로와의 화친정책을 펼쳐 나갔다. 사로국은 강역이 넓어진 반면, 서로는 대가야, 남으로는 임나와 금관가야, 북으로는 말갈(동예)로부터 공격을 받는 상황에 처했고, 임나에 공물을 보내 화친을 구걸해야 했다.

AD 121년, 후한 조정이 어린 황제를 등에 업은 외척과 환관의 횡포가 이어지면서 변방을 돌보지 못하니, 요동의 3태수가 연합해 고구려를 침공해 들어왔다. 태조가 1만 기병으로 후한의 현도부를 놓고 싸웠으나, 이때 위구태의 2만 병력이 고구려의 배후를 때렸다. 이들은 주몽 시절부터 고구려에 저항했던 옛 비리의 후예들로 후한과 연합해 고구려에 맞섰으나, 태조의 보복으로 서자몽 깊숙이 달아나 〈서부여〉를 세웠다.

사로에선 지마왕이 일성을 부군으로 삼아 정치를 일임한 가운데, 137년경 선도의 타락한 지도자 〈흑치의 난〉이 있었다. 165년경엔 구지왕의 장인으로 백제를 오가던 길선과, 구지왕의 아우 고시의 난이 이어져 반도 전체에 커다란 충격을 주었다. 북쪽의 초원지대에선 선비의 영웅 단석괴가 일어나, 흉노의 강역 대부분을 장악했고 서부여에도 타격을 가했다.

중원에선 환관 세력의 득세로 유학 명사들과 공직자들이 대거 봉변을 당하는 〈당고의 화〉가 일어났다. 급기야 172년 변방의 유주 등에서 도적들이 약탈전쟁을 일으켰고, 명림답부가 〈좌원대첩〉에서 대승을 이끌었다. 후한 요서 지역이 이때 큰 타격을 입었는데, 10년 뒤 인근에서 〈황건적의 난〉이 일어나면서 후한 전체가 내란에 휩싸이고 붕괴의 길로 들어섰다.

백제에서는 강성군주 초고왕이 들어선 이래 사로와 격하게 충돌했고, 190년 〈부곡대첩〉에서 벌휴왕의 사로가 참패하면서 양국이 원수의 사이로 되돌아갔다. 대체로 후한이 겨우 명맥을 유지하는 가운데 三韓이 반도에서 자리를 잡는 시기였다. 그러나 신명선제를 비롯해 사벌, 덕좌, 구지왕이 《삼국사기》에서 누락되면서, 1~2세기 군주들의 왕력에 혼선을 빚고 말았다.

후대에 유교적 윤리관에 매몰된 사가들이 가능한 혁명 없는 만세일계로 왕력을 기술하고, 전통신앙인 선도와 관련된 역사를 들어내고 말았다. 또 인구증가를 우선시하던 북방민족의 가족혼 전통을 후진적 폐습으로 간주해 왕통을 알 수 없게 만들었다. 이처럼 전제군주 시대에 편찬된 사서들이 태생적 한계를 지닌 만큼, 실증주의만을 앞세워 일부 기록에만 의존하려는 상고사 해석은 또 다른 역사왜곡에 다름 아닐 것이다.

목차

古國 5

ⓒ 김이오, 2024

초판 1쇄 발행 2024년 11월 4일

지은이   김이오
펴낸이   이기봉
편집   좋은땅 편집팀
펴낸곳   도서출판 좋은땅
주소   서울특별시 마포구 양화로12길 26 지월드빌딩 (서교동 395-7)
전화   02)374-8616~7
팩스   02)374-8614
이메일   gworldbook@naver.com
홈페이지   www.g-world.co.kr

ISBN   979-11-388-3688-3 (03810)